AF543780

MANFRED BAUMANN

Marionetten-verschwörung

MANFRED BAUMANN

Marionettenverschwörung

KRIMINALROMAN

GMEINER

Personen und Handlung sind frei erfunden.
Ähnlichkeiten mit lebenden oder toten Personen
sind rein zufällig und nicht beabsichtigt.

Besuchen Sie uns im Internet:
www.gmeiner-verlag.de

Im Ehnried 5, 88605 Meßkirch
Telefon 07575/2095-0
info@gmeiner-verlag.de

3. Auflage 2024

Lektorat: Claudia Senghaas
Herstellung: Mirjam Hecht
Umschlaggestaltung: U.O.R.G. Lutz Eberle, Stuttgart
unter Verwendung eines Fotos von: © Salzburger Marionettentheater
Druck: CPI books GmbH, Leck
Printed in Germany
ISBN 978-3-8392-2458-8

Ich fragte ihn, ob er glaubte, daß der Maschinist, der diese Puppen regierte, selbst ein Tänzer sein, oder wenigstens einen Begriff vom Schönen im Tanz haben müsse?

Heinrich von Kleist, Über das Marionettentheater, 1810

*

I may win on the roundabout
Then I'll lose on the swings
In or out, there is never a doubt
Just who's pulling the strings
I'm all tied up to you
But where's it leading me to?

Sandie Shaw, Puppet on a String, 1967

Ich kann nicht sprechen.

Ich habe zwar einen Mund, aber ich kann ihn nicht bewegen.

Dabei hätte ich viel zu erzählen.

Man kann auch mit den Händen reden. Mit den angewinkelten Ellbogen. Mit den hochgezogenen Schultern. Man kann allein mit der richtigen Neigung des Kopfes alles ausdrücken. Freude, Abneigung, Furcht, Nachdenklichkeit, Neugierde. Sogar mit den zappeligen Beinen kann man reden. Aber ich kann es nicht. Jetzt nicht. Ich kann die Beine nicht bewegen, nicht die Hände, nicht den Mund. Nicht von alleine.

Ich bin eine Puppe. Ich hänge an Fäden. Ich brauche jemanden, der mich führt.

Ich bin neu hier.

Inzwischen kenne ich schon einige von den anderen. Die Prinzessin mag ich besonders, wenn sie anmutig den Kopf zur Seite dreht, um dem Flötenspiel des Prinzen zu lauschen. Ich schaue ehrfürchtig auf den Obersten der Priester, wenn er mit majestätischem Schritt der Schar der Eingeweihten vorangleitet. Ich lache über den gefiederten Kerl, wenn er mit seiner Vogelschar über die Bühne tanzt.

Sogar die große Schlange kenne ich schon, vor der ich mich am Anfang etwas fürchtete. Dabei schaut sie doch lustig aus mit den Drachenwarzen auf der Nase.

Sie alle hängen neben mir. Auch sie können nicht sprechen. Aber könnten wir von alleine reden, würden wir jetzt den Mund weit aufreißen. Ich würde die Arme in die Höhe schnellen lassen und die Hände vors Gesicht schlagen. Mein ganzer Körper würde beben und schreien. Denn wo eben nichts war, eine leere Stelle zwischen Lichttraverse und Bühnenboden, hängt jetzt eine neue Figur. Mit großer Wucht ist sie von oben herabgestürzt und mit dumpfem Knall zwischen uns gelandet. Eine riesige Gestalt. Sie hat nur einen einzigen

Faden. Nicht acht wie die bis zur Schwanzspitze bewegliche Schlange. Noch nicht einmal drei wie die ungelenkigen Tempeldiener. Der Faden ist nicht am Kopfende befestigt, nicht ans Handgelenk geknüpft, um sie zu führen. Der Faden ist um den Hals der großen Figur geschlungen. Ein mächtiger Faden. So dick wie meine Arme.

Wann kommt einer der Spieler, der mich vom Haken nimmt? Der das Holzkreuz erfasst, damit ich den Kopf herumwirbeln kann. Der die Fäden bewegt, damit meine Arme nach oben schnellen! Um mein Schaudern auszudrücken über das Grauen, das unversehens zwischen uns getaucht ist. Von oben herabgedonnert, aus dem Nichts. Und das jetzt neben uns hängt mit aufgerissenem Mund. Mit geschwollener Zunge zwischen blutroten Lippen, in einem hellen Gesicht, das mir bekannt ist. Dessen fröhliches Lachen mir so vertraut ist. Dessen Augen mir immer mit Frühlingsleuchten entgegenfunkelten, voll Tatendrang und Freude. Augen, die jetzt erstarrt sind, erstorben wie stumpfe Kohlenstücke in lebloser bleicher Asche. Wer hilft mir, mein Entsetzen hinauszuschreien und meinen Schmerz?

DIENSTAG, 23. APRIL

Ein helles Etwas huscht vorüber, wie ein Stück Stoff, ein bleiches Tuch, das der Wind kurz aufbläht. Merana hebt den Kopf und lugt durch die geöffneten Vorhänge nach draußen. Das helle Gebilde entpuppt sich als Möwe. Sie spreizt ihre Flügel, landet mit den Beinen voran auf dem Geländer des Balkons. Der gelbe Schnabel schimmert im Dunst der Morgendämmerung. Merana wälzt sich aus dem Bett, greift nach dem Morgenmantel. Vorsichtig öffnet er die Balkontür. Er will das Tier nicht gleich verscheuchen. Der Vogel scheint die Nähe von Menschen gewohnt zu sein. Neugierig beäugt er die Gestalt im blauen Mantel, die aus dem Dunkel des Hotelzimmers ins Freie tritt. Langsam nähert sich Merana den Querstreben der Balkonumrahmung, legt die Hände darauf. Das Metall fühlt sich kühl an, feucht. Die Möwe beobachtet ihn, ruckt mit dem Kopf, verharrt auf ihrem Platz. Der Himmel über dem Hotel prangt in sattem Grau, durchzogen von dunklen Schlieren, ein düsterer Anblick. Die dichte Dunstdecke ringsum zeigt sich schon heller. Das Morgenlicht wird stärker. Laut Wetterbericht wird die Sonne in zwei bis drei Stunden große Schneisen in den Nebel reißen. Dann wird die Stadt in vollem Licht erstrahlen. Langsam beugt sich Merana vor, schiebt den Oberkörper so weit wie möglich über das Geländer, dreht den Kopf nach links.

Zwischen den schemenhaften Häuserumrissen ist die Spitze des Michel auszumachen, ein Teil der Kuppel ist zu sehen, und die obere Rundung der goldenen Uhr. Wäre der Nebel lichter, könnte er vom Balkon des Hotelzimmers sogar die geschwungene Treppe zwischen den Säulen erkennen, über deren Stufen er gestern nach oben gestiegen ist.

Zusammen mit Jennifer.

Heute ist sein dritter Tag in Hamburg. Gestern, am Ostermontag, hat Jennifer ihn auf ihrer Tour durch die Innenstadt auch zur Kirche geführt. Sie befanden sich plötzlich mitten in einem Fest. Auf dem großen Platz vor der Kirche waren Tische aufgestellt, dicht gefüllt mit Feiernden. Eine Band spielte auf einer provisorisch errichteten Bühne nahe an der Kirchenmauer. An den Verkaufsständen wurden Würste angeboten, Bouletten, Gemüseauflauf, Salate, Kaffee und Kuchen, Getränke. Merana hätte gerne ein kühles Bier getrunken, aber Alkohol wurde nicht ausgeschenkt. Organisiert wurde das Fest von ehrenamtlichen Mitarbeitern der Pfarrgemeinde. Die Einnahmen kamen Obdachlosen zugute. Auch die waren Teil des Festes, hockten in kleinen Grüppchen oder vereinzelt zwischen den übrigen Gästen. Manche blickten misstrauisch, hielten grimmig die Hände um ihre Gläser gekrallt. Andere lachten und zeigten offenherzig ihre Freude an der Aufmerksamkeit, die man ihnen an diesem Feiertag widmete. Merana war überrascht gewesen, als sie die Stelle erreicht hatten. Der Platz war wie eine Insel, die sich plötzlich im Meer der Stadthäuser auftat. Die bunte Schar der an schlichten Holztischen versammelten Feiernden verlieh dem Platz samt seiner Umgebung einen nahezu dörflichen Charakter. Beherrscht wurde das Ambiente vom großen Gotteshaus, von der evangelischen Hauptkirche Sankt Michaelis, eines der Wahrzeichen der Hansestadt. Der markante Turm war jahrhundertelang gut sichtbare Markierung für Seefahrer, die mit ihren Schiffen auf der Elbe nach Hamburg segelten.

Nicht weit von der Michaelis-Kirche entfernt trifft man auf die spektakulären Glasbauten der neu errichteten Hafen-City. Sie schicken sich an, das Bild des modernen Hamburgs zu prägen, sich zum neuen Erkennungszeichen aufzuschwingen. Aber noch thront das alte Wahrzeichen über den Glaspalästen, noch überragt sie der alte »Michel«, wie die Hamburger liebevoll ihre Kirche nennen.

Merana war auch vom Inneren des Gebäudes beeindruckt. Ein weiter, heller, lichtdurchfluteter Raum bietet sich dem Betrachter, nicht so protzig überladen wie manche Barockkirchen in Österreich und im süddeutschen Raum, die er kennt. Am meisten überwältigt war er von der Aussicht. Vor allem die Sicht auf die Elbe und den riesigen Hafen war unbeschreiblich.

Jetzt, vom Balkon des Hotels aus, kann er nur wenig in der Ferne erkennen. Er überlegt kurz, den gefiederten Kollegen alleine zu lassen und sich wieder ins warme Zimmer zu verziehen. Doch er bleibt. Und er wird für sein Ausharren belohnt. Der dichte graue Schleier wird durchlässiger. Nach wenigen Minuten sind bereits schemenhafte Konturen auszumachen. Was eben noch formloses graues Gebilde war, verwandelt sich langsam zu Umrissen von imposanten Windrädern, von gigantischen Kränen, die ihre kolossalen Stahlarme in den Himmel recken wie furchterregende Weltraummonster aus einem Science-Fiction-Film. Weit unter ihm vermeint Merana, einen mächtigen, lang gezogenen Schatten auszumachen, der geräuschlos durch den Nebel gleitet. Im nächsten Moment spaltet sich die graue Wand, gibt den Blick frei auf ein riesiges Containerschiff. Wie ein urzeitlicher Koloss schiebt sich das schwimmende Ungetüm über das Wasser der Elbe, begleitet von Schleppern, deren schwache Umrisse er mehr erahnen kann, als sie tatsächlich auszumachen.

Merana ist zum ersten Mal in Hamburg. Auf den Anblick des berühmten Hafens mit seinen Schiffen und Kränen hat er sich am meisten gefreut. Und natürlich auf Jennifer. Sie hat ihn am Sonntag vom Flugplatz abgeholt, ihn zum Hotel gebracht. Am Nachmittag suchten sie den Jungfernstieg auf, mengten sich mitten unter die vielen Einheimischen und Touristen, ließen sich auf den voll besetzten Steinstufen am Ufer nieder. Jennifer besorgte einen Imbiss von einer der vielen Verkaufsbuden. So saßen sie fast zwei Stunden lang auf den warmen Steinplatten, löffelten Glasnudeln mit Fisch und Thaisoße aus Pappbechern. Sie redeten, lachten, genossen die beiderseitige Nähe und ließen dazwischen immer wieder den Blick über das Wasser der Binnenalster streifen, erfreuten sich am Anblick der Boote und der großen weißen Fontäne in der Mitte des Areals. Später wechselten sie in ein nahes Lokal an einem der Kanäle mit Blick auf das imposante Rathaus. Viel mehr bekam er an seinem ersten Tag von Hamburg allerdings nicht mit. Was beide an diesem ersten Nachmittag und Abend vor allem wollten, war miteinander reden.

Sie hatten sich über ein halbes Jahr nicht gesehen. Bei ihrer Verabschiedung in Salzburg hatte Jennifer gesagt: »Besuchst du mich bald einmal in Hamburg?« Es hat ein wenig gedauert, aber jetzt ist er hier, um sein Versprechen einzulösen.

Ein scharfes Krächzen reißt ihn aus seinen Gedanken. Der Seevogel neben ihm zuckt mit den Flügeln. Ein weiterer Schrei, dann stößt sich der Vogel vom Geländer ab, nimmt Kurs nach unten, in Richtung Hafen. Der Flügelschlag der startenden Möwe wirkt wie ein Rückzugszeichen für die Nebelwände. Immer größer werden die hellen Flecken in der grauen Umgebung. Am linken Rand von Meranas Blickfeld schieben sich die dunklen Zacken eines Gebäudes aus dem Dickicht der Schwaden. Die geschwungene aufsteigende Silhouette eines prächtigen Bauwerkes wird sichtbar. Wegen dieses Kunsttempels kommt mittlerweile die halbe Welt nach Hamburg. Vor Meranas Augen schält sich die Kontur der berühmten Elbphilharmonie aus dem Nebel. Wie eine überdimensionale futuristische Schmuckschatulle mit kleinen Juwelen auf der dunklen Außenhaut ragt sie über die Gebäude am Fluss. Merana freut sich wie ein kleines Kind. Er hat das Konzerthaus seit seiner Ankunft nur aus der Entfernung gesehen. Den direkten Blick aus der Nähe wollte er sich aufsparen für die Hafenrundfahrt, zu der ihn Jennifer in drei Stunden abholen wird. Und vor allem wollte er sich den Eindruck für heute Abend bewahren. Da würde er nicht nur staunend vor der ungewöhnlichen Fassade des Gebäudes stehen. Heute Abend würde er das Haus auch in dessen Innerem erleben. Bei einem Konzert! Die Musikveranstaltungen in der Elbphilharmonie sind heiß begehrt, man muss monatelang auf Tickets warten. Merana konnte Jennifer lange nicht mitteilen, wann er tatsächlich nach Hamburg käme. Zu viel war in letzter Zeit geschehen, hielt ihn auf Trab. Auch das Ende seines komplizierten Prozesses vor der Disziplinarkommission war schwer abzuschätzen gewesen. Erst vor knapp vier Wochen konnte Merana den Termin für seinen Besuch endgültig zusagen. Er muss sie heute Abend fragen, wie sie es geschafft hat, noch Karten zu ergattern. Er wirft einen Blick auf das prunkvolle Konzerthaus in der Ferne, dann kehrt er zurück ins Zimmer. Das dumpfe Dröhnen eines Schiffshorns ist zu vernehmen, gleich darauf ein helleres. Der Hafen erwacht zum Leben. Der Digitalwecker neben dem Bett zeigt 06.15 Uhr. Das Hotel verfügt über einen Swimmingpool und einen Fitnessraum. Beides will er noch nützen. Um halb acht würde er frühstücken und warten, bis Jennifer ihn abholt.

»Einem Verrückten in die Karten schauen, was bringt das?« Der Spruch steht außen auf einem der Fenster des Caféhauses. Er stammt von Thomas Bernhard. Sibylle kennt das Zitat. Doch sie liest die Zeilen jedes Mal aufs Neue, ehe sie eintritt. Und jedes Mal sucht sie nach einer originellen Antwort. Aber ihr fällt nie mehr ein als: Das bringt gar nichts! Auch wenn du das Blatt kennst, weißt du bei Verrückten nie, welche Karte sie als Nächstes ausspielen. Sie schmunzelt, schüttelt den Kopf und öffnet mit Schwung die beiden Eingangstüren zum Café Classic.

»Guten Morgen. Es gibt frischen Topfenstrudel.«

Die Chefin des Hauses lächelt ihr zu. Ihr Mann hantiert am Tresen an der Espressomaschine. Zwei Kellnerinnen sind im hinteren Bereich des Cafés unterwegs.

»Wunderbar, den Strudel nehme ich. Und dazu einen Cappuccino.«

Sie hat sich zwar vorgenommen, heute nichts Süßes zu essen. Aber bei Topfenstrudel kann sie nicht widerstehen. Sie holt sich eine Zeitung, nimmt Platz an einem der Fenstertische. Sie schaut nach draußen. Der Himmel über dem Hotel Bristol schimmert türkis. Die großen Magnolienbäume auf dem Makartplatz stehen seit Tagen in voller Pracht. Wie Millionen heller Tropfen hängen die Blüten an den Zweigen, verwandeln die Baumkronen zu wolkengleichen märchenhaften Gebilden. Trotz des dichten Blütenmeers ist von Sibylles Platz aus die Mitte des Areals gut einzusehen. Dort prangt eine imposante Bronzeskulptur, die »Caldera«, ein Werk des englischen Bildhauers Anthony Cragg. Die eruptive Kraft, die die Form dieser Bronzeskulptur ausstrahlt, erinnert Sibylle an den gestrigen Abend.

Sie zieht unwillkürlich die Luft ein, heftiger, als sie wollte. Ein belebendes Frösteln kriecht über ihre Haut. Auch sie war gestern förmlich explodiert. Ihr eigener Schrei hallt immer noch in ihr nach. Lustvoll und zugleich erschreckend. Sie schüttelt sich, verscheucht die Gedanken an gestern Abend. Sie lehnt sich zurück, versucht, die morgendliche Atmosphäre ringsum zu genießen. Sibylle mag dieses Kaffeehaus. Sie sitzt im Sommer gerne an einem der Tische im pittoresken Innenhof. Das Café liegt in einer von Touristen gern besuchten Umgebung. »Tanzmeisterhaus« hieß das Gebäude Anfang des 18. Jahrhunderts, weil dessen damaliger Besitzer Franz Gottlieb Spöckner hier Unterrichtsstunden für Tanzwillige aus adeligen Kreisen abhielt. Eine Art Dancing Stars für hochwohlgeborene Perückenträger. Aber die altehrwürdigen Mauern hätten es wohl niemals zu einem längeren Eintrag in die Geschichtsbücher geschafft, wenn nicht der ehemalige Vizekapellmeister der Salzburger Hofmusik, Leopold Mozart, sich 1774 endgültig eingestehen musste, dass die Wohnung in der Getreidegasse für die Familie mit zwei inzwischen erwachsenen Kindern viel zu eng war. Also übersiedelte er im Herbst desselben Jahres samt Gattin Anna Maria, Tochter Maria Anna und Sohn Wolfgang Amadeus vom linken auf das rechte Salzachufer und bezog Quartier im Gebäude am Makartplatz, der damals Hannibalplatz hieß. Wolfgang Amadeus, das längst zum Mann gereifte Wunderkind, verbrachte einige Jahre in diesem Haus, ehe er nach Paris und schlussendlich nach Wien abrauschte. All dies und vieles mehr aus Leben und Schaffen des Salzburger Genius loci können Besucher erfahren, wenn sie durch die Museumsausstellungsräume schlendern. Sibylle kennt das Gebäude seit ihrer Kindheit. Ihre Eltern haben sie oft zu Konzerten in Mozarts Wohnhaus mitgenommen. Das ist sicher mit ein Grund, warum sie heute noch gerne hierherkommt. Sie schwelgt gerne in Erinnerungen.

Sie liebt das Café auch, weil man auf viele Bekannte trifft, auf Musiker, Schauspieler, Künstlerkollegen. An den Makartplatz grenzen einige bedeutende Salzburger Kulturstätten. Schräg gegenüber von Mozarts Wohnhaus liegt das Landestheater, daneben der Eingang zum Mirabellgarten. In unmittelbarer Nähe befindet sich die Musikuniversität Mozarteum, gefragt bei Studierenden aus aller Welt. Direkt an das Landestheater schließt das alte Mozarteum mit seinen Konzertsälen an, und nicht zuletzt auch Sibylles eigene Wirkungsstätte, das Salzburger Marionettentheater.

Auch jetzt am frühen Morgen ist das Caféhaus bereits gut gefüllt. Sibylle erkennt unter den Gästen eine Maskenbildnerin aus dem Landestheater im Gespräch mit einem jungen Mann, der einen Cellokoffer bei sich hat. Ein schon leicht ergrauter Hochschulprofessor kramt am Zeitungsstand und entscheidet sich schließlich für den »Standard« und die »Süddeutsche«. Die Caféhauschefin nähert sich, stellt Tasse und Mehlspeise auf den Tisch. Sibylle greift zur Gabel, sticht ein Stück ab und kostet. Schon beim ersten Bissen durchflutet sie ein Glücksgefühl. Jawohl! So muss ein Topfenstrudel schmecken.

»Hallo, Sibylle, dich habe ich ja schon lange nicht mehr hier gesehen.« Die Frau, die sie mit wohlklingender Stimme anspricht, kam eben durch die Tür. Neben Sibylle steht eine etwa 50-jährige hagere Person in dunklem Pullover und hellem Rock. Der um den Kopf gekordelte aschblonde Zopf verleiht ihr ein Aussehen, das Sibylle immer vage an eine ukrainische Politikerin erinnert. Tymoschenko oder so ähnlich heißt die.

»Und du trägst eine neue Brosche! Sehr hübsch. Ist das Jade?«

»Nein, Malachit.«

»Ah, interessant. Steht dir jedenfalls ausgezeichnet. Passt wunderbar zu deinen Augen.«

Die Frau setzt sich an den Nachbartisch.

»Wie läuft es denn mit euren Proben?«

»Danke der Nachfrage, Dorothea. Wir hängen wie immer ein wenig hinterher. Aber du weißt ja, wie das ist. Unser regieführender Jungstar wird schon genug Dampf machen, um uns rechtzeitig bis zur Premiere in Hochform zu bringen.«

Die Zopfträgerin lacht. »Ja, wir haben an unserem Haus derzeit auch einen Jungstar, der meint, das Theater von Grund auf neu erfinden zu müssen. Er hält sich für einen zweiten Frank Castorf. Aber Herumbrüllen alleine wird nicht reichen, um Karriere zu machen. Naja, wir werden sehen.«

Sie bestellt zwei Eier im Glas und einen Kräutertee.

»Ich bin schon sehr gespannt auf eure Neuproduktion. Wird es eine öffentliche Generalprobe geben?«

Sibylle nickt. »Es ist noch nicht ganz entschieden, aber vermutlich.«

Ein Lächeln schleicht sich in die leicht verhärmten Züge der hageren Frau. »Du denkst doch dann an mich?«

Sibylle hat schon den nächsten Bissen im Mund, kann nur nicken.

So ist das in Salzburg. Jeder hofft, irgendwen zu kennen, und kennt dann tatsächlich wen, der irgendwen kennt, der weiß, wie man irgendwie zu Freikarten kommt. Besonders begehrt sind natürlich Generalprobenkarten für Aufführungen der Salzburger Festspiele. Nicht nur im Sommer. Auch zu Ostern und zu Pfingsten.

Auch ihr ist es vor Kurzem gelungen, über eine befreundete Flötistin an eine Generalprobenkarte für die Osterfestspiele zu gelangen. Festspielopernkarten kosten in Salzburg ein kleines Vermögen. Knapp 500 Euro hat man zu berappen, wenn man ganz vorne sitzen will. Und für die allerletzte Reihe blättert man auch noch über 200 Euro hin. Da freut man sich als Opernliebhaberin schon wie ein Kind vor dem Weihnachtsbaum, wenn man hin und wieder eine Generalprobenkarte ergattert. Zum Nulltarif. Sie war im Großen Festspielhaus, Rang Mitte, vierte Reihe: »Lohengrin«. Und kein Geringerer als Weltstar Jonas Kaufmann sang die Titelrolle.

Gott sei Dank war die Lohengrin-Generalprobe am Vormittag. Abends hätte Sibylle die Gelegenheit zum Opernbesuch gar nicht wahrnehmen können. Sie haben im Marionettentheater fast drei Wochen durchgespielt. Jeden Abend Vorstellung, manchmal zusätzlich am Nachmittag. Der Einsatz hat sich ausgezahlt. Die Osterzeit schwemmt immer eine besonders große Anzahl an Touristen nach Salzburg. Nicht nur Tagestouristen, die mit dem Bus ankommen, sich von Fremdenführern durch die Getreidegasse und über die Plätze treiben lassen, die noch schnell die Mozartstatue und die Festung fotografieren und dann wieder verschwinden. Nein, zu Ostern kommen viele Gäste nach Salzburg, die gerne länger bleiben, die einiges an Geld ausgeben, die in den Geschäften einkaufen, sich auch manch kulturellen Genuss gönnen. Heuer war die Auslastung im Marionettentheater besonders hoch, nahezu jede Vorstellung während der Osterzeit war ausverkauft. Auch die gestrige Abschlussmatinée mit Mozarts »Zauberflöte« war gut gefüllt. Abends gab es keine Vorstellung mehr. Das gesamte Ensemble hat aufgeatmet. Der erste freie Abend nach 18-tägigem Vorstellungsmarathon.

Sie schaut auf die Uhr. Um Himmels willen! Schon zwei Minuten vor neun. Vor lauter Schwärmen in alten Erinnerungen und Topfenstrudel- und Lohengringenüssen hat sie völlig die Zeit übersehen. Die Zopfträgerin am Nachbartisch nippt an ihrem Tee, blickt von einem Stapel Noten auf. »Giuseppe Verdi. Il trovatore«, ist auf der obersten Seite zu lesen. Dorothea Haselberg ist seit fast 30 Jahren eine wichtige Stütze im Chor des Landestheaters.

Sibylle winkt der Chefin, vergisst nicht, Grüße und Worte des Lobes an die Frau Mama auszurichten, gibt reichlich Trinkgeld und huscht hinaus.

Heute hat sie keinen Blick für das Haus Makartplatz Nummer 1, direkt gegenüber dem Landestheater. Es ist das Geburtshaus von Christian Doppler. Gleich zwei Marmortafeln auf dem Gebäude weisen darauf hin. Der Physiker, der den nach ihm benannten »Doppler-Effekt« entdeckte, wurde hier 1803 geboren. Manchmal bleibt Sibylle vor der Schautafel stehen, vertieft sich kurz in das Porträt des Wissenschaftlers und noch länger in die Auslagen der Parfümerie, die im Erdgeschoss des Gebäudes liegt. Heute hetzt sie daran vorüber und ist keine zwei Minuten später am Eingang zum Marionettentheater. Die Verwaltungsräumlichkeiten liegen im ersten Stock. Während sie die Eingangstür aufschließt, hört sie schon das Läuten des Telefons. Sie tritt ein, lässt ihre Tasche auf den Boden fallen, eilt zum Schreibtisch, hebt ab.

»Salzburger Marionettentheater, guten Morgen.«

Am anderen Ende der Verbindung ist eine Frau mit südländisch klingendem Akzent, die nach Karten für heute Abend fragt. Sibylle erklärt, dass heute keine Vorstellung stattfindet. Die nächste Aufführungsserie beginne aber schon morgen.

»Ist es … äh, possibile … vedere in die Internet?«

»Si, certo, signora.« Sie buchstabiert der Anruferin die Webadresse und legt auf. Gleich darauf klingelt es erneut. In der nächsten Viertelstunde betreut sie fünf Anrufer und versucht, deren Fragen zu beantworten. Dann stellt sie die

Anlage auf »Mobil« um, steckt das tragbare kleine Telefon ein und begibt sich zur Toilette. Als sie zurückkehrt, hebt sie ihre Tasche vom Boden auf. Sie fröstelt. Der Heizkörper ist kalt. Soll sie ihn aufdrehen? Nein, es reicht, dass sie ihre dicke Jacke noch anhat. Es ist ruhig im Haus. Sie lässt sich auf einen der abgewetzten Biedermeierstühle nieder und legt die Beine hoch. Sie liebt diese Stille. Manchmal bleibt sie abends nach einer Vorstellung länger im Haus. Es gibt immer etwas zu tun. Kleidungsstücke an den Puppen ausbessern. Entwürfe für neue Kostüme erstellen. Mailnachrichten begeisterter Besucher beantworten. Aber meist sitzt sie einfach nur da und saugt die Stille des alten Hauses ein wie kühlen, dickflüssigen Wein. Vielleicht würde sie auch heute länger bleiben als geplant. Sie hat Anita versprochen, den Vormittagsdienst für sie zu übernehmen. So konnte die Sekretärin mit ihrem neuen Freund auf der Skihütte übernachten und braucht erst gegen Mittag in Salzburg zu sein. Sie würde vielleicht nach Anitas Ankunft eine Stunde dranhängen. Sie hat ja noch die venezianische Gondel zu reparieren. Bei der letzten Vorstellung von »Hoffmanns Erzählungen« war der silberne Bugbeschlag abgebrochen. Im selben Moment fällt ihr ein, dass sie noch etwas zugesagt hat. Ihr ist gestern während der Vorstellung aufgefallen, dass Tamino im zweiten Akt Probleme hatte, die Flöte anzusetzen. Vielleicht war eine der Halterungen für die Fäden lose. Gestern nach dem Ende des österlichen Vorstellungsmarathons hat jeder im Team nur mehr alle viere von sich gestreckt. Keiner brachte die Energie auf, sich um die Behebung eines technischen Gebrechens zu kümmern. Aber jetzt fühlt Sibylle sich besser. Sie wird das gleich in Angriff nehmen. Sie drückt sich aus dem Stuhl hoch, überprüft, ob sie das mobile Telefon eingesteckt hat, und verlässt das Büro. Der angrenzende Gang führt direkt zum hinteren Bühneneingang. Auf dem Boden neben der Tür entdeckt sie ein Tuch. Sie hasst Schlamperei. Nicht umsonst trägt sie im Team den Spitznamen »Madame Blitzblank«, nur weil sie darauf drängt, dass jeder seine Sachen dort aufbewahrt, wo sie hingehören. Sie hebt das Tuch auf. Ein schwaches Aroma steigt plötzlich in ihre Nase. Sie hält das Stück Stoff näher ans Gesicht. Der Geruch kommt ihr vertraut vor. Wer hat das wohl liegen lassen? Sie steckt das Tuch in die Tasche ihrer Jacke und betritt den Raum. Sie dreht das Arbeitslicht an und steigt die schmale gewundene Treppe hinunter bis zur Plattform mit dem Lichtregiepult. Sie muss ganz nach unten, bis zum Bühnenboden, denn einige der Puppen aus der Zauberflöte hängen auf dem Querbalken der Vorderbühne. Sie ist noch nicht am Ende der zweiten Treppe angekommen, da bleibt sie erschrocken stehen. Der groteske Anblick, der sich ihr bietet, verblüfft sie. Zwischen den Marionetten hängt ein Körper, der dort nicht hingehört. Er ist größer als die anderen Puppen, eine riesige monströse Erscheinung neben den kleinen Theaterfiguren. Das Bühnenarbeitslicht ist gedämpft, wirft nur einen schwachen Schimmer auf das grauenvoll verzerrte Gesicht der Figur. Sibylles Herzschlag setzt für eine Sekunde aus. Das ist ein Mensch, eine Frau! Die geschwollene Zunge hängt ihr seitlich aus dem Mund. Im nächsten Moment erkennt Sibylle, wer die Gestalt ist. Als würde ein unsichtbarer Spieler an einem Faden ziehen, zuckt Sibylles Kopf zur Seite, ihr Mund wird weit aufgerissen, und heraus quillt ein Schrei. Gleich darauf noch einer. Durch das halbdunkle Rund des Theaters schrillt Sibylles hysterisches, panikerfülltes Kreischen.

»Hey, marvelous!«

»Che bello …«

»Wao! Net schlecht, die Hütten …«

Ein kollektiver Aufschrei der Bewunderung macht sich in der Schar der Besucher breit, übertönt das Rattern des Dieselmotors des Ausflugsbootes. Erstaunen in verschiedenen Sprachen und Stimmungslagen, jubelnd, ehrfurchtsvoll, ergriffen, aus dem Mund eines Bayern auch ein wenig flapsig.

»Sapperlot, do haben de Hamburger Bazi endli oamoi was Saubers zsambracht! Is eh Zeit wordn!«

Die Barkasse ist eben aus dem schmalen Kanal gebogen, verlässt den Bereich der alten Speicherstadt, erhöht im breiten Fahrwasser der Elbe das Tempo und hält auf das markante Gebäude zu, das mit seiner blitzenden Glasfassade auf dem Sockel des alten Kaispeichers wie eine überdimensionale Krone prangt.

»Mami, ist das die Elphi?«

»Ja, mein Schatz!«

»Hey, dann mache ich gleich ein Foto. Selfie mit Elphi …«

Die aufgeweckte Zehnjährige zückt ihr Handy und versucht eine passende Position einzunehmen, um sich mit der Elbphilharmonie im Hintergrund im Bild festzuhalten.

Die Kleine hat ihrer Mutter schon von Beginn der Fahrt an Löcher in den Bauch gefragt.

Jennifer hat Merana kurz nach neun abgeholt. Sie waren zu Fuß unterwegs. Der Elbehafen liegt nicht weit vom Hotel entfernt. Ihr Ziel waren die Landungsbrücken zwischen Niederhaven und dem St. Pauli Fischmarkt. Sie waren nicht die Einzigen am Ufer. Tausende tummelten sich an den Piers. Hier ist die Anlegestelle für die großen Fahrgastschiffe, für imposante Ausflugsboote genauso wie für Linienfahrzeuge.

»Bevor wir starten, musst du unbedingt ein Fischbrötchen zu dir nehmen«, hat Jennifer gelacht, und auf die Verkaufsbuden gedeutet, die sich am Pier entlangziehen. »Was willst du? Makrele, Seelachs, Bismarckhering, Nordseekrabben, Kräutermatjes?«

Er entschied sich für Hering. Sie aßen beide im Stehen Fischstücke samt Weißbrotscheiben aus zusammengerollten Servietten und achteten darauf, nicht von den Besucherströmen überrollt zu werden. Jennifer wies auf eine große Fähre, die an ihnen vorbeizog. »Das ist die Linie 62, die nehmen wir am Nachmittag in Richtung Finkenwerder. Wir steigen aber schon in Övelgönne aus. Und weißt du, was dich da erwartet, mein Lieber?«

Merana hatte keine Ahnung.

»Sandstrand! Und das am Ufer der Elbe! Badegäste. Blühender Oleander in großen Eimern. Strandbars mit Sonnenliegen und Cocktails. Das ist fast wie Rio de Janeiro. Nur dass du hier nicht auf den Zuckerhut blickst, sondern auf Kräne, die große Lasten schwenken, und Containerschiffe, die an dir vorüberziehen. Das ist Hamburger Romantik pur!«

Er lachte. »Einen Caipirinha samt Blick auf Kräne nehme ich gerne. Aber sonst muss ich passen. Ich habe keine Badehose dabei.«

Dann sind sie zur Hafenrundfahrt aufgebrochen. Jennifer hat sich für eine der kleineren Barkassen entschieden. Mit den kleineren Booten ist es auch möglich, die engen Kanäle zu befahren, die durch die alte Speicherstadt führen. Merana war neugierig, den Komplex der historischen Lagerhäuser von der Perspektive des Wassers aus zu sehen. An Land hatte er gestern schon einige Eindrücke gewinnen können. Seit 1991 stehen die Gebäude unter Denkmalschutz, hat Jennifer ihm erklärt, und seit 2015 ist das gesamte Areal von Speicherstadt und Kontorhausviertel auf der UNESCO-Welterbeliste eingetragen.

»Da wart ihr aber spät dran«, hatte er gestern feixend

bemerkt. »Die Salzburger Altstadt hat das UNESCO-Prädikat schon 1997 bekommen.«

Er hatte viel erfahren bei diesem Rundgang. Dass man die Kanäle, die Wasserverbindungen, in Hamburg *Fleet* nennt. Dass die riesigen Speicher früher vor allem für die Lagerung von Kaffee, Tee und Gewürzen gebraucht wurden. Dass die Backsteinarchitektur im neugotischen Stil ausgeführt ist. Und dass die Lagerhäuser auf Tausenden von Eichenpfählen stehen. Die alten Gebäude werden auch heute noch genutzt, für Museen, Agenturbüros, Lokale und einige auch für Teppichgeschäfte.

Wie selbstverständlich hat Jennifer beim Einsteigen seine Hand genommen und gleich nach der Abfahrt ihren Kopf an seine Schulter gelegt.

Sind wir uns in diesen Tagen näher gekommen?, fragt Merana sich, während die Barkasse über das Wasser glitt und der Bootsführer über Lautsprecher die Besonderheiten der Umgebung erklärte. Er hat den Eindruck, sie sind einander schon bei ihrer ersten Begegnung in Salzburg sehr nahe gewesen, ohne, dass beide es aussprachen. Dennoch war er leicht nervös, als er vorgestern in Hamburg aus dem Flugzeug gestiegen war und sich fragte: Wie würde die Begegnung ablaufen? Wie würde Jennifer reagieren? Sie sind einander vor einem halben Jahr in Salzburg erstmals begegnet. Die äußeren Umstände dieses Zusammentreffens waren von tragischen Umständen begleitet gewesen, von großer leidvoller Erfahrung für beide. Jennifer war es, die bei der Verabschiedung sagte: »Es wäre schön, einander wiederzusehen.«

Würde dieses Gefühl sich halten, auch über den Zeitraum eines halben Jahres? Doch die Spur von Unsicherheit verflog in dem Moment, als sie in der Empfangshalle des Hamburger Flughafens auf ihn zueilte, ihn fest an sich drückte. Sie küsste ihn auf die Wange, hängte sich bei ihm ein, plauderte drauflos, als hätten sie sich erst gestern verabschiedet.

Als sie vor Wochen über seinen Besuch sprachen, hatte sie ihm angeboten, bei ihr zu wohnen. Doch er wollte lieber ins Hotel. Da konnte er sich zurückziehen, falls ihm die plötzliche Nähe doch zu viel wurde. Sie hatte das auf der Stelle akzeptiert, hatte nicht versucht, ihn umzustimmen.

»Stooooop!« Ein helles Kreischen fegt über die Köpfe der Passagiere hinweg. »Maaaami! Der Kapitän muss sofort anhalten!« Fast alle Gesichter der Ausflügler im Boot wenden sich der hysterisch schreienden Zehnjährigen zu. Sie fuchtelt mit den Armen. Ihre Hände sind leer. Eben hat sie noch ein Handy gehalten. »Es ist mir ins Wasser geplumpst! Sofort anhalten!«

Die Kleine ist schwer zu beruhigen. Es dauert einige Zeit, bis sie die Erklärung ihrer Mutter akzeptiert, dass man jetzt weder anhalten noch eine Truppe von Tauchern herbeikommandieren kann, um nach dem Handy zu suchen.

»Da hättest du besser achtgeben sollen! Ich habe dir gesagt, beuge dich nicht zu weit über die Reling! Jetzt ist es weg.«

Das Gesicht des Mädchens ist zu einer Schnute verzogen. Plötzlich hellt es sich auf. »Kriege ich jetzt ein neues Handy? So ein cooles, wie Sandra eines hat?«

Merana bekommt die Antwort der Mutter nicht mehr mit. Er hat sich zur Seite gedreht, um ein paar Schnappschüsse zu machen. Er versucht, die Elbphilharmonie in einer Linie mit dem Turm der alten Michaeliskirche im Hintergrund aufs Bild zu bannen. Dann schießt er Großaufnahmen der gewölbten Glaselemente auf der Außenhaut. Diese Glaskörper verleihen dem Gebäude das Aussehen eines überdimensionalen Kristalls. Wie in einem riesigen Zauberspiegel reflektiert sich darin die Umgebung. Dort oben würde er heute Abend sein, und zusammen mit Jennifer ein wohl unvergessliches Konzert genießen.

Das Smartphone in seiner Hand vibriert. Er beendet die Kamerafunktion und liest die eingegangene Message. Sie kommt von seiner Stellvertreterin, Chefinspektorin Carola Salman.

»Schlechte Nachrichten?«, fragt Jennifer, als sie seinen Gesichtsausdruck wahrnimmt. Er nickt.

»Musst du auf der Stelle zurück?«

Er schüttelt den Kopf. »Nein, morgen früh wird reichen.«

Er blickt wieder zur spektakulären Fassade des Gebäudes. Um 20 Uhr würde das Konzert beginnen.

Die fünfte Symphonie von Gustav Mahler steht auf dem Programm und dazu im ersten Teil ein berühmtes Lied und das gleichnamige Streichquartett von Franz Schubert. »Der Tod und das Mädchen«. Merana seufzt. Das passt zur eingegangen Nachricht. Er bemüht sich, seiner Begleiterin zuliebe die düstere Stimmung in seinem Inneren zu verscheuchen. Es gelingt ihm nur schwer.

MITTWOCH, 24. APRIL

Das Summen der Triebwerke ist einlullend. Er hat vergangene Nacht wenig geschlafen. Der Kaffee, den ihm die Flugbegleiterin im Pappbecher reicht, ist Gott sei Dank heiß und stark. Er hat kurz vor dem Abflug nochmals mit seiner Stellvertreterin telefoniert. Carola Salman hat ihm spätabends eine Mail zum aktuellen Ermittlungsstand übermittelt. Er kippt die Sitzlehne zurück, trinkt vorsichtig den heißen Kaffee in kleinen Schlucken, gibt den leeren Becher zurück an die hilfsbereite Stewardess. Er denkt an das tote Mädchen.

An jenes, das man gestern Morgen auf der Bühne des Salzburger Marionettentheaters fand. Und auch an jenes von gestern Abend. An das Mädchen aus dem Gedicht von Matthias Claudius, dessen Text Franz Schubert zu einem Lied verwandelt hat.

Vorüber! Ach vorüber!
Geh wilder Knochenmann!
Ich bin noch jung, geh Lieber!
Und rühre mich nicht an.

Lied und Text haben Merana schon früher berührt. Er hat es oft für sich zu Hause auf CD gehört, und einmal auch im Konzertsaal erlebt, bei einem Liederabend der Salzburger Festspiele.

Aber gestern bei der Darbietung in der Elbphilharmonie war er besonders ergriffen, wissend, dass in der Salzburger Gerichtsmedizin die Leiche einer jungen Frau liegt, die wenige Stunden davor noch mitten im blühenden Leben stand.

Ich bin noch jung, geh Lieber …

Er ist nicht vorübergegangen, der Knochenmann. Er war kein Lieber. Er hatte seinen Job zu erledigen, musste sie mitnehmen, die junge Frau, weil irgendjemand zuvor ihr Leben ausgelöscht hat. Lucy Salmira, 20 Jahre alt. Ein wahrer Sonnenschein, wie einige Theaterkollegen bemerkt hatten, deren Vernehmungsaussagen er gelesen hat. Und er, Kommissar Martin Merana, Leiter der Fachabteilung Mord/Gewaltverbrechen, befindet sich auf dem Weg zurück, um herauszufinden, wer für den grauenvollen Mord an der jungen Puppenspielerin verantwortlich ist.

Jennifers Worte von gestern Abend kommen ihm in den Sinn. Sie saßen nach dem Konzert noch in der Harbour Bar, im zwölften Obergeschoss der Elbphilharmonie. Sie ließen die Eindrücke des Konzertes nachklingen, genossen gleichzeitig den fantastischen Ausblick auf den nächtlichen Hamburger Hafen, eine Komposition aus dunklem Wasser, mystischen Gebäudeschemen und magischen Lichtern.

Jenifer hat das Champagnerglas gehoben. In ihren Augen lag ein rätselhaftes Schimmern.

»Wenn dich heute nicht diese schreckliche Nachricht erreicht hätte, dann hätte ich dich sicher gefragt, ob du vielleicht die letzte Nacht nicht im Hotel, sondern doch mit mir verbringen willst. Aber jetzt ist es wohl besser so.«

Wir werden noch mehr Nächte haben, war er versucht zu

sagen, viele Tage, viel Zeit. Aber er hat nichts gesagt. Er hat schon einmal mit einer Frau darüber geschwärmt, wie viel wunderbare Zeit noch vor ihnen liege. Viele Sommer, viele Winter. Und dann war die Katastrophe passiert, keine drei Tage später. Blut ist geflossen. Ein Leben wurde vernichtet. Und diese Katastrophe hat ihn aus der Bahn geworfen. In seinem Wüten aus uferlosem Schmerz wäre er fast zugrunde gegangen. Deshalb wollte er gestern nicht aussprechen, dass sie noch viel Zeit vor sich hätten. Er hatte es schmerzhaft anders erlebt. Die alten Wunden in ihm sind immer noch nicht ganz verheilt. Er hat sich nur über den Tisch gebeugt und sie geküsst. Innig, lang, wohltuend.

Er wollte damals nach der Katastrophe den Dienst quittieren. Er war drauf und dran, alles hinzuschmeißen. Aber ein Mordfall, in den er sich aus zutiefst persönlichen Gründen hineinziehen ließ, half ihm unversehens halbwegs in die Spur. Und er lernte im Lauf der Ermittlungen Jennifer kennen. Hätte er vor einem halben Jahr aufgegeben, wären sie einander nie begegnet.

»Meine Damen und Herren, hier spricht Ihr Kapitän. Wir befinden uns in einer Reisehöhe von rund 20.000 Fuß, das heißt 6.000 Meter über Boden. Die Ankunft wird planmäßig erfolgen. Derzeit haben wir Wolken über Salzburg. Es herrscht leichter Regen bei 19 Grad Celsius.« Die Stimme aus dem Lautsprecher wiederholt das Gesagte auf Englisch. Der Kapitän und die Besatzung wünschen eine gute Reise.

Leichter Regen. Der berühmte Salzburger Schnürlregen erwartet ihn. Was sonst! In Hamburg ist er bei Sonnenschein gestartet. Daheim empfängt man ihn mit trübem Wetter. Vielleicht kann er davor noch ein paar Minuten schlafen. Er schließt die Augen.

Sie landen kurz nach 11 Uhr. Carola trifft ihn am Ausgang.

»Wie war es in Hamburg?«

»Schön.«

»Wie geht es Jennifer?«

»Gut.«

Mehr ist ihm nicht zu entlocken. Die Chefinspektorin kennt ihren Chef. Er würde ihr später vielleicht mehr erzählen. Jetzt ist sein Fokus voll auf den Fall gerichtet. Sie öffnet die Wagentür. Er verstaut das Gepäck. Dann machen sie sich auf den Weg in die Innenstadt.

Sie parken das Auto im Innenhof des benachbarten Mozarteums. Die Straßen sind nass, doch der Regen hat inzwischen aufgehört. »Salzburger Marionettentheater«, ist in der Rundung des Torbogens am Eingang zu lesen. Wer die tatsächlichen Hauptrollen in diesem Haus spielt, erschließt sich schon an der großen, straßenseitig gelegenen Auslage. Puppen in allen Größen begrüßen den Besucher, von den Figuren der Trappfamilie aus »Sound of Music« bis zur sternflammenden Königin der Nacht aus der »Zauberflöte«.

Es passt zum spielerischen Flair der Umgebung, dass die gläsernen Flügeltüren am Eingang unvermittelt aufschwingen, als würden sie durch Geisterkraft geöffnet. Die Vorstellung, eine unsichtbare Hand sei hier auf magische Art am Werk, hat auch mehr Reiz als die simple Erklärung eines Bewegungsmelders.

Sie nehmen im Parterre nicht den Eingang zu Theaterfoyer und Zuschauerraum. Carola führt ihn die breite Treppe hinauf zur ersten Etage. Die Stiege ist breit, verläuft geschwungen. Die Steinfliesen sind abgewetzt. Noch ehe die Chefinspektorin die Hand zur Klingel führt, wird die hohe Eingangstür geöffnet. Eine Dame in Kostüm erwartet sie. Sie reicht Merana kaum bis zum Kinn. Das Gesicht ist schmal, umrahmt von gewelltem grauen Haar, das ihr auf die Schultern fällt. Ende 50, würde man vielleicht schätzen, aber Merana weiß, dass die Frau schon auf die 70 zugeht. Er kennt die Theaterleiterin von Berichten aus den Zeitungen, Charlotta von Sonnenthal, seit fast 30 Jahren im Haus, seit zehn Jahren Prinzipalin des Unternehmens.

»Grüß Gott, Frau Chefinspektorin, guten Tag, Herr Kommissar.« Sie reicht beiden die Hand. Der Druck ihrer Finger ist fest, stark, so wie der Blick, mit dem sie auf die Ankömmlinge schaut. Sie versucht, einen gefassten Eindruck zu vermitteln. Disziplin gehört wohl zu ihren Grundtugenden. Aber den erschöpften Eindruck, den die dunklen Ringe unter den Augen vermitteln, kann sie nicht vollständig kaschieren. Sie deutet mit eleganter Handbewegung hinter sich, bittet die beiden einzutreten. Sie stehen im Vorzimmer. Der Raum ist zugleich Sekretariat. Zwei vollgestellte Schreibtische mit großen Bildschirmen, Regale mit Ordnern, aufgestapelte Bücher, Theaterplakate und Bilder an den Wänden. Auch wenn man dem Raum auf den ersten Blick ansieht, dass er Büroarbeiten dient, erinnert er dennoch an ein Empfangszimmer in alten herrschaftlichen Häusern. So wie das anschließende Zimmer, dessen Tür weit offen steht. Alles ein wenig heruntergekommen, aber immer noch Eleganz versprühend, die behagliche Atmosphäre von unaufdringlicher Nostalgie.

»Die anderen sind schon unten, so wie Sie es wünschten, Frau Chefinspektorin. Ich darf vorausgehen.«

»Frau von Sonnenthal …«

Sie verlangsamt den Schritt, bleibt stehen, als hätte der Wind eine dahinschwebende Feder sanft gebremst. Das Lächeln, das sie ihm entgegenschickt, ist ein wenig schief. »Lassen Sie bitte das ›von‹ weg, Herr Kommissar. Adelsprädikate sind in Österreich seit dem Aufhebungsgesetz von 1919 ohnehin verboten. Das ›von‹ setzen nur gerne Journalisten mancher Zeitungen immer wieder vor meinen Nachnamen, weil sie offenbar der Ansicht sind, eine leicht abgehalfterte Adelige passe gut als Chefin für ein schon ein wenig aus der Mode gekommenes Haus mit jahrhundertealter Tradition. Sie können gerne Charlotta zu mir sagen, so wie alle hier.«

Er versucht, das Lächeln zu erwidern.

»Gerne … Frau Charlotta. Nur eine kurze Frage, bevor wir zu den anderen kommen. Ich habe dem Bericht meiner Kollegen entnommen, dass die Eingangstür zu diesem Trakt abgeschlossen war, als Frau …«, er warf einen schnellen Blick auf seine Unterlagen, »… Frau Lercher die Tote gestern fand. Wer außer den Ensemblemitgliedern hat einen Schlüssel zu den Räumlichkeiten des Theaters?«

»Nur unsere Putzfrau.« Sie zögert. Dann fasst sie sich mit der Hand an die Stirn. »Und dann gibt es noch einen Reserveschlüssel, der hängt beim Portier des Landestheaters. Das hat sich als praktisch erwiesen, falls jemand von uns den Schlüssel vergessen hat und sonst niemand im Haus ist.« Sie wirft der Chefinspektorin einen entschuldigenden Blick zu. »Sorry, Frau Doktor Salman. Das habe ich gestern völlig vergessen. Ich war leider zu durcheinander.«

Sie dreht sich wieder um, geleitet sie in den Korridor hinter dem Sekretariat.

Der Gang teilt sich. »Bühne. Zutritt für Unbefugte nicht gestattet«, steht auf einer weiß gestrichenen Tür. Sie führt zu einer steilen Treppe, die nach unten weist. Sie erreichen eine Plattform. Deren vorderer Teil wird von einem eindrucksvollen Regiepult beherrscht. Einer der großen Monitore zeigt eine Landschaft mit fantastisch wirkenden Bäumen, offenbar ein Teil des Bühnenbildes. Sie sind im Innenleben des Theaters. Eines richtigen Theaters, wie Merana mit einem schnellen Rundumblick feststellt. Nur viele Details sind wesentlich kleiner, als man es von ähnlichen Stätten gewohnt ist.

Kleinere Traversen, kürzere Seilzüge, kleinere Bühnenbilder und Scheinwerfer. An den Wänden hängt Werkzeug. Gerätschaft, mit dem man an den Puppen hantieren kann. Zwei Brücken überspannen den Bühnenraum, dessen Spielfläche unter ihnen liegt.

»Da müssen wir hinunter.« Die Theaterleiterin geht voraus, steigt eine weitere, noch engere, Treppe hinab. Merana und Carola folgen ihr. Auf halber Höhe öffnet sich der Blick nach draußen in den Zuschauerraum. Dort bemerkt Merana einige Personen. Es sind die wartenden Mitglieder des Ensembles. Sie gesellen sich dazu. Die Theaterchefin stellt den Kommissar vor. Die Chefinspektorin ist den meisten von der ersten Befragung bekannt.

»Hat sich bei jemandem von Ihnen seit unserer gestrigen Vernehmung etwas ergeben, das uns weiterbringen könnte?« Carola Salman blickt in die Runde.

Allgemeines Kopfschütteln. Es herrscht Schweigen, das ein wenig betreten wirkt.

»Soweit ich dem Protokoll Ihrer Aussagen entnommen habe, war am Ostermontag vormittags Matinée«, mischt sich Merana ein. »Abends war vorstellungsfrei. Dennoch befand sich Lucy Salmira im Theater. Haben Sie eine Ahnung, warum?«

»Sie hat geübt.« Die Stimme der Prinzipalin ist leise. Merana schaut sie fragend an.

»Lucy ist erst …« Sie räuspert sich, versucht ihrer Stimme festen Klang zu verleihen.

»Pardon, ich muss mich erst an die schreckliche Gewissheit gewöhnen, dass sie nicht mehr bei uns ist. Lucy … war erst seit gut einem halben Jahr bei uns. Sie wollte von Anfang an größere Rollen spielen. Aber eine Puppe gut zu führen, das braucht Zeit, das braucht Geduld und viel Training. Sie war sehr ehrgeizig. Sie war oft an spielfreien Abenden hier und hat geübt, was ihr die Kollegen im Lauf der Wochen beigebracht haben.«

»Hat sie vorgestern bei der Matinée-Vorstellung mitgespielt?«

»Ja, sie konnte einige der einfacheren Puppen bedienen. Die Tiere, die zu Taminos Flötenspiel tanzen. Die Gruppe der Mohrensklaven in Sarastros Dienst. Sie hat auch beim Kulissenwechsel geholfen.«

Merana nickt. Er versucht, sich die junge Frau in diesem Ambiente vorzustellen. Er hat Lucys Bild in der vergangenen Nacht lange auf sich wirken lassen. Er vertiefte sich in die Aufnahmen vom Tatort und noch eindringlicher in die Privatbilder, die ihm Carola übermittelt hatte. Sie zeigen eine lachende, fröhliche junge Frau. Elfenhaft.

Ein schmales Gesicht, heller Teint, umrahmt von dunklen Locken.

»Ich möchte mir gerne die Stelle anschauen, wo man Lucy fand. Wenn möglich auch in der vorgefundenen Lichtstimmung.«

»Ich kümmere mich darum. Die Stimmung ist abgespeichert.« Ein breitschultriger Mann mit auffälliger Hornbrille löst sich aus der Gruppe. Ein leichter Akzent ist ihm anzuhören. Marek Slavik, 55, geboren in Brünn, wenn Merana sich aus den Eintragungen im Vernehmungsprotokoll richtig erinnert. Der Brillenträger drängt sich durch den Eingang, der den Zuschauerraum mit dem Bühnenbereich verbindet. Carola und Merana folgen, dahinter die Prinzipalin.

Es ist eng hinter der Bühne. Merana muss mehrmals den Kopf einziehen, um nicht gegen einen Träger zu krachen. Licht flammt auf, weißes Licht von schräg oben, blaues von der Seite. Links und rechts am Bühnenende hängen kleinere Gebilde im Halbdunkel. Schemenhafte Wesen. Unbeweglich. In der Mitte der Szenerie, vom Scheinwerferlicht besser erfasst, baumeln größere Gestalten an schimmernden Fäden. Sie werfen gespenstische Schatten auf die eigentümliche Kulissenumgebung. Merana fühlt sich wie in einer bizarren nächtlichen Märchenlandschaft und zugleich wie in einem unheimlichen Figurenkabinett. Es scheint ihm, als käme jeden Moment Leben in die seltsamen Wesen ringsum. Gleich würden sie die Arme heben, die Köpfe drehen und die aufgemalten großen Augen auf den Eindringling richten. Und vielleicht würden sie sich in Bewegung setzen, würden ihre Formation auflösen und den neu Angekommenen einkreisen. Wie ein Rudel hungriger Wölfe. Lauernd. Bereit zuzupacken. Aber nichts von dem geschieht. Die Puppen verharren reglos. Mit starren Gesichtern. Stumm. Ohne Leben. Merana tritt einen kleinen Schritt zurück, geht in die Hocke, hält sein Gesicht in Augenhöhe zu den reglosen Figuren. Zwischen diesen Gestalten hing vorgestern Nacht eine Gestalt, die nicht in diese Umgebung gehörte. Eine Leiche. Der tote Körper der 20-jährigen Lucy Salmira. Er stellt sich die schaurige Szenerie vor. Plötzlich zögert er. Etwas irritiert ihn. Er holt sein Handy aus der Tasche, öffnet die Datei mit den Tatortfotos. Er vergleicht sie mit dem Anblick, der sich ihm jetzt bietet.

»Die Figuren sind nicht dieselben.« Er dreht das Handy zur Theaterchefin.

»Eine Puppe fehlt.« Er vergrößert den Ausschnitt.

Charlotta Sonnenthal schaut auf das Display.

»Ja, das ist die Puppe, mit der Lucy geübt hat. Aber die gehört nicht zum Ensemble der Zauberflöte. Hier hängen nur Puppen, die wir heute Abend für die Vorstellung brauchen.« Sie wirft einen schnellen Blick zu Carola. »Die Frau Chefinspektorin meinte, das sei …«

»Ja, das geht in Ordnung«, kommt ihr Meranas Stellvertreterin zu Hilfe. »Thomas Brunner und seine Leute sind gestern spätnachts fertig geworden. Wir haben den Tatort heute früh freigegeben. Von unserer Seite spricht nichts dagegen, dass heute wie geplant die Vorstellung stattfindet. Außer du hast Einwände, Martin.«

Nein, hat er nicht. Wenn das Team in seiner Abwesenheit entschieden hat, die Spurenerhebung am Tatort sei abgeschlossen, dann passt das auch für ihn.

»Wo ist die Puppe jetzt? Kann ich sie sehen?«

»Natürlich. Sie hängt oben.«

Sie steigen über die Treppe bis zur oberen Plattform. Gleich hinter dem zentralen Regiepult liegt ein Abschnitt, der Merana beim Hinuntersteigen gar nicht aufgefallen ist. Er betritt einen erhellten Raum. Und ist überrascht. Als sei er mit dem Schritt über die Türschwelle in einer völlig anderen Welt gelandet. Wie Alice im Wunderland. Er hat das Gefühl, Millionen kleiner Wesen drängen sich plötzlich rings um ihn. Wahrscheinlich sind es nur ein paar Hundert, aber auch diese Ansammlung ist verblüffend genug. An der Decke hängen auf Schienen Holzkreuze, dicht aneinandergedrängt wie schlafende Fledermäuse. Von den Gestängen führen dünne Fäden nach unten. Tausende feine Kordeln treffen auf Köpfe, Arme, Beine, Schultern, Larven, Gesichter.

Merana ist umringt von den sonderbarsten Gestalten. Manche wirken elegant, anmutig, andere wieder absurd oder unheimlich. Könige, Sultane, Marktfrauen, Prinzessinnen, Handwerker, Erzengel, Soldaten, Gelehrte, Waldschrate, Zauberer. Er sieht Teufel mit Flügeln neben Giraffen und Pferden, pausbäckige Clowns neben scharfnasigen Hexen, grinsende Zwerge neben anmutigen Elfen, bierbauchige Wirte neben feurigen Drachen.

»Das ist unser Depot. Hier hängen alle Puppen, die wir für das aktuelle Repertoire und für die kommenden Stücke brauchen.«

Die Theaterchefin weist in die hintere rechte Ecke. »Dort hängen die Figuren für unsere Neuproduktion von ›Le nozze di Figaro‹.« Zwischen den kleinen Darstellern in schmucken Kostümen entdeckt Merana die Puppe, die er vorhin vermisste. Er tritt näher heran. Die kleine Figur stellt einen jungen Mann dar. Das wirre Haarbüschel unterstreicht den pfiffigen Ausdruck, den die lachenden Augen und die frech nach oben gereckte Nase vermitteln. Er trägt Hosen, die ihm bis unters Knie reichen, dazu ein weites helles Hemd. Über die linke Achsel hängt eine kleine dunkle Ledertasche. Auf der rechten Schulter hockt ein großer lilafarbener Schmetterling.

Merana überlegt, wen aus der Mozartoper von Figaros Hochzeit diese Puppe darstellt? Cherubino, den heißblütigen Pagen, der in die Gräfin verliebt ist?

Figaro selbst, den aufmüpfigen und heiratswilligen Diener des Grafen? Aber dafür scheint er zu jung.

»Wir haben in sechs Wochen Premiere. So ist es zumindest geplant. Angefangen mit dem Entwurf der Puppen und den ersten Überlegungen zur Inszenierung haben wir schon im vergangenen Herbst.« Die Theaterleiterin streicht mit zwei Fingern über das wuschelige Haar des kleinen Holzmannes. »Diese Figur kommt in Mozarts Oper gar nicht vor. Das war Lucys Idee.« Sie nimmt vorsichtig das Holzkreuz vom Haken. Dann fasst sie eine der Stangen, macht mit der Hand eine Bewegung nach vor, und in der nächsten Sekunde erwacht die Figur zum Leben.

»Darf ich mich vorstellen. Mein Name ist Leandro.« Die Stimme der Theaterchefin wechselt vom wohlklingenden Alt in eine jugendliche Lage. »Ich bin der Gehilfe von Antonio, dem stets schlecht gelaunten Gärtner im Dienst seiner Exzellenz, des Grafen Almaviva.« Der Oberkörper der Puppe klappt nach vorne, gleichzeitig schnellt der Arm nach außen. Der Gärtnergehilfe macht eine zackige Verbeugung, mit tiefer Haltung. Der lila Schmetterling auf der Schulter des Jünglings macht die Bewegung mit, zuckt mit den kleinen Flügeln. Merana geht auf das Spiel ein, deutet seinerseits eine Reverenz an. Die Intendantin nimmt den hölzernen kleinen Mann wieder hoch und hängt ihn zurück an den Haken. »Wir sind alle schockiert. Laufen seit gestern wie ferngesteuert herum. Ich glaube, niemand von uns hat auch nur einigermaßen realisiert, dass dieses herzige Wesen, das seit einem halben Jahr durch unser Haus wirbelte und alle mit seiner Fröhlichkeit ansteckte, nicht mehr da ist. Wir vermissen Lucy sehr.«

Sie wendet sich ab. Ihre Augen sind feucht. Merana folgt ihr nach draußen, zurück ins Halbdunkel des Bühnenbereiches. Die Monitore und Lichtskalen des Regiepults glühen wie die Steuerungseinheiten eines Raumschiffes. Die Besatzung scheint bereit zu sein. Alle warten auf den Start. Derzeit verharren sie noch auf ihren Positionen, aufgehängt an unsichtbaren Drähten. Schräg unter einer der Säulen, die den Aufbau der Bühnenkonstruktion tragen, schimmert etwas Farbiges. Merana tritt ans Geländer, blickt nach unten. Sein Blick fällt auf ein Federkleid in rotgelber Schattierung. Die Figur, die darin steckt, hat auch einen auffällig geformten Kopf, mit hochgetürmter Frisur. Schwer zu erkennen, wo die Haarpracht in den Federschmuck übergeht. Daneben baumelt ein kleiner Käfig. Winzige Vögel sind darin. Merana beugt sich tiefer, schaut dem bunten Kerl ins pfiffige Gesicht.

»Das ist ja immer noch derselbe Papageno!« Er dreht sich verwundert um, schaut in das Gesicht der Prinzipalin. Ein schwaches Lächeln macht sich darin breit.

»Ja, der Papageno ist so etwas wie das Aushängeschild unseres Theaters. Als meine Vorgängerin noch lebte, durfte niemand diese Puppe führen, nur sie. Sie war die Enkelin von

Anton Aicher. Er hat das Marionettentheater 1913 gegründet.«

Merana löst sich von der Brüstung und folgt Charlotta Sonnenthal nach oben. Er erinnert sich. Er war zehn Jahre alt, als er mit der Großmutter das Marionettentheater besuchte. Sie sind damals mit Bahn und Bus aus dem fernen Pinzgau in die Stadt gekommen. Eine halbe Weltreise. Viel hat er bei seiner ersten Begegnung mit Mozarts Zauberflöten-Oper nicht verstanden. Die Handlung war ihm zu verwirrend. Eine anfangs bewunderte Sternenkönigin, die am Schluss doch zu den Bösen gehört. Ein hoher Priester, der ein unschuldiges Mädchen gefangen hält und sich am Schluss als der edelmütig Gute erweist. Er blickte nicht durch. Aber den fürwitzigen Papageno in seinem lustigen Federkleid hatte er sofort ins Herz geschlossen. Er hat sich damals fest vorgenommen, die Großmutter bald wieder zu bitten, mit ihm das Marionettentheater zu besuchen. Er wollte noch viele Vorstellungen sehen. Irgendwie ist es nicht dazu gekommen, aus welchen Gründen auch immer. Ein einziges Mal war er später im Salzburger Marionettentheater. Vor gut zehn Jahren. Und das ohne sein Dazutun. Der Chef hatte ihn damals bedrängt, statt seiner an einer Premiere mit anschließendem Sektempfang teilzunehmen. Der Sekt war lauwarm, daran kann Merana sich noch erinnern. An das Stück nicht mehr.

Jetzt werde ich wohl öfter in dieses Haus kommen, denkt er, während er der Theaterchefin die Hand reicht.

Es wäre ihm lieber, der Anlass dafür wäre erfreulicher.

Sie verlassen das Gebäude. Der Himmel über der Stadt ist lichter geworden.

Die Portiersloge des Landestheaters ist keine zehn Schritte entfernt. Beide Schauspielhäuser liegen unmittelbar nebeneinander. Merana und die Chefinspektorin zeigen ihre Dienstausweise, bringen ihr Anliegen vor. Der Portier, ein stiernackiger Mann Anfang 40 mit Kurzhaarschnitt, löffelt gerade an seinem Mittagessen. Dunkelgrüne Soße leuchtet aus einer Plastikschüssel, darin schwimmen Nudeln, vermengt mit Brokkolistücken. Der Mann stellt die Schüssel weg, öffnet eine der Schubladen am Schreibtisch, kramt herum.

»Ja, da ist er.« Er zieht einen Schlüssel hervor. Auf dem Anhänger steht »Mar.Theat«.

Nein, am Ostermontag hätte er nicht gearbeitet, da sei der Jacky hier gewesen.

Auf Nachfrage erhalten sie den kompletten Namen des Mannes, samt Handynummer. Johann Bramberger.

»Aber den Jacky werden Sie heute schwer erreichen. Der ist Fischen. Und wenn der Jacky hinter seinen Saiblingen her ist, dann hat er das Handy sicher nicht eingeschaltet.«

Sie bedanken sich und gehen. Carola setzt sich ans Steuer, bugsiert den Wagen aus der Einfahrt, schlängelt sich in den dichten Verkehr auf der Schwarzstraße ein. Sie kommen nur schleppend voran. Am Café Bazar gleiten sie im Schneckentempo vorbei. Sie könnten in der Zeitung mitlesen, die eine ältere Dame an einem der Fenstertische in der Hand hält. Sie hätten auch Zeit mitzuzählen, wie oft das junge Paar daneben zu Mokkatasse und Mehlspeise greift. Es sind nur knapp zehn Minuten, die sie benötigen. Aber es fühlt sich an wie eine Stunde, bis sie endlich die Ampelkreuzung an der Staatsbrücke erreichen. In diesem Moment reißt die ausgedünnte Wolkendecke vollends auf. Die Sonne schiebt sich durch den Spalt, kommt genau über der Kuppel der Kollegienkirche zum Vorschein, schickt ihre Strahlen über die Dächer der Altstadt. Auch wenn Merana das Panorama der Häuser von dieser Seite des Flusses aus wohl schon Tausende Male gesehen hat, ist er dennoch jedes Mal beeindruckt. In diesem Moment umso mehr. Denn die aufblitzende Sonne entflammt ihr Licht über der Stadtlandschaft wie eine Scheinwerferbatterie über einer Theaterkulisse. Da funkeln die Felsen der Stadtberge, da gleißen die Kuppeln und Türme der vielen Kirchen, da leuchten die Fassaden der alten Bürgerhäuser. Und über allem glänzen die Zinnen und Mauern der Festung. Hamburg hat Merana auch beeindruckt. Die unvergleichliche Szenerie des Hafens, der würdevolle Anblick der alten Michaelis-Kirche, die prunkvoll elegante Erscheinung der Elbphilharmonie hatten es ihm angetan. Aber Salzburg braucht keinen Vergleich mit der alten Hansestadt zu scheuen. Wieder einmal wird ihm warm ums Herz. Ein weiteres Mal wird ihm bewusst, in welch wunderbaren Stadt er lebt. Die Ampel springt auf Grün. Carola lenkt das Auto über die Brücke, hält sich links, fährt am Rudolfskai entlang. Sie schaltet das Radio ein. Eine dunkle Männerstimme meldet sich mit den 14-Uhr-Nachrichten. Merana lehnt sich zurück, hängt seinen Gedanken nach. Er ruft sich die vorhin gewonnenen Eindrücke aus dem Theater in Erinnerung. Die Szenerie hinter der Bühne. Den schaurigen Schauplatz. Die betroffenen Mienen der Ensemblemitglieder. Er hört nur mit halbem Ohr, was der Nachrichtensprecher an Neuigkeiten verbreitet.

Der Abzug der US-Truppen aus Syrien verzögere sich weiterhin, ist zu vernehmen. Vor der italienischen Küste ist erneut ein Boot mit Flüchtlingen gesunken. Die Behörden befürchten mehr als 200 Todesopfer. Die österreichischen Oppositionsparteien forderten heute Vormittag im Parlament Aufklärung zu den Vorgängen rund um die ominöse Hausdurchsuchung beim BVT, beim Bundesamt für Verfassungsschutz und Terrorismusbekämpfung. Merana ist geistig immer noch im Theater. Hat er vorhin etwas Neues erfahren? Etwas, das die bisherigen Aussagen aus den Vernehmungsunterlagen ergänzt? Oder ihnen widerspricht? Der Radiosprecher beendet die Nachrichten mit einer Kulturmeldung. Der Geschäftsführer der Salzburger Osterfestspiele ziehe eine erfreuliche Bilanz des diesjährigen Festivals. Man habe eine Auslastung von knapp 95 Prozent erreicht. Für die kommenden drei Saisonen werde eine Kooperation mit einem neuen Sponsor in Aussicht gestellt.

In der Alpenstraße, die stadtauswärts führt, wird der Verkehr endlich flüssiger. Sie erreichen die Bundespolizeidirektion um 14.30 Uhr. Merana trägt seine Reisetasche ins Büro, holt sich einen Kaffee und zwei Sandwiches aus der Kantine.

Die Teambesprechung ist für 15 Uhr angesetzt. Merana und Carola informieren Thomas Brunner über ihren Besuch im Theater, liefern eine knappe Zusammenfassung ihrer Eindrücke. Dann ist es Zeit, sich in den großen Besprechungsraum zu begeben. Nach fünf Minuten ist das Team komplett. Bevor Merana als Ermittlungsleiter das Meeting startet, öffnet sich die Tür. Hofrat Kerner erscheint. Keiner im Raum ist verwundert über das Auftauchen des Polizeipräsidenten. Sie kennen ihren obersten Chef. Beim Mord an der jungen Puppenspielerin handelt es sich immerhin um einen Kriminalfall in einer Salzburger Kultureinrichtung mit Weltruf. Das Marionettentheater genießt internationales Ansehen. TV-Stationen aus ganz Europa und Übersee haben noch gestern Abend Reporterteams nach Salzburg geschickt. Je dichter das Medieninteresse, je größer der zu erwartende Promifaktor im Geschehen, desto sicherer ist es, dass sich der Salzburger Polizeipräsident höchstpersönlich nahe an den Ermittlungen präsentiert, um im Rampenlicht zu glänzen.

»Einen ebenso wunderschönen wie erfolgreichen Nachmittag, Kollegen und Kolleginnen!« Auch wenn es sich um eine Mordermittlung handelt, auch wenn es ein Gewaltverbrechen an einer jungen Frau zu bedauern gibt, Präsident Günther Kerner versucht, sich jovial zu geben. Er bemüht sich, positive Stimmung zu versprühen, die anderen mitzureißen, so wie er es bei unzähligen Führungsseminaren zur Mitarbeitermotivation gelernt hat.

»Es ist mir gelungen, das Team aufzustocken!«, frohlockt er. Dabei begrüßt er die Kollegen aus den Ermittlungsbereichen 5 und 7, Betrug und Umweltkriminalität, die für die vorliegende Untersuchung der Mordkommission zugeteilt sind, um Meranas Team zu verstärken.

»Dass wir bei diesem Fall permanent im Licht der Öffentlichkeit stehen und jeder unserer Schritte aufs Genaueste beobachtet wird, muss ich euch nicht klarmachen. Das wisst ihr, denn ihr seid Profis! Und mit gewohnt professioneller Arbeit und kreativem Teamgeist werden wir rasch zu einer Lösung kommen. Ich verlasse mich auf euch. Ihr habt mein vollstes Vertrauen! Packen wir es an!«

Knapp, dass er nicht »für König, Gott und Vaterland« hinzugefügt hat, denkt Merana und verbeißt sich eine sarkastische Bemerkung. Dann stakst der Hofrat auf den Kommissariatsleiter zu, schüttelt ihm demonstrativ die Hand, wünscht viel Erfolg und rauscht wieder davon. Ein deutlich wahrnehmbares Aufatmen ist im Raum zu vernehmen. In einigen Gesichtern zeigt sich ein Grinsen. Ja, sie kennen ihren Chef. In vielen ähnlichen Situationen war sein Auftritt nicht anders wie eben erlebt.

Merana setzt sich, blickt auf den Leiter der Tatortgruppe.

»Da wir neue Kollegen im Team haben und ich auch erst jetzt dazugestoßen bin, bitte ich dich, uns alle auf den aktuellen Stand zu bringen, Thomas. Mit allen Details von Beginn an.«

Thomas Brunner aktiviert den Beamer. Auf der Leinwand erscheint das lachende Gesicht einer jungen Frau. Im Hintergrund ist eine Sommerwiese zu erkennen. Dieses Foto kennt Merana bereits aus den Dateien, die ihm Carola übermittelte.

»Lucy Salmira, 20 Jahre alt, geboren in Steyr, Oberösterreich«, beginnt Brunner seine Ausführungen.

»Sie besucht Volksschule, Hauptschule und Handelsakademie in ihrer Heimatstadt. Vor eineinhalb Jahren übersiedelt sie nach Salzburg, um zu studieren. Germanistik und Englisch. Nach einem Jahr schmeißt sie das Studium hin und beginnt am Salzburger Marionettentheater zu arbeiten. Das war vor sechs Monaten. Laut Aussagen der Ensemblemitglieder ist in diesem Zeitraum nichts Außergewöhnliches vorgefallen, was zu einer Erklärung für den grausamen Mord führen könnte. Man beschreibt sie als liebenswürdig, stets gut gelaunt und wohltuend ehrgeizig, was das Erlernen der Theaterabläufe anbelangt. Kommen wir zum Tag der Ermordung, zum Ostermontag. Es gab um elf Uhr eine Vorstellung von Mozarts ›Zauberflöte‹. Lucy war mit dabei. Die Darbietung endete um 13 Uhr. Soweit wir es bis jetzt rekonstruieren können, hat sich danach das Ensemble ziemlich rasch aufgelöst, alle wollten so schnell wie möglich nach Hause. Am Abend kehrt Lucy ins Theater zurück. Vermutlich, wie erste Aussagen ergaben, und wie auch Martin und Carola erneut bestätigt bekamen, wollte die junge Frau trainieren, ihre Fertigkeiten im Puppenspiel verbessern. Am nächsten Morgen, also gestern früh, kommt Ensemblemitglied Sibylle Lercher kurz nach neun ins Theater. Sie hatte sich bereit erklärt, den Vormittagsdienst für die Sekretariatskollegin zu übernehmen. Gegen 9.30 Uhr begibt sie sich in den Bühnenbereich. Sie hatte die Absicht, Reparaturarbeiten an einer Puppe vorzunehmen. Dazu kam sie nicht. Ihr bietet sich dieser Anblick.«

Das lachende Gesicht verschwindet vom Screen, abgelöst vom grässlich verzerrten Gesicht der Toten. Der mehrfach um den Hals geschlungene Strick ist deutlich zu sehen. Die

Leiche hängt als überdimensionaler Eindringling zwischen den zierlichen Marionettenpuppen.

Vorüber! Ach vorüber!
Geh wilder Knochenmann!
Ich bin noch jung, geh Lieber!
Und rühre mich nicht an.

Nein, dieser Tod war kein Lieber. Er hat sie angerührt. Und das auf brutale Weise. Gut ein Dutzend Menschen sitzt im Raum. Jeder Einzelne ein erprobter Ermittler. Die meisten haben mehrfach Leichen gesehen. Manche der Opfer waren noch übler zugerichtet als die tote Frau auf dem Bild. Aber man gewöhnt sich nie daran. Der Anblick schockiert jedes Mal aufs Neue. Merana spürt tiefe Betroffenheit. Seine eigene und die der anderen. Die Erschütterung ist fast greifbar. Sie sind alle erfahren genug. Sie werden auch in diesem Fall ihre Arbeit machen wie immer. Präzise, sachlich, objektiv, professionell. Aber sie alle werden das erschreckende Bild der hingerichteten jungen Frau mit sich herumtragen. Sie werden es auch vor dem Einschlafen nicht ganz loswerden. Das weiß der Kommissar aus langer Erfahrung. Der erschütternde Anblick wird ihnen allen noch mehr Ansporn sein, denjenigen so schnell wie möglich zur Rechenschaft zu ziehen, der Lucy Salmira das angetan hat. Dazu braucht es kein Motivationstraining durch Führungskräfte.

»Vor einer Stunde hat uns Frau Doktor Plankowitz ein erstes Ergebnis der gerichtsmedizinischen Untersuchungen geliefert«, setzt Thomas Brunner fort. »In Verbindung mit den von uns erhobenen Spuren am Tatort lässt sich daraus folgender möglicher Tathergang rekonstruieren. Todeszeitpunkt zwischen 22 Uhr und zwei Uhr früh.« Er notiert die Uhrzeit auf einer zweiten Tafel neben dem zentralen Screen. »Todesursache: Bruch der obersten drei Halswirbel und in Folge Rückenmarkquetschung, vermutlich in Folge eines Sturzes.«

Auf der Leinwand erscheint die Röntgenaufnahme.

»Die Tote weist zudem eine große Wunde am Hinterkopf auf, hervorgerufen durch einen Schlag.«

Das Röntgenbild verschwindet, wird ersetzt durch eine Aufnahme aus dem Theater.

Die weiße Treppe ist zu erkennen, die von der Regieplattform nach oben zum Bühnenausgang führt.

»Vermutlich hat Lucy Salmira sich auf der Plattform befunden. Dort ist sie ihrem Angreifer begegnet. Vermutlich versuchte sie zu entkommen. Jedenfalls wollte sie über die Treppe nach oben. Der Angreifer holt sie ein, schlägt zu, trifft sie am Hinterkopf. Sie stürzt zurück auf den Boden der Plattform und bricht sich das Genick.«

Eine der neu ins Team bestellten Kolleginnen hebt die Hand, Gruppeninspektorin Alina Kramer aus dem Bereich Umweltkriminalität.

»Ich habe eine Frage. Ich bin mit Todesfällen nicht so vertraut wie ihr. Bei einem Bruch der Halswirbel mit Quetschung des Rückenmarks ist man doch sofort tot, oder?«

Thomas Brunner bestätigt. »Ja.«

»Warum hat der Täter der Toten einen Strick um den Hals gehängt? Wollte er Selbstmord vortäuschen?«

Brunner zuckt mit den Achseln.

»Ich weiß es nicht.« Er blickt zu Merana. Zum ersten Mal mischt sich der Kommissar in die Ausführungen.

»Wir werden den Mörder fragen, sobald wir ihn haben. Aber vielleicht wird uns dessen Beweggrund im Zuge unserer Ermittlung vorher klar. Ich ersuche euch wie immer, in jeder Sekunde wachsam zu sein. Bei aller Aufmerksamkeit den Spuren gegenüber, sollt ihr nie eure aufkommenden möglichen Rückschlüsse vernachlässigen.«

Er blickt in die Runde. Offen zu sein für jede Richtung der Ermittlung, ohne den Hauptstrang aus den Augen zu verlieren. Auch jeden noch so abwegig scheinenden Gedanken nicht gleich abzuwürgen, sondern weiterzuverfolgen. Vermutungen jederzeit auszusprechen, alle daran teilhaben zu lassen. Zu dieser Achtsamkeit hat Merana seine Mitarbeiter von Anfang an animiert. So haben sie es immer gehalten. Und es passierte nicht nur einmal in all den Jahren, dass sie gerade durch ein minimales Detail, einen zunächst abwegig scheinenden Gedanken auf die richtige Spur gebracht wurden.

Auf dem Screen ist ein Abschnitt des Strickes zu sehen, eine dunkle Kordel von zwölf Millimetern Durchmesser.

»Leinen dieser Art hängen einige im Bereich hinter der Bühne«, führt Thomas Brunner aus. »Sie werden für das Hochziehen der Szenenbilder und anderer Bühnenteile verwendet.«

Sehr theatralisch!, ist der erste Gedanke, der Merana dabei in den Sinn kommt. Der Mörder hat der Toten nicht nur den Strick um den Hals geschlungen. Er hat das Seil am Geländer festgezurrt und den Leichnam auch noch über die vordere der beiden Spielbrücken geworfen, mitten unter die baumelnden Puppen. Was für ein Effekt! Was für ein grässlicher Anblick für denjenigen, der die Tote in dieser gespenstischen Umgebung finden würde.

Er konzentriert sich wieder auf Brunners Ausführungen.

»Wir sind uns einigermaßen sicher, was den geschilderten Tathergang anbelangt. Wir haben zur Untermauerung unserer Vorstellung Blutspuren auf dem Geländer der Treppe gefunden, eine Folge des Schlages auf den Kopf. Es gibt auch eindeutige Blutspuren auf dem Boden der Plattform, wo der Körper aufschlug.«

Die Bilder auf der Leinwand zeigen die entsprechend dunkel schimmernden Stellen.

»Womit der Täter zuschlug, lässt sich derzeit nicht zu 100 Prozent sagen. Die Mordwaffe haben wir am Tatort nicht gefunden. Im Bereich hinter der Bühne stößt man auf ein ziemliches Wirrwarr. Neue Bilder erscheinen auf der Leinwand. Ein Sammelsurium bietet sich dem Betrachter. Kulissenteile, Puppen, Vorhänge, Kabel, Werkzeug, Rollen, Eisenteile, Holzplatten.

»Räumen die nie auf?«, entfährt es einem der Kollegen.

»Das sind Künstler, Egon. Nicht so penible Heimwerker wie du«, antwortet ein anderer. Ein kurzes Lachen ist zu hören. Das letzte Bild auf dem Screen lässt einen Ausschnitt des unteren Treppenbereichs erkennen, eine leere Stelle hinter den Metallstufen.

»Laut Aussagen der Ensemblemitglieder befindet sich an dieser Stelle normalerweise eine alte Rohrzange. Man benötigt sie manchmal für gröbere Reparaturarbeiten. Wenn etwa eine der Verschraubungen an den Scheinwerferträgern klemmt, ist es immer gut, das Werkzeug zum raschen Handeln griffbereit zu haben. Diese Zange ist verschwunden. Wir haben sie uns beschreiben lassen. Nach den Angaben der Theaterleute dürfte sie ungefähr diese Form aufweisen.«

Das Bild einer Rohrzange wie aus einem Bauhauskatalog erscheint auf der Leinwand.

»Wir haben uns heute Vormittag eine Zange dieser Art besorgt und sie in die Gerichtsmedizin gebracht. Laut Frau Doktor Plankowitz passt die Form des Werkzeugs gut zum vorgefundenen Wundprofil am Hinterkopf des Opfers.«

Er schweigt, lässt das Gesagte auf die zuhörenden Kollegen wirken.

»Wenn es so war …«, Merana erhebt sich, tritt an die Seite von Thomas Brunner, zeigt mit der Hand zur Leinwand. »Wenn es so war, und wir hegen keinen Zweifel an der Rekonstruktionsarbeit unserer Tatortgruppe, was sagt uns das über den möglichen Täter?«

Die Frage ist eher rhetorisch gestellt. Merana geht davon aus, dass sie ohnehin alle in dieselbe Richtung denken. Die Chefinspektorin spricht aus, was die meisten überlegen.

»Stellen wir einmal die Annahme in den Raum, der Mord war nicht geplant. Die Person, die spätabends zu Lucy ins Theater kommt, bringt also keine Waffe mit. Wir wissen nicht, was passiert ist. Aber die Begegnung dürfte aus irgendeinem Grund eskaliert sein. Es kommt zum Streit. Lucy will fliehen. Die andere Person greift zum erstbesten Gegenstand, mit dem sie zuschlagen kann. Das ist die schwere Rohrzange neben der Treppe.«

»Wie ist der Täter ins Haus gelangt?« Die Frage kommt von Alina Kramer.

»Vielleicht hatte Lucy vergessen abzusperren«, erwidert Carola Salman. »Oder der Mörder hatte einen Schlüssel. Dann könnte es jemand aus dem Ensemble sein. Oder die Putzfrau.«

Sie richtet ihren Blick auf Otmar Braunberger.

»Ich habe die Dame erreicht. Sie heißt Zoja Oblak. Sie hat ein Alibi. Sie hat sich mit Freunden am Ostermontag einen Abend im Spielcasino gegönnt.«

»Was zahlen die ihrer Putzfrau, dass sie sich Highlife im Casino leisten kann?«, fragt Egon Medved, Revierinspektor und Hobbybastler, mit Erstaunen in der Stimme.

»Offenbar zu wenig«, erwidert Braunberger gelassen. »Sonst müsste sie nicht zocken. Und die Dame hat keinen braven Ehemann zu Hause wie deine Frau, Egon, der die halbe Wohnungseinrichtung selber zusammenzimmert, was Geld spart.« Er schickt dem Kollegen ein kurzes Augenzwinkern, dann wird er wieder ernst. »Zoja Oblak hatte am Montag 40. Geburtstag, wurde von Freunden zum Feiern ins Casino eingeladen. Sie lebt alleine. Der Schlüssel zum Marionettentheater war die ganze Zeit über in ihrer Wohnung. Und dort ist er nach wie vor. Die mögliche Spur über die Putzfrau können wir wohl ausschließen. Den Portier vom Landestheater habe ich kurz vor Sitzungsbeginn zu erreichen versucht. Leider Fehlanzeige. Der Hobbyfischer jagt offenbar immer noch Saiblinge. Aber ich klemme mich gleich nach Ende der Besprechung dahinter.«

»Danke, Otmar.« Die Chefinspektorin schenkt ihm ein Lächeln.

»Natürlich ist es naheliegend, dass jemand aus dem Ensemble als Täter infrage kommt. Bei der ersten Einvernahme hat sich allerdings nicht der geringste Hinweis auf ein mögliches Motiv ergeben.«

Sie nähert sich der Tafel neben der Leinwand. »Versuchen wir zu rekonstruieren, was unser Opfer am Ostermontag nach Ende der Vormittagsvorstellung unternommen hat.«

Sie notiert deutlich lesbar: *Ostermontag 13 Uhr.*

»Fast alle aus dem Ensemble haben gleich nach Vorstellungsende das Haus verlassen. Als Letzte ging die Intendantin, Charlotta Sonnenthal. Sie ist als Einzige länger geblieben. Sie hatte Unterlagen für eine Besprechung am Dienstag vorzubereiten. Sie verließ um 15.30 Uhr das Haus. Da waren alle anderen längst weg. Lucy ging circa halb zwei, zusammen mit Aaron Benetto.«

Sie notiert 13.30 Uhr und gibt Thomas Brunner ein Zeichen. Der öffnet eine neue Datei, klickt auf das entsprechende Foto. Das Gesicht eines jungen Mannes erscheint.

»Mamma mia, der ist aber schnuckelig.« Alina Kramer flüstert die Bemerkung zwar, aber sie ist für alle deutlich zu hören. »Der würde sich gut auf dem Cover eines teuren Herrenmodejournals machen. Was will der in einem Puppentheater?«

»Das kannst du ihn gerne fragen, Frau Kollegin. Vielleicht schicken wir dich zur nächsten Einvernahme«, quittiert die Chefinspektorin.

Merana ist der junge Mann schon zu Mittag aufgefallen. Schlank, groß gewachsen, dunkles gelocktes Haar, ein zarter Bart an Wangen und Kinn. Dazu dunkle Augen, die mit melancholischem Blick die Welt betrachten. Im Theater hat er in Anwesenheit der beiden Kriminalbeamten kaum etwas gesagt. Er stellte sich abseits, entfernt von den anderen. Er wirkte stark mitgenommen, immer wieder füllten sich seine Augen mit Wasser. Er war sichtlich froh, als die Unterredung im Saal zu Ende war. Er kam auch nicht wie die meisten Kollegen hinter die Bühne. Merana hat ihn später nicht mehr gesehen.

»Lucy und Aaron Benetto verließen zwar gemeinsam das Haus, haben sich aber schon auf der Straße voneinander verabschiedet. Lucy ist, laut Benettos Aussage, auf ihr Rad gestiegen und in Richtung Salzachufer davongefahren. Er selber musste zum Bahnhof, um die S-Bahn zu erwischen. Er wohnt außerhalb der Stadt. Lucy habe ihm gegenüber nicht erwähnt, was sie an diesem Tag vorhabe.«

Auf der Leinwand erscheint ein Ausschnitt des Stadtplanes mit einer Markierung.

»Lucy Salmira wohnt in der Franz-Martin-Straße, direkt am Lehener Park. Man braucht mit Rad für die Strecke vom Marionettentheater entlang der Salzach etwa 15 Minuten. Wenn sie direkt nach Hause fuhr, war sie also gegen 13.45 Uhr daheim. Was sie an diesem Nachmittag genau machte, wissen wir nicht. Dazu konnte uns auch ihr Freund Nico Mayer keine exakten Angaben machen. Den traf sie zwar später, aber erst um halb sieben.«

Über den Stadtplan blendet sich das Gesicht eines weiteren Mannes. Er wirkt älter als Aaron Benetto. Weißblondes Haar, kurz geschoren. Markante Kinnpartie. Die hellen Augenbrauen dicht beisammen. Die Mundpartie schmallippig.

»Nico Mayer, 32, arbeitet im elterlichen Betrieb, Speditionsfirma ›MCB – Mayer Cargo Business‹, mit Sitz im Nordwesten der Stadt, nahe an der Autobahn. Er hat Lucy Salmira an der Uni kennengelernt. Er absolvierte dort einen Spezialkurs für Wirtschaftsenglisch. Die Beziehung besteht seit knapp einem Jahr, die beiden wohnen aber getrennt. Nico Mayer hat ein Haus im Stadtteil Maxglan, in der Bayernstraße.«

Der entsprechende Stadtplanausschnitt samt Markierung erscheint.

»Lucy hat ihren Freund Nico am Ostermontag um halb sieben Uhr abends besucht. Die beiden hatten dieses Treffen schon vor zwei Tagen vereinbart. Nico hat für sie gekocht. Laut seiner Aussage war Lucy an dem Abend wenig gesprächig, wirkte abwesend, unkonzentriert. Sie brach kurz nach neun Uhr auf. Sie sagte, sie sei müde nach den vielen anstrengenden Aufführungen und wolle nach Hause.

Nico bot an, sie mit dem Wagen zu ihrer Wohnung zu bringen. Lucys Fahrrad hätten sie im Kombi verstauen können, wie schon öfter praktiziert. Aber sie wollte lieber selber fahren. Bewegung und Frischluft täten ihr gut, wie sie meinte. Sie habe mit keinem Wort angedeutet, dass sie eventuell ins Theater wollte. Mehr wusste Nico Mayer bei der ersten Einvernahme gestern nicht beizutragen. Die Nachricht von Lucys Ermordung hat ihn, wie man sich vorstellen kann, sehr erschüttert.«

Die Chefinspektorin notierte auf der Tafel: »18.30 bis 21 Uhr Essen mit Nico M.«

»Wir wissen bislang nicht, ob Lucy vom Haus ihres Freundes direkt zum Theater fuhr oder noch woanders war.

Wir wissen auch nicht, was Lucy am Nachmittag machte, ehe sie bei Nico eintraf. Ihrem Freund sagte sie, sie sei zu Hause gewesen, hätte eine Netflix-Serie angeschaut und ein wenig geschlafen. Bis wir keine gegenteiligen Informationen haben, lassen wir das einmal so stehen.«

War sie tatsächlich am Nachmittag zu Hause oder hat sie jemanden getroffen? Warum hat sie ihrem Freund nichts davon gesagt, dass sie nochmals ins Theater wollte?, überlegt Merana. Hatte sie befürchtet, er hätte Einwände dagegen? Vielleicht war der Abstecher zum Theater ein spontaner Entschluss gewesen. Eine plötzliche Eingebung während der Heimfahrt, der sie gefolgt war. Es würde zu ihrem Charakter passen, so wie ihm die junge Frau bisher geschildert wurde. Immer für eine Überraschung gut.

Er lehnt sich weit zurück, lässt langsam die Luft aus der Nase strömen. Sie können derzeit nur raten, Vermutungen anstellen, Denkvarianten kreieren. Aber sie stehen auch erst am Anfang ihrer Ermittlung. Das Bild würde sich im Lauf der nächsten Tage schon verdichten, davon ist er überzeugt.

»Was ist mit der Familie?«, fragt Revierinspektor Medved, der kriminalistische Hobbybastler.

»Der Vater ist vor einiger Zeit gestorben«, erklärt Otmar Braunberger. »Die Mutter lebt noch, Dagmar Salmira, 47, hat sich bei einer Supermarktkette von der Kassabediensteten bis zur Einkaufsregionalmanagerin hochgearbeitet. Sie ist mit einer Freundin in Grado auf Urlaub. Wir konnten sie gestern Abend erst verständigen. Dann gibt es noch einen älteren Bruder, Olaf Salmira. Er ist Bundesbeamter, arbeitet in Wien. Den haben wir nicht erreicht. Die Verständigung wird wohl die Mutter übernehmen.«

Daten, Spuren, Aussagen, forensische Erkenntnisse. Es ist nicht viel auszumachen, das Wenige, das sie haben, ergibt noch nicht einmal ein verschwommenes Bild. Aber das Räderwerk beginnt zu laufen. Merana tritt an die Ermittlungstafel.

»Solange wir keine andere Spur finden, beginnen wir, wie gewohnt, das engere Umfeld der Toten zu beleuchten. Die junge Frau ist seit eineinhalb Jahren in Salzburg, war zwei Semester lang an der Uni. Sie wurde uns als offenherzig und kontaktfreudig dargestellt. Da gibt es sicher einen großen Freundes- und Bekanntenkreis. Um eine Liste mit Namen zu erstellen, kann uns gewiss der Freund der Toten weiterhelfen, Nico Mayer. Dann haben wir die Kollegenschaft im Theater. Mit wem aus dem Ensemble hatte Lucy Salmira engeren Kontakt außerhalb des Hauses? Da müssen wir nachstoßen.«

Thomas Brunner projiziert eine Übersicht der Theatermitarbeiter auf die Leinwand. 21 Namen, 21 Gesichter. Auch Lucys Foto ist dabei. Es ist mit einem Trauerflor umrandet. Carola und Otmar sollten die Vorgehensweise der weiteren Befragungen koordinieren. Auch die bisher gemachten Angaben zu den Alibis gehören überprüft.

»Mir ist noch etwas eingefallen.« Alle halten inne, wenden sich Kollegin Alina Kramer zu.

»Ich habe über die Sache mit dem Strick nachgedacht. Also wenn ich mit jemandem einen Streit anfange, dann kann es schon passieren, dass ich extrem wütend werde.« Ihre grauen Augen beginnen zu funkeln. »Dann kann ich schon so wütend werden, dass ich jemandem an die Gurgel will.« Das Funkeln wird stärker, als denke sie an eine bestimmte Situation. Als sie die erstaunten Mienen der Kollegen wahrnimmt, bricht sie verstört ab. Das Funkeln verschwindet. Sie versucht zu lächeln. »Also nicht, dass ihr jetzt denkt, ich sei tatsächlich schon jemals handgreiflich geworden. Aber ich gebe zu, ich stand ein paar Mal knapp davor.« Die Offenheit der resoluten Kollegin aus dem Ermittlungsbereich Umweltverbrechen gefällt Merana.

»Nehmen wir an, die Person, der unser Opfer gegenüberstand, ist dermaßen in Wut geraten, dass sie Lucy tatsächlich am Hals packte und sie würgte. Lucy schafft es, sich loszureißen, hastet die Treppe hoch. Der Täter holt sie ein, schlägt zu, und das arme Mädchen bricht sich beim Sturz das Genick. Was macht der Täter? Er fragt sich: Wo sind die markantesten Spuren, die ich hinterlassen habe? Die Tatwaffe kann er entsorgen. Aber es bleiben die Würgemale am Hals. Und wenn unser Mörder auch nur eine einzige CSI-Folge gesehen hat, dann weiß er: Der Abdruck seiner Finger am Hals der Toten kann seine Identität verraten. Er nimmt sich also einen Strick, wickelt ihn dem Opfer um den Hals. Und das nicht nur einmal, sondern mehrfach. Dann wirft er die Tote über die Traverse. Durch die Wucht drücken sich die Schlingen in den Hals. Die Wunden, die das Seil verursacht, überdecken die möglichen Druckspuren der Finger.«

Für einen Moment ist es still im Raum. Alle haben gespannt den Ausführungen der brünetten Gruppeninspektorin gelauscht. Dann wird zustimmendes Gemurmel laut.

Egon Medved klatscht sogar in die Hände. »Respekt, Frau Kollegin.«

Auch Merana nickt anerkennend. Offen sein für jede Richtung. Jeden Gedanken äußern. Sich in seinen Überlegungen nicht einbremsen lassen. So wollte er es immer, so schätzt er es nach wie vor. Die resolute Gruppeninspektorin mit den funkelnden Augen wird gut ins Team passen, davon ist er überzeugt.

Er beendet die Sitzung. Die Teilnehmer kramen ihre Unterlagen zusammen, verlassen den Raum. Jeder weiß, was er zu tun hat. Zurückgeblieben sind außer dem Kommissar nur Carola und Thomas Brunner.

Der Leiter der Tatortgruppe steht neben dem großen Screen. Er hat die Arme verschränkt, lässt den Kopf schlenkern, als beschäftige ihn ein Problem.

»Was ist los, Thomas?«

Der Angesprochene zögert, verzieht das Gesicht. »Ich kann es nicht erklären. Es ist nur so ein eigentümliches Gefühl. Ich wollte vorhin nichts sagen, weil ich nicht einmal weiß, wie ich es ausdrücken soll.«

»Na, dann lass es wenigstens Carola und mich hören. Eigentümliche Gefühle haben uns schon öfter die richtige Spur gewiesen.« Wieder beginnt Brunners Kopf hin und her zu wiegen.

»Wir haben die Gruppe gestern geteilt. Harri blieb mit vier Leuten im Theater. Ich habe mir zur gleichen Zeit die Wohnung des Opfers in der Franz-Martin-Straße vorgenommen.«

Merana schaut gespannt auf den Kollegen, wartet, lässt ihm Zeit.

»Ich habe sicher im Lauf meiner Arbeit schon Hunderte Wohnungen durchsucht. Ich kann meist schon anhand des ersten Eindrucks abschätzen, was mich erwartet. Ich habe die tote junge Frau im Theater gesehen, ich habe einiges aus den Befragungen über den Charakter des Mädchens mitbekommen. Ich ahnte, was auf mich zukommt. Und dann stand ich in ihrer Wohnung und war … irritiert.«

»Falsche Wohnung?« Merana schaut ihn an.

»Oder falsche Bewohnerin?«, ergänzt die Chefinspektorin.

»Weder noch.« Brunner schüttelt den Kopf. »Ich kann es nicht erklären. Es stand alles an seinem Platz, wie man es erwarten durfte. Und dennoch …« Wieder zögert er, sucht nach den passenden Worten. »Ich konnte mich des Eindrucks nicht erwehren, dass vor uns schon jemand da war. Vielleicht spinne ich nur herum. Aber ich hatte das komische Gefühl, jemand hatte die Wohnung bereits durchsucht, wollte seine Spuren verwischen und hat alles um eine Nuance zu perfekt hinterlassen.«

»Und hast du eine Ahnung, wer das gewesen sein könnte?«

Heftiges Kopfschütteln. »Nein, ich weiß ja nicht einmal, ob ich mir das alles nicht doch nur einbilde.« Ein Ruck läuft durch seinen Körper. Er stemmt die Hände nach hinten, drückt sich von der Wand ab. »Ich wollte es euch beiden dennoch erzählen. Ihr findet mich in der Abteilung. Ich checke ab, wie weit wir mit der Auswertung des Handys der Toten sind.«

An der Tür dreht er sich nochmals um. »Und was uns in der Wohnung auch auffiel:

Wir haben keinen Laptop gefunden. Dabei sollte sie laut Unterlagen einen haben.«

Merana und Carola sehen ihn den Raum verlassen, blicken noch eine Weile auf die geschlossene Tür.

»Magst du mir von Hamburg erzählen? Und vom Wiedersehen mit Jennifer?«

Er schüttelt den Kopf. Es scheint ihm jetzt nicht der passende Zeitpunkt. Sie hat kluge Augen. Das stellt er erneut fest. Sie sind seit Jahren viel mehr als nur Kollegen.

Zwischen ihnen ist eine tiefe Freundschaft entstanden, getragen von gegenseitigem Respekt und Wärme. Carola hat sich um die Erhaltung dieser Freundschaft immer mehr bemüht als er. Sie hat sich vor langer Zeit ebenfalls um die Leitung der Abteilung beworben. Die Kommission hat damals Merana den Zuschlag erteilt. Seit dem ersten Tag ihrer Zusammenarbeit hat sie ihm nie das Gefühl gegeben, dass die Zurückstufung zu seinen Gunsten sie verletzt hätte. »Für mich gab es nie einen Zweifel, dass die Kommission damals die richtige Entscheidung fällte«, hat sie ihm einmal gesagt, in einer Nacht, die für ihn eine der schlimmsten war. »Ich hätte nie einen anderen Chef akzeptiert als dich. Ich bin auch eine gute Polizistin, eine sehr gute sogar. Aber an dich komme ich nicht heran.« Er hat Einspruch erhoben, wollte nicht verstehen, was sie meinte. »Dein Spürsinn ist eine besondere Gabe. Ich bin eine sehr gute Kriminalistin. Ich bin eine unermüdliche Arbeiterin. Und Beharrlichkeit führt auch zum Erfolg. Aber deinen Instinkt, in manchmal ausweglosen Situationen das Richtige zu tun, der fehlt mir.«

Ihre klugen Augen mustern ihn. »Sag mir nur eines. War es richtig hinzufahren?«

Er nickt. Jennifers Bild steigt in seinem Inneren auf. Jennifer im Boot. Jennifer in der Elbphilharmonie. Jennifer am Flughafen. Er ertappt sich dabei zu lächeln. Etwas Wärmendes fließt durch seine Brust, dort, wo er sein Herz vermutet.

»Ja.«

Sie kommt auf ihn zu. »Ich denke auch, dass es gut für dich war, nach Hamburg zu fahren.« Sie küsst ihn auf die Wange. Dann verlässt sie den Raum.

Er setzt sich auf einen der Stühle, lässt seine Augen über die Leinwand und die Ermittlungstafel wandern, betrachtet die Fotos. Auf der einen Seite die unbeschwerte Lucy in der Sommerwiese. Auf der anderen Seite Lucy zwischen den Marionetten. Das fast zur Unkenntlichkeit verzerrte Gesicht, den festgezurrten Strick um den Hals.

Warum hat der Täter das getan? Warum hat er der Toten die Leine angelegt?

Wollte er tatsächlich auf diese drastische Weise mögliche Würgeabdrücke auf der Haut vertuschen? Vielleicht würde ihnen die Antwort der Gerichtsmedizinerin dazu mehr sagen. Was sagt dir dein Instinkt, Merana? Wollte der Mörder mit seiner Aktion von etwas ablenken, von dem sie noch gar keine Ahnung haben?

Er schließt die Augen, ruft sich die Situation von heute Mittag in Erinnerung. Er verfolgt im Geiste die Strahlen der Scheinwerfer, lässt die gespenstischen Schatten der Puppen auf sich wirken. Er versucht, sich die unbeweglichen Gesichter der kleinen Figuren vorzustellen. Dann lässt er in seiner Fantasie die Leiche der jungen Frau herabdonnern. Die Füße treffen auf den Boden. Der im Vergleich zu den Puppen riesige Körper kippt nach hinten, füllt den leeren Raum zwischen den reglosen kleinen Gestalten.

Alles viel zu theatralisch! Er kann sich des Eindrucks nicht erwehren. Da setzte jemand gekonnt auf einen schaurig dramatischen Effekt. Unwillkürlich muss er an den Toten auf der Jedermannbühne denken. Die Ermittlungen gehörten zu den schwierigsten und aufsehenerregensten Fällen, die er je zu lösen hatte.[*]

Er richtet die Augen auf die Tatortbilder aus dem Theater. Wie ist es hier?

Ist die dramatische Note nur ein Zufall oder wurde die spektakuläre Inszenierung mit Absicht gewählt?

Als er sich vor Jahren mit dem Toten auf der Jedermannbühne zu beschäftigen hatte, wusste er sehr wenig von der Welt der Künstler. Er musste den Festspielbetrieb, das Treiben vor und hinter den Kulissen der Kulturwelt erst allmählich durchblicken. Inzwischen kennt er sich in diesem Ambiente ganz gut aus. Aber bisher hat er nur an künstlerischen Orten ermittelt, auf denen Personen agierten, Menschen aus Fleisch und Blut: Schauspieler, Opernsängerinnen, Dirigenten, Tänzer, Musiker. Sie waren echt, lebendig. Doch beim vorliegenden Fall ist das völlig anders, eine unerwartete Situation. Jetzt hat er es plötzlich mit ganz anders gestalteten Akteuren zu tun. Die tummeln sich zwar auch auf einer Bühne, die erwecken auch den Eindruck zu singen, zu tan-

---

* Jedermanntod

zen, zu spielen. Aber sie wirken nur lebendig. In Wahrheit sind es Puppen aus Holz, Leim, Drähten und Stoff. Bewundernswerte Geschöpfe. Meisterlich kreiert. Aber die, die sie zum Leben erwecken, sieht man nicht. Das ist der Reiz dieses Spieles. Von dieser Welt der Marionetten und ihrer Fädenzieher weiß er so gut wie gar nichts. Wenn er sich Gefühl aneignen soll, auf das er sich im Lauf der Ermittlung verlassen kann, dann muss er mehr über diese Welt erfahren. Dann muss er eintauchen in die besondere Atmosphäre der zum Leben erweckten Kunstfiguren.

Er schaut auf die Uhr. 17.30. Er ruft im Theater an. Man verbindet ihn mit der Prinzipalin. Er kündet sein Kommen an. Er will sich einen Eindruck vom Treiben hinter den Kulissen verschaffen. Die Theaterchefin sagt zu. Sie würde ihn vor Vorstellungsbeginn durch das Haus führen. Er bedankt sich, verlässt das Besprechungszimmer. Carola ist bereits auf dem Heimweg. Sie muss ihre Tochter abholen. Hedwig ist ein entzückendes Mädchen, elf Jahre alt, aber geistig behindert.

Carola versucht, trotz ihres harten Polizeijobs so viel Zeit wie möglich mit ihrer Tochter zu verbringen. Merana klopft an Braunbergers Bürotür. Der Abteilungsinspektor sitzt hinter dem Schreibtisch, sein Blick ist auf den Computerscreen gerichtet. Merana erzählt ihm von seinem Vorhaben.

»Tut mir leid, Martin, ich kann dich nicht begleiten.« Er dreht ihm den Bildschirm zu. »Ist eben hereingekommen. Eine männliche Wasserleiche.«

Merana überfliegt die Meldung. »Das kann auch jemand anderer machen.«

Der Abteilungsinspektor grinst ihn an. »Der Ansicht bin ich auch. Aber unser aller gottoberster Chef sieht das anders. Ich soll das übernehmen. Die Leiche hat sich vermutlich nichts dabei gedacht, als sie sich von einer Ansammlung aus gestrandetem Treibholz am Salzachufer aufhalten ließ. Blöderweise exakt an einem Punkt der Gemeindegrenze zwischen Sankt Georgen und Sankt Pantaleon. Kann sein, dass der Kopf noch in Salzburg hängt, die Beine aber schon in Oberösterreich. Es gilt also zuallererst, die polizeiermittlungstechnische Zuständigkeit zu prüfen. Die Kollegen aus Linz sind schon unterwegs. Und ich mache mich auch schleunigst auf den Weg.«

Merana seufzt. Dann wird er halt alleine in die Welt des Marionettentheaters eintauchen.

»Was ist los, Günther? Schmeckt es dir nicht?«

Hofrat Kerner stiert auf die olivgrüne Tischdecke, fährt mit der Gabel eine unsichtbare Linie nach. Ehefrau Eleonore muss ihre Frage wiederholen, ehe ihr Mann verdutzt den Kopf hebt.

»Äh … wie bitte?«

»Ich frage, ob dir der Melanzani-Buchweizen-Auflauf nicht zusagt. Wir haben beide beschlossen, weniger Fleisch zu essen. Wir wollen uns gesünder ernähren. Deshalb habe ich extra ein neues Rezept ausprobiert.«

Er starrt sie verständnislos an, als rede sie über die Ankunft von Außerirdischen in ihrem Garten. Dann blickt er auf den Teller.

»Äh, nein … es schmeckt ausgezeichnet. Entschuldige, Eleonore …« Er versucht ein Lächeln, es gerät ihm ein wenig verschroben. Dann steckt er mit entschlossener Bewegung die Gabel in den Auflauf, schiebt sich eine gehörige Portion Melanzani in den Mund. Eleonore Kerner schaut ihrem Ehemann eine Zeit lang zu, wie er schweigend vor sich hinkaut.

»Was ist los, Günther? Bedrückt dich etwas?«

Er legt die Gabel zur Seite, wischt sich mit der Serviette

über den Mund. Dann steht er auf, beugt sich über seine Frau, drückt ihr einen Kuss auf die Stirn.

»Entschuldige, mein Schatz, ich muss dringend etwas erledigen. Ich esse später fertig.«

Er verlässt den Salon, steigt die Treppe hinauf in die obere Etage, begibt sich in sein Arbeitszimmer. Dort schenkt er sich einen Cognac ein, lässt sich auf dem Ledersofa nieder. Er trinkt einen Schluck. Das sanfte Brennen der hochprozentigen dunklen Flüssigkeit und das Aroma des 18 Jahre alten Weinbrands tun ihm gut. Er setzt das Glas an die Lippen, trinkt erneut. Der Anruf kam vor einer halben Stunde. Roman Struller ist ein alter Studienkollege und Freund. Sie haben einander in Paris kennengelernt, dort gemeinsam vier Semester an der berühmten Universität Panthéon-Assas studiert. Zur selben Zeit, als Kerner Polizeichef in Salzburg wurde, erhielt Struller eine Berufung als Abteilungsleiter ins Innenministerium. Auch wenn sie, bedingt durch räumliche Entfernung und unterschiedliche Aufgabenbereiche, einander nur mehr selten zu Gesicht bekommen, hat der freundschaftliche Kontakt bis heute gehalten.

»Ja, Günther, ich fürchte, du hast recht. Da ist etwas im Gange.«

Der Anruf von Struller kam nicht über das Diensthandy, sondern privat. Eine Vorsichtsmaßnahme. Erste Anzeichen für Ungereimtheiten vermeinte der Salzburger Polizeipräsident schon vor einem Monat zu verspüren. Deshalb kontaktierte er seinen Freund, bat ihn, sich diskret umzuhören. Er weiß nicht recht, wie er den heutigen Anruf einordnen soll. Seine Hand mit dem schweren Schwenker beginnt zu zittern. Er nimmt einen weiteren Schluck, lehnt sich zurück, lässt den Kopf auf die Lehne der Couch sinken. Er fühlt sich erschöpft. Er starrt an die Decke. Was soll er machen? Sollte er mit jemandem reden? Wem kann er vertrauen? Er geht ein paar Namen durch, lässt Gesicht um Gesicht in seinem Inneren vorbeiziehen. Die Ausbeute ist dürftig. Schlussendlich bleiben nur zwei Personen über, denen er besonders vertraut. Einem davon, völlig uneingeschränkt.

Er richtet sich auf, nimmt das Smartphone, wählt eine Nummer. Er hört nur die Ansage der Mobilbox. Er versucht eine weitere Nummer.

Dreimal erklingt das Freizeichen, dann meldet sich Chefinspektorin Salman.

»Guten Abend, Carola. Ich kann Martin nicht erreichen.«

»Der ist im Marionettentheater. Er hat mich darüber informiert, als er sich auf den Weg machte.«

Kerner bedankt sich für die Auskunft. Wenn Merana sich im Theater umhört, hat er wohl das Handy für längere Zeit ausgeschaltet, um den Spielbetrieb nicht unnötig zu stören. Er schreibt ihm eine Nachricht. Dann trinkt er den Rest des Cognacs aus.

Er öffnet eine Schublade, entnimmt aus einer Schachtel ein Pfefferminzbonbon, steckt es in den Mund. Er hofft, die scharfe Pastille erzielt ihre Wirkung. Er will nicht, dass seine Frau die Alkoholfahne riecht, wenn er gleich hinuntergeht, um den Rest des Auflaufs zu essen. Eleonores neues Rezept behagt ihm nicht besonders. Der Buchweizen macht den Auflauf pampig. Die Gewürze schmecken schal. Aber das ist derzeit sein geringstes Problem.

Die Theaterchefin empfängt ihn an der Eingangstür zum Sekretariat, geleitet ihn in ihr Arbeitszimmer. Er lässt sich auf einer Biedermeier-Chaiselongue nieder. Das dunkle Nussholz fühlt sich gut an, die helle Polsterung ist ziemlich abgewetzt.

»Ein Glas Wein?« Sie nimmt eine Flasche vom Silbertablett, das auf dem breiten Fensterbrett steht.

»Gern.« Sie gießt die dunkelrote Flüssigkeit in Kristallgläser, reicht ihm eines davon.

Der Wein hat ein wunderbar herbes Aroma, ganz nach Meranas Geschmack.

»Das ist ein Cabernet Franc. Er stammt von einer sehr talentierten jungen Winzerin aus Frankreich. Sie schaffte es, sich gegen die Riege alteingesessener Patriarchen ihrer Region durchzusetzen. Das Weingut liegt in der Nähe von Angers. Ich habe sie besucht, als wir vor drei Jahren ein längeres Gastspiel in Paris absolvierten und ich mir danach noch einige Tage im Loiretal gönnte.«

Sie hebt das Glas, prostet Merana zu. Er stellt sich vor, wie die beiden Frauen im milden Sonnenlicht zwischen den Rebzeilen flanieren. Die junge Winzerin Seite an Seite mit der schon an Jahren gereiften Prinzipalin. Zwei starke Persönlichkeiten, die sich eifrig austauschen. Nicht nur über Traubensorten und Erntezeiten, wohl auch über Erfahrungen, wie man es schafft, sich in Domänen durchzusetzen, die immer noch weitgehend von Männern beherrscht werden. Im Weinbau genauso wie in den Führungsetagen der Theaterwelt.

Er nimmt noch einen Schluck, hebt dankend die Hand, als sie andeutet nachzuschenken. Er bringt nochmals sein Anliegen vor, ausführlicher als beim kurzen Telefonat vor einer Stunde. Die Ermittlungen seien am Laufen. Forensische Daten werden ausgewertet. Sein Team ist dabei, sich eingehend mit dem persönlichen Umfeld der Ermordeten zu befassen, weitere Befragungen werden sicherlich folgen. Er möchte sich einen umfassenden Eindruck vom Arbeitsplatz der Toten verschaffen, will mehr über das Ambiente wissen, in dem Lucy Salmira sich in den vergangenen sechs Monaten bewegte.

»Was möchten Sie sehen, Herr Kommissar?«

Er trinkt den Wein aus, stellt das Glas ab. »Alles!«

Sie neigt lächelnd den Kopf. Dann erhebt sie sich vom Stuhl. Die grazile Bewegung, mit der sie aufsteht, erinnert Merana an die Eleganz vornehmer Damen aus französischen Konversationsstücken.

»Dann kommen Sie, Herr Kommissar.« Sie öffnet die Tür, überlässt ihm den Vortritt.

In den nächsten zwei Stunden kommt Merana aus dem Staunen nicht heraus. Er taucht in eine für ihn fantastische Welt ein. Hinter jeder Ecke, um die er geleitet wird, wartet eine neue Entdeckung.

Am Beginn ihrer Führung sagt die Theaterleiterin:

»Verzeihen Sie mir die Banalität, Herr Kommissar. Aber ich kann nicht anders. Ich muss mit einer Phrase beginnen. Dieses Haus atmet Geschichte! Das klingt vielleicht abgedroschen, aber es passt einfach. Man spürt es in jeder Ecke. Ende des 19. Jahrhunderts hat hier eine renommierte Brauerei eine gastliche Stätte errichtet, ein ›Restaurations- und Saalgebäude‹, wie es so trefflich in der Chronik heißt. Daraus wurde später das ›Hotel Mirabell‹, das in den 1920er-Jahren einige prominente Gäste beherbergte. Wo heute die Besucher dem Spiel unserer Figuren folgen, saß im Sommer 1928 kein geringerer als der irische Dichter James Joyce im Speisesaal und ließ sich zusammen mit den anderen Hotelgästen kulinarisch verwöhnen. Er blieb fünf Wochen in Salzburg.

Aber dieses Haus war nicht nur Hotel, es fungierte im Lauf der Jahrzehnte auch schon als viel frequentiertes Spielcasino, als Ausweichquartier für die Musikhochschule, als Rotkreuz-Einrichtung während der amerikanischen Besatzungszeit, als Schauplatz für Siegerehrungen von Autorennen, ehe es 1971 zur Spielstätte unseres Theaters wurde.«

Und diese Spielstätte hat offenbar nicht nur eine Bühne und einen Theatersaal, wie Merana bald zu sehen bekommt.

Dahinter, darunter und daneben öffnen sich immer wieder neue Räume, an Stellen, wo man es nicht vermuten würde. Merana erlebt einen Rundgang durch ein labyrinthisches Kabinett voller Kuriositäten und Überraschungen.

Sie beginnen bei den großen Arbeitsstätten, bei Tischlerei, Schlosserei, Schnitzwerkstatt. Auf Tischen und Maschinen liegen Dekorationsteile, in Lagerräumen stapeln sich Bühnenbilder und Szenerien aus aktuellen und längst abgespielten Stücken. Da sind Urwaldbilder und Mauern von Ritterburgen, riesige Sonnenscheiben und Fantasielandschaften, königliche Hochzeitskutschen und Raumschiffe, üppig blühende Apfelbäume und Zauberkristalle. Man möchte sofort zugreifen, sich in die Szenerie stellen, zu spielen beginnen. Jeder Platz bietet eine neue Überraschung.

»Unglaublich!«, entfährt es Merana, als die Prinzipalin die Flügeltüren eines Kastens weit öffnet. Körperteile werden sichtbar. Ein Schrank voll mit Armen, Beinen, Gelenken, Torsi. Von winzig klein bis faustgroß. Und dazu starren unzählige Köpfe den Betrachter an. Auch wenn die Gebilde aus Holz sind und kleiner als menschliche Körperteile, wirken die lose übereinandergestapelten Köpfe auf Merana dennoch makaber. Kinderköpfe, Gelehrtenhäupter, Frauenvisagen, Männerschädel. Abgetrennt von den dazu passenden Leibern. Strenge Blicke, Grimassengesichter, offene Münder, verschlossene Mienen, hier gibt es alles. Die ganze mimische Palette an Ausdrücken und Gefühlsregungen. Auf dem Arbeitstisch neben dem Schrank entdeckt Merana ein Buch. Der Umschlag ist speckig, abgegriffen. Man sieht dem Werk an, dass es viel verwendet wird. »Anatomie für Künstler«, ist auf dem Buchdeckel zu lesen, und der Name des Autors: Jenö Barcsay.

»Wir machen alle unsere Puppen selber. Unsere Ensemblemitglieder müssen auch handwerklich geschickt sein.«

Auf einem großen Tuch an der Wand sind Hände drapiert, meisterhaft geschnitzte winzige Hände, in allen erdenklichen Stellungen. Einige der Finger wirken anmutig, andere gekrümmt, wieder andere kräftig, zerbrechlich, grob, zart.

Und immer wieder stoßen sie bei ihrem Rundgang auch auf Puppen. Auf solche, die schon im Einsatz sind, aber zur Reparatur in die Werkstatt gebracht wurden. Andere Puppen sind erst im Werden, hängen noch als gesichtslose Rohlinge an den Wänden, warten darauf, einen charaktervollen Kopf zu bekommen. Einigen sieht man an, dass ihr Einsatz bald bevorsteht. Sie tragen Teile ihres Kostüms, sie besitzen bereits eine Andeutung von aufgemalter Mimik.

Auf einem der Tische fällt Merana eine pfiffige Ratte ins Auge. Ihre Augen glitzern listig. Sie hält ein Akkordeon in Händen, ist bereit zu musizieren. Sie wartet nur auf einen geschickten Spieler, der an den richtigen Fäden zieht.

»Möchten Sie?«

Merana hebt abwehrend die Hände. »Danke. Bei meiner Geschicklichkeit würden Sie danach das Gewirr der Fäden vielleicht nie mehr entknoten.«

Sie gehen weiter. In der Schneiderei bewundert Merana Schnittmuster und Kostümentwürfe. Er lässt sich an Bildergalerien und Zeugnissen vergangener Aufführungen vorbeiführen. Er bestaunt Plakate in den verschiedensten Sprachen. Er liest die Namen von Städten und Ländern aus aller Welt. Er kann sich gar nicht alles merken.

Charlotta Sonnenthal zeigt ihm auch Vitrinen mit historischen Puppen, Figuren, die in der hundertjährigen Geschichte des Theaters ihren Platz hatten. Und die bei Bedarf jederzeit wieder eingesetzt werden können. Er sieht schmucke Damen in Rokoko-Kostümen, elegante Herren mit Zylinder neben Bauernburschen in Arbeitstracht, flankiert von Harlekin-Figuren aus der Commedia dell'Arte.

Eine Rundschau durch die Jahrhunderte bietet sich ihm, ein Streifzug durch unzählige Geschichten, Märchen, Tragödien, Lustspiele der Weltliteratur.

»Schauen Sie nur hier.« Charlotta Sonnenthal schiebt eine Vitrinenglaswand zur Seite. »Ihn mag ich besonders gern, ein herziger Postbote aus Tirol, der früher an jedem Bauernhof sein Schnapserl bekam. Daneben ein Fürst aus dem Kabinett der Kaiserin. Oder hier, Doktor Faust … dem fehlen schon zwei Zähne. Aber achten Sie darauf, wie fein diese Gesichter ziseliert sind, welche Wirkung ihre Mimiken erzielen.«

Ihr Gesicht strahlt. Neben Merana steht in diesem Moment nicht die Prinzipalin eines Theaterbetriebes, nicht die gewiefte Managerin, die ihr Kulturunternehmen durch die Stromschnellen der Zeit balancieren muss. Er schaut auf ein großes Kind, das mit leuchtenden Augen sich einer Welt hingibt, die mit Fantasie zum Leben erweckt wird. Und ihm, dem Polizisten, dem Kriminalkommissar, dem Leiter einer Mordermittlung, geht es in diesem Augenblick nicht anders. Auch er kann sich schwer der Faszination dieses fantastischen Reiches entziehen. Die Führung endet im Foyer des Theaters. Dort drängen sich die Besuchermassen. Charlotta Sonnenthal blickt auf die Uhr. »Entschuldigen Sie mich bitte, ich muss noch rasch etwas erledigen.« Sie überlässt ihn der Obhut eines der Billeteure und eilt davon.

»Wir hätten die heutige Vorstellung drei Mal verkaufen können, Herr Kommissar«, lässt der Mann sich vernehmen. Er überreicht einem japanischen Paar ein Programmheft, nimmt den Geldbetrag entgegen. »Seit gestern die Meldung vom Mord in den Medien und Onlineportalen verbreitet wurde, sind bei uns die Telefone heißgelaufen. Einige der Besucher haben mich gefragt, was denn heute auf dem Plan steht. Die wussten nicht einmal, was wir spielen. Aber alle sind sie hergekommen und drängen ins ›Haus mit dem Puppenmord‹, wie eine der Zeitungen in dicken Lettern getitelt hat. Oh, einen schönen guten Abend, Herr Kommerzialrat. Küss die Hand, gnädige Frau.« Er zückt eines der Hefte, drückt es einem älteren Ehepaar in Tracht in die Hände. »Hohes Tier in der Landwirtschaftskammer«, raunt der Billeteur in Meranas Ohr. »Den habe ich sicher schon zehn Jahre nicht mehr bei uns im Haus gesehen. Was so ein schrecklicher Mord an einem bedauernswerten Mädel alles ausmacht …« Merana steckt dem Mann einen Zehn-Euro-Schein zu und nimmt ihm eines der Hefte ab. Die Verbeugung des Billeteurs ist theaterreif. »Oh, danke verbindlichst, Herr Polizeidirektor, sehr großzügig, habe die Ehre.« Merana schmunzelt. Eben noch einfacher Kommissariatsleiter, jetzt schon Polizeidirektor. Das ist die österreichische Blitzbeförderung anhand der Trinkgeldskala. Wenn er noch einen Zehner drauflegt, wird er wohl Innenminister. Er blickt auf die Uhr. Nur mehr fünf Minuten bis Vorstellungsbeginn. Ein Espresso muss sich noch ausgehen. Die Zuschauer im Foyer werden weniger, die letzten drängen durch die geöffnete Flügeltür in den Saal. Merana bestellt am Buffet, bekommt die kleine Tasse mit der schwarzen Flüssigkeit umgehend. Der Kaffee ist heiß und stark. Die Flügeltüren zum Saal werden geschlossen. Merana legt das Geld auf den Tresen und eilt davon. Er will den Anfang nicht verpassen. Er läuft in Richtung Ausgang, nimmt die Steintreppe nach oben. Er kennt inzwischen den Weg. Er erreicht den Korridor hinter dem Sekretariat, huscht durch den Bühneneingang nach unten zur Regieplattform. Dass der Kommissar sich während der Aufführung hinter der Bühne aufhält, darüber wurden die Spieler informiert. Man weist ihm einen Platz am gegenüberliegenden Ende der vorderen Spielbrücke zu. Merana erscheint die Stimmung im Ensemble ein wenig hektisch. Die

Leute wirken nervös. Immer wieder stecken einige die Köpfe zusammen, gestikulieren wild. Merana führt die angespannte Lage auf die besondere Situation zurück. Es ist nicht einmal zwei Tage her, dass man eine Kollegin tot aufgefunden hat. Mit einem Strick um den Hals. Und jetzt müssen die Spieler heute Abend genau an dieser Stelle agieren und dabei vergessen, was vorgefallen ist. Merana bleibt keine Zeit, weiter über die aufgekratzte Stimmung rings um ihn nachzudenken. Das Zeichen für den Anfang ist gegeben. Die Ouvertüre zu Mozarts Zauberflöte beginnt.

War Merana schon bei der Führung durch die Werkstätten, durch die Kulissenräume und verborgenen Zauberwelten des Theaters in Erstaunen versetzt worden, so lässt die Verwunderung jetzt nicht nach. Im Gegenteil, sie steigert sich. Das Publikum weiß von all dem nichts, was er hier von seinem Platz aus erlebt. Die Zuschauer im Saal sehen Tamino und Pamina auf der Bühne agieren. Sie bestaunen das spektakuläre Erscheinen der Königin der Nacht. Sie lachen über Papagenos Streiche, sie freuen sich über die flatternde Vogelschar und die Riege der putzigen Tiere, die zu den Zaubertönen der Flöte tanzen. Längst haben sie vergessen, dass hier nicht Schauspieler aus Fleisch und Blut über die Bühne schreiten, sondern Puppen. Aber Merana bekommt alles mit. Er erlebt, welch immenser Aufwand im Hintergrund betrieben wird, damit das Spiel auf der Bühne effektvoll seinen Lauf nimmt. Er ist erstaunt, mit welcher Ruhe und Konzentration die Künstler auf den beiden Spielbrücken hoch über dem Bühnenboden zu Werke gehen. Mit welcher Geschicklichkeit sie an den Spielkreuzen und Fäden der Figuren agieren. Eben waren die Puppen noch zur Musik tief unten auf der Bühne, schon werden sie mit gekonntem Schwung hochgezogen, flugs an der Seite oder im Rückraum aufgehängt, und schon greift der Spieler zur nächsten Figur. Löwen tauchen nach unten, Mohrensklaven gleiten nach oben. Die Königin der Nacht schwebt hernieder, die drei Knaben verschwinden seitlich aus dem Blickfeld der Zuschauer. Kulissen werden mittels Fäden hereingezogen, Dekorationsstücke durch kleine Seilzüge und im Boden versenkte Stäbe an die richtige Stelle platziert. Das Team hinter und oberhalb der Bühne ist ständig in Bewegung, hat pausenlos etwas zu tun: Puppen übernehmen, an die richtigen Haken hängen, darauf achten, dass in der Eile keine Figur falsch hängt, sonst gibt es Probleme beim nächsten Einsatz. Gleich darauf die Puppen wieder abhängen, für den nächsten Auftritt vorbereiten, Requisiten bereitlegen, die passende Positionen für den eigenen Spieleinsatz einnehmen. Jeder Akteur muss auf den Punkt genau vorbereitet sein. Einmal links, einmal rechts, einmal auf der vorderen, einmal auf der hinteren Brücke, je nachdem, welche Figur eben an welcher Stelle in der Szenerie zu erscheinen hat. Während auf der Opernbühne des Festspielhauses der Sänger des Papageno sein Glockenspiel einfach aus der Tasche zieht und darauf spielen kann, muss der Papageno des Marionettentheaters ganz anders vorgehen. Das Glockenspiel braucht einen eigenen Faden. Nur so kann es aus den Händen der drei Damen zu Papageno gelangen. Nur auf diese Weise kann Papageno mit seinen winzigen Händen die Glöckchen aufnehmen, einstecken, hervorziehen. Und auch das funktioniert nur, wenn der andere Teil des Papageno entsprechend handelt. Wenn der im Dunkeln unsichtbare Teil von Papageno, der mit dem kleinen Bühnendarsteller durch kaum wahrnehmbare Fäden verbundene Spieler, die exakt richtigen Bewegungen an den Spielfäden ausführt. Sie sind beide eins. In jeder Sekunde. Sie verschmelzen miteinander in Harmonie, werden organisch zu einer einzigen Figur.

Was Merana am meisten fasziniert, ist die Präzision und die absolute Ruhe, mit der hier agiert wird. Kein Vergleich zur Hektik vor Beginn der Aufführung. Die Bewegungen aller Akteure sind bestens aufeinander abgestimmt, wie die sensiblen Teile eines Uhrwerks. Besonders in den Massenszenen wird ihm das bewusst. Im raschen Tempo werden Puppen von der Brücke zur Bühne abgesenkt, zu zwei, drei Bewegungen animiert, gleich wieder hochgezogen. Eine der jungen Spielerinnen hilft bei diesen schnellen Wechseln sogar von der Unterbühne aus, nimmt von der Seite die Puppen in Empfang, hängt sie umgehend auf die entsprechende Vorrichtung. Eine zweite Akteurin übernimmt die kleinen Figuren, hastet damit über die Treppe nach oben, denn die Puppendarsteller haben in derselben Szene gleich wieder zu erscheinen. Aber dieses Mal von der anderen Seite. Da ist Tempo gefragt, exakte Ausübung. Beim Treiben in Sarastros Tempel sind die Akteure auf den Spielbrücken bis zum Letzten gefordert. Die große Schar der Priester, die drei Knaben, Mohrensklaven und Volk, dazu Tamino, Pamina, Papageno, eine wahre Flut an Figuren muss auf und über die Bühne. Merana sieht bei dieser Szene von seinem Platz aus im Halbdunkel der Spielbrücken sieben Personen tief über die Brüstungen gebeugt, vier auf der einen, drei auf der gegenüberliegenden Seite. Zu Mozarts berührender Musik tauchen gleichzeitig 14 Hände nach unten. Merana sieht ein riesiges Gewirr aus Fingern, Fäden und Spielstäben, manche Spieler führen sogar zwei und mehr Puppen. Alles ist ständig in Schwung. Aus dem Tanz der Finger und Fäden erhalten die kleinen Darsteller unten auf der Bühne ihre Energie, ihren Impuls für Bewegung.

Manchmal müssen Figuren aneinander vorbeigelangen. Das hat die Regie so vorgesehen. Das stellt die Akteure an den Fäden hoch droben vor einige Probleme. Auf der Spielbrücke ist kein Platz, um sich aneinander vorbeizuschieben. Und wenn, dann würden sich die Fäden der einen Figur mit jenen der anderen ohnehin nur verhaspeln. Doch die Spieler wissen genau, was zu tun ist. Eben wurde Tamino noch von der Frau mit dem blonden Kurzhaarschnitt geführt, schon übernehmen die Hände des grauhaarigen Akteurs neben ihr die Taminopuppe, während Sarastros Führungskreuz aus seinen Fingern zu jener der Frau wandert. Übergaben wie bei einem Staffelholzrennen. Alles verläuft präzise und blitzschnell. Und zugleich mit bewundernswerter Ruhe und Geschicklichkeit. Die Zuschauer im Theatersaal merken auch nicht die geringste Abweichung während dieser Übergaben. Sarastro ist an Tamino mit gleichmäßig würdigen Schritten vorbeigekommen, ohne auch nur einmal in seiner Haltung zu zucken. Und Tamino hat in seiner Vorwärtsbewegung ehrfurchtsvoll das Haupt verneigt, in einer fließenden, eleganten Geste, ohne Unterbrechung, während über ihm die Hände, die ihn führen, in Sekundenschnelle gewechselt haben. Merana staunt und ist gefesselt. Vom Spiel auf der Bühne, wo die kleinen Figuren so anmutig agieren, als stecke tatsächlich Leben in ihnen. Bis zum professionellen Treiben der fürs Publikum unsichtbaren Akteure auf den Spielbrücken. Er genießt es. Vom ersten Auftauchen Taminos zu Beginn der Oper, als er mit »Zu Hilfe! Zu Hilfe!« vor der schrecklichen Schlange floh, bis zum jubelnden Schlusschor:

Es siegte die Stärke, und krönet zum Lohn
die Schönheit und Weisheit mit ewiger Kron'.

Aus dem Saal brandet Applaus auf. Die Puppen auf der Vorderbühne verneigen sich. Mehrmals. Das heftige Klatschen wird von Bravo-Rufen und begeistertem Gejohle begleitet. Die Akteure auf der Spielbrücke schlagen die schwarze Verkleidung zurück, die sie bisher unsichtbar bleiben ließ. Der Jubel wird nochmals stärker. Die Künstler verneigen sich in würdevoller Haltung. Jene unten auf der kleinen Bühne, und auch die oben auf der Balustrade.

Als das Publikum den Saal verlassen hat und die Türen geschlossen sind, bekommt Merana die Erklärung für die hektische Unruhe, die ihn zu Beginn überrascht hat. Die Spieler stehen auf der Unterbühne im Kreis, reden auf die Theaterchefin ein. Wieder flammt Hektik auf, wird wild gestikuliert. Merana nähert sich, fragt nach dem Grund für die Aufregung.

»Aaron ist nicht zur Vorstellung erschienen«, erklärt die Prinzipalin. »Er hatte heute Dienst, war eingeteilt für die Technik am Regiepult und für einige Umbauten.«

Merana ist überrascht. Weniger über das Fernbleiben des jungen Mannes, mehr darüber, dass ihm während der Vorstellung nichts auffiel.

»Sie wollen mir sagen, Sie waren heute eine Person weniger, mussten komplett improvisieren, und dennoch hat das komplizierte Spiel hinter der Bühne wie am Schnürchen funktioniert?«

Er deutet eine Verbeugung an. »Gratulation!«

Zum ersten Mal huscht ein Lächeln über die Gesichter, die ihn, teils erschöpft, teils immer noch empört, anschauen.

»Děkuji! Herr Kommissar, Sie sind sehr freundlich«, erwidert der Mann mit tschechischem Akzent. »Wenn Sie uns öfter hinter der Bühne beehren, bekommen Sie schnell mit, was heute alles schiefgelaufen ist. Aber offenbar sind die Pannen am Publikum halbwegs unbemerkt vorübergegangen.«

Meranas ohnehin schon hoher Respekt vor dem professionellen Können der Spieler steigt um ein paar Prozentpunkte.

»Ich habe Aaron mehrmals angerufen«, erklärt die Intendantin. »Aber er hat sich nicht gemeldet. Es wundert mich. Er war bisher immer sehr zuverlässig.«

Marek Slavik runzelt die Stirn, schüttelt langsam den Kopf. Aber er sagt nichts.

»Lasst uns aufräumen.« Der Kreis löst sich auf. Die Beteiligten gehen an ihre Arbeit.

Merana folgt der Theaterleiterin in deren Büro.

Erneut versucht sie, Benetto am Telefon zu erreichen. Sie schüttelt den Kopf, nimmt die Weinflasche. »Noch ein Glas, Herr Kommissar?«

Er nimmt das Angebot an, setzt sich wieder auf das Biedermeierpolstermöbel.

»Machen Sie sich Sorgen?«

Sie stellt das Glas zur Seite, legt die Hände aufs Knie, kratzt sich nervös den Handrücken. »Ehrlich gesagt, ja. Die Nachricht von Lucys Tod hat uns alle vernichtend getroffen, wie Sie sich gewiss vorstellen können. Eine Gewalttat! Ein Mord! Ein Verbrechen! Hier bei uns im Haus! In unserem Ensemble! Wir sind wie in Trance, lassen die schreckliche Wirklichkeit gar nicht an uns heran. Wie sollen wir damit umgehen? Wir versuchen einigermaßen zu funktionieren. Aber Aaron schafft das nicht, habe ich das Gefühl. Er war durch Lucys Tod völlig am Boden zerstört. Ich hoffe …« Ihre Stimme bricht ab, geht über in ein Flüstern. »Ich hoffe, er tut sich nichts an.«

Sie hält den Kopf gesenkt. Ihre bisher angespannten Schultern fallen nach unten. Ihr Blick ist auf den alten Perserteppich gerichtet. Eine Zeit lang sagt keiner von beiden ein Wort.

»Wenn es Sie nicht zu sehr mitnimmt, dann erzählen Sie mir doch von Lucy.«

Sie nestelt in ihrer Jackentasche, holt ein Taschentuch hervor und schnäuzt sich.

Dann drückt sie die Handballen gegen die Augen. Ihr Körper strafft sich. Sie richtet sich auf, als habe ein unsichtbarer Puppenspieler sie mittels Kopffaden in aufrechte Position gebracht.

»Nein, es nimmt mich nicht zu sehr mit. Im Gegenteil, ich erzähle Ihnen gerne von Lucy.« Ein feines Schimmern legt sich in ihre feuchten Augen.

Er nimmt einen Schluck, beugt sich vor. »Wie ich hörte, haben offenbar alle im Haus sie gemocht.«

Das Schimmern in ihren Augen wird stärker.

»Ja, sie ist durch unser Haus gefegt wie ein Schwarm frischer Blüten, den der Wind durch die Tür weht. Es war ein Donnerstagvormittag, Anfang Oktober. Ich weiß es noch genau. Plötzlich stand sie mitten in meinem Zimmer. Meine Tür ist meistens offen. Sie hat nicht lange herumgeredet. Sie habe zwei unserer Stücke gesehen, hat sie mir in ihrer übersprudelnden Art erzählt. An unserer ›Sound of Music‹-Inszenierung habe sie gar nichts auszusetzen. Für die Handwerkerszenen im Sommernachtstraum hätte sie allerdings die eine oder andere zusätzliche Idee. Aber auch dort habe sie vor allem das Spiel der Puppen begeistert. Sie sei fasziniert von den kleinen hölzernen Wesen, die wie durch Zauberhand auf der Bühne zum Leben erwachen. Dieses Spiel wolle sie auch erlernen, deshalb sei sie hier.«

»Und Sie haben Lucy gleich eingestellt?«

Sie schüttelt den Kopf. »Nein. Wir sind derzeit ganz gut besetzt, aber immer offen für Nachwuchs. Es ist sehr schwer, gute Leute zu bekommen. Wer bei uns mitspielen will, muss auch die Ausbildung bei uns im Haus machen. Wir haben eine spezielle Art der Führung unserer Puppen entwickelt, die man nur hier lernen kann. Ich habe viele kommen sehen, die sich bald darauf wieder verabschiedet haben. Es braucht Fleiß, Ausdauer und auch Kraft. Sie haben es heute hinter der Bühne gesehen. Was die Spieler leisten, ist Schwerstarbeit.«

Merana stimmt ihr zu. »Keine leichte Aufgabe, aber Lucy hat sich offenbar nicht abbringen lassen.«

»Ja. Ich kann mich nicht erinnern, dass ein Neuankömmling sich jemals derart ins Zeug gelegt hat wie Lucy. Sie war gleich am nächsten Morgen wieder da. Und von da an jeden Tag, stundenlag, manchmal bis spätnachts. Sie wollte alles lernen. Sie war wissbegierig, aufmerksam, immer fröhlich. Und sie hat sich von Anfang an in unsere Abläufe eingebracht, hat immer gefragt, was sie uns an Arbeit abnehmen könnte. Und sie hatte gute Einfälle. Schon nach zwei Wochen ist sie mit der Idee angetanzt, für die geplante ›Figaro‹-Produktion eine zusätzliche neue Figur zu erfinden. Einen aufgeweckten Gärtnergehilfen, einen jungen Burschen, fast noch kindlich, voller Tatendrang. Sie haben Leandro ja heute Vormittag gesehen.«

Merana schmunzelt, deutet mit der Hand eine galante Verbeugung an.

»Lucy hat auch seinen Charakter entwickelt. Leandro sollte jemand sein, der sich gerne versteckt, der Spaß hat zu beobachten. Der immer neugierig ist, der Dinge aufhebt und einsteckt. Deshalb trägt er auch eine Tasche. Ein wenig hat sie ihn wohl auch nach ihrem eigenen aufgeweckten Charakter geformt. Manche Szenen des ohnehin turbulenten Treibens in Figaros Hochzeit lassen sich durch Leandros Zutun aus einer neuen Perspektive erzählen. Er verbündet sich etwa mit dem vom Graf verjagten Cherubino. Beide zusammen bringen in Verkleidung den Chor der Bauernmädchen gehörig durcheinander. Leandro platzt immer wieder in peinliche Situationen, was uns Gelegenheit für amüsante Szenen bietet. Ich war sofort begeistert von dieser Idee. Und unser Regisseur, nach anfänglichem

Zögern, auch. Ja, so war sie, unsere Lucy. Den Kopf voller funkelnder Einfälle.«

Sie nimmt einen tiefen Schluck aus dem Weinglas, lehnt sich weit zurück. »Sie war von der ersten Sekunde an vom Puppenspiel-Virus infiziert. Ich habe das sofort gespürt. Wenn dich dieser wunderbare Virus packt, dann bist du ihm rettungslos ausgeliefert. Und meist kommt er ganz überraschend. Ich weiß, wovon ich rede. Bei mir war es ähnlich.«

Und unversehens schwenkt sie von Lucys Geschichte zu ihren eigenen Anfängen.

»Ich stamme tatsächlich aus einer alten Adelsfamilie. Aber bis auf ein paar verstaubte Ahnenporträts und einen Korb voller Seidenservietten mit aufgesticktem Wappen hat meine Familie nichts über die Jahrzehnte gerettet. Das war nie ein Problem für mich. Arbeit adelt auch. Ich habe immer gerne viel geleistet.«

Nach der Handelsakademie und ein paar Semestern an der Wirtschaftsuni begann sie bei einem Steuerberater, erzählt sie. Sie hat sich in der Kanzlei hochgearbeitet, gut verdient. Dennoch wollte sie etwas anderes machen. Auf ein Inserat des Salzburger Marionettentheaters, den Posten eines Kaufmännischen Leiters neu zu besetzen, bewarb sie sich.

»Und Sie können mir glauben, Herr Kommissar. Ich selber war am meisten überrascht, dass ich den Job bekam. Ich hatte mit Marionetten bis dahin nichts am Hut. Ich war schon kulturinteressiert, bin viel in Theateraufführungen und Konzerte gegangen. Aber Puppen an Fäden standen nicht ganz oben auf der Liste meiner Wünsche.«

»Und dann hat Sie der Virus gepackt?«

»So ist es, Herr Kommissar. Ich habe dieses Haus betreten, wollte mich um Bilanzen und Produktionsabrechnungen kümmern und bin in ein Zauberreich gestolpert. Sie haben es heute ja gesehen. Ich war wie elektrisiert. Diese kleine Wunderwelt mit all ihren unbeschreiblichen Facetten hinter der Bühne hat mich eigentümlich berührt. Und dann erst diese großartigen Puppen. Wenn sie auf der Bühne zum Leben erwachen, das ist einfach unbeschreiblich! Ich hatte etwas gefunden, von dem ich bis dahin nicht wusste, dass ich es mir wünschte.«

Sie schwärmt von besonderen Inszenierungen. Von unvergesslichen Ereignissen auf den großen Tourneen in aller Welt. Sie erzählt von der Zusammenarbeit mit bedeutenden Regisseuren und Ausstattern, mit Künstlern, die auch auf der anderen Salzachseite im Einsatz waren, bei den Salzburger Festspielen: Günther Schneider-Siemssen, der Bühnenbilder, der oft mit Karajan arbeitete. Peter Ustinov, der Film-Weltstar. Immer wieder kommt sie auf die wunderbaren Menschen in ihrem Ensemble zu sprechen, die Abend für Abend diesen Zauberkasten in Gang bringen, die Menschen durch ihr Spiel glücklich machen.

»Wir sind eine ganz außergewöhnliche Familie, Herr Kommissar, eine eingeschworene Gemeinschaft. Anders ginge es nicht. Und Lucy war ein Teil davon.«

Bei der Erinnerung an die junge Frau, deren Leiche gestern von den Mitarbeitern der Gerichtsmedizin im Sarg aus dem Haus getragen wurde, kommen ihr die Tränen.

Sie stellt das leere Glas auf den Boden. Beide schweigen. Die Prinzipalin und der Kriminalkommissar. Dann richtet sie sich auf.

»Mein Gott, es ist kurz vor Mitternacht. Die anderen sind alle längst weg. Wenn Sie keine Fragen mehr haben, Herr Kommissar, dann würde ich jetzt auch gerne nach Hause fahren.«

Er drückt sich von der Chaiselongue hoch, stellt das Glas zurück auf das Tablett am Fensterbrett. Ein Geräusch ist von draußen zu hören. Gleich darauf wird die Tür aufgerissen. Eine schlanke Gestalt steht im Türrahmen.

»Aaron?«

Der junge Mann torkelt auf die Theaterleiterin zu, sackt in die Knie.

»Es tut mir so leid, Charlotta.« Sein Zungenschlag ist schwer. »Ich habe euch im Stich gelassen.« Er beginnt zu heulen, wirkt betrunken. Eine Flut schwer verständlicher Sätze bricht aus ihm heraus. So viel Merana und die Theaterchefin aus dem Gestammel verstehen, hat er irgendwo sein Handy verloren. Er war in seiner Wohnung. Er hat etwas getan, was er sonst nie macht. Er hat getrunken.

Aus Verzweiflung über Lucys Tod. Hat eine halbe Flasche Whiskey in sich hineingeschüttet. Normalerweise gibt er nach einem halben Glas Bier schon auf. Er hat sich den Wecker gestellt, um rechtzeitig zum Dienst zu kommen. Er ist eingeschlafen. Er muss das Piepsen überhört haben. Erst vor einer knappen Stunde ist er aufgewacht. Er ist auf die Straße gestürzt, hat nach einem Taxi gesucht und ist schnurstracks hierhergefahren. Während seines Gestotters versucht er immer wieder, gegen die Tränen anzukämpfen, was ihm nicht gelingt. Schließlich lässt er sich nach vorne auf den Teppich plumpsen, bleibt liegen.

In diesem Haus fällt alles theatralisch aus, denkt Merana. Auch diese Beichte.

»Ich mache Kaffee«, sagt er und steht auf. Er weiß, wo im angrenzenden Sekretariat die Espressomaschine steht. Fünf Minuten später ist er zurück. Offenbar hat sich Aaron Benetto beruhigt. Er sitzt auf dem Boden, hat die Beine ausgestreckt. Den Rücken lehnt er gegen Charlotta Sonnenthals Knie, die gefasst auf ihrem Sessel sitzt. Die Hand hat sie dem jungen Mann auf die Schulter gelegt.

Merana reicht ihm die Tasse.

»Danke.« Seine Stimme wirkt eine Spur sicherer. Er trinkt den doppelten Espresso in langsamen Schlucken. Dann stellt er die leere Tasse auf den Boden. Er schaut hoch zur Intendantin.

»Es tut mir leid, Charlotta. Das Schlimme ist nicht mein Ausrasten. Ich schäme mich so, dass ich euch hängen ließ.« Sie klopft ihm beruhigend auf die Schulter.

»Ist schon okay, Aaron.«

Merana sagt nichts. Er hat wieder auf dem Biedermeierfauteuil Platz genommen. Er beobachtet den Mann. Der stiert eine Zeit lang vor sich hin. Dann sagt er: »Das war Nico. Ich weiß es!«

Merana wird hellhörig. »Nico Mayer?«

Sein Gegenüber nickt. Wild, heftig. Seine Augen beginnen dabei zu rollen. Schon wieder theatralisch, fährt es Merana durch den Kopf.

»Was heißt, Sie ›wissen‹ es. Gibt es einen Beweis? Haben Sie etwas gesehen? Oder stellen Sie nur Vermutungen an?«

»Lucy hat mir gesagt, dass es kriselte zwischen den beiden. Dass sie von seiner Gönnerhaftigkeit die Nase voll hatte.«

»Warum war sie dann am Montagabend noch bei ihm? Hat sich bekochen lassen?«

»Das weiß ich nicht! Ich bin sicher, er hat das nur erfunden. Und sie war gar nicht dort. Er hat sie umgebracht!« Er schreit, springt auf, fegt mit der Hand einen Papierstapel vom Tisch.

»Aaron, benimm dich!« Charlotta Sonnenthals Stimme klingt streng, aber nicht unfreundlich. Sie redet wie eine Mutter, die versucht, ihr zorniges Kind zu beruhigen.

Merana seufzt laut.

»Na, dann hole ich uns jetzt allen einen Kaffee, und Sie erzählen mir in Ruhe, was sie alles wissen.«

Er macht sich auf den Weg zur Espressomaschine.

Es ist fast 2 Uhr morgens, als Merana die Stufen des Theaters hinuntersteigt und sich auf den Fahrersitz seines Autos sacken lässt. Er ist hundemüde. Er schaltet das Handy ein. Er findet ein ganzes Bündel an eingegangenen Nachrichten. Eine ist von Jennifer. Sie will wissen, ob er gut gelandet ist. Der Text wird von einem Emoji mit Küsschen begleitet. Wann ist er in Salzburg angekommen? Heute Vormittag? Und in der Früh war er mit Jennifer noch auf dem Hamburger Flughafen? Vor 18 Stunden? Es kommt ihm vor, als wäre das alles vor einer halben Ewigkeit passiert. Dieser Tag hat sich hingezogen wie eine Marathonstrecke, die man auf Knien kriecht. Er überfliegt kurz Nachrichten aus dem Ermittlerteam. Die Details würde er morgen früh in Ruhe kontrollieren.

Unter den eingegangenen Meldungen ist auch eine von Günther Kerner. Der Inhalt verspricht nichts Gutes.

Er überlegt, was er zurückschreiben soll. Da blinkt das Display auf. Ein Anruf kommt herein. Der Polizeipräsident verfügt offenbar über einen guten Riecher für Timing.

Er wischt über das Display. Die Stimme des Chefs klingt mürrisch.

»Bist du endlich fertig mit deinen Fädenpuppen?«

»Ja, was gibt es?«

»Ungemach. Kannst du noch herkommen?«

Das Handydisplay zeigt 02.05 Uhr. Es muss etwas Ernstes sein, wenn der Chef ihn um diese Zeit um einen Besuch bittet.

Er atmet tief durch. »Ich bin auf dem Weg.«

»Soll ich die Espressomaschine anwerfen?«

»Nein. Kaffee habe ich in den letzten Stunden genug in mich hineingeschüttet. Such den besten Grappa aus deinen Edelbrandbeständen.«

Nur wenige Fahrzeuge sind um diese Uhrzeit auf Salzburgs Straßen unterwegs. Merana braucht gerade einmal sieben

Minuten, dann erreicht er das stattliche Anwesen der Familie Kerner im Süden der Stadt. Die Haustür ist nur angelehnt, er braucht nicht zu läuten. Hofrat Kerner begrüßt ihn im Salon. Der Grappa ist bereits eingeschenkt. Die Flasche steht neben den Gläsern. Ein Barili di Sassicaia von Poli. Nicht übel, konstatiert Merana, nimmt Platz, hebt das Glas an die Nase. Der Duft ist angenehm, nicht zu scharf, mit einer Prise von Vanille und einem schwachen Aroma von altem Holz. Das liegt vielleicht an den Fässern, in denen der Grappa reifte, und die zuvor für den berühmten Sassicaia-Rotwein aus der Toskana verwendet wurden.

»Auf dein Wohl.« Merana hebt das Glas, probiert. Er lässt das Aroma auf der Zunge wirken, ehe er die Flüssigkeit langsam schluckt. Wohlige Wärme breitet sich in ihm aus. Hofrat Kerner hat ebenfalls das Glas gehoben, aber nicht davon getrunken.

»Es muss etwas Schlimmes sein. Normalerweise lässt du so einen köstlichen Tropfen nicht im Glas. Also, was ist los?«

Kerner legt seine Hände auf die Knie, formt sie langsam zu Fäusten.

»Sie wollen mich demontieren.«

»Wer?«

»Na wer schon? Der neue Innenminister und seine Partei.«

»Woher weißt du das? Hat der Minister schon angerufen oder sein neuer Generaldirektor?«

»Sei nicht albern, Martin. Du weißt genau, dass das so nicht läuft. Ich bin schon vor einigen Wochen stutzig geworden. Plötzlich komme ich an bestimmte Informationen nicht mehr ran, und wenn ja, dann mit großer Verzögerung. Das gab es früher nicht. Dienstanweisungen aus dem Ministerium sind plötzlich so formuliert, dass es nahezu unmöglich ist, sie fristgerecht einzuhalten. Eine Menge an auffälligen Kleinigkeiten. Ich habe versucht, meine Fühler auszustrecken, mich umzuhören. Ein alter Studienkollege, der im Innenministerium sitzt, hat sich heute gemeldet.«

»Der Struller?«

»Ja. Der Roman ist wirklich gut vernetzt. Wenn er sagt, es ist etwas im Busch, dann stimmt das auch.«

»Was können sie dir schon anhaben?«

»Du weißt, dass Führungskräfte der Exekutive in meiner Position nicht auf Ewigkeit bestellt sind, sondern alle fünf Jahre verlängert werden. Für mich müsste das heuer im August erfolgen. Der Pierling hatte mir die problemlose Verlängerung schon zugesagt.«

»Ja, aber das war noch vor den Wahlen. Und jetzt ist der Herr Pierling leider ein Exminister und sitzt nicht mehr an den Hebeln der Macht. Jetzt hast du einfach die falsche Farbe.«

»Ich habe überhaupt keine Farbe!« Die Stimme des Polizeipräsidenten ist laut geworden. »Ich war immer neutral und objektiv. Ich habe alle Entscheidungen nach Gesetz und Vorschrift getroffen. Das weißt du.«

Na ja, wie man es nimmt, denkt Merana. Wer mit dem Landeshauptmann per Du ist, wer sich bei politischen Entscheidungsträgern einschleimt, sich bei jeder Gelegenheit ins Promi-Scheinwerferlicht drängt, dem ist Objektivität schwer zu glauben. Aber darauf will Merana sein Gegenüber nicht ansprechen.

Günther Kerner hat ihn gerufen, um ihm zu helfen. Es gilt, einen realistischen Blick auf die Situation zu werfen, Möglichkeiten abzuwägen, eventuelle Gegenstrategien zu entwerfen.

»Um einen Spitzenbeamten in deiner Funktion nicht zu verlängern, braucht auch der Minister ein paar überzeugende Argumente.«

»Die werden sie schon finden, verlass dich darauf. Da lässt

man öffentlichkeitswirksam durchsickern, der Herr Polizeipräsident von Salzburg habe seine Arbeit nicht zufriedenstellend erledigt. Ob das stimmt, ist zwar Ermessenssache. Aber sobald der Vorwurf draußen ist, beginnt sich die Anschuldigung zu verbreiten wie eine Krebszelle, die Metastasen bildet.«

»Aber die Arbeit der Salzburger Polizei ist gut«, entgegnet Merana. »Das unterstreichen schon die Zahlen.«

»Sei nicht so naiv, Herr Kommissar! Vergiss die Zahlen. Da heißt es dann, der Herr Polizeidirektor erfülle nicht die strategischen Ziele, die der Herr Minister vorgegeben hat. Ein dehnbares Wischiwaschi-Argument, aber es hört sich glaubhaft an. Da tauchen plötzlich Gerüchte auf, im Führungsbereich der Salzburger Polizei herrsche kein gutes Klima. Das ist zwar so noch nicht passiert. Doch da werden sich schon welche finden, die sich von mir benachteiligt fühlen und jetzt eine Chance wittern, es mir heimzuzahlen.«

»Ja, das mag schon sein. Selbst wenn solche Anschuldigungen kommen, hast du immer noch die Möglichkeit, ein Gutachten über deine Arbeit erstellen zu lassen.«

»Merana, wo lebst du?« Der Polizeichef schüttelt ungläubig den Kopf. »Du bist ein hervorragender Ermittler! Du schnappst jeden Mörder. Deine Aufklärungsquote ist enorm. Aber für das Erkennen von machttaktischen Schachzügen fehlt dir jede Begabung. Natürlich kann ich ein Gutachten verlangen. Diese Expertise hat die dafür zuständige Kommission des Innenministeriums zu erstellen. Und wie schaut dieses Gremium aus?«

»Es besteht aus vier Mitgliedern«, antwortet Merana. »Diese vier Personen bekleiden wichtige Stellen innerhalb des Ministeriums.«

»Sehr richtig. Und was ist vor einem Monat passiert? Drei dieser Stellen wurden neu besetzt. Genau an diesen strategisch wichtigen Positionen hocken nun Vertraute des Ministers, allesamt nahe an seiner Partei. Einer davon ist sogar Burschenschaftler. Und jetzt rate mal, was die für ein Gutachten abgeben, wenn der aufmüpfige Herr Polizeipräsident Kerner aus Salzburg sich erdreistet, gegen die wohlüberlegte Anschuldigung des unantastbaren Herrn Innenministers vorzugehen.« Der Chef starrt ihm ins Gesicht. Seine Stimme wird noch sarkastischer.

»Na, dieses Gutachten wird förmlich bersten vor Objektivität!« Er klatscht demonstrativ in die Hände.

»Na, dann darfst du es erst gar nicht so weit kommen lassen.« Jetzt wird auch Merana laut. »Dann wirst du eben gute Miene zum bösen Spiel machen. Du darfst dem Minister keine Angriffsfläche bieten. Du erfüllst seine strategischen Vorgaben, was immer das für ein Schwachsinn ist. Du wirst dich deinen Mitarbeitern gegenüber als der beste aller Chefs erweisen.« Er grinst. »Darauf werden sich alle freuen. Du wirst uns alle verwöhnen, stets ein offenes Ohr für uns haben, uns zweimal die Woche ins Kaffeehaus einladen …«

»Spar dir deine Kindereien, Merana. Mir ist ausnahmsweise einmal nicht zum Blödeln zumute.« Er lässt sich schwer stöhnend im Polstersessel zurücksinken. Eine Zeit lang schweigen sie.

»Und was ist mit dem Landeshauptmann?«, setzt Merana fort. »Was ist mit deinen vielen Parteifreunden?«

»Ich habe keine Parteifreunde!« Kerners Stimme wird zum Zischen.

»Aber du bist doch bei einer Partei?«

Er wischt Meranas Bemerkung mit einer Handbewegung beiseite.

»Du kannst davon ausgehen, die neue Truppe in Wien wird versuchen, mich abzuschießen. Das glaubt auch der Struller. Die wollen an meine Position einen rechtspopulistischen Günstling setzen. Dann haben sie eine Stelle mehr, die sie umfärben können. Dazu müssen sie mich anpatzen. Sie müssen öffentliche Empörung kreieren. Und wenn das gelingt, dann rücken auch jene ab, die du Ahnungsloser als meine ›Parteifreunde‹ bezeichnest.«

Er beugt sich nach vor, greift nach dem vollen Grappaglas und leert es in einem Zug.

Die beiden Männer blicken einander in die Augen.

»Wir kennen das Prozedere, Günther. Jeder neue Machthaber versucht, wichtige Posten mit Leuten zu besetzen, die in seiner Gunst stehen. Das ist leider immer so.

Ich glaube zwar nicht, dass es in deinem Fall dazu kommt. Man wird dir dienstlich nichts Schlechtes nachsagen können. Dazu arbeiten wir alle zu erfolgreich. Aber wir werden wachsam sein. Das verspreche ich dir.«

Der Polizeipräsident schenkt beiden nach. Sie stoßen an, trinken aus. Einen dritten Grappa lehnt Merana dankend ab. Er muss noch wohlbehalten nach Hause kommen.

Während der Rückfahrt denkt er über das Gespräch und über die aktuelle Lage nach. Bei den Wahlen vor wenigen Monaten gab es einen Machtwechsel. Die Konservativen hatten es davor mit einem Imagewechsel versucht. Sie vollführten einen Sidestepp, hinaus aus der liberalen Mitte hin auf die ungustiös rechte Seite. Damit es nicht so auffällt, haben sie ein bisschen Yuppie-Tünche über das wertkonservative Schwarz geschmiert und einen Mann an die Spitze gehievt, der ausschaut, als trage er immer noch seinen Designer-Konfirmandenanzug. Telegen, redegewandt, Traum aller Schwiegermütter. Umgeben von einer Aura aus Teflon, an der alles Unangenehme abtropft. Die Konservativen mit dem alerten Jungmann an der Spitze haben die Wahlen überlegen gewonnen. Zum Regieren brauchten sie einen Partner. Also holten sie sich die Rechtspopulisten mit ins Boot. Der Parteichef der PFP, der Partei der Freien Patrioten Österreichs, Horst Konrad Blachy wurde Vizekanzler, Johann Keppl rückte zum Innenminister auf.

Was vor 20 Jahren noch zu einem kollektiven Aufschrei in der EU geführt hatte und zu großspurig angedrohten Sanktionen gegen Österreich, führte dieses Mal allenfalls zu einem nachdenklichen Stirnrunzeln. Selbst das Rauschen im Blätterwald war überschaubar. Dafür war der laute Applaus der Rechtspopulisten aus ganz Europa nicht zu überhören.

Parteien haben immer die Tendenz, Vertrauensleute an wichtige Positionen zu hieven. Das war auch unter den Konservativen und Sozialdemokraten so. Genau diese Postenvergabe und Umfärbungsaktionen haben die Rechtspopulisten immer mit großem medialem Geheul beklagt, haben ihre Wähler angestachelt, gegen solche Praktiken zu demonstrieren. Die Leute sind ihnen auch deswegen scharenweise zugeströmt. Und jetzt, endlich selber an der Macht, vollziehen sie genau dasselbe. Aber in einem Tempo und mit einer Unverfrorenheit, dass die von ihnen immer als Altparteien gebrandmarkten Bewegungen noch viel lernen könnten.

Das ist Merana bewusst. Sein Chef Günther Kerner gibt sich oft geckenhaft. Er liebt das Bad im Scheinwerferlicht der Öffentlichkeit, geht allen auf die Nerven mit seiner angeberhaften Attitüde, ständig mit Zitaten um sich zu werfen. Er ist bei Weitem nicht immer der beste Vorgesetzte, lässt es anderen gegenüber bisweilen an Loyalität vermissen. Er scheut manchmal davor zurück, eine Entscheidung zu fällen, deren Konsequenz ihm eventuell schaden könnte. Aber als Merana vor einem Jahr in einer tiefen Krise steckte, da war er da. Als unerschütterlicher Kollege und bedingungsloser Freund. Und er ist kein schlechter Polizeipräsident, da kennt Merana üblere Beispiele aus anderen Bundesländern. Er hat als oberster Polizist von Salzburg einige Erfolge aufzuweisen. Deshalb wird es auch nicht so einfach sein, ihm etwas ans Zeug zu flicken, davon ist Merana überzeugt. Und wer weiß, ob die Buschtrommeln immer alle richtig verstanden werden. Auch ein Roman Struller, selbst wenn er an richtiger Stelle im Ministerium sitzt, muss aus Andeutungen und Kantinengeflüster erst die richtigen Inhalte herausfiltern. Die Frage bleibt, ob die tatsächlich stimmen.

Er schiebt die Gedanken beiseite. Er hat sich jetzt um anderes zu kümmern. Um den schrecklichen Mord an einer jungen Frau, die alle als liebenswürdig beschrieben haben und die dennoch mit gebrochenem Genick gefunden wurde. Einiges Neues hat Aaron Benetto beigetragen. Der Espresso tat seine Wirkung. Die Gedanken und auch die Sprache des jungen Mannes wurden immer klarer. Lucy wollte mit Nico Mayer Schluss machen, behauptete er. Nico wollte Lucy immer kontrollieren. Das sei ihr auf die Nerven gegangen. Anfangs habe sie sich zwar geschmeichelt gefühlt, wenn Nico ihr Aufmerksamkeit entgegenbrachte. Doch dann hat er begonnen, sie mit Geschenken zu überhäufen, sie zu bedrängen. Das wollte sie nicht.

»Hatten Sie ein Verhältnis mit Lucy?« Die Antwort auf Meranas Frage kam heftig.

»Nein!« Benettos Tonfall klang nach Empörung, als hätte der Kommissar etwas völlig Ungebührliches gefragt.

»Ich wollte warten. Sie hat mir versprochen, die Beziehung mit Nico zu beenden. Sie wollte es ihm endgültig sagen.«

Das konnte stimmen oder auch nicht. Für diese Behauptung gibt es bisher nur Benettos Darstellung. Sie würden Nico Mayer gleich morgen dazu befragen.

Oder besser gesagt heute. Denn es ist bereits vier Stunden nach Mitternacht, als er den Wagen in der Garage abstellt.

Er ist seit 21 Stunden auf. Die Müdigkeit hockt ihm auf den Schultern. Er stellt sich unter die Dusche, lässt das Wasser auf seine Haut prasseln, dann legt er sich ins Bett.

*

Heute habe ich eine Verbeugung gemacht.

Ganz tief.

»Darf ich mich vorstellen. Mein Name ist Leandro. Ich bin der Gehilfe von Antonio, dem stets schlecht gelaunten Gärtner im Dienst seiner Exzellenz, des Grafen Almaviva.«

Das habe ich gesagt. Ich war selbst überrascht über diesen Text. Zuvor habe ich das noch nie gesagt. Aber die Verbeugung war großartig. Den Arm wie ein Segel zur Seite geschwenkt.

Mit der Nase bin ich fast auf dem Boden angekommen.

Je tiefer die Verbeugung, desto größer der Respekt vor dem Gegenüber.

Der Mann hat auch eine Verbeugung gemacht. Nicht so tief wie ich. Eigentlich war es nur ein kurzes Nicken mit dem Kopf.

Ich habe den Mann noch nie gesehen. Ich glaube, er gehört gar nicht hierher.

Die anderen Männer im Haus kenne ich schon. Es sind nicht viele.

Mehr habe ich heute nicht getan. Einmal vorstellen und gleichzeitig verbeugen.

Sonst habe ich nichts geredet.

Ich kann nicht sprechen. Nicht von alleine. Man muss nicht mit dem Munde reden.

Man kann auch etwas sagen, wenn man den Arm wegschnellen lässt wie ein Segel, das vom Wind erfasst wird. Man kann seinem Gegenüber auch etwas mitteilen, wenn man die Beine lässig baumeln lässt und in die Hände klatscht. Oder die Arme eng an den Körper presst, als erwarte man ein Unheil und möchte die anderen davor warnen.

Aber ich wurde nach der tiefen Verbeugung gleich wieder abgelegt. Auf den Haken gehängt. Neben der Giraffe und dem Mädchen mit dem Hasen.

Dabei hätte ich so viel zu erzählen.

Und es ist wichtig. Zumindest scheint es mir so. Sonst hätte sie es ja nicht getan.

Sie wird nicht mehr kommen. Das war mir schon klar, als sie zwischen uns baumelte.

Das liebe Gesicht verzerrt vor Grauen. Eine Fratze. So wie die Schreckensmaske des Waldteufels. Eine ganze Nacht bin ich neben ihm gehangen. Tief unten im Keller. Neben dem Kasten mit den vielen Köpfen und Armen und Beinen. Ich habe mich gefürchtet. Dort hat sie mich vergessen. Mich erst am nächsten Tag wieder geholt. Eine Stunde lang konnte ich meine Arme nicht bewegen, so fest sie auch an mir gezogen hat. So tief steckte die Furcht vor dem Waldteufel in mir. Nur mein Kopf hat gezittert. Schon bei der kleinsten Berührung.

Schritte?

Ja, das sind Schritte.

Es kommt jemand.

Ein Mensch.

Puppen gehen anders.

Manchmal, wenn sie schlecht geführt werden, schieben ihre Füße nur über den Boden. Verursachen ein schleifendes Geräusch. Kein Wesen geht so. Weder Puppe noch Mensch.

Alles nur schlechte Führungsarbeit. Unkonzentriertheit oder mangelndes Können. Manchmal beides. Aber auch wenn der geschickteste Spieler die Fußfäden führt, wenn die Beine im passenden Rhythmus und in elegantester Bewe-

gung gehoben und gesenkt werden, verursachen Puppen beim Gehen andere Geräusche als Menschen.

Nein, hier nähert sich keine Puppe.

Hier kommt …

hier kommt …

Den kenne ich. Auf den bin ich nicht gut zu sprechen. Wegen dem hat sie mich vergessen.

Im Keller. Den hat sie am Arm gefasst und ist mit ihm davongeeilt.

Und ich blieb alleine zurück. An der Wand. Neben dem Waldteufel.

Und jetzt kommt der hierher. Was will er hier?

Die Giraffe holen? Oder einen der zwölf Räuber? Vielleicht auch den Feenkönig.

Oder will er gar zu mir?

Ja, ich hätte viel zu erzählen.

Ich kenne ein Geheimnis. Es ist wichtig.

Wenn er mich vom Haken nimmt, könnte er mich zum Reden bringen.

Will ich das?

Er kommt jedenfalls auf mich zu.

DONNERSTAG, 25. APRIL

Das Gebimmel des Handyweckers ist brutal. Er hat kaum drei Stunden geschlafen.

Das Rasieren erspart er sich. Der Kühlschrank ist fast leer. Aber zwei Eier genügen, um sich daraus eine Eierspeise zu machen. Mit Schnittlauch und Käse. Das schimmlige Weißbrot wirft er in die Biotonne. Im Regal entdeckt er hinter den Teedosen eine Packung Cracker. Das muss reichen als Frühstück. Der doppelte Espresso animiert seine Lebensgeister.

Abteilungsinspektor Braunberger wartet schon in der Garage der Polizeidirektion. Sie nehmen den Dienstwagen. Merana gibt Otmar eine Zusammenfassung seines abendlichen Besuchs im Marionettentheater.

»Hinter der Bühne zu hocken und den Puppenspielern bei ihrem Treiben zuzuschauen, hätte mir sicher auch Spaß gemacht. Mehr jedenfalls, als eine Wasserleiche zu besichtigen.«

»Konntet ihr die Identität des Toten feststellen?«

»Ja, er hatte einen Ausweis bei sich. Hartmut Kreuzer, Wohnort Wien, wenn ich das richtig im Kopf habe.«

»Wer wird das Rennen um den Toten an der Grenze gewinnen, wir oder die Oberösterreicher?«

»Keine Ahnung. Das wird wohl auf allerhöchster Chefebene ausgeschnapst. Wir haben die Leiche jedenfalls vorerst an Doktor Plankowitz übergeben. Weil die Linzer in der Gerichtsmedizin wegen Urlaub völlig unterbesetzt sind. Ich habe Günther darüber schon informiert.«

»Hast du ihn heute schon gesehen? Wie wirkte er?«

»Mürrisch. Also so wie meistens.«

Links vor ihnen taucht das Fußballstadion auf. Der Abteilungsinspektor betätigt den Blinker. Sie biegen an der Ausfahrt Kleßheim ab. Im Frühverkehr lieber den weiteren Weg über die Autobahn zu nehmen, die um Salzburg herumführt, war gewiss die bessere Entscheidung, als es quer durch die Stadt zu versuchen. Sie halten auf Schloss Kleßheim zu, biegen nach dem Stadion links ab. Sie hoffen, Nico Mayer am Arbeitsplatz anzutreffen. Sie haben nicht angerufen, wollten ihn nicht vorwarnen. Nach wenigen Minuten erreichen sie das Gelände. An der Einfahrt passieren sie zwei mächtige Trucks mit Anhänger. »MCB – Mayer Cargo Business«, ist auf den Planen zu lesen. Sie parken das Auto auf einem der Kundenparkplätze.

Polizei? Was wollen die hier? Juniorchef Nico Mayer nimmt die Hände von der Tastatur, nähert sich dem Bürofenster. Den Dicken kennt er. Irgendein Abteilungsinspektor, wenn er sich recht erinnert. Der hat ihn bereits am Dienstagabend einvernommen, in seinem Haus in Maxglan. Dessen Begleiter hat er noch nie gesehen. Er hat ihnen doch schon alle Antworten gegeben, die sie hören wollten.

Warum kommen sie ein weiteres Mal? Ist das üblich? Oder sind sie aus einem anderen Grund hier? Er überlegt, ob er sich an den Schreibtisch setzen soll. Oder besser gleich auf den Designer-Rohrstuhl am Besuchertisch. Es klopft. Seine Sekretärin steckt den Kopf zur Tür herein.

»Entschuldigen Sie, zwei Herren von der Polizei möchten Sie sprechen.«

Er nickt. »Fragen Sie die beiden Herren, ob sie einen Kaffee wollen.« Die beiden Beamten lehnen dankend ab.

»Guten Morgen, Herr Mayer.« Der Dicke reicht ihm die Hand. »Es haben sich noch ein paar Fragen ergeben. Darf ich vorstellen, das ist der Ermittlungsleiter, Kommissar Merana.« Der Großgewachsene in Jeans und hellem Sportsakko hat einen kräftigen Händedruck. Nico deutet auf die Besucherstühle, er nimmt auf der anderen Seite des Tisches Platz.

»Ich nehme an, Sie haben nichts dagegen einzuwenden, dass wir unser Gespräch aufzeichnen?« Der Abteilungsinspektor legt einen Minirekorder auf den Tisch.

»Wird es lange dauern? Ich muss gleich weg zu einem wichtigen Termin.«

»Ich denke nicht.« Der Dicke schaut ihn an. Das Lächeln ist trügerisch. »Es wird genauso lange dauern, wie es notwendig ist.«

Was meint er damit? Was haben die entdeckt? Er wischt sich die Hände an der Hose ab, lehnt sich zurück. Der Querbügel der Lehne drückt ihm ins Kreuz. Er hat diese verdammten Stühle noch nie gemocht. Sein Vater hat sie sich eingebildet. Haben ein Schweinegeld gekostet. Warum reden die beiden nicht? Sie schauen ihn nur an.

Erwarten die, dass er etwas sagt? Nein, der Mann im hellen Sakko öffnet jetzt den Mund.

»Wie geht es Ihnen, Herr Mayer, nach dem tragischen Tod Ihrer Freundin?«

Ah, ich verstehe. Die beiden machen auf Good Cop und Bad Cop. Der Dicke droht indirekt mit ›so lange, wie es notwendig ist‹, der andere mimt Anteilnahme.

»Es geht schon. Gott sei Dank habe ich die Arbeit, die lenkt ab. Und ich habe wirklich sehr viel zu tun, deshalb wäre ich sehr dankbar, wenn wir das hier so kurz wie möglich …«

»Welche Stellung bekleiden Sie im Unternehmen?«

Was soll die Frage? Seine Position in der Firma kann ja wohl nichts mit Lucys Tod zu tun haben. Sie sind also doch wegen etwas anderem gekommen …

»Mein Vater ist der Firmenchef. Ich soll einmal in seine Fußstapfen treten, wie es so schön heißt. Derzeit bin ich vor allem für die Sparten Paketbereich und Bahnlogistik verantwortlich, und auch für unseren Onlineauftritt.«

»Ein großes Bündel an sehr verantwortungsvollen Aufgaben, das Sie da geschultert haben.«

Er weiß nicht, was er darauf sagen soll. Besser nichts. Einfach abwarten. Bisher hat nur der Good Cop Fragen gestellt. Dessen Job ist es ja, anteilnehmendes Interesse am Gegenüber zu heucheln. Er wird dieses Spiel mitmachen, aber dennoch auf der Hut sein.

»Sie haben Lucy Salmira vor knapp einem Jahr bei einem Englischkurs an der Uni kennengelernt?«

Das war jetzt der Dicke. Nun doch Fragen zu Lucy? Nicht mehr über seine Stellung in der Firma?

»Ja.«

»Wie war denn das Verhältnis zwischen Lucy und Ihnen in den letzten Wochen?«

»Gut. Auch wenn wir beide sehr beschäftigt waren, haben wir immer wieder versucht, viel Zeit miteinander zu verbringen. Ich habe gerne für sie gekocht.«

»Uns liegt eine Aussage vor, dass das Verhältnis in letzter Zeit nicht mehr so gut war. Frau Salmira spielte mit dem Gedanken, die Beziehung zu beenden. Das hat uns zumindest einer von Lucys Kollegen erzählt, Aaron Benetto.«

»Aaron?« Seine Stimme ist laut geworden. Das wollte er gar nicht.

»Sie kennen ihn?« Nun ist offenbar wieder der andere an der Reihe mit Fragen.

»Natürlich kenne ich Aaron. Und auch die meisten anderen aus dem Haus. Durch mich ist Lucy ja erst zum Marionettentheater gekommen. Ich habe sie zwei oder dreimal eingeladen, sich mit mir eine Vorstellung anzuschauen. Davon war sie so begeistert, dass sie ihr Studium sausen ließ und nur mehr mit den Figuren spielen wollte. Können Sie sich vorstellen, welche Vorwürfe ich mir mache? Hätte ich sie nicht mit dem Marionettentheater bekannt gemacht, würde sie noch leben. Sie würde an der Uni studieren und nicht im Leichenschauhaus liegen. Aber sie hatte so eine Freude mit den Puppen. Ich habe ihr ein paar Mal bei der Arbeit zugeschaut. Besonders der putzige Kerl mit dem Schmetterling auf der Schulter hatte es ihr angetan. Und alle Kollegen waren so lieb zu ihr. Sie war so glücklich! Und jetzt dieses schreckliche Verbrechen. Ich schlafe fast nicht mehr, weil ich immer diese Bilder vor mir sehe. Die tote Lucy, umgeben von ihren Puppen.« Er schaut auf, wie die beiden auf seinen Gefühlsausbruch, auf seine brüchige Stimme reagieren. Der Good Cop blickt ihn an.

»Wie sind Sie zum Marionettentheater gekommen?«

Er räuspert sich. »Über eines der Ensemblemitglieder. Sibylle Lercher. Wir waren miteinander befreundet.«

»Wie befreundet?«, fragt der Dicke dazwischen. »Platonisch? Liebespaar?«

»Äh, … naja, wir hatten schon auch … ich meine, wir hatten ein Verhältnis.«

»Das Sie beendeten, als Sie Lucy kennenlernten?«

»Nein, so ist es nicht. Das wäre ohnehin … also wir waren damals schon dabei, es zu beenden.«

»Und wie ist Ihr Verhältnis zu Frau Lercher jetzt?«, fragt der Kommissar.

»Immer noch gut. Wir sind Freunde geblieben.«

Er würde gerne ein Glas Wasser trinken. Aber er bleibt sitzen.

»Sie haben uns nichts zu Aaron Benettos Aussage erwidert, dass Lucy Sie verlassen wollte.«

»Ja, das hätte er wohl gerne gehabt, der gute Aaron.« Er klopft mit der Hand auf die Tischplatte. »Lucy war ein fröhlicher Mensch, ein quirrliger Wirbelwind. Die hat jedem schöne Augen gemacht. Sie hat sich nicht viel dabei gedacht. Das war ihre Natur. Das hat Aaron wohl falsch verstanden und es vielleicht so interpretiert, dass sie an ihm ein Interesse habe, das über Kollegenschaft hinausgeht. Ich sage Ihnen, Lucy wollte mich nicht verlassen. Vielleicht hat Aaron das einfach nicht verkraftet.«

»Wie meinen Sie das?«

»So wie ich es sage!«

Die beiden blicken einander kurz an. Dann schaltet der Dicke das Aufnahmegerät aus. »Dann wollen wir Sie nicht mehr länger aufhalten.« Sie verabschieden sich.

Er bleibt am Fenster stehen. Er wartet, bis sie in den Wagen gestiegen und endgültig verschwunden sind. Was wollten die wirklich?, überlegt er.

»Nein, Sibylle! Wir haben doch gesagt, zuerst nach rechts und erst dann in die Laube! Verdammt noch mal!«

Wenn er noch einmal brüllt, dann schmeiße ich alles hin. Dann haben wir eine zweite Leiche im Theater! Sibylle Lercher bläst die Luft durch die Nüstern wie ein Pferd, das zum Sprung über den tiefen Wassergraben ansetzt. Da kann der Schnösel so viele Auszeichnungen als Regienewcomer des Jahres haben, wie er will. Ich schmeiße ihm die Deko an die Birne und er kann sich den Scheiß selber spielen! Er kriegt es eh nicht hin. Hat keine Ahnung vom Marionettentheater. Er kann sich nicht einmal merken, dass er mit den Puppen sprechen soll und nicht mit den Spielern, die hoch darüber die Fäden halten. Wenn er will, dass Figaro eine

Verbeugung macht, dann soll er es zur Puppe sagen. Sie ist Figaro. Und nicht Marek anbrüllen, der Figaro führt. Das hat bisher noch jeder Regisseur kapiert und spätestens ab der dritten Probe nur mit den kleinen Darstellern auf der Bühne kommuniziert. So wie er auch auf der großen Bühne direkt mit den Sängern redet und mit niemandem sonst. Sie sind die Rollendarsteller. Aber dieser Jungspund wird es nie lernen! Nelio Hauser! Was für ein Name. In Wirklichkeit heißt er ja mit Vornamen Franz. Aber das war ihm wohl zu wenig speziell. Er dachte wohl, nur mit einem extravaganten ›Nelio‹ könne man große Karriere machen, aber nicht mit einem bodenständigen ›Franz‹. Zur Karriere gehören Können, Talent, Fleiß, Charakter, Respekt vor dem Tun und eine gehörige Portion Menschenkenntnis. Dann klappt es auch, egal, wie man heißt.

»Also alles auf Position! Ich wiederhole es für Sibylle extra. Du bewegst die Puppe zuerst nach rechts, und dann erst verschwindet sie im Pavillon.«

»Die Puppe hat einen Namen, das ist Susanna«, zischt Sibylle leise. Aber laut genug, dass Marek es neben ihr hören kann. »Und letztes Mal wolltest du, dass Susanna gleich in der Laube verschwindet und nicht vorher nach rechts läuft. Was kann ich dafür, dass du dir deine eigenen Anweisungen nicht merken kannst, du Arschloch.«

Die letzten gezischten Worte sind nicht mehr zu verstehen, denn die Musik setzt ein.

Susanna läuft nach rechts, blickt in die Tiefe des Gartens, dann dreht sie sich um, verbirgt sich im Pavillon. Sie wartet auf den Graf, den sie gleich belauschen will.

Sibylle gibt sich große Mühe, ihren Zorn nicht hochkommen zu lassen. Sie muss sich ganz mit Susanna verbinden. Sie muss die Freude fühlen, die Lust, die Wehmut, muss ihre Empfindung auf die Fäden übertragen. Dann fühlt Susanna es auch. Dann macht die Puppe die richtige Bewegung, und alle im Saal verstehen es.

Bevor der Graf im nächtlichen Garten auftaucht, hat Susanna noch ihre Arie zu singen. »Deh vieni, non tardar, o gioia bella …«

Die lebenslustige Susanna wird die Freude anstacheln, sich raten, nicht zu zögern, sondern zu wachsen, sich dem liebenden Gefühl hinzugeben, inmitten der betörenden Anmut des nächtlichen Gartens. Sibylle beugt sich tief nach unten, lässt die Musik durch ihren eigenen Körper fließen, versucht, die Schwingung auf die Bewegung der kleinen Puppe zu leiten.

Jetzt kommt gleich die kurze Koloratur bei *Fioretti*. Dieses leichte, prickelnde Schaudern, das Susannas bisher zurückgehaltenes, aber nun bald befreite Gefühl der Lust verrät. Von Mozart herrlich mit einer zirpenden Bewegung im Gesang angedeutet, wenn Susanna vom Lachen der Blumen schwärmt, »qui ridono i fioretti …«

Sibylle wird den Rückenfaden bewegen, die Fäden an beiden Händen anziehen und auch mit den Drähten, die zum Kopf führen, nachhelfen, um Susannas prickelnde Empfindung durch eine leichte Drehung zu unterstreichen. Jetzt kommt es: »qui ridono …«

»Aus! Aus, verdammt noch mal!«

Sibylle erschrickt so heftig, dass ihr fast das Führungskreuz aus der Hand fällt.

»Wer sind Sie? Was wollen Sie hier?«, brüllt der Regisseur.

Sibylle späht in den abgedunkelten Raum, sieht die Konturen eines Mannes im hinteren Bereich des Saales.

»Entschuldigen Sie, ich bin Kommissar Merana von der Salzburger Kripo. Ich wollte Sie nicht unterbrechen. Proben Sie ruhig fertig. Ich schaue gerne ein wenig zu.«

»Das kommt überhaupt nicht in Frage. Ich kann hier keine Polizei brauchen. Verlassen Sie den Saal!«

»Ganz, wie Sie wollen. Dann brechen Sie jetzt die Probe ab. Ich führe Ermittlungen in einem Mordfall und beginne augenblicklich mit der polizeilichen Einvernahme.«

Sibylle entkommt ein Kichern. Sie genießt dieses Duell zwischen dem besonnenen Kripochef und dem Jungstar, der sich aufplustert wie ein Pfau. Das vergönnt sie dem Möchtegernregisseur. Er knickt ein. Der dünkelhafte Pfau wird unversehens zum begossenen Pudel.

»Also gut, dann bleiben Sie eben. Aber verhalten Sie sich bitte ruhig.«

Merana setzt sich in die vorletzte Reihe. Das Licht der beiden riesigen Kronleuchter ist gedämpft. Aber die herrliche Dekoration des Raumes ist gut auszumachen. Er bewundert die Stuckatur an Decke und Wänden. Hier saß also in den 1920er-Jahren James Joyce und löffelte seine Grießnockerlsuppe. Merana lässt die Augen noch einmal respektvoll durch den ehemaligen Speisesaal und jetzigen Theaterraum gleiten, dann konzentriert er sich auf das Geschehen. Heute kann er das Treiben der Puppen aus dem Blickwinkel des Besuchers im Saal erleben. Er weiß aus seiner gestrigen Erfahrung, welchen Einsatz die Spieler an den Tag legen müssen, damit das Spiel auf der Bühne zu einem wunderbaren Gesamteindruck verschmilzt.

Der Regisseur unterbricht oft. Seine Anweisungen klingen barsch. Merana hat nicht das Gefühl, dass der junge Mann an seinem Regiepult im Zuschauerraum mit den Akteuren auf der Brücke harmoniert. Zu herrisch ist sein Tonfall. Zu verwirrend sind seine oft widersprüchlichen Vorgaben. Doch dem Spiel der Puppen ist die Spannung, die im Raum herrscht, nicht anzumerken. Sie tänzeln elegant durch den Garten, verbergen sich mit neckischer Bewegung hinter Büschen und Lauben, um sich gleich darauf mit graziösem Schwung in den Ablauf zu mischen. Merana kennt die Handlung. Auf der Bühne sind Szenen aus dem vierten Akt von »Le nozze di Figaro« zu sehen. Ein Spiel der Trugbilder. Dienerin Susanna verkleidet sich als Gräfin, diese wiederum wählt ihr Kostüm so, dass sie für Susanna gehalten wird. Eine bewusst inszenierte Verwechslung. Dem Graf wird eine Falle gestellt, um ihm eine Lektion zu erteilen. Verkleidungen, Verlockungen, als Köder deponierte Briefe, mehrdeutig gegebene Antworten, mannigfaltige Manipulationen. Die gesamte Oper lebt vom ständigen Kippen der einen verwirrungsstiftenden Situation in die nächste. Im Grunde gerät jeder Akteur in diesem Spiel mehr als einmal in die Lage, sich herauswinden zu müssen. Die Wahrheit wird so lange verbogen, bis sie zum eigenen Vorteil passt, Lüge prallt auf Täuschung.

Der Kommissar kennt das alles. Nicht nur von der Opernbühne. Das Verdrehen von Wahrheiten, das Verschweigen wichtiger Details, das Inszenieren von Fallen, den Versuch, listenreich zu betrügen, das kennt er vor allem auch aus seiner Polizeiarbeit, aus zahlreichen Verhören und Überprüfungen. Doch seine Ermittlungen werden leider nie von Mozarts zugleich raffinierter und berührender Musik begleitet wie das Spiel auf der Bühne.

Gleich wird die Gräfin im Garten erscheinen, zur Verwunderung aller ihren Schleier lüften. Doch Merana kommt nicht in den Genuss dieser Lieblingspassage. Der Regisseur bricht die Probe ab.

»Genug für heute. Morgen zur selben Zeit!« Er würdigt Merana keines Blickes. Er hastet zum Saalausgang und verschwindet.

Merana wartet, bis die groß gewachsenen Künstler hinter der Bühne die ihnen anvertrauten kleinen Künstler im Depot verstaut haben. Dann wendet er sich an Sibylle Lercher.

Sibylle Lercher, 35 Jahre, seit zehn Jahren im Ensemble. Ausbildung an der Höheren Lehranstalt für Mode in Hallein. Mit 19 nach Deutschland. Job in München bei der Adriana Fashion Group. Nach dem Konkurs der Firma Rückkehr nach Salzburg.

Durch Meranas Kopf rattern die Fakten aus den Ermittlungsakten.

Die Puppenspielerin wirkt erschöpft, niedergeschlagen. Merana führt das auch auf die von ihm miterlebte anstrengende Probe zurück. Die Art des Regisseurs war nervtötend.

»Möchten Sie sich ein paar Minuten ausruhen, Frau Lercher? Einen Kaffee trinken? Ich warte gerne.«

Sie schüttelt den Kopf. »Nein, es geht schon.«

Merana berichtet vom Gespräch mit Nico Mayer, das er und der Abteilungsinspektor vor zwei Stunden führten. Sibylle Lercher hört zu. Sie gibt sich Mühe, gelassen zu wirken, ihre Mimik unter Kontrolle zu halten. Aber mehrmals beginnen ihre Wangen zu zucken, immer wieder verändert sich die Miene ihrer Augen.

Merana kann ihre Reaktionen schwer deuten. Ein Anflug von Wehmut? Ist sie irritiert?

»Ja, Nico und ich waren zwei Jahre zusammen«, bestätigt sie, als Merana seinen Bericht beendet. Ihre Stimme klingt heiser.

»Was war der Grund für die Trennung?«

Sie zuckt mit der Schulter. »Es hat halt irgendwann nicht mehr gepasst.«

»Könnte das Auftauchen von Lucy in Nicos Leben der Grund für das Ende der Beziehung gewesen sein?«

»Vielleicht ja, vielleicht auch nicht.«

»Wie sind Sie mit Lucy ausgekommen?«

Sie zögert, wartet mit der Antwort. »Ganz gut. Sie war

vom Puppenvirus eingenommen. Das hat mir gefallen. Sie hat sich bemüht, schnell zu lernen.«

»Sie war, wie ich so hörte, der Sonnenschein der Truppe.«

Wieder ein Schulterzucken.

»Wissen Sie, solche meteorologischen Vergleiche nutzen sich bald ab. Als ich vor zehn Jahren meine Zelte in München abbrach und hierherkam, war ich der Sonnenschein der Truppe. Das gibt sich mit der Zeit.«

»Sie haben sie nicht besonders gemocht?«

Sie zögert erneut, überlegt offenbar, was sie antwortet.

»Sie hat von Anfang an versucht, alle um den Finger zu wickeln. Es ist ihr auch gelungen. Bei fast allen.«

»Bei Ihnen?«

Sie schaut ihm direkt ins Gesicht. Ihre Augen sind noch müder. Dann senkt sie den Blick. »Das spielt doch alles keine Rolle mehr. Haben Sie sonst noch Fragen, Herr Kommissar?«

»Nico deutete an, Aaron sei in Lucy verschossen gewesen. Stimmt das?«

»Das müssen Sie ihn schon selber fragen, Herr Kommissar.«

»Das werde ich.«

Er verabschiedet sich, steigt über die beiden Treppen nach oben, verlässt die Bühne durch den Ausgang im ersten Stock.

Die Puppenspielerin schaut ihm lange nach. Dann stößt sie zornig die Luft aus, wie vorhin bei der Probe. Aber dieses Mal richtet sich die Wut gegen sie selbst!

Du hast die Gelegenheit verpasst, Sibylle, schilt sie sich halblaut. Jetzt wäre die Chance gewesen, die Wahrheit zu sagen. Du Närrin! Du hättest andeuten können, du warst bei der ersten Einvernahme einfach zu nervös … Jetzt ist es zu spät. Mit sich selbst innerlich hadernd, steigt sie auch die Treppen nach oben. Als sie den Bühnenausgang erreicht, vernimmt sie laute Stimmen. Ein heftiger Wortwechsel ist im Gang. Sie beschleunigt ihren Schritt, erreicht das Sekretariatsvorzimmer. Dort bietet sich ihr eine furiose Szene. Anita sitzt bebend mit offenem Mund am Computer. Neben ihr steht der Kommissar. Alle blicken auf einen Mann im Anzug, der sich bemüht, beschwichtigend auf Charlotta einzuwirken. Aber ihre Chefin ist voll in Fahrt. Und wie! Ihre Stimme überschlägt sich fast.

»Ich kann und will das so nicht hinnehmen, Herr Doktor Hufschmied! Ich habe dem Gesagten nichts hinzuzufügen! Auf Wiedersehen!«

Der Anzugträger wird hochrot im Gesicht. »Dann wünsche ich Ihnen einen guten Tag, Frau von Sonnenthal!« Er macht kehrt, stürmt nach draußen. Charlotta hetzt zur offen gelassenen Tür. »Ohne ›von‹, wenn ich bitten darf!«, brüllt sie ihm ins Stiegenhaus nach. Dann wirft sie die Tür mit lautem Knall ins Schloss.

Für eine Sekunde herrscht betretenes Schweigen im Raum. Anitas Kinnlade hängt noch tiefer. Keiner weiß, wie er mit der Szene umgehen soll. Auch sie ist über die Heftigkeit von Charlottas Reaktion erstaunt.

Der Kommissar redet als Erster: »Kann ich Ihnen irgendwie helfen, Frau Charlotta?«

Doch die macht nur eine müde Handbewegung. »Danke, Herr Kommissar. Nicht der Rede wert. Nur eine kleine Meinungsverschiedenheit.«

Charlotta, lüge nicht!, fährt es Sibylle durch den Kopf. Sag ihm die Wahrheit! Sie ist fast versucht, die Aufforderung laut herauszurufen. Aber ihre Chefin ist schon im Arbeitszimmer verschwunden. Der Kommissar dreht ab, entdeckt sie in der Tür. Sie spürt, wie ihr die Röte ins Gesicht steigt.

Sollte sie jetzt …? Nein. »Entschuldigung«, murmelt sie, macht kehrt und hetzt davon.

Merana ist irritiert. Einerseits weiß er nicht, wie er die wütende Szene einordnen soll. Andererseits hat ihn auch das Auftauchen von Sibylle Lercher nachdenklich gemacht. Er hatte wieder den Eindruck, sie ringe damit, ihm etwas sagen zu wollen. Dasselbe Gefühl beschlich ihn mehrmals bei ihrem Gespräch. Vielleicht sollte er nochmals mit der Puppenspielerin reden. Er verlässt das Zimmer und läuft zum Bühneneingang. »Frau Lercher?«, ruft er, während er die Treppe zur Regieplattform hinabeilt. Doch er hört keine Antwort. Er wirft einen Blick in das Puppendepot. Er späht hinab zur Bühne und in den Zuschauerraum, wiederholt laut ihren Namen. Keine Reaktion. Er hat sie wohl verpasst. Er verlässt das Gebäude. Neben dem Eingang fällt ihm das Fahrrad auf. An der geschwungenen Lenkerstange hängt eine kleine Hexe aus Plastik. Sie reitet auf einem pinkfarbenen Besen. Ist das Lucys Fahrrad? Er kann sich aus den Berichten nicht erinnern, ob die KTU eine Bemerkung zu Lucys Fahrrad gemacht hat. Vermutlich spielt es auch keine Rolle. Er zückt dennoch das Handy, macht ein paar Aufnahmen des kompletten Gefährts aus verschiedenen Einstellungen. Dann steckt er das Telefon weg und überquert die Straße.

Sibylle Lercher hetzt durch den Mirabellgarten. Nichts wie weg! Das war heute alles zu viel für sie.

Zuerst die nervige Probe mit dem Regie-Enfant terrible. Darauf das angespannte Gespräch mit dem Kommissar, und dann noch die unerwartete Szene vorhin. Dass Charlotta wütend ist, versteht sie gut. Aber ihre Chefin weiß, was auf dem Spiel steht, und redet nicht darüber.

Sie überquert den Makartplatz. Sie hat keinen Blick für das rosafarbene Meer an Magnolienblüten ringsum. Sie will nach Hause. Sie ist vor fünf Jahren aus ihrem Appartement in Aigen in die ehemalige Wohnung ihrer verstorbenen Eltern umgezogen. Die liegt in der Linzergasse. Sie hält an einem Geschäft, das eine große Auswahl an Kräutertees bietet. Sie nimmt sich eine Mischung, die vorwiegend aus Baldrian, Melisse und Hopfen besteht. Der Aufguss wird sie beruhigen. Dann steigt sie in den vierten Stock hinauf, wo ihre Wohnung liegt. Sie eilt in die Küche, nimmt die Teekanne, gibt eine Handvoll Kräuter in das Sieb und gießt kochendes Wasser darüber. Während der Tee zieht, räumt sie auf. Seit sie vor zwei Tagen die grässliche Entdeckung von Lucys Leiche machte, gerät alles durcheinander. Madam Blitzblank hat sich nicht einmal Zeit genommen, ihre Kleidungsstücke ordentlich zu verstauen, sondern sie achtlos irgendwo in der Wohnung liegen lassen. Sie hebt die Jacke auf, die sie am Dienstag anhatte. Sie hängt sie in den Kasten. Etwas Weiches steckt in der Tasche. Sie zieht es hervor. Das Tuch! Das Stück Stoff, das sie neben dem Bühneneingang fand, und achtlos einsteckte. Wieder steigt ein schwacher Duft in ihre Nase. Wie schon im Theater hält sie sich das Tuch vors Gesicht. Dann lässt sie sich auf das Sofa fallen. Sie weiß jetzt, woher ihr der Geruch vertraut ist. Bilder steigen in ihr auf. Ihr Lächeln wird wehmütig …

»Hallo, Herr Kommissar, hoffst du, die Salzachnixen singen dir die Antwort wie die legendären Rheintöchter?«

Er wendet den Kopf und registriert erfreut, wer auf ihn zukommt.

Er hat sich vor einer halben Stunde auf eine Bank am Salzachufer gesetzt. Er will nachdenken. Seine Augen über das Wasser der Salzach, über die Häuserlandschaft der Stadt gleiten zu lassen, ist für ihn wie Meditation. Müllner-Kirche, Mönchsberg, Festung, Stift Nonnberg. Gleichzeitig lässt er in sich die Eindrücke der vergangenen zwei Tage seit seiner Rückkehr nach Salzburg lebendig werden. Er versucht, ein Muster zu erkennen, das ihm beim gegenwärtigen Stand der Ermittlungen hilft, die einzuschlagende Richtung zu erkennen.

»Hallo, Jutta, leider haben sich mir die Salzachnixen noch nie offenbart. Aber ich tausche sie jederzeit ein gegen eine Begegnung mit der Feenkönigin der internationalen Kulturberichterstattung.«

»Schmeichler.« Sie küsst ihn auf die Wange. »Wenn du so unverhohlen Süßholz raspelst, dann brauchst du etwas von mir.«

Sie kennt ihn gut. Ihre Freundschaft besteht auch schon seit vielen Jahren. Als er eben die ihm vertraute schlanke Gestalt auf sich zustöckeln sah, kam ihm der Gedanke, die Gelegenheit beim Schopf zu packen und sie um Hilfe zu bitten.

»Darf ich dich auf eine Melange ins Café ›Bazar‹ einladen?«

Sie blickt auf die Uhr. »Du hast exakt 42 Minuten. Und ich will eine Esterhazy-Schnitte zum Kaffee.«

Das Caféhaus ist wie immer gut besucht. Fast alle Tische sind besetzt. Sie ergattern einen freien Platz in der Ecke. Merana schätzt das »Bazar«. Es ist eine Salzburger Institution. Viel Prominenz hat sich schon an den Tischen getummelt.

Von Thomas Bernhard bis Marlene Dietrich, von Max Reinhardt bis Romy Schneider, von Arturo Toscanini bis Arthur Miller.

Sie geben ihre Bestellung auf. Merana nimmt einen Mokka und ein Mineralwasser.

»Also, Commissario, was brauchst du von mir? Nachdem du dich mit dem schrecklichen Mord im Marionettentheater beschäftigen musst, nehme ich an, dein Anliegen hat damit zu tun.«

Jutta Ploch hatte immer schon eine rasche Auffassungsgabe. Eine der vielen Eigenschaften, die er an ihr schätzt. Sie ist Kulturredakteurin einer großen österreichischen Tageszeitung mit Sitz in Salzburg. Merana hat sie schon öfter um Hilfe gebeten, wenn er für seine Ermittlungen Einblicke hinter die Kulissen unterschiedlichster Kulturbetriebe brauchte.

»Ich wurde vorhin im Theater Zeuge eines sonderbaren Auftrittes. Es gab eine heftige Auseinandersetzung zwischen der Intendantin und einem Herrn Doktor Hufschmied.«

»Das wundert mich nicht. Die gute Charlotta ist nicht gut auf ihn zu sprechen. Doktor Roland Hufschmied ist ein hoher Beamter in der Kulturabteilung des Landes. Das Marionettentheater hat seit einiger Zeit finanzielle Probleme. Bisher hat das Haus keinen einzigen Cent an Zuschüssen gebraucht. Die Marionettenleute haben immer alles aus eigener Kraft erwirtschaftet. Das ist in der Kulturlandschaft eher selten. Und jetzt, wo es ihnen einmal schlechter geht und sie um öffentliche Unterstützung ansuchen, wehren sich die Herren und Damen aus Beamtenschaft und Politik.«

»Aber erhalten nicht fast alle der großen Kulturstätten öffentliche Zuschüsse? Das Landestheater, das Burgtheater, die Staatsoper, verschiedene Orchester, sogar die Salzburger Festspiele?«

»Natürlich. Und das passt auch. Der Spruch ›Wer zahlt, schafft an‹ trifft im Kulturbereich bei Weitem nicht im vollen Umfang zu. Aber so ein bisserl Einfluss hat man ja schon, wenn man generöser Subventionsgeber ist …«

Ihr Tonfall hat sich geändert. Das Letzte sprach sie blasiert durch die Nase. Sie schlüpft augenzwinkernd in die Rolle eines noblen Geldgebers, der mit großzügiger Geste Zuwendungen verteilt und sich davon wohl einiges erwartet.

Merana lächelt. »Und Frau Charlotta möchte zwar das benötigte Geld nehmen, aber sich nicht dreinreden lassen.«

»Du hast es wieder einmal auf den Punkt gebracht, Commissario. Das Salzburger Marionettentheater war immer unabhängig. Du musst nur einen Blick auf die Geschichte des Hauses werfen. Der steirische Bildhauer Anton Aicher nimmt 1884 das Angebot an, in Salzburg die Bildhauerklasse der Staatsgewerbeschule zu leiten. In München sieht er eine Vorstellung des damals berühmten Marionettentheaters von Leonhard ›Papa‹ Schmid. Er ist begeistert. Puppentheater kennt Anton Aicher auch schon aus dem Prater in Wien, wo er studierte. Er beschließt, seiner Begeisterung Taten folgen zu lassen, und gründet in Salzburg ein eigenes Marionettentheater. 1913 gab es die erste Aufführung. Eine Mozartoper, das kleine Schäferspiel um ›Bastien und Bastienne‹. Aber Anton Aicher wollte nichts kopieren, wollte nicht einfach eine Nachahmung zum Münchner Pendant schaffen. Er strebte nach einem Theater mit einer ganz speziellen künstlerischen Sprache. So begann er, eine eigene Spieltechnik zu entwickeln, und schuf alle Puppen nach seinen Vorstellungen. Noch heute gehören Aichers Puppen zum Fundament des Theaters. Du musst dir einmal diese kleinen Wesen genauer anschauen, Martin. Wie detailgenau Aicher bei ihrer Herstellung vorgegangen ist! Welche Ausdrucksstärke er den Gesichtern verliehen hat. Das ist einfach großartig!«

»Ich habe einige der Puppen gesehen. Charlotta Sonnenthal hat mich gestern durchs Haus geführt.«

»Die bewundernswerte Lebensechtheit der Aicherschen Puppen war von Anfang an der Garant für den Erfolg. Das Publikum hat die Vorstellungen gestürmt. Und dieser Erfolg hat sich im Lauf der 100 Jahre über die ganze Welt verbreitet. Ich glaube, es gibt fast kein Land, in dem die Salzburger Puppen nicht die Menschen begeisterten. Das Marionettentheater hat für den Ruf und das Image Salzburgs weltweit enorm viel beigetragen, ähnlich wie ›Sound of Music‹ und die Festspiele.

Da kann sich diese manchmal hochnäsig kapriziöse Stadt wohl hoffentlich dazu durchringen, dem Marionettentheater in einer derzeit schwierigen Situation unter die Arme zu greifen.«

»Und was meinst du? Werden Stadt und Land ihren Beitrag leisten?«

»Ich denke schon. Dass das berühmte Marionettentheater seine Pforten schließen muss, diesen Imageverlust kann sich Salzburg nicht leisten. Die Frage ist nur, welche Bedingungen die Subventionsgeber damit verknüpfen. Es geistert die Idee durch den Raum, das Marionettentheater unter die Obhut des Landestheaters zu stellen. Doch dagegen wehrt sich Charlotta Sonnenthal mit Händen und Füßen. Der Erfolgsgarant war immer die Selbstständigkeit in der künstlerischen Entscheidung. Das begann mit der Eigenständigkeit des Spielstils, den Anton Aicher entwickelte, setzte sich fort über die weltweiten Tournee-Erfolge aus eigener Kraft, und das reicht bis heute. Das unvergleichliche Spiel der Puppen fasziniert immer noch, weil das Marionettentheater eben das Marionettentheater ist. Da sollte niemand von außen dreinreden. Stell dir vor, wie sich die Festivalleitung von Bayreuth aufregen würde, wenn plötzlich der Intendant der Salzburger Festspiele dort hineinpfuscht.«

»Wer übernahm die Leitung des Theaters nach dem Tod des Gründers?«

»Dessen Sohn Hermann, und ab 1977 Hermanns Tochter Gretl. Ich habe Gretl Aicher gut gekannt. Ich habe einige Reportagen über sie und das Theater gemacht.

Sie war das, was man früher eine richtige ›Dame‹ nannte. Gewiss eine resolute Theaterprinzipalin und nicht immer leicht zu handhaben. Aber sie hat sich mit Herz und Seele für das Theater und dessen Truppe eingesetzt. Manche aus der Reihe des heutigen Ensembles sagen, der Geist von Gretl Aicher wehe immer noch durch das Haus, sei in jeder Ecke zu spüren. Ganz sicher steckt Gretls Geist in Papageno. Denn diese Puppe durfte nur sie führen, niemand anderer. Jahrzehntelang.«

Der Espresso macchiato ist kalt. Er trinkt ihn dennoch. Merana hat der Journalistin gebannt zugehört, darüber ganz seinen Kaffee vergessen. Können die aktuellen finanziellen Schwierigkeiten des Theaters mit der Ermordung eines seiner Ensemblemitglieder in Zusammenhang stehen? Merana kann das Gehörte noch nicht ganz ins Gesamtbild einordnen. Sie würden jedenfalls bei ihren Ermittlungen auch in dieser Richtung nachstoßen.

»Und dann gibt es da noch die Gerüchte.«

Er stellt die Tasse weg. »Gerüchte?«

Sie stemmt die Ellbogen auf den Tisch, verschränkt die Hände, legt das Kinn darauf. Die Augen unter den dunklen Stirnfransen funkeln.

»Es gibt Stimmen, die behaupten, die finanziellen Schwierigkeiten des Hauses rühren daher, dass Charlotta Sonnenthal zu wenig Geld in neue Inszenierungen stecken kann, weil sie zu viel am Roulettetisch verlor.«

»Die Prinzipalin im Spielcasino? Eine Zockerin? Stimmt das?«

»Ich bin dabei, diesen Gerüchten auf die Spur zu kommen. Bisher haben meine Recherchen nichts Nachhaltiges ergeben. Persönlich kann ich mir das nicht vorstellen. Aber als Profi werde ich natürlich unvoreingenommen jedem Hinweis nachgehen.«

Polizeiermittlung und Journalistenrecherche sind sich in vielem ähnlich, stellt Merana wieder einmal fest. Aussieben, was falsch ist, was auf Lüge und Täuschung beruht. Mühsam herausfiltern, was der Wahrheit entspricht.

»Wo ist die Quelle für diese Gerüchte?«

Sie lächelt schelmisch. »Commissario, du verwechselst mich mit einer Hellseherin.

Das haben Gerüchte so an sich, dass man nicht genau weiß, woher sie kommen.

Jemand sagte mir, sie kämen aus dem Ensemble.«

Merana horcht auf. Aus dem Ensemble? Doch keine *außergewöhnliche Familie*? Eher eine normale wie viele andere, mit einem schwarzen Schaf in der *eingeschworenen Gemeinschaft*?

»Hältst du mich auf dem Laufenden?«

»Wie immer, caro mio. Aber du weißt: manus manum lavat.«

Er grinst. Selbstverständlich, eine Hand wäscht die andere. Mit diesem Prinzip waren sie noch immer gut gefahren, der Kommissar und die Journalistin. Austausch von Informationen in beide Richtungen. Er winkt dem Kellner, verlangt die Rechnung.

Er überlegt, ob er sich von den Kollegen aus der nahe gelegenen Polizeistelle in die Alpenstraße bringen lassen soll. Doch er will deren Dienstablauf nicht unnötig durcheinanderbringen. Er nimmt am Makartplatz ein Taxi. Als er vor der Bundespolizeidirektion aus dem Wagen steigt, bemerkt er den Auflauf an TV-Reportern vor dem Eingang. Sie belagern Gebhard Breitner, den Pressesprecher der Salzburger Polizei. Merana drückt sich an der Menge vorbei. Im Foyer trifft er Otmar Braunberger.

»Was ist denn da draußen los?«

»Hast du es noch nicht mitbekommen?«

»Was?«

»Das Video?«

Merana hat keine Ahnung, was der Abteilungsinspektor meint.

»Seit etwa drei Stunden kursiert im Internet ein Video. Es zeigt unseren Chef, der den Arm um einen syrischen Flüchtling legt. Man sieht ganz deutlich, wie der Salzburger Polizeipräsident Esat Aziz freundschaftlich auf die Schulter klopft, mit ihm scherzt.«

»Na und?«

»Esat Aziz gehört offenbar zu einer Gruppe von vier syrischen Flüchtlingen, die im Verdacht stehen, vor einem Monat eine junge Frau in Wien vergewaltigt zu haben. Du kannst dir nicht vorstellen, was sich seit drei Stunden im Internet abspielt.«

Doch, kann er. Er braucht die Schlagzeilen gar nicht zu lesen, er kann sich die Hasspostings auch so vorstellen. *Salzburger Polizeipräsident umarmt muslimischen Vergewaltiger! Wer schützt unsere Töchter vor der Flüchtlingsgefahr, wenn sich unsere Polizei mit dem Pack verbrüdert?* Solche Meldungen und vielleicht noch Schlimmere werden es wohl sein.

»Wo ist Günther, hast du ihn gesehen?«

Braunberger schüttelt den Kopf. »Er ist außer Haus, wie mir seine Sekretärin sagte.

Der tapfere Gebhard stellt sich der ersten Sturzwelle.« Beide schauen nach draußen. Die Reportermenge wird größer.

»Ich versuche, Günther zu erreichen.«

»Gut, ich bin bei den Labortechnikern, falls du mich brauchst.« Der Abteilungsinspektor schiebt seinen massigen Körper durch den Korridor, mit einer Eleganz, die ihm nur die wenigsten zutrauen würden.

Merana wählt Kerners Nummer. Der Chef hebt nicht ab.

»Herr Kommissar ...« Die Kollegin vom Empfangsschalter gibt ihm ein Zeichen.

Er begibt sich zu ihr. »Eine Frau wartet auf Sie. Sie will unbedingt mit Ihnen sprechen. Wir haben sie in die Kantine gebracht.« Sie blickt auf den Bildschirm. »Ihr Name ist Dagmar Salmira.« Die Mutter der Ermordeten ist hier?

»Danke, Frau Kollegin. Ich kümmere mich darum.«

Sie sitzt ganz hinten, an einem Tisch an der Wand. Sie steht auf, als er sich nähert. Sie trägt einen hellen, weiten Pullover zu einer dunklen Hose. Sie macht einen gepflegten Eindruck. Das Haar reicht ihr wellig bis über die Schultern. Volles Grau mit weißen Strähnen. Ein wenig erinnert sie an eine jüngere Ausgabe von Charlotta Sonnenthal. Nur die Schminke an den stark geröteten Augen ist verwischt.

Sie stellt sich vor, blickt ihn unsicher an.

»Wissen Sie schon, wer … ich meine, wer meiner armen Lucy das …?«

Sie ringt mit den Worten. Er setzt sich ihr gegenüber.

»Leider nein, Frau Salmira.« Sie kämpft mit der Haltung. Sie bemüht sich, für das Gespräch mit dem Polizisten einen gefassten Eindruck zu machen. Aber sie leidet, das ist nicht zu übersehen. Er hütet sich davor, ihr gegenüber irgendwelche Phrasen zu dreschen. Er will nicht sagen: *Ich verspreche Ihnen, wir werden ganz sicher den Mörder Ihrer Tochter finden.* So etwas kann er nicht versprechen. Niemand kann das.

»Ich mache mir solche Vorwürfe.« Ihre Augen füllen sich mit Wasser. Sie nestelt in ihrer Handtasche, legt schließlich ein Handy auf den Tisch.

»Lucy hat mich am Ostermontag angerufen. Dreimal am Nachmittag und einmal noch am Abend. Aber ich habe zu Mittag das Handy in einem Restaurant vergessen und es erst am nächsten Morgen bemerkt. Sie hat eine Nachricht hinterlassen. Wenn Sie mich erreicht hätte, vielleicht wäre dann …« Ihr Stimme versagt, sie schluckt heftig.

»Haben Sie die Nachricht noch?«

Sie nickt. Sie wischt über den Screen, übergibt ihm das Telefon. Die Sprachnachricht stammt von Montagabend, 21.57 Uhr. Er drückt auf Wiedergabe, hält sich das Handy ans Ohr. Er hört die Stimme einer jungen Frau.

»Hallo, Mama, ich hoffe, du genießt die Tage in Grado. Bitte ruf mich zurück, es ist dringend! Ich hab dich lieb, schicke dir einen Kuss.«

Dagmar Salmira beginnt zu weinen. »Ein Kuss durchs Telefon ist das Letzte, was mir von ihr geblieben ist.« Sie schluchzt heftig.

Lucys Nachricht klang aufgeregt. Sie bemühte sich zwar, einen liebevollen Tonfall anzuschlagen, konnte aber die Anspannung in ihrer Stimme nicht ganz verbergen.

»Ich möchte das Handy unseren Technikern übergeben, Frau Salmira. Die werden die Nachricht kopieren und auswerten. Vielleicht lassen sich Hintergrundgeräusche herausfiltern, um festzustellen, von wo aus Ihre Tochter Sie angerufen hat. Hat Ihnen Lucy in den letzten Wochen andere Sprachnachrichten geschickt?«

Sie schüttelt den Kopf. »Nein, wir haben ein paar Mal telefoniert. Und sie hat mir immer wieder kurze Nachrichten geschrieben, Fotos geschickt. Auf WhatsApp.«

»Wenn Sie erlauben, werden wir uns auch diese Mitteilungen anschauen.«

Sie holt ein Taschentuch aus ihrer Handtasche, wischt sich über die Augen, putzt sich die Nase. Dann nimmt sie einen Schluck Mineralwasser.

»Sie war so glücklich in diesem Theater! Wissen Sie, Herr Kommissar, meine Kinder hatten es nicht leicht. Mein Mann war im Grunde kein schlechter Kerl, aber er konnte die Finger nicht vom Alkohol lassen. Und wenn er besoffen war, hat er die Kinder und mich verprügelt. Es wurde immer schlimmer. Ich bin schlussendlich ins Frauenhaus geflohen. Da war Lucy zwei Jahre alt. Die haben mir dort sehr geholfen. Gustav musste ausziehen, wir wurden geschieden. Drei Jahre später ist er gestorben. Er ist besoffen in die Enns gestürzt. Ich habe als Kassiererin im Supermarkt gearbeitet. Kein schlechter Job, aber halt wenig Bezahlung. Trotzdem habe ich meine Kinder und mich halbwegs gut über die Runden gebracht. Habe in der Nacht gebüffelt, für Weiterbildungskurse gelernt. Und meine Kinder waren immer brav. Ich bin so stolz auf die beiden. Lucy hat von der Schule immer gute Noten nach Hause gebracht. Und in der Hauptschule, da hat sie auch Theater gespielt, sogar Puppentheater. Sie wollte immer Literatur studieren oder eine Karriere am Theater machen. Und jetzt …«

Ihre Stimme bricht. Sie vergräbt das Gesicht in den Händen. Ihre Schultern zucken.

Wellen von Schmerz laufen durch den schmächtigen Körper.

Merana empfindet Respekt vor der Frau, die ihm gegenübersitzt. Einen gewalttätigen Säufer als Mann. Den Schritt ins Frauenhaus gewagt, vor dem viele in ähnlicher Situation scheuen. Dagmar Salmira hat sich gewehrt, hat sich nicht als Opfer fertigmachen lassen. Hat für die Zukunft ihrer Kinder gesorgt. Sich hochgearbeitet von der Kassiererin zur Regionalleiterin im Einkauf. Und jetzt versucht sie tapfer, sich einem unfassbaren Schicksalsschlag zu stellen.

»Kommen Sie zurecht? Hilft Ihnen Ihr Sohn?«

Sie nickt, nimmt die Hände vom Gesicht. Ihr Körper strafft sich. »Ja, der Olaf ist auch ein ganz Lieber. Ich habe ihn leider noch nicht erreicht, ihm nur eine Nachricht geschickt. Er ist oft im Außeneinsatz, da kann man ihn schwer kontaktieren.«

Merana nimmt sein Handy, bittet Otmar, in die Kantine zu kommen.

»Herr Abteilungsinspektor Braunberger wird sich gleich um Sie kümmern, Frau Salmira. Es wird nicht lange dauern, bis unsere Techniker Lucys Nachrichten von Ihrem Handy überspielt haben.«

Zurück in seinem Büro versucht er erneut, Günther zu erreichen. Doch er hört nur die Ansage der Mobilbox. Er wählt die Sekretariatsnummer.

»Hallo, Frau Schaber. Geben Sie mir bitte Bescheid, sobald der Herr Polizeipräsident sich meldet.«

Er legt das Handy zur Seite, schaltet den PC ein. Die Internetmeldungen sind schnell gefunden. Er hat das Gefühl, das Netz quillt über davon. Er liest einige der Postings in den verschiedenen Foren. Die meisten sind noch schlimmer als befürchtet. »Sie gehören ale vergast! Die Flüchtlinge und die gutmenschen die sie ins Land hollen und ale Politzisten die sich mit inen verbrüdern und uns nicht beschüzen wollen!« Die Orthografie zeugt von mangelnder Schulbildung. Aber das zählt nicht. Was zählt, ist der Hass, der aus diesen Zeilen trieft. Und bei Weitem nicht alle Postings stammen von bildungsschwachen Absendern. Da tönt immer wieder auch hoher Bildungsstandard durch. »Ein hoher Polizeioffizier, der gegen jedes gesunde Volksempfinden sich mit derart fremdrassigem Gesindel gutstellt, sollte sofort seines Amtes enthoben und entsprechend betreut werden!«

Gesundes Volksempfinden und *fremdrassig*, das klingt eindeutig nach Nazi-Vokabular. *Betreut werden* findet Merana besonders perfid. Im SS-Jargon stand *betreuen* unter anderem für *deportieren* und *töten*. Sollte Günther Kerner gegen Absender wie diesen vorgehen, wird die Person, falls sie überhaupt auszuforschen ist, sich gewiss einfach abputzen und empört beteuern, dass dies ein freies Land sei. Man wird doch wohl noch seine Meinung sagen dürfen. Und ihm auch nur irgendeine Nähe zu nationalsozialistischem Gedankengut zu unterstellen, sei nichts weiter als linkslinke Hetzpropaganda. Mit ›betreuen‹ habe er gemeint, dass man einem hohen Beamten, der aufgrund von Fehlverhalten seiner Funktion enthoben wird, natürlich die Betreuung mittels zustehender Pension zukommen lässt. Nichts anderes. In dieser oder ähnlicher Form wird es wohl ablaufen. So läuft es immer ab.

Er spürt, wie Übelkeit aus seinem Magen hochsteigt. Er geht zum Aktenschrank, öffnet die oberste Tür, greift nach einer Flasche und schenkt sich einen Birnenbrand ein. Die scharfe Flüssigkeit tut ihm gut, sie spült den Ekel hinunter.

Er schaut sich nochmals das Video an. Die Aufnahme zeigt eine unverfängliche Szene. Günther Kerner trägt Uniform. Er befindet sich im Freien, in einem Garten. Neben ihm steht ein junger Mann. Beide lachen in die Kamera. Günther klopft dem jungen Syrer freundlich auf die Schulter. »I wish you all the best.« Im Hintergrund sind noch andere lachende Gesichter zu sehen.

Wenn Merana sich richtig entsinnt, war Günther Kerner vor einem Jahr bei einer Benefizveranstaltung. Davon könnte die Aufnahme stammen.

Er schaut auf die Uhr. Das Meeting ist in zwei Stunden. Er hofft, seinen Chef noch vorher zu erreichen.

Die Besprechung des Ermittlerteams beginnt um 17 Uhr. Es sind nicht alle anwesend. Drei Leute aus der Kollegenschaft sind noch unterwegs.

Auf dem zentralen Screen an der Wand leuchten zwei Konterfeis, sie zeigen die Gesichter von Nico Mayer und Aaron Benetto.

»Wir sind im Umfeld der Ermordeten auf zwei junge Männer gestoßen. Nico Mayer, 32, Juniorchef einer Salzburger

Transportfirma, und Aaron Benetto, 23, Techniker und auch Puppenspieler im Ensemble.«

Er berichtet von seiner Begegnung mit Aaron in der vergangenen Nacht, erzählt vom plötzlichen Auftauchen des Mannes im Theater. Er war betrunken, verzweifelt, hat sich für sein Verhalten geschämt. Er schildert Benettos Anflug von Theatralik, wiederholt dessen Anschuldigungen gegen Nico Mayer, den Otmar und er daraufhin heute einvernommen haben.

»Klassisches Dreieck?«, fragt Alina Kramer und lässt einen Kugelschreiber zwischen ihren manikürten Fingern kreisen. »Hübsche junge Frau im Spannungsfeld zweier Verehrer?«

»Möglicherweise«, bestätigt Merana. »Wir könnten es mit einer Eifersuchtstat zu tun haben. Nico könnte seine Freundin Lucy töten, weil sie ihn verlassen will. Dass sie ihn verlassen wollte, dafür steht bis jetzt allerdings nur Aarons Aussage. Der wiederum könnte sich von Lucy hintergangen fühlen. Er ist verletzt, weil sie ihm nur schöne Augen machte, aber doch nicht von Nico lassen wollte.«

»Aaron hat wie alle Ensemblemitglieder einen Schlüssel. Wie wäre Nico ins Theater gekommen?« Die Frage stellt der Abteilungsinspektor.

»Vielleicht war die Tür doch offen. Vielleicht hat Lucy vergessen, hinter sich abzusperren«, überlegt Carola laut.

»Aber diese andere Puppenspielerin, diese Sibylle, hat doch ausgesagt, die Tür sei am Dienstagmorgen verschlossen gewesen, als sie im Theater ankam.« Ein klackendes Geräusch ist zu hören. Gruppeninspektorin Kramer ist der Kugelschreiber entglitten und zu Boden gefallen.

»Als wir Sibylle Lercher einvernommen haben«, fährt die Chefinspektorin fort, »machte sie einen sehr verwirrten Eindruck. Sie könnte sich bei der Frage nach der abgesperrten Tür geirrt haben. Sie war völlig durcheinander.«

»Gut«, nimmt Merana den Faden wieder auf. »Lassen wir die Frage des Schlüssels für die Eingangstür einmal beiseite, aber nicht völlig außer Acht. Wir haben hier jedenfalls zwei, wenn auch schwache, Motive.«

»Das von Nico Mayer erscheint mir stärker«, wirft Alina Kramer ein. »Mit dem war sie immerhin ein Jahr zusammen. Der andere hat sich möglicherweise nur etwas eingebildet. Der scheint mir eher harmlos.«

Merana ist nicht ihrer Meinung. Er hat das Bild des Heißsporns vor sich, wie er völlig aufgelöst ins Zimmer der Theaterchefin polterte. Wer so eine theatralische Szene aufs Parkett legt, dem ist auch anderes zuzutrauen. Aber er lässt die Bemerkung der Kollegin erst einmal unkommentiert.

»Ich war heute Mittag im Theater Zeuge einer ungewöhnlichen Szene zwischen der Theaterdirektorin und einem hochrangigen Landesbeamten.«

Er schildert ihnen den Vorfall und berichtet dann von seinem Gespräch mit der Kulturjournalistin. Sie diskutieren darüber, wägen ab, in welchem Zusammenhang der Tod der jungen Puppenspielerin mit der angespannten finanziellen Situation des Theaters zu tun haben könnte. Auch die möglichen Vorwürfe gegen die Theaterchefin bauen sie in ihre Überlegungen mit ein, immer beachtend, dass es sich dabei bis jetzt nur um ein Gerücht handelt.

»Wie schaut es mit dem weiteren persönlichen Umfeld der Toten aus? Hat sich bei der Nachforschung im Bekanntenkreis außerhalb des Theaters ein brauchbarer Hinweis ergeben?«

Die Kollegen, die sich darum kümmerten, berichten kurz, nennen einige Namen. Doch bisher hätten die Befragungen zu nichts geführt.

Dann erzählt Merana von seiner Begegnung mit der Mutter des Opfers und übergibt das Wort an Thomas Brunner.

»Wir haben die Sprachnachricht auf der Mobilbox untersucht. Es gibt so gut wie keine Hintergrundgeräusche. Der Anruf wurde keinesfalls im Freien getätigt, sondern in einem geschlossenen Raum. Wenn wir uns die Diagrammkurven der Raumakustikanalyse anschauen, können wir eher von einer größeren Umgebung ausgehen. Keinesfalls hat sie aus einem kleinen Zimmer angerufen. Lucy könnte aus dem Bereich hinter der Bühne telefoniert haben. Das würde zum Analyseergebnis passen.«

»Dann war sie kurz vor zehn Uhr schon im Theater, wenn das stimmt«, ergänzt Merana. »In jedem Fall wissen wir, dass sie um 21.57 noch am Leben war, als sie ihrer Mutter auf die Handybox sprach.«

Sie gehen das Beziehungsgeflecht der ihnen bisher bekannten Namen aus Lucys Umfeld nochmals Schritt für Schritt durch. Bei jeder Person überlegen sie gemeinsam, welche Motivlage für die brutale Tat vorliegen könnte. Die bisher ausgewerteten DNA-Spuren am Tatort sind nur mit den Theaterleuten in Verbindung zu bringen. Keine Spuren von Fremden außerhalb des Theaters. Die Aussage des Theaterportiers wurde inzwischen eingeholt. Der Reserveschlüssel lag immer in der Schreibtischschublade. Niemand hat ihn in den vergangenen Tagen verwendet. Mitten in ihre Überlegungen hebt Otmar Braunberger entschuldigend die Hand. Sein Handy vibriert. Er liest die eingegangene Nachricht.

»Schau an, wer hätte das gedacht.« Die anderen blicken ihn fragend an.

»Eine Mitteilung unseres Kollegen Medved. Das Alibi von Sibylle Lercher wackelt gehörig. Uns hat sie erzählt, sie wäre den ganzen Abend über zu Hause gewesen. Aber Kollege Medved ist auf eine Nachbarin gestoßen, die etwas anderes behauptet.

Sie hätte mitbekommen, wie Frau Lercher am Ostermontag eine halbe Stunde nach Mitternacht ins Haus kam und ihre Wohnung aufschloss.«

»Na, dann sollten wir Sibylle Lercher besser gleich dazu befragen.« Merana blickt auf die Uhr. »Jetzt ist es halb sieben. Die Vorstellung beginnt um acht. Sie ist entweder schon im Theater oder noch zu Hause.«

»Otmar und ich können das übernehmen.« Die Chefinspektorin kramt ihre Unterlagen zusammen. Merana ist einverstanden. Das Meeting wird beendet.

Als er die Bürotür aufstößt, summt sein Handy. Eine Nachricht erscheint auf dem Display. »Bin in einer halben Stunde im Haus. Günther.« Endlich. Er hat sich zwar keine allzu großen Sorgen um seinen Chef gemacht, aber der Hinweis beruhigt ihn. Er geht seine Mails durch, beantwortet Anfragen anderer Dienststellen.

Um 19 Uhr pocht es an seiner Tür. Hofrat Kerner tritt ein, wirft sich ächzend in einen Stuhl. Die Flasche mit dem Birnenbrand steht immer noch auf Meranas Schreibtisch. Er hebt sie mit fragender Geste hoch. Der Polizeipräsident winkt müde ab.

»Was habe ich dir heute Nacht gesagt, Martin? Sie müssen mich anpatzen. Die Strategie wird sein, öffentliche Empörung zu kreieren. Genau das passiert jetzt. Ich habe nicht erwartet, dass es so schnell kommt. Ich war auf einer Caritas-Benefizveranstaltung zugunsten von Flüchtlingen. Hunderte andere Leute waren auch dort. Der Bürgermeister, drei Stadträte, ein paar Schauspieler, jede Menge Lokalprominenz. Die Sache ist über ein Jahr her! Aber genau jetzt taucht das Video im Netz auf.« Sein Tonfall wird sarkastisch. »Der Zeitpunkt ist natürlich ein Zufall«, fügt er höhnisch hinzu. »Dass es genau jetzt um meine Verlängerung als Salzburger Polizeipräsident geht, hat damit natürlich nichts zu tun.«

»Du wirst dich hoffentlich wehren, Günther. Du kannst nichts dafür, dass du bei einer Benefizveranstaltung ausgerechnet neben diesem jungen Syrer zu stehen kommst. Dass Esat Aziz ein Jahr später in den Verdacht gerät, an einer kriminellen Handlung beteiligt zu sein, kann man dir nicht zum Vorwurf machen. Du wirst das klarstellen.«

»Selbstverständlich werde ich das klarstellen«, erwidert Kerner aufgebracht. »Was wird das nützen? Wie oft haben die Medien inzwischen die Lügen des Herrn Trump widerlegt? Was hat es gebracht? Seine Anhänger jubeln ihm trotzdem weiterhin zu. Und warum? Weil sie sich ihre vorgefertigte Meinung nicht zerstören lassen wollen. Wer etwas anderes sagt, als sie hören wollen, gehört zur Lügenpresse. Man muss eine falsche Tatsache nur pausenlos penetrant wiederholen, dann bleibt schon etwas hängen. Das Video ist draußen. Daran ist nichts mehr zu ändern. Es kursiert im Netz. Was glaubst du, wie viele Leute die Kommentare dazu für bare Münze nehmen. Die Macht der Bilder wirkt. Sie sehen, was sie sehen wollen! Der Salzburger Polizeipräsident umarmt einen Syrer. Einen aus diesem verhassten Flüchtlingspack. Einen Frauenvergewaltiger. Dass es noch zu keinem Urteil gekommen ist und die Verdachtslage gegen die vier sich als äußerst dünn erweist, interessiert keinen!« Er hebt seine Stimme. »Wir hören nicht zu, wir zünden die Fackeln an. Zeigt uns jemanden, auf den wir losgehen können, dann haben wir ein Ziel für unseren Hass.«

Eine Minute lang ist es still im Raum. Merana holt ein Glas, füllt es voll, hält es seinem Chef hin. Der nimmt es mit einem Grunzlaut und trinkt.

»Du hast recht, Günther. Die Szene auf dem Video ist völlig aus dem ursprünglichen Zusammenhang gerissen. Das sind die schmutzigen Methoden, mit denen derzeit leider in der Politik oft gearbeitet wird. Weltweit. Und nicht nur von den Rechtspopulisten alleine, bedauerlicherweise von anderen auch.«

»Aber die Rechtspopulisten beherrschen das perfide Spiel aus dem Effeff.«

Merana stützt die Hände auf den Schreibtisch, beugt sich vor.

»Wir wollen dennoch nicht im selben Fahrwasser schwimmen wie die. Wir werden kein vorschnelles Urteil fällen. Es gilt herauszufinden, wer das Video tatsächlich ins Netz gestellt hat. Dann kann man gegen den wahren Urheber Anklage erheben.«

Der Polizeichef nickt, sein Atem geht schwer. Er wirkt wie ein angezählter Boxer.

»Ja, das können wir schon machen. Aber im Grunde ist es völlig egal, wer die Szene hineingestellt hat. Das ändert nichts mehr an der Tatsache, dass die Bilder draußen sind. Und die gezielt in Kauf genommene Empörung, die aufkocht, spielt denjenigen in die Hände, die mich loshaben wollen.«

Meranas Handy läutet. Er wischt über das Display. Carola ist in der Leitung.

»Martin, du solltest so schnell wie möglich herkommen.«

Er registriert den befremdlichen Klang in ihrer Stimme.

»Wo seid ihr?«

»Wir stehen in der Wohnung von Sibylle Lercher. Jemand hat sie erdrosselt. Sie ist tot.«

Er starrt ungläubig auf sein Handy, dann auf seinen Chef. Was passiert hier? Welch mörderisches Karussell beginnt sich da nach allen Seiten zu drehen?

»Ich bin schon auf dem Weg.«

Der Polizeipräsident sieht ihn entgeistert an.

»Wir haben einen zweiten Mord. Ich informiere dich später über die Details.«

Er trifft gleichzeitig mit den Spezialisten der Tatortgruppe ein. Uniformierte Beamte der Polizeiinspektion Rathaus regeln die Zufahrt, halten den Strom der neugierigen Passanten zurück. Die Lichterzungen der drehenden Leuchten an den Polizeifahrzeugen werfen rotierende blaue Zacken auf die Mauern der umliegenden Häuser. Merana wartet in der Gasse, bis die Techniker ihre Gerätschaften über die enge Treppe hinauf in den vierten Stock geschafft haben. Dann folgt er ihnen nach. Carola empfängt ihn an der Eingangstür.

»Otmar ist bei der Nachbarin, sie hat einen leichten Schock.« Sie weist auf den Wohnungseingang gegenüber. »Frau Sedlacek hat uns reingelassen. Wir waren zuerst im Theater. Dort war man schon leicht beunruhigt, weil Sibylle Lercher noch nicht erschienen ist. Allerdings blieb noch genügend Zeit bis Vorstellungsbeginn. Wir sind dann hierher, haben an der Tür geläutet. Die Nachbarin hat das mitbekommen. Sie hat einen Schlüssel. Sie gießt manchmal die Blumen, wenn Frau Lercher für längere Zeit mit dem Theater bei Gastspielen unterwegs ist.«

Ein leichtes Keuchen ist hinter ihnen zu vernehmen.

»Ich werde nie dazu kommen, mich mit der grenzstreitigen Wasserleiche zu beschäftigen, wenn ihr mir andauernd tote Frauen vor die Füße legt.« Die Gerichtsmedizinerin hat ihre eigene Art von makabrem Humor. Manchmal hilft Frau Doktor Plankowitz' bizarrer Tonfall, um Spannung aus der schrecklichen Situation am Tatort zu nehmen. Die Medizinerin steigt schwer atmend die letzten Stufen herauf.

Merana und Carola treten zur Seite, erwidern ihr knappes Kopfnicken, lassen sie passieren. Die beiden folgen ihr. Drei Türen sind im Vorraum zu sehen. Die mittlere steht weit offen, gibt den Blick frei auf das Wohnzimmer. Ein Techniker im weißen Overall, der einen Fotoapparat in der Hand hält, stellt sich auf die Seite.

»Guten Abend, meine Herren.« Eleonore Plankowitz stellt ihren Koffer ab und kniet sich nieder. Merana blickt ihr über die Schulter. Eine Frauengestalt liegt in der Mitte des Raumes, mit dem Gesicht nach unten. Das rechte Bein ist angewinkelt. Die Finger sind in die Wollhaarmaschen des Teppichs gekrallt. Sibylle Lercher trägt die selbe cremefarbene Bluse, die sie auch am Vormittag bei ihrer Begegnung im Theater anhatte. Die Gerichtsmedizinerin schiebt die Haare der Toten zur Seite. Deutlich sind die dunklen Striemen am Nacken zu erkennen. Im Raum ist es still, alle verharren auf ihren Plätzen, schauen auf die Ärztin, die mit geübten Handgriffen ihre Arbeit ausführt. Nach einer Viertelstunde erhebt sich die Medizinerin.

»Dass das Opfer erdrosselt wurde, haben ja Carola und Otmar schon festgestellt.

Soweit ich nach einer ersten Prüfung erkennen kann, dürfte der Mörder eine dünne Leine benutzt haben, eine Plastikschnur, eine Vorhangkordel, vielleicht auch ein dünnes Stromkabel. Genaueres kann ich erst sagen, wenn mir die Abdrücke in Vergrößerung vorliegen. Die Frau wurde eindeutig von hinten erdrosselt. An den Gelenken hat die Totenstarre bereits eingesetzt, am Rest des Körpers erst minimal. Die Zimmertemperatur liegt bei 20 Grad. Ich würde sagen, sie ist seit etwa zwei bis maximal vier Stunden tot.«

Sie wendet sich zum Chef der Tatortgruppe. »Ihr könnt übernehmen, Thomas. Ich bin fertig.«

Zum Zeichen des Abschieds berührt sie Merana und Carola an den Armen. Dann verschwindet sie nach draußen.

Otmar Braunberger steht in der offenen Tür. »Drei unserer Kollegen sind schon eingetroffen. Wir beginnen mit der Befragung der Nachbarn, arbeiten uns durch die Gasse. Verständigt mich, wenn ihr etwas braucht.«

Merana wartet an der Türschwelle. Er braucht Zeit, bis er den ersten Schritt macht.

Er verspürt immer große Scheu, einen Tatort zu betreten. Das hat sich in über 20 Jahren Polizeiarbeit nicht geändert. Es fällt ihm schwer, den unsichtbaren Kreis zu überwinden, den der Tod hinterlassen hatte. Als Trennung zwischen seinem Reich und dem Reich der Lebenden. Auch in diesem schmuck eingerichteten Wohnzimmer mit den eleganten Seidenvorhängen und den erfrischend farbkräftigen Aquarellen an den Wänden spürt er die unsichtbare Grenze. Carola steht neben ihm. Ihr würde es nichts ausmachen, sich augenblicklich neben die Leiche zu knien. Aber sie wartet. Sie kennt Meranas Verhalten. Sie schätzt seine persönliche Art von Respekt den Toten gegenüber. Sie weiß, dass er manchmal Tage später an die Plätze zurückkehrt, an denen die Toten lagen. Er erhofft sich dabei keine weiteren kriminalistischen Aufschlüsse der ohnehin bestens untersuchten Orte.

Sie weiß, dass dieses Verhalten mit Meranas erstem Fall zu tun hat. Er war damals ein junger Kriminalbeamter. Sie hatten tagelang nach der Leiche eines zehnjährigen Mädchens gesucht. Und die Kleine schließlich in einem verdreckten Hinterhof gefunden. Erwürgt, vergewaltigt. Wie ein Stück Abfall in einer Rollsplitttonne entsorgt. Der Täter wurde schnell gefasst. Merana ist dennoch in derselben Nacht an den Ort zurückgekehrt. Er hat drei Stunden lang neben der leeren Tonne gestanden, in der zuvor die Leiche lag. Das war seine Bezeugung von Respekt, eine Art von Totenwache.

Sie spürt die Bewegung neben sich. Er ist bereit. Der Kommissar macht drei Schritte in den Raum. Dann geht er neben der Leiche in die Hocke. Sie folgt ihm.

Es geht auf Mitternacht zu, als sich das Team im Präsidium zur Besprechung trifft. Die Tote ist längst in die Gerichtsmedizin überstellt. Die Befragung der Personen in der unmittelbaren Nachbarschaft hat nichts Aufschlussreiches ergeben. Sie werden morgen die Erkundigungen auf die gesamte Gasse und die nähere Umgebung ausdehnen.

»Es gibt im Bereich der Linzergasse einige Banken und viele Geschäfte«, erläutert Thomas Brunner. »Wir haben schon Kontakt aufgenommen, um an die Speicherchips möglicher Videoüberwachungen zu kommen. Staatsanwältin Taubner hat bereits die nötigen Bewilligungen übermittelt. Wir haben auch das Handy der Toten mitgenommen. Es wird noch dauern, bis wir die Zugangscodes knacken.«

»Wie ist der Täter in die Wohnung gelangt?«, fragt Merana.

»Sibylle Lercher dürfte ihn hereingelassen haben. Es gibt kein Anzeichen für ein gewaltsames Eindringen. Wir haben keinerlei Kampfspuren gefunden.«

»Also hat sie ihren Mörder offenbar gekannt. Sie hat ihrem Besucher vertraut, ihm irgendwann arglos den Rücken zugekehrt. Da hat er ihr den Strick um den Hals gelegt und zugezogen.«

»Oder *sie* hat zugezogen«, wirft die Chefinspektorin ein. Ihre Stimme klingt müde. Sie sind alle mitgenommen, erschöpft.

»Da hast du recht, Carola«, pflichtet ihr der Chef der Tatortgruppe bei. »Es kommt auch eine Frau infrage. Sibylle Lercher war eine zierliche Person. Ich schätze, sie hatte keine 50 Kilo. Ihr von hinten ein Kabel um den Hals zu legen und sie zu erdrosseln, dazu brauchte es nicht viel an Kraft. Das hätte auch meine zwölfjährige Nichte geschafft.«

Sie besprechen noch die Vorgangsweise für den morgigen Tag. Dann verabschiedet Merana das Team. Die anderen verlassen den Raum.

Er stellt sich vor die Ermittlungstafel, betrachtet die Bilder. Zwei Frauen. Beide auf brutale Art getötet. Beide Puppenspielerinnen. Beide im rührigen Künstlerteam des Marionettentheaters. Die eine seit sechs Monaten, die andere seit gut zehn Jahren.

Was wollten Sie mir heute sagen, Frau Lercher? Er erinnert sich an ihr sonderbares Verhalten beim Zusammentreffen im Theater. Vielleicht wäre die Frau noch am Leben, wenn sie sich ihm anvertraut hätte. Wer hat heute Abend anstelle von Sibylle Lercher den Papageno geführt? Gibt es überhaupt jemanden im Ensemble, der das kann? War Aaron Benetto heute pflichtgemäß im Einsatz oder hat er sich wieder nicht blicken lassen?

Carola hat die Theaterleitung auf Meranas Wunsch von Sibylle Lerchers Tod unterrichtet. Aber er vergaß, die Chefinspektorin zu fragen, ob die Vorstellung überhaupt stattfand. Wurde sie abgesagt, weil noch eine Puppenspielerin ausfiel?

Er schaut wieder auf das Bild. Wer soll morgen bei der Probe die entzückende Susanna durch das Schloss des Grafen führen, sie durch den nächtlichen Garten huschen lassen? Wird die Neuproduktion überhaupt stattfinden, jetzt, wo man zwei Ausfälle zu beklagen hat? Will hier jemand das Theater schädigen, indem er Ensemblemitglieder ermordet?

Er weiß es nicht. Die Gesichter der Toten auf den Bildern verschwimmen vor seinen Augen. In seinem Kopf kreisen Tausend Fragen. Er ist müde.

»Wer hat euch das angetan?« Er stellt die Frage laut. Wiederholt sie. »Wer? Aus welchem Grund?« Die erstarrten

Mienen auf den Leichengesichtern sind unbeweglich. Die Münder bleiben stumm. Er bekommt keine Antwort.

Er wird es herausfinden.

Er muss.

Das ist er den Toten schuldig.

So wie immer.

FREITAG, 26. APRIL

Der Duft von Kaffee macht sich in der Küche breit. Merana wartet, bis der dünne schwarze Strahl aus der Espressomaschine versiegt, dann nimmt er die Tasse, schaltet das Radio ein. Er ist seit 6 Uhr auf den Beinen. Der Kaffee ist heiß, er verbrennt sich fast die Zunge, trinkt dennoch. Die eiskalte Dusche vor zehn Minuten und der starke Espresso tun ihre Wirkung. Er fühlt sich wieder frisch, nicht so ausgelaugt wie nach der morgendlichen Joggingrunde. Er war heute schneller unterwegs als üblich. Merana bewohnt den oberen Stock, eine Privatvilla in Aigen. Die Gegend rings um das Haus ist nur dünn besiedelt. Die Wege, die durch Wiesen und ein ausgedehntes Waldstück führen, eigenen sich hervorragend zum Laufen. Wann immer Merana Zeit findet, greift er nach den Sportschuhen, zieht seine Bahn. Die Bewegung tut ihm gut.

Das monotone Stampfen der Füße, der sich steigernde Rhythmus des Atems, das Pochen des Blutes, das belebend durch seinen sich allmählich erhitzenden Körper rauscht, hilft ihm meist, den Kopf freizubekommen. Dazu genießt er die Aussicht, die sich dem Laufenden im Süden der Stadt bietet, die satten Blumenwiesen, die alten stillen Bäume, der Anblick der Berge in der Ferne, von den Zacken des Hagengebirges bis zur mächtigen Flanke des Untersberges, der sich wie ein Schutzwall im Westen der Stadt erhebt. Aber heute ist es Merana schwergefallen, sich an der Umgebung zu erfreuen. Immer wieder spülte die Sturzflut der Ereignisse der vergangenen 48 Stunden durch sein Inneres. Die Bilder der beiden toten Frauen, die vielen ungelösten Fragen, die auf Antwort harrten, ratterten durch seinen Kopf, beschleunigten unwillkürlich das Stampfen seiner Füße, trieben ihn zu größerer Unrast an als geplant.

Er aktiviert erneut die Espressomaschine. Mit sanftem Gurgeln rinnt ein weiterer dampfender Strahl in die Tasse. Mit halbem Ohr lauscht er den Morgennachrichten. Die EU-Kommission stellt Polen ein weiteres Ultimatum. Im Raum steht eine Klage wegen des geplanten Gesetzes, das nach Ansicht der EU-Experten die polnische Justiz massiv einschränken würde. Die Opposition im österreichischen Parlament sei mit den Erklärungen des Innenministers zur BVT-Hausdurchsuchung nicht zufrieden. Man überlege den Antrag eines Untersuchungsausschusses. Bei der Meldung über die Niederlage der österreichischen Fußballnationalmannschaft drückt Merana die OFF-Taste der Radiofernbedienung. Er spült die Espressotasse aus und verlässt das Haus.

»Guten Morgen, Otmar. Lust auf ein Croissant?«

Der Abteilungsinspektor wendet den Kopf vom Bildschirm, nimmt dankend den hingestreckten Papiersack entgegen. Merana ist auf der Fahrt ins Büro bei seiner Lieblingsbäckerei stehen geblieben. Er schätzt die handgemachten Produkte des Geschäfts. Für sich hat er zwei Croissants mit Marillenmarmelade mitgenommen. Otmar Braunberger bevorzugt Powidlmarmelade. Sie würden sich die zehn Minuten Zeit nehmen, würden genüsslich Bissen um Bissen des halbmondförmigen Backwerks genießen, würden dem süßen Geschmack der Marmelade auf der Zunge nachspüren. Der Abteilungsinspektor würde dabei immer wieder einen Schluck aus der Tasse mit Rooibostee nehmen. Und sie würden dabei schweigen. Kein Wort würde dieses Ritual des Genießens, des sich kurzzeitig Ausklinkens aus dem Getriebe der Ermittlungsmühle stören. Das halten sie oft so. Meist ist auch die Chefinspektorin dabei. Aber Carola Salman würde heute erst gegen Mittag zum Dienst erscheinen. Sie hat einen wichtigen Termin mit Hedwig beim Kinderarzt.

Otmar Braunberger grinst. Und das kindhafte Lachen im breiten Gesicht des Abteilungsinspektors überträgt sich auf Merana, hebt seine Laune. Wie ein fröhlicher Schuljunge, der genüsslich die von Marmelade bekleckerten Finger abschleckt, sitzt ihm Braunberger gegenüber. Genauso wie mit Carola verbindet ihn auch mit Otmar Braunberger weit mehr als nur Kollegenschaft. Merana mag ihn einfach, diesen brummigen Bären, der manchmal mit der gespielt unschuldigen Miene eines Pandas in die Welt blickt und es dennoch faustdick hinter den Ohren hat. Braunberger hasst Leute, deren Rückgrat so biegsam ist wie ausgemergelter Gummi. Und es macht ihm diebische Freude, wenn die Speichellecker innerhalb und außerhalb des Präsidiums merken, dass sie ihn unterschätzt haben. Dass ihnen der behäbige, manchen sogar dümmlich wirkende Abteilungsinspektor um mehr als drei Nasenlängen voraus ist, während sie selbst, bei aller Arschkriecherei, noch immer auf der Stelle treten. Merana hat die fachlichen Fähigkeiten seines Kollegen sicher nie unterbewertet. Dennoch schafft es Otmar Braunberger auch heute noch, seinen Chef ab und zu in Erstaunen zu versetzen. Braunberger ist zwar kein ausgewiesener IT-Experte. Aber seine Kenntnisse übers Internet übertreffen jene Meranas um Welten. Der Abteilungsinspektor hat schon mittels Handy Fotos versandt, sich Informationen heruntergeladen, da war Merana noch froh, dass er halbwegs problemlos damit telefonieren konnte. Und wenn ihr Chef, der Polizeipräsident, in seiner angeberischen Zitierlust sich manchmal irrt, Goethe mit Schiller verwechselt, Aussprüche in falscher Form wiedergibt, dann war es meist Braunberger, der den Herrn Hofrat mit mildem Lächeln korrigiert, die zitierte Stelle exakt wiedergibt. Und es passt auch zum Erscheinungsbild, das er gerne vermittelt, wenn der Abteilungsinspektor manchmal bei seinen Ermittlungen ein Notizbuch im abgegriffenen Ledereinband aus der Tasche zieht, um darin zu kritzeln. Wenn Merana ihn auf das alte Buch anspricht, dann grinst er. »Kannst du dir Columbo mit einem Samsung Tablet vorstellen?«

Der Abteilungsinspektor trinkt den letzten Schluck seines Rooibostees. »Sollten wir morgen früh das Vergnügen haben, gemeinsam hier im Büro zu sein, dann revanchiere ich mich für die köstlichen Croissants. Dann bringe ich Kipferl mit Schafskäse mit.« Merana blickt auf die Digitalanzeige seines Tablets. 08.10 Uhr.

Es ist Zeit anzufangen. Sie wollten sich noch kurz besprechen, ehe um 8.30 Uhr, wie vereinbart, Thomas Brunner zu ihnen stoßen würde.

Das Handy des Abteilungsinspektors summt. »Da schau her, die Gerichtsmedizin«, brummt er und nimmt das Gespräch an. Schon nach wenigen Sekunden zeigt sich ein überraschter Ausdruck in seinem Gesicht. »Moment, Eleonore. Martin ist bei mir im Büro. Ich stelle dich auf laut.« Die dunkle Stimme der Gerichtsmedizinerin klingt gereizt. »Guten Morgen, die Herren. Wie ich schon sagte, ich wollte mich vor zehn Minuten kurz mit unserer Wasserleiche beschäftigen, da stehen plötzlich diese beiden Typen vor mir und halten mir einen Wisch unter die Nase. Ich hätte ihnen augenblicklich den Toten zu übergeben, sie würden sich ab jetzt um die Untersuchung kümmern.«

»Aus Oberösterreich? Ist die Dienstellenzugehörigkeit geklärt?«, fragt Merana.

Ein verächtliches Schnauben ist am anderen Ende der Verbindung zu hören. »Nein, ich kenne die Kollegen aus Oberösterreich. Die würden die Höflichkeitsetikettenprüfung für den Opernball wahrscheinlich auch nicht auf Anhieb bestehen, aber gegen das herablassende Gehabe dieser aufgeplusterten Typen sind die Oberösterreicher wahre Meister an Galanterie. Die Kerle kommen aus dem Innenministerium. Abteilung was weiß ich. Ich müsste mir den Zettel nochmals anschauen, den sie mir dagelassen haben.«

Es klopft. Noch ehe Braunberger darauf reagieren kann, wird die Tür seines Büros geöffnet. Ein Frauenkopf mit honigblonden Strähnen in der Ombréfrisur schaut herein.

»Entschuldige die Störung, Otmar. Aber der Herr Hofrat bittet dich, sofort in sein Büro zu kommen.« Beide Männer blicken erstaunt zur Tür. Wenn Günther Kerner extra seine Sekretärin schickt, anstatt sie einfach anrufen zu lassen, dann muss es tatsächlich dringend sein.

»Der Chef verlangt nach mir, Eleonore«, sagt Braunberger in Richtung Handy. »Ich rufe dich später zurück.«

»Ich komme mit«, entscheidet Merana und schließt sich dem Abteilungsinspektor an.

Der Polizeipräsident ist nicht alleine. Am Besprechungstisch sitzt ein Mann mit dunklem Sakko, dunkler Hose und einem auffallend breiten Ring an der rechten Hand. Die grauen Haare sind kurz geschoren. Die weit auseinander liegenden Augen und die markant hervortretende Stirn erinnern Merana an einen afrikanischen Wasserbüffel.

»Guten Morgen.« Falls Kerner darüber erstaunt ist, dass Braunberger vom Kommissar begleitet wird, zeigt er es nicht.

»Ich darf die Herren einander vorstellen. Abteilungsinspektor Braunberger und Kommissariatsleiter Martin Merana.

Und das ist Gruppenleiter Tibor Fratzky aus dem Innenministerium.«

Die Männer reichen einander die Hand.

»Herr Abteilungsinspektor, danke, dass Sie sich zusammen mit den Kollegen aus Oberösterreich um die Bergung der Leiche gekümmert haben.« Überraschenderweise klingt die Stimme des Wasserbüffels leise, hoch. Das Zirpen erinnert eher an eine Haubenlerche als an einen Bison. »Ab jetzt übernehmen wir den Fall. Der Tote wird soeben von unseren Kollegen aus der Gerichtsmedizin abgeholt und nach Wien überstellt. Falls Sie bisher schon Ermittlungen zu den möglichen Ursachen für den Todesfall angestellt haben, wäre ich Ihnen dankbar, wenn Sie mir diese Aufzeichnungen übergeben.«

Braunberger wirft einen kurzen Blick zum Polizeipräsidenten. Dieser nickt.

»Ich muss Sie leider enttäuschen, Kollege Fratzky. Aber für nähere Ermittlungen zum Toten aus der Salzach blieb mir leider noch keine Zeit.« Als müsse er seinem Bedauern Nachdruck verleihen, hebt der Abteilungsinspektor mit unschuldiger Geste seine großen behaarten Hände. Der Blick des Wasserbüffels wirkt skeptisch.

»Wer ist der Tote?«, mischt Merana sich ein. »Was ist am Ableben Hartmut Kreuzers so außergewöhnlich, dass nicht die Salzburger Gerichtsmedizin und meine Abteilung sich darum kümmern können, sondern Sie mit Ihren Leuten extra aus Wien anreisen müssen, um die Leiche mitzunehmen?«

Der Angesprochene macht eine abweisende Geste. »Das ist nicht so wichtig, Herr Kommissar. Ich will Sie auch gar nicht länger von Ihrer Arbeit abhalten.«

»Das ist sehr freundlich von Ihnen, wir kommen schon zurecht. Ich kann mich des Eindrucks nicht erwehren, Sie wollen uns mit der üblichen Nummer von ›Schweigepflicht‹ und ›Interessen der Staatssicherheit‹ abspeisen.«

»Aber Herr Merana, Sie kennen doch das Geschäft.« Das Zirpen des Wasserbüffels gerät ein wenig heiser. »Sie kümmern sich um Ihre Angelegenheit, wir uns um unsere. Der Tote aus der Salzach geht Sie nichts mehr an. Seien Sie froh, dass wir Ihnen diese Arbeit abnehmen. Sie haben ohnehin genug mit der Aufklärung der beiden Frauenmorde zu tun.«

An der Tür dreht er sich um. »Falls Ihnen doch etwas zugetragen wird, das mit dem Toten aus der Salzach zu tun hat, dann erwarte ich, dass Sie mich umgehend davon in Kenntnis setzen.«

Der Büffelkopf fixiert den Polizeichef. »Herr Präsident …?«

»Selbstverständlich«, beeilt Kerner sich zu sagen. »Da können Sie sich voll und ganz auf uns verlassen.«

Der Mann verlässt den Raum. Für einen Moment ist es still im Raum.

Dann eröffnet Merana: »Was war das denn? Ich komme mir vor, als wären wir Buben, die eben vom Schuldirektor zurechtgestutzt wurden.«

»Vergiss es, Martin. Ich habe genug Ärger mit dem Ministerium, ich will mir nicht noch zusätzlichen aufhalsen. Sollen die Wiener sich um den Toten kümmern, wenn sie unbedingt darauf bestehen. Es hat ohnehin nichts mit den beiden Morden an den Puppenspielerinnen zu tun. Also macht euch bitte wieder an die Arbeit, damit wir möglichst rasch zu einer Lösung kommen.«

Zurück im Büro, wählt Otmar die Nummer der Gerichtsmedizin. Er schildert ihr die Begegnung mit dem Gruppenleiter aus dem Ministerium. »Hast du eine Idee, warum plötzlich die Spezialisten aus dem Ministerium auftauchen und sich den Toten krallen? Ist dir an der Leiche etwas Ungewöhnliches aufgefallen?«

»Dazu kann ich nichts sagen, ich habe ihn nicht einmal zehn Minuten untersucht, dann sind schon die beiden Typen hereingeschneit. Aber ich habe seit einem Monat einen äußerst aufgeweckten jungen Mann als Praktikanten. Den habe ich gestern gebeten, sich die Leiche näher anzuschauen. Er kommt am Nachmittag. Ich werde ihn fragen. Vielleicht ist ihm etwas aufgefallen.«

Sie bedanken sich, Otmar beendet die Verbindung. Wieder klopft es. Wieder kommt der Abteilungsinspektor nicht dazu, mit einem »Herein« darauf zu reagieren. Thomas Brunner reißt die Tür auf. In seinem wettergegerbten Seglergesicht leuchtet es.

»Match!« Die beiden schauen ihn fragend an.

Er wendet ihnen das Tablet in seiner Hand zu, drückt die Play-Funktion. Auf dem Bildschirm ist ein Ausschnitt aus der Linzergasse zu sehen. Die Schwarz-Weiß-Aufnahme stammt offenbar von einer Überwachungskamera. Passanten sind zu sehen. Nach einigen Sekunden stoppt der Chef der Tatortgruppe das Bild. Seine Finger vergrößern das Gesicht eines Mannes.

»Ja, wen haben wir denn da?« Die Verblüffung in der Stimme des Abteilungsinspektors ist nicht zu überhören. Die Aufnahme ist leicht verschwommen. Aber die Gesichtszüge der im Halbprofil abgebildeten Person sind klar zu erkennen.

Thomas Brunner weist auf den Timecode der Aufnahme. Das gestrige Datum, 15.47 Uhr. Er greift in die Tasche, legt ein Smartphone auf den Schreibtisch. »Das ist Sibylle Lerchers Handy. Wir haben den Code entschlüsselt. Das letzte Gespräch, das sie führte, war gestern um 15.03 Uhr. Und wen, glaubt ihr, hat sie angerufen?«

Alle drei blicken wieder auf den Bildschirm des Tablets. Dort flimmert immer noch das leicht verschwommene Gesicht von Nico Mayer.

»Na, dann wollen wir keine Zeit verlieren«, ergänzt Merana. Er legt seinem Tatortgruppenchef anerkennend die Hand auf die Schulter. Dann eilen er und Otmar Braunberger zum Lift, der sie in die Tiefgarage zu den Dienstwägen führt.

»Ich kann es einfach immer noch nicht fassen.« Er nimmt die Hände vom Gesicht, tastet nach der Packung, zieht ein weiteres Papiertaschentuch hervor, wischt sich über die Augen. Dann schnäuzt er sich, drückt das Tuch zusammen, wirft es in den Papierkorb. Dort liegen schon sieben zerknüllte Taschentücher.

»Wenn ich nur länger geblieben wäre …«

»Wie meinen Sie das, Herr Mayer?«

Es ist der Dicke, der die Frage stellt. Meistens redet er. Der andere, der Kommissar, beobachtet ihn nur, überlässt dem Abteilungsinspektor die Initiative. Sie nehmen ihn seit einer Stunde in die Mangel.

»Aber das liegt doch auf der Hand, Herr Abteilungsinspektor. Sie haben mir gesagt, Sie hätten Sibylle gestern gegen sieben Uhr gefunden …« Er räuspert sich, lauscht dem Klang seiner krächzenden, leicht verheulten Stimme nach. Wieder tastet er nach den Papiertaschentüchern, aber er wartet. »Ich bin kurz nach 17 Uhr gegangen. Wenn ich geblieben wäre, hätte dieses furchtbare Verbrechen … ich meine, dann wäre sie wohl noch …« Er schluckt heftig. Jetzt greift er nach dem Taschentuch, schnäuzt sich. Die Ansammlung im Papierkorb wächst auf acht Stück. Sie schauen ihn mit unbewegten Mienen an. Keiner der beiden ist seit Beginn der Vernehmung laut geworden. Selbst der Tonfall des Dicken ist heute gemäßigt. Sachlich, aber nicht unfreundlich. Heute machen wohl beide auf Good Cop. Sie glauben ihm nicht. Das spürt er. Doch er würde das Gesagte immer und immer wiederholen, selbst wenn es noch Stunden dauerte.

»Ich fasse also zusammen.« Zum ersten Mal seit einer halben Stunde erhebt der andere Polizist die Stimme.

»Sibylle Lercher hat Sie gestern kurz nach 15 Uhr angerufen.«

»Ja, Herr Kommissar. Das habe ich Ihnen doch schon tausendmal gesagt.«

»Dann sagen Sie es eben nochmals.«

»Und wenn ich es Ihnen zum tausendeinhundertsten Mal sage. Es bleibt immer das Gleiche. Weil es die Wahrheit ist. Sibylle ist so eine … ich meine, sie *war* so eine …« Er krächzt, hustet. Sie lassen ihn nicht aus den Augen. Sie warten, auch wenn ihm die Stimme versagt. Er greift nach dem Wasserglas, nimmt einen großen Schluck.

»Entschuldigen Sie bitte. Aber Ihre Nachricht hat mich völlig umgehauen. Ich werde dennoch versuchen, mich zusammenzureißen, um alle Ihre Fragen, so gut es geht, zu beantworten. Sie war so eine liebe Person. Sie hat mich tatsächlich angerufen, um sich zu erkundigen, wie ich damit zurechtkomme, dass Lucy tot ist. Und sie hat sofort gemerkt, wie nahe mir dieses schreckliche Ereignis geht. Und Sibylle, diese feine Seele, hat mir angeboten, ich könnte zu ihr kommen, wenn ich mir meinen Kummer von der Seele reden möchte. Sie würde mir zuhören. Jederzeit. Auch auf der Stelle, wenn ich möchte. Und ich habe diese Hilfe angenommen. Ich habe mich ins Auto gesetzt und bin zu ihr gefahren. Ich habe in der Garage der Linzergasse geparkt und war gegen 16 Uhr in der Wohnung.«

Er holt das vorletzte Taschentuch aus der Packung. Er schluchzt, wischt sich über die Augen.

»Sie war so wunderbar. Sie hat mir zugehört, hat mich getröstet. Wir haben beide zusammen geweint, um Lucy getrauert. Es hat mir so gutgetan. Und als ich Sibylle um fünf verließ, war sie noch am Leben!« Die Finger krallen sich um das zerknüllte Taschentuch. Er lässt seine Stimme anschwellen. »Das müssen Sie mir glauben! Sie lebte noch!« Den letzten Satz hat er geschrien. Er lässt sich ermattet zurücksinken. Wieder ergreift der Kommissar das Wort.

»Sie waren vor Ihrem Besuch in Ihrem Büro, Sie waren danach ebenfalls in der Firma. Das alles ist leicht zu bezeugen. Einzig, was in der einen Stunde passierte, als Sie sich in der Wohnung aufhielten, dafür gibt es nur zwei Zeugen. Sie und Frau Lercher. Und Sibylle Lercher kann uns dazu leider nichts mehr sagen.« Der Kommissar mustert ihn. Er führt die Hände zum Gesicht, reibt sich die Augen. Er atmet tief durch. Hoffentlich lassen sie ihn bald in Ruhe. Er ist erschöpft.

»Und Ihnen ist nichts aufgefallen, als Sie die Wohnung verließen? Irgendetwas Ungewöhnliches im Gebäude? Ein bekanntes Gesicht in der Gasse?«

Er schüttelt langsam den Kopf. »Leider nein. Glauben Sie mir, ich wäre schon allein wegen Sibylle überglücklich, könnte ich Ihnen irgendwie helfen.«

Der Wagen steht auf dem Firmenparkplatz in der Nähe des Hauptgebäudes. Sie steigen ein. Braunberger nimmt hinter dem Lenkrad Platz. Er steckt den Schlüssel in die Zündung, startet aber nicht. Beide lehnen den Kopf gegen die Nackenstütze. Sie schweigen. Der Abteilungsinspektor lugt zum Bürogebäude. Hat sich hinter der Jalousie etwas bewegt? Blickt Ihnen Nico Mayer von seinem Büro aus nach?

Vielleicht. Vielleicht auch nicht. Egal. Was hätte das schon zu bedeuten?

»Was meinst du?« Meranas Stimme klingt rau.

»Ich glaube ihm kein Wort.« Braunberger wendet den Blick vom Bürogebäude ab. »Diese ganze affektierte Schluchzerei und der demonstrative Taschentuchverbrauch!

Das wirkte so unglaublich aufgesetzt!«

Theatralisch, alles ist so theatralisch!, kommt Merana in den Sinn. Das theatralische Ambiente beim ersten Mord, mit der Leiche zwischen den Puppen. Der theatralische Auftritt von Aaron Benetto spätabends im Arbeitszimmer der Prinzipalin. Und jetzt auch noch das übertriebene Gehabe und die zur Schau gestellte Verzweiflung des nächsten Verdächtigen.

»Schauen wir auf die Fakten, Martin. Wir haben zwei tote Frauen. Und es gibt genau eine Person, die zu beiden Frauen ein enges Verhältnis hatte. Mit der ersten hat er Schluss gemacht, als er die zweite kennenlernte. Angeblich waren sie dennoch weiterhin gut befreundet. Und nun ist auch die zweite tot.«

Was wolltest du mir sagen, Sibylle Lercher, als wir uns gestern im Theater trafen? Der Gedanke lässt Merana nicht los. *Ich habe es deinen Augen abgelesen, dass du mir etwas mitteilen willst. Vielleicht könnten wir dich noch bei deiner Puppenspielkunst bewundern, wäre ich nur hartnäckiger gewesen. Vielleicht müsstest du nicht auf dem Tisch der Gerichtsmedizin liegen, wenn ich dir nachgegangen wäre, um dich zur Rede zu stellen.* Laut sagt er: »Ich kann mir schwer vorstellen, dass Sibylle Lercher ihn tatsächlich anrief, um ihm Trost und Hilfe anzubieten. Er hat ihr vor einem Jahr wegen Lucy den Laufpass gegeben. Das Geschwafel von der ›dennoch Freundschaft‹ halte ich für wenig glaubwürdig.«

»Andererseits, falls sie immer noch Interesse am lieben Nico hatte, war jetzt die beste Gelegenheit, ihn zurückzuholen. Die Rivalin ist aus dem Feld geräumt. Und über die Masche der Trostspenderin kommt sie ihm wieder näher …«

Keine Überlegung beiseitelassen. Auch die abwegigsten Hinweise beachten. Alle Perspektiven offen halten. So haben sie es immer gehalten, so werden sie auch in diesem Fall vorgehen. »Wir kommen schon noch drauf, Otmar. Aber wenn es Nico Mayer war, dann werden wir ihm die beiden Morde ganz schwer nachweisen können. DNA-Spuren am Tatort bringen uns nicht weiter, denn er hat ja zugegeben, dass er in der Wohnung war. Im Fall von Lucy haben wir zumindest den Ansatz eines Motives, wenn die junge Frau ihn tatsächlich verlassen wollte. Beim Tod von Sibylle Lercher tappen wir völlig im Dunkeln. Vielleicht bringt uns das Ergebnis der Obduktion weiter.«

Der Abteilungsinspektor greift nach dem Zündschlüssel, startet den Wagen. Der Vormittagsverkehr ist nicht allzu dicht. Sie erreichen bald das Präsidium in der Bundespolizeidirektion.

Merana holt sich eine große Flasche stilles Mineralwasser aus der Kantine. Er fährt den Bürorechner hoch, öffnet den Ordner mit den aktuellen Ermittlungsunterlagen. Sein Handy schlägt an. Eine Nachricht ist eingegangen. Er öffnet die App. Ein Bild springt ihm ins Auge. Ein großer weißer Vogel steht mit hochgerecktem Kopf auf einem Pfeiler. Eine Möwe. Neugierig blickt sie auf den Betrachter. Im Hintergrund ist verschwommen der Teil eines Hafens auszumachen. Unter dem Bild steht ein Text:

»Suchanzeige. Wir vermissen einen Mann! Dunkles Haar, melancholischer Blick. Erwärmendes Lächeln. Starke Schultern zum Anlehnen. Großes Herz. Gut gebaut. Sexy. Sachdienliche Hinweise an vereinsamte Herzen im Hamburger

Hafen. Wir wollen nicht mehr alleine frühmorgens auf verlassenen Balkonen in die Ferne starren.«

Text und Bild entlocken ihm ein Lächeln. Er wählt Jennifers Nummer.

»Hallo, hier Vermisstenanzeige Hamburger Hafen«, ertönt gurrend ihre Stimme. Der Klang erinnert ihn mehr an eine Taube als an das einschneidende Krächzen einer Möwe. »Sie rufen wegen unserer Anzeige an?«

»Ja, guten Tag, hier Außenstelle Salzburg. Ich glaube, ich habe den Gesuchten gesehen.«

»Wann?«

»Zuletzt heute Morgen, als ich im Badezimmer in den Spiegel sah.«

»Wie sah er aus?«

»Ziemlich verschlafen und ein wenig derangiert.«

»Aber dennoch attraktiv?«

»Vielleicht für eine Notfallkrankenschwester, der es an geeigneten ausgelaugten Patienten mangelt.«

»Untersteh dich!« Das Gurren in der Stimme wechselt zu einem gespielten scharfen Tonfall. »Wehe, du schmeißt dich wegen beruflicher Überforderung einer vollbusigen Nachtschwester an den Hals, die aussieht, als käme sie eben frisch gestylt aus einer US-Krankenhausserie. Dann setzen Jonathan und ich uns in das nächste Flugzeug und reißen dich aus den Krallen des Vamps im Schwesternoutfit.«

»Jonathan?« Sie hält die Rolle der gespielten Entrüstung nicht durch, gleitet in ein helles Glucksen ab.

»Ist er nicht süß? Ich habe ihn heute Morgen auf einem Hafenpoller entdeckt. Er hat mich unverwandt angestarrt. Da dachte ich, das ist sicher deine frühmorgendliche Balkonbekanntschaft, von der du mir erzähltest. Ich habe ihn Jonathan getauft.«

Er hört sie durch das Telefon singen.

»Lost, on a painted sky, where the clouds are hung, for the poet's eye, you may find him …«

»Neil Diamond«, sagt er. »Jonathan Livingston Seagull.«

»Sehr gut, Herr Kommissar. Der Kandidat hat eine Million Punkte. Der Preis wäre persönlich abzuholen. In Hamburg.«

»Habe ich dir schon erzählt, dass ich mit 16 Jahren in einer Schulband gespielt habe? Klarinette und Saxophon. Beim Fünf-Uhr-Tee im ›Alpenhotel‹. Einer unser Schmusehits war aus diesem Neil Diamond-Album.«

Er summt die Melodie, bemüht sich, den Klang eines Altsaxophons zu treffen.

»Lonely lookin sky, lonely sky …« Ihre Stimme ist ganz weich. Sie passt ihren Gesang dem Ausdruck seines imitierten Saxophonspieles an. »… and bein' lonely makes you wonder why …Wao, Martin, du überraschst mich immer wieder! Solist der Schulband. Wir beide geben ein gutes Team ab. Du als Saxophonimitator, ich als gurrende Gesangsmöwe. Vielleicht sollten wir bei einer TV-Show antreten.«

Er hört sie lachen. Das Geblödel tut ihm gut. Jennifers Stimme wärmt ihn.

»Ausgezeichnete Idee, meine Liebe. Aber zuvor müssen wir üben.« Er würde gerne weiterhin in diesem unbeschwerten Tonfall mit ihr spielen. Doch vom Bildschirm starren ihn zwei schrecklich verformte Gesichter an. Zwei tote Frauen.

»Doch dazu fehlt mir leider im Augenblick jede Zeit.« Sie nimmt den veränderten Tonfall in seiner Stimme auf.

»Ich weiß, Martin. Ich wollte mich nur kurz melden, ein Lebenszeichen von mir geben.«

»Das ist wunderbar, Jennifer. Und ich freue mich darüber.«

»Danke, ich höre es deiner Stimme an. Und ganz ohne Geblödel: Wie geht es dir wirklich?«

Er berichtet ihr in knappen Worten von den zwei ermordeten Frauen. Er verhehlt nicht seine Ungeduld, weil sie keine brauchbare Spur haben. Sie stehen zwar erst am Anfang ihrer Arbeit. Aber es macht ihm dennoch zu schaffen, dass sich ihm noch keine klare Richtung zeigt, die er für eine erfolgversprechende Ermittlung einschlagen kann. Er will nicht nur von seinen Problemen reden, fragt, wie ihr Tag verläuft.

»Besser als deiner, Martin. Ich war heute früh in der Hafen-City, habe mich mit einem Geschäftspartner getroffen. Wir planen ein mögliches gemeinsames Investment im Bereich Klimaschutz und Umwelttechnik. Es hört sich bis jetzt vielversprechend an.«

Sie verabreden, vielleicht heute Abend, spätestens morgen wieder miteinander zu telefonieren.

»Ich schicke einen Kuss quer durch Deutschland. Ausgangspunkt Hamburg, Kurs Südsüdost, 490 Seemeilen, bis Salzburg.«

»Danke. Ist angekommen. Ich küsse zurück. Und grüß mir Jonathan.«

»Wird gemacht.«

Er schaut noch ein paar Momente gedankenverloren auf das erloschene Display. Dann legt er das Handy beiseite.

Drei Stunden später parkt er das Auto neben dem Eingang zum Marionettentheater.

Er hat sein Kommen angemeldet. Vor der Abfahrt überflog er die per Mail eingegangenen Vernehmungsprotokolle. Die Kollegen aus dem Team haben seit den frühen Morgenstunden die Mitarbeiter des Theaters befragt und sich nach möglichen Zeugen für den Mord an Sibylle Lercher in der Linzergasse umgehört. Er steigt die Stufen zum Eingang hinauf. Wieder überrascht ihn die unvermittelt aufschwingende Glastür. *Wie von Geisterhand.* Im ersten Stock angekommen, drückt er auf die Klingel. Die unübersehbaren Risse an der hohen Eingangstür, die abgeblätterte Farbe und das schwach schimmernde Arabeskenmuster der milchigen Glasscheiben machen auf ihn einen melancholischeren Eindruck als bei seinem ersten Besuch. Die Sekretärin öffnet ihm.

»Guten Tag, Herr Kommissar«. Sie bittet ihn herein, führt ihn durch die Räumlichkeiten. Am Schreibtisch im Direktionszimmer zeigt sich ihm die zusammengekauerte Gestalt der Theaterleiterin. Als er näherkommt und Charlotta Sonnenthal seine Anwesenheit registriert, richtet sie sich auf. Als hätte jemand einen unsichtbaren Schalter gedrückt, straffen sich ihre Schultern. Der eben kraftlos gekrümmte Rücken wird gerade. Der Kopf fährt ruckartig nach oben. Ihre Hände stemmen sich auf die Tischplatte, sie drückt ihren Körper in die Höhe.

»Grüß Gott, Herr Kommissar. Ich stehe Ihnen zu Diensten. Einen Espresso? Oder etwas Stärkendes aus dem Loiretal?«

Er lehnt beides dankend ab. Sie weist auf die Chaiselongue. Er nimmt Platz.

Sie kämpft mit der Fassung. Er spürt es mehr, als dass sie es sich anmerken lässt. Er bewundert ihre Haltung. Innerhalb weniger Stunden zwei Mitglieder aus ihrem Ensemble verloren. Auf brutale Art und Weise. Zwei Morde an Kolleginnen in ihrem Haus. Dazu die Troubles um die Finanzen, die unsichere Zukunft des gesamten Unternehmens. Der Kurs schlingert. Sie erinnert ihn an Kapitän Ahab, der auf der Brücke seines schwankenden Schiffes steht und mit stoischer Miene seinem Untergang entgegenblickt, der in Gestalt eines Weißen Wales ihn und die gesamte Mannschaft in die Tiefe reißen wird. Wühlt Moby Dick schon tief unter ihnen im Bauch des Theaters? In der nächsten Sekunde ändert Merana seine Meinung. Das ist gar nicht die düstere Miene von Gregory Peck in der Rolle von Ahab, die ihn in Gestalt der Theaterleiterin anstarrt. Es ist vielmehr das undurchdringliche Antlitz von Nathalie Portman im Film »Black Swan«. Die Geschichte einer Balletttänzerin, die stolz, verbissen und unbeugsam bis zum bitteren Schluss ihr Ziel anstrebt, und koste der Erfolg ihr eigenes Leben.

»Haben Sie je Ballett gelernt, Frau Charlotta?«

Seine Frage bringt sie kurz aus der Fassung.

»Äh, ja … als Kind. Ein paar Jahre. Warum fragen Sie?«

Sie blickt ihn irritiert an. Er winkt ab. »Tut nichts zur Sache. Ich bewundere nur Ihre gestraffte Haltung.«

Ein Lächeln huscht über ihre schwach, aber perfekt geschminkten Lippen.

»Contenance.«

»Ist das eine bestimmte Ballettfigur?«

»Nein, aber das Lieblingswort meiner Großmutter. Es bedeutet beides: aufrechte Haltung, aber auch Besonnenheit in schwierigen Situationen.«

»Sie haben mir bei unserer letzten Begegnung nicht ganz die Wahrheit gesagt, Frau Charlotta. Ich weiß inzwischen, wie schlecht es um das Theater steht. Sie brauchen dringend Hilfe von öffentlicher Hand, von Seiten der Politik. Sie haben mir gegenüber die Auseinandersetzung mit Herrn Hufschmied als ›kleine Meinungsverschiedenheit‹ abgetan, dabei geht es um die Zukunft Ihres Unternehmens. Weiters ist mir zu Ohren gekommen, Sie bräuchten sich gar nicht an den Steuerzahler zu wenden. Wenn Sie nicht Geld leichtfertig am Spieltisch verzockt hätten.«

Ihr Mienenspiel changierte, wechselte von stolzer Tänzerinnenpose zurück zum grimmigen Blick des vom Untergang bedrohten Walfängers.

»Wenn wir nicht in meinem Arbeitszimmer säßen, Herr Kommissar, sondern zwei Figuren in einem russischen Drama wären, würde ich Ihnen meinen Handschuh ins

Gesicht schleudern und Sie zum Duell fordern. Wegen Ehrenbeleidigung.« In der nächsten Sekunde knickt ihre gestraffte Haltung ein, wie ein Zelt, dem man das Gestänge entzieht. Sie schüttelt den Kopf, ein Lächeln umspielt ihre Lippen. Dann steht sie auf, füllt aus einer Flasche Rotwein zwei Gläser und reicht eines davon dem Kommissar.

»Keine Sorge, Herr Kommissar. Auch wenn es vielleicht einen anderen Anschein hat, ich trinke nur ganz selten. Aber jetzt brauche ich einen Schluck.« Sie prostet ihm zu, nippt an ihrem Glas. »Angesichts dessen, was in den letzten drei Tagen an unvorstellbar Schrecklichem passiert ist, erscheint mir die kleine finanzielle Turbulenz, in der wir uns befinden, als Bagatelle. Das werden wir schaffen. Wir haben schon Schlimmeres überstanden.«

Sie blickt ihm von unten schräg ins Gesicht. »Ich versichere Ihnen, Herr Kommissar. Ich war in meinem Leben gezählte drei Mal in einem Spielcasino, verteilt auf 20 Jahre. Alles zusammengerechnet beträgt die Summe, die ich dort verloren habe, keine 100 Euro. Aber ist ein übles Gerücht erst einmal platziert, dann ist es offenbar nicht mehr aufzuhalten. Es verbreitet sich wie ein Geschwür.«

Das erinnert ihn an Worte, die er vergangene Nacht hörte, aus dem Mund seines Vorgesetzten: *Sobald der Vorwurf draußen ist, beginnt sich die Anschuldigung zu verbreiten wie eine Krebszelle, die Metastasen bildet.*

»Haben Sie eine Ahnung, wer hinter den Anschuldigungen steckt?«

Sie schüttelt den Kopf.

»Könnte diese Verleumdung hier im Theater ihren Ausgangspunkt haben?«

Sie reißt die Augen auf, verschluckt sich, nimmt das Glas von ihrem Mund.

Er hebt beschwichtigend die Hände.

»Sie müssen mich nicht erneut zum Duell fordern, Frau Charlotta. Ich stelle nur eine Frage.«

Sie hustet, greift nach einem Taschentuch, schnäuzt sich.

»Nie und nimmer, Herr Kommissar. Ich lege für meine Mitarbeiter die Hand ins Feuer. Wie ich Ihnen schon einmal sagte: Wir sind wie eine Familie.«

Und dennoch wurden aus dieser Familie zwei Mitglieder brutal ermordet. Er spricht nicht laut aus, was er denkt. Aber er wird die Möglichkeit nicht außer Acht lassen, dass die Verbreitung der üblen Gerüchte im Zusammenhang mit den beiden Morden steht. Und er wird mit seinen Leuten überprüfen, ob es sich tatsächlich nur um üble Verleumdungen handelt, oder ob mehr hinter den Anschuldigungen steckt.

»Haben Sie die gestrige Vorstellung abgesagt?«

Sie schüttelt den Kopf. »Wir wussten ja noch nicht, was Sibylle …« Ihre Augen füllen sich mit Wasser. »Ich meine, was mit Sibylle … passiert ist. Gott sei Dank war Aaron gestern da. Auch ich habe mitgeholfen. So haben wir die Vorstellung halbwegs hingekriegt.«

»Und heute Abend?«

Sie schüttelt den Kopf. »Wir schaffen es nicht mehr.« Sie legt die Arme um den Körper. Ein leichtes Zittern durchläuft sie, als friere sie.

»Was geht hier vor, Herr Kommissar? Wer ermordet zwei der liebsten Menschen, die ich kenne? Was passiert in meinem Theater?«

Er überlegt kurz, was er antworten soll. Er will nicht zu viel über die Richtung ihrer Ermittlung preisgeben.

»Hat Sibylle sehr darunter gelitten, dass Nico Mayer die Beziehung vor rund einem Jahr beendete, als er Lucy kennenlernte?«

Sie wiegt den Kopf. »Ich weiß es nicht, Herr Kommissar. Sie hat sich jedenfalls nichts anmerken lassen. Und sie hat nie auch nur ein einziges schlechtes Wort über Nico verloren.«

Sollte Otmar doch recht haben? Lag Sibylle Lercher doch einiges an Nico? Startete sie den Versuch, in der Rolle der einfühlsamen Trösterin den ehemaligen Liebhaber zurückzugewinnen?

»Ist Ihnen an Sibylle in letzter Zeit etwas Besonderes aufgefallen? Zeigte sie ein Verhalten, das Sie irritierte?«

»Ach, Herr Kommissar, nach dem schrecklichen Fund von Lucys Leiche in unserem Theater waren wir alle mehr als irritiert.«

»Und davor? Wie war es nach der letzten Matinee-Vorstellung?«

Ein kurzes Leuchten flackert in ihren Augen.

»Ich weiß nicht, ob es von Bedeutung ist, aber ich kann mich an etwas erinnern, das mich tatsächlich kurz verwirrte. Die Aufführungsserie war lang, wir hatten uns am Ostermontag alle eine Pause verdient. Ich fragte Sibylle, was sie denn am Abend vorhabe. Ich kann mich gut entsinnen. Sie bekam so ein rätselhaftes Glitzern in den Augen. Ich sehe noch, wie sie den Mund öffnet, kurz innehält und dann abwinkt. Sie hätte nichts Bestimmtes vor, war ihre Antwort. Sie würde zu Hause bleiben, früh zu Bett gehen. Ich kann mich allerdings des Eindrucks nicht erwehren, Sibylle wollte ursprünglich etwas anderes sagen.«

»Was könnte das sein?«

»Ich habe keine Ahnung, Herr Kommissar.«

Was wolltest du deiner Theaterchefin schlussendlich doch nicht sagen, Sibylle Lercher? War es dasselbe, das du auch mir nicht mitteilen wolltest? Oder bilden wir uns das alles nur ein, deine Prinzipalin und ich?

Die Teamsitzung ist für 17 Uhr festgelegt. Aus der aufgestockten Gruppe der Ermittler fehlt nur Revierinspektor Medved. Er geht einem Hinweis aus der Nachbarschaft von Sibylle Lercher nach. Bewohnern sei ein unbekannter Mann im Stiegenhaus aufgefallen, der gestern gegen 18 Uhr fluchtartig das Haus verlassen hätte. Der Mann habe einen Schäferhund mitgeführt. Bei der neuerlichen Überprüfung der Videoaufnahmen ist dieser Mann auch im unteren Bereich der Linzergasse zu sehen. Die Identität des Mannes ist unklar. Thomas Brunner eröffnet das Meeting mit dem aktuellen Stand der Ergebnisse aus der KTU. Man sei dabei, die DNA-Spuren aus Sibylle Lerchers Wohnung auszuwerten. Die Durchforstung der Handydaten sei im Gange.

»Wir sind auf zahlreiche Namen gestoßen, die nicht den unmittelbaren Arbeitsbereich im Marionettentheater betreffen. Dieser Personenkreis wird derzeit überprüft.«

Der Chef der Tatortgruppe aktiviert den Beamer. Auf dem großen zentralen Screen erscheint ein Bild. Es zeigt eine Großaufnahme vom Hals der Toten.

»Die Untersuchungen der Gerichtsmedizin bestätigen den Eindruck, den wir alle am Tatort gewonnen haben. Sibylle Lercher wurde von hinten erdrosselt. Es fanden sich keine Faserspuren in den Würgemalen, auch keine Strukturabdrücke. Wir gehen also davon aus, dass kein Strick, keine grobe Schnur, auch kein Textilband als Mordwaffe verwendet wurde. Die glatte Form der Abdrücke weist eher auf eine Plastikschnur hin, eine Wäscheleine oder ein Stromkabel. Ein dünner blanker Eisendraht ist auszuschließen, da wären die Wundmale tiefer.«

Er tippt auf das Tablet in seiner Hand. Neben das erste Bild schiebt sich ein zweites.

Auch hier ist in Vergrößerung menschliche Haut mit dunklen Striemen zu sehen.

»Das sind die Abdrücke am Hals von Lucy Salmira. Wie ihr deutlich erkennen könnt, unterscheiden sich die Würgemale. Das hat nicht nur damit zu tun, dass der Täter dem ersten Opfer den Strick erst post mortem angelegt hat. Es ist anhand der Muster klar zu ersehen, dass es sich um zwei unterschiedliche Formen von Schnüren handelt. Beim Tod von Lucy Salmira griff der Täter zu einer der zwölf Millimeter starken Kordeln, die man im Bühnenraum des Theaters aufbewahrt. Eine Kordel dieser Art ist als Waffe bei der Erdrosselung von Sibylle Lercher auszuschließen.«

»Seid ihr bei der Untersuchung der Wohnung auf ein Kabel, eine Plastikschnur oder einen ähnlichen Gegenstand gestoßen, der zum Muster der Abdrücke an Sibylle Lercher passt?«, fragt Merana.

»Nein, sind wir nicht. Es könnte eine Plastikschnur dieser Art in der Wohnung vorhanden gewesen sein. Der Mörder könnte sie benutzt und nach der Tat mitgenommen haben. Wir gehen eher davon aus, der Täter hat die Leine bereits mitgebracht. Sich in der Wohnung auf die Suche nach einer geeigneten Mordwaffe zu machen, während das Opfer anwesend ist, wäre problematisch gewesen. Wir haben, wie gesagt, auch keinerlei Kampfspuren gefunden, weder in der Wohnung noch am Opfer selbst. Einfacher für den Täter war es wohl abzuwarten, bis Sibylle Lercher ihm den Rücken zudrehte. Er konnte die mitgebrachte Leine aus der Tasche ziehen und die Frau von hinten erdrosseln.«

»Gab es sonst auffallende Merkmale an der Leiche?«

Thomas Brunner nickt. »Ja, gab es.«

Die beiden Bilder auf der Leinwand verschwinden, werden ersetzt von Abbildungen, die zwei Handgelenke zeigen.

»Die Male sind zwar nicht besonders ausgeprägt, aber immer noch gut zu erkennen.«

Er vergrößert die Ausschnitte. Auf der Haut zeigen sich feine rote Linien.

»Das könnten die Abdrücke von Armbändern sein, die besonders fest zugezogen wurden. Es könnte sich auch um Fesselspuren handeln. Allerdings sind sie, laut Untersuchung der Gerichtsmedizin, älter. Sie stammen nicht von gestern Nachmittag.

Die Male sind drei bis vier Tage alt. Die Schnüre haben sich allerdings tief in die Haut gedrückt, sonst wären die Male nicht mehr so gut sichtbar.«

»Vielleicht hat die Dame aufregende Sexspiele mit Kabelbindern oder Plastikfesseln geliebt«, wirft Alina Kramer ein.

»Oder unser Opfer war tatsächlich schon vor Tagen einmal gefesselt und ist auf irgendeine Art ihrem Peiniger entkommen«, überlegt Merana laut. Er heftet seinen Blick auf die feinen Linien, die an der Haut auf der Abbildung deutlich auszumachen sind.

Wolltest du mir davon gestern Morgen erzählen, Sibylle Lercher?

Thomas Brunner beendet seinen Bericht. Sie verteilen die Aufgaben für den kommenden Tag. Dann ist das Meeting beendet.

»Herr Merana, da haben Sie aber Glück, dass ich heute länger im Geschäft bin.«

Das breite Grinsen des Mannes entblößt die vordere Zahnreihe. Mitten zwischen den leicht gelblichen Schneidezähnen prangt ein matt schimmernder Goldzahn. Als Merana Artur Kölbl einmal fragte, warum er sich das glänzende Ding nicht gegen einen weniger auffälligen Zahnersatz aus Keramik oder Porzellan austauschen lasse, meinte der: »Wissen Sie, Herr Kommissar. In der Familie meines Vaters hat immer gegolten: Zeig, was du hast. Wer sich einen Goldzahn leisten konnte, der galt als begütert. Warum soll ich mir also einen Keramikzahn einbauen lassen, dem man gar nicht ansieht, was er gekostet hat?« Und wie meist bei Bemerkungen dieser Art ließ Artur Kölbl seinen Worten ein kehliges Lachen folgen, das Merana an das Rollen einer Bowlingkugel in einem rostigen Fass erinnert.

»Was darf es denn heute sein? Ich hätte wunderbare Saiblinge anzubieten, frisch gefangen in der Lammer.« Die Lammer ist ein großteils ungezähmter Fluss, der rund 30 Kilometer südlich der Stadt Salzburg bei Golling in die Salzach mündet.

Merana entscheidet sich für zwei Saiblingfilets. Er schätzt die Qualität der Ware des Fischhändlers. Er hält oft auf dem Nachhauseweg vor dem kleinen Geschäft in der Nähe seiner Wohnung, um einzukaufen: Saiblinge, Forellen, Zander, manchmal auch Reinanken oder ein Stück Hecht. Es ist nicht selten, dass Merana erst lange nach Geschäftsschluss eintrifft. Manchmal hat er Glück, und Artur Kölbl ist noch anwesend und damit beschäftigt, die Ware für den kommenden Tag vorzubereiten.

»Ich gebe Ihnen noch ein Stück Forelle mit, habe ich gestern Abend frisch geräuchert.« Er steckt den Fisch zu den Saiblingen in die Einkaufstasche. Merana rundet die verlangte Summe auf und bezahlt.

Zu Hause angekommen, wäscht er die beiden Filets, würzt den Fisch, bedeckt die Hautseite mit Mehl. Er gießt reichlich Öl in eine Pfanne. Während der Fisch brät, bereitet er sich einen Salat aus Tomaten, Jungzwiebeln und Basilikumblättern zu.

Bevor die Filets an der Oberseite gar sind, dreht er sie um, gibt Butter, Knoblauch und frische Kräuter dazu. Fünf Minuten später liegen die beiden Filets auf dem Speiseteller.

Zum Essen genießt Merana einen jungen Pinot Grigio aus den Colli Orientali im Friaul.

Er ist eben dabei, das Geschirr abzuspülen, als sein Handy läutet. Es ist die Großmutter.

»Entschuldige, Oma. Ich bin noch nicht dazugekommen, dich anzurufen. Du hast sicher aus den Medien von den beiden Morden gehört.«

»Ja, Martin. Ich weiß, dass dich die Aufklärung der beiden furchtbaren Verbrechen völlig in Beschlag nimmt. Ich wollte mich nur einmal melden und deine Stimme hören.

Ich weiß, dass es dir gut geht. Darüber bin ich sehr froh.«

Sie redet nicht einfach nur daher, es ist tatsächlich so. Sie weiß immer, wie es ihm geht. Er hatte zwei tiefe Krisen in seinem Erwachsenendasein. Zweimal stand er vor dem Abgrund, unfähig zu spüren, ob er den kommenden Tag erleben würde oder nicht. Und jedes Mal stand die Großmutter vor der Tür. Er hat sie nicht gerufen, ihr nicht einmal erzählt, wie es um ihn stand. Sie wusste es auch so. Kristina Merana hat eine besondere Gabe, Dinge zu spüren, Stimmungen wahrzunehmen, Bilder zu sehen, von denen Menschen in ihrer Umgebung keine Ahnung haben. Sie redet nicht gerne darüber. Aber es ist so.

Er erzählt ihr von seinem Besuch in Hamburg, von seiner Begegnung mit Jennifer.

Sie hört ihm zu. Dann sagt sie: »Ich habe auf Mamas Grab weiße Narzissen gepflanzt. Sie sind aufgeblüht, als du in Hamburg gelandet bist.« Er fragt nicht nach, warum sie ihm ausgerechnet jetzt von diesen Blumen erzählt und was das mit seiner Hamburgreise zu tun hat. Die Großmutter macht oft eine Bemerkung, deren Sinn sich ihm oft erst später erschließt.

»Ich freue mich, wenn ich Jennifer einmal kennenlerne.« Dann wechselt sie das Thema, erzählt, dass ihre Nachbarin eine neue Katze hat, die sich hauptsächlich in ihrem, im Garten der Großmutter, herumtreibt. Er verspricht, sich bald zu melden. Dann beendet er das Gespräch.

Er holt die Weinflasche aus dem Kühlschrank, schenkt sich nach, setzt sich auf die Couch. Die Bemerkung der Großmutter geht ihm nicht aus dem Sinn. Weiße Narzissen prangen auf dem Grab seiner Mutter? Und sie blühten auf, als er in Hamburg ankam? Es gibt eine Verbindung vom Tod seiner Mutter, die bis in die Gegenwart reicht, auch zu Jennifer. Vor einem halben Jahr wurde Merana in einen Fall hineingetrieben. Der rätselhafte Prozess begann mit einem ungewöhnlichen Ereignis, das er lange nicht einordnen konnte. Ein 40 Jahre altes Bild tauchte auf, eine Schwarz-Weiß-Aufnahme. Es zeigte seine Mutter in jungen Jahren zusammen mit einem Mann. Und dieser Mann, wie sich im Lauf der Ermittlungen herausstellte, war Hans von Billborn, der Vater von Jennifer. Merana war neun Jahre alt, als seine Mutter bei einem Bergunfall ums Leben kam. Er hat sich immer verantwortlich gefühlt für den Tod seiner Mutter. Über die Jugendliebe zu Hans von Billborn hatte Merana nichts gewusst. Die Mordermittlungen im Fall Billborn waren für Merana zugleich der Beginn eines Heilungsprozesses. Er lernte Billborns Tochter Jennifer kennen. Und er konnte endlich das seit seiner Kindheit belastende Gefühl auflösen, schuld am Tod seiner Mutter zu sein. Es gab über die Jahre auch andere Menschen in Meranas Leben, für deren Tod er sich verantwortlich fühlte. Für den Tod seiner ersten Frau, Franziska, und den Tod seiner Geliebten, Roberta. Beide hatte er nicht retten können. Nach Robertas Tod war er in die schlimmste Krise geraten, hatte endgültig alles hinschmeißen wollen. Doch dann folgten die Ermittlungen im Fall Billborn. Und dieser Weg führte ihn nicht nur weit zurück in seine Vergangenheit, er brachte ihn zugleich zurück ins Leben. Er blühte wieder auf in dem, wo er sich am geborgensten fühlt: in seiner Arbeit.

Sie haben nicht aufgehört, nach der Wahrheit zu graben, bemerkte Jennifer nach Abschluss des Falles. *Sie tun alles, um den Ermordeten zu ihrem Recht zu verhelfen. Die Opfer haben es verdient, dass die Umstände, die zu ihrem Tod führten, nicht im Dunkeln bleiben. Die Toten brauchen Sie, Herr Kommissar. Und vor allem die Lebenden.*

Ihre Worte dringen zu ihm durch wie ein Echo, er spürt Jennifers Stimme. Er greift nach dem Glas, trinkt einen Schluck. Dann nimmt er die Fernbedienung, wählt aus dem Audiomenü den Ordner mit Schuberts Streichquartetten. Gleich darauf explodieren förmlich tiefe, hart angeschlagene Tonkaskaden im Raum. Der Beginn von Schuberts Streichquartett Nr. 14, »Der Tod und das Mädchen«. Nach den peitschenartigen Anfangstönen wechselt die Musik zu milderen Klängen über. Erhaben. Beruhigend.

Er denkt an die beiden toten Puppenspielerinnen. Das abscheuliche Geschehen begann damit, dass eine 20-Jährige, die seit sechs Monaten mit Feuereifer und großer Leidenschaft sich in der Kunst des Puppenspiels versucht, am freien Abend des Ostermontags den Entschluss fasst, das Theater aufzusuchen. Merana schließt die Augen, stellt sich vor, wie Lucy das Fahrrad neben dem Eingang abstellt. Sie öffnet in seiner Fantasie mittels Schlüssel die Eingangstür. Sie eilt nach oben, nimmt den hinteren Bühneneingang. Sie freut sich über ihr Vorhaben. Sie will üben, ausprobieren, besser werden. Ihr Ziel ist es, so wie die bereits erfahrenen Kollegen ihre Puppe mit meisterhafter Grazie über die Bühne gleiten zu lassen. An ihrer Hand erwacht Leandro zum Leben. Die Existenz des schrulligen Gärtnergehilfen ist ihr Werk. Sie hat ihn mitten in das Spiel rund um Figaros Hochzeit gesetzt. Sie lässt Leandro Verbeugungen üben, tollpatschige Sprünge vollführen, sich in eleganten Drehungen wiegen. Und plötzlich bricht die Katastrophe herein. Von einer Sekunde auf die andere ist das Spiel zerstört. Eine 20-Jährige, die ihr blühendes Leben mit all seinen Freuden noch vor sich hat, hängt tot zwischen den Figuren. Das Gesicht deformiert. Die Zunge als Klumpen zwischen den Zähnen. Ein massiger Klotz unter zierlichen Gestalten.

Vorüber! Ach vorüber!
Geh wilder Knochenmann!
Ich bin noch jung, geh Lieber!
Und rühre mich nicht an.

Es ist zu spät. Ihr Mörder hat sie niedergestreckt. Der Knochenmann hat sie angefasst.

Merana wartet, bis das Streichquartett den zweiten Satz vollendet hat, dann fasst er einen Entschluss. Er stellt die halb volle Flasche Pinot Grigio in den Kühlschrank. Gleich darauf steuert er das Auto durch die Stadt.

Marek Slavik öffnet die abgewetzte Holztür am Wandschrank. Sein prüfender Blick gleitet über Dosen und Flaschen. Dann entdeckt er die kleine Tube mit dem passenden Kleber. Er nimmt sie und setzt sich zurück an den Werktisch. Vor ihm liegt die große Gondel aus »Hoffmanns Erzählungen«. Er seufzt. Sibylle hatte versprochen, den abgebrochenen Bugbeschlag zu reparieren. Aber dann überschlugen sich die Ereignisse. Zuerst fand man Lucy tot zwischen den Puppen. Das Verbrechen an ihrer Kollegin hat sie alle tief erschüttert. Keiner dachte mehr ans Reparieren von beschädigten Requisiten. Und jetzt liegt auch Sibylle in der Gerichtsmedizin, Seite an Seite mit Lucy, hingestreckt auf großen metallenen Tischen. So stellt Marek sich das zumindest vor. Vielleicht ruhen die beiden Körper auch in großen Behältern, die man wie Schubladen herausziehen kann, wie man das manchmal in Fernsehserien sieht. Er hat beide Kolleginnen sehr gemocht. Vielleicht ist ihm Lucy, obwohl sie erst ein halbes Jahr in ihrer Mitte war, um eine Spur mehr ans Herz gewachsen. Ein tiefer Seufzer rollt aus seiner Brust. Er versucht, nicht mehr an die toten Kolleginnen zu denken. Er will sich auf seine Arbeit konzentrieren. Er öffnet die große Tasche, entnimmt ihr eine Thermoskanne, schenkt sich einen Becher mit heißem Kaffee ein. An der gegenüberliegenden Wand hängt neben dem Werkzeugregal eine kleiner TV-Flachbildschirm. Er schaltet ihn ein. Es läuft Werbung. Er stellt den Ton leiser. Soviel er weiß, folgt im Anschluss eine Diskussionsrunde. Er setzt den Becher an, prüft mit den Lippen vorsichtig die Temperatur der Flüssigkeit. Er nimmt einen großen Schluck Kaffee. Dann stellt er die Tasse weit weg. Er ist im wahrsten Sinn des Wortes ein gebranntes Kind. Er hat schon öfter aus Unachtsamkeit eine Tasse umgestoßen, sich heißen Kaffee über die Finger gegossen. Einmal rann die heiße Flüssigkeit über das Werkstück, an dem er gerade arbeitete. Er musste mit der aufwendigen Arbeit von vorne beginnen. Auf dem Bildschirm begrüßt die Moderatorin ihre Gäste. Der Innenminister und der Vizekanzler stellen sich den Fragen einer Journalistenrunde. Es geht um den Rechtsruck in Europa. Außerdem sollen die beiden Politiker Stellung beziehen zu den jüngsten Vorfällen rund um die Hausdurchsuchung im BVT, im Bundesamt für Verfassungsschutz und Terrorismusbekämpfung. Marek hört zu. Er interessiert sich sehr für die politischen Vorgänge in diesem Land. Er war 26, als er seine Heimat verließ. Nach dem Fall des Eisernen Vorhangs war er sofort in den Westen aufgebrochen. Er kam nach Wien. Als gelernter Elektriker fand er schnell Arbeit. Später verschlug es ihn nach Linz und schließlich nach Salzburg. Aber bevor sich 1989 endlich die Tore zur lang ersehnten Freiheit öffneten, hatte Marek fast ein Vierteljahrhundert in einer Diktatur gelebt. Die Tschechoslowakische Republik war, wie alle anderen Staaten des Ostblocks, nichts anderes als ein großes Gefängnis, das seine Bürger unterdrückte, bespitzelte und zugunsten einer politischen Elitekaderschicht ausbeutete. Wie hatten sie damals gejubelt, er und seine Familie, seine Freunde und Bekannten, als der Umschwung begann. Die ersten freien Wahlen seit einem halben Jahrhundert! Der belebende Wind der Demokratie erfrischte das Land. Die Hoffnung auf eine bessere Zukunft blühte in ihren Herzen, ihren Köpfen. Und 2004 die nächste Gelegenheit für großen Jubel! Beide Länder der ehemaligen ČSSR, Tschechien und die Slowakei, wurden Mitglieder der EU, gehörten fortan zur Familie der befreundeten Staaten innerhalb der Europäischen Gemeinschaft. Doch wenn er heute, nur 15 Jahre später, auf seine ehemalige Heimat schaut, dann wird ihm übel. Politskandale, Korruptionsvorwürfe, Abschottungsszenarien, nationalistische Töne! Er weiß, dass Tschechien und die Slowakei nicht die einzigen Länder sind, in denen populistische, autoritäre Kräfte Aufwind erleben. Die Reihe lässt sich fortsetzen, von Ungarn über Italien bis zu den USA. Aber das macht es für ihn nicht besser. Aber am meisten bedrückt ihn die Entwicklung in seiner derzeitigen Heimat. Er hat 1990 ein über Jahrzehnte demokratiefeindliches, diktatorisches System verlassen. Er ist in ein Land gekommen, dessen Menschen es nach dem Zweiten Weltkrieg schafften, eine Gesellschaft des Wohlstands, der Freiheit, der bürgerlichen Toleranz zu errichten. Er hätte sich nie und nimmer vorstellen können, auch dieses Land, in dem er jetzt lebt, in Gefahr zu sehen abzudriften. Es ist kein Umsturz des Augenblicks, den er und andere hier erleben. Es sind die kleinen Schritte, die ihn beängstigen. Der schleichende Verfall der Werte, der Toleranz, der Mitmenschlichkeit, der bürgerlichen Freiheit.

»Das kennen wir schon, Herr Chefredakteur!« Der heftige Tonfall schreckt Marek aus seinen Gedanken. Er schaut zum Bildschirm.

»Wenn es nach Ihnen und Ihrer Zeitung geht, würden wir weiterhin wie unter der unseligen Vorgängerregierung daran leiden, die Grenzen einfach aufreißen und jeden Flüchtling als Kriminaltouristen ins Land lassen. Die österreichischen Frauen und Kinder haben ein Recht, vor Eindringlingen geschützt zu werden!«

Die Kamera zeigt Horst Konrad Blachy in Großaufnahme. Ein leichter Schweißfilm glänzt auf der Stirn des Vizekanzlers und Parteivorsitzenden.

Marek stellt den Ton leiser und greift nach der Gondel. Es wird Zeit, dass er sich endlich seiner Arbeit widmet. Der Beschlag ist an den Bruchstellen zersplittert. Er wird die ausgefransten Ränder nachschleifen müssen, um die Form der Halterung am Rumpf anpassen zu können. Er äugt zum Werkzeugboard. Die Feilen sind in ordentlicher Reihe der Größe nach aufgehängt. Nur die allerfeinste Feile mit dem Silbergriff fehlt. Er steht auf, kramt am benachbarten Werktisch, zieht Schubladen auf, kontrolliert Wandschränke. Nichts. Vielleicht hat er die Feile im Bereich hinter der Bühne vergessen, als er zuletzt an der Dekoration zum Sommernachtstraum die abbröckelnde Lackierung nachschliff. Er genehmigt sich einen Schluck Kaffee. Dann steigt er die Stufen hinauf, erreicht das Korridorsystem im ersten Stock, biegt ab zum hinteren Bühneneingang. Die Tür steht halb offen. Als er sie aufstoßen will, hört er ein Geräusch. Augenblicklich verharrt er. Er wartet. Er versucht, flach zu atmen, seine Anwesenheit nicht zu verraten. Er hört noch ein Geräusch, eine Art Schlurfen. Tatsächlich. Er ist nicht allein. Es befindet sich jemand im Theater. Normalerweise hätte er einfach gerufen, laut gefragt, wer sich im Bühnenraum aufhält. Er ist oft spätabends im Theater, um kleinere Arbeiten zu erledigen, für die in der Tageshektik keine Zeit bleibt. Und er hat dabei manchmal auch andere aus dem Team angetroffen, aber nach den furchtbaren Ereignissen der vergangenen Tage wagt er nicht, sich bemerkbar zu machen. Er schlüpft aus seinen Schuhen. Dann drückt er vorsichtig die halb offene Tür auf, tastet sich bis zur obersten Stufe. Der komplette Theaterraum unter ihm ist im Dunkeln. Nur im Bereich des schwer einsehbaren Bühnenbodens ist ein schmaler Lichtstreifen auszunehmen. Marek kennt jeden Quadratzentimeter des Bühnenbereichs. Er wird den Weg auch im Dunkeln finden, ohne gegen einen Raumträger zu stoßen. In Strumpfsocken steigt er langsam die Stufen nach unten. Im Werkzeugregal am Treppenende müsste ein großer Hammer hängen. Er tastet danach, umschließt den Stiel mit den Fingern. Er nimmt vorsichtig den Hammer aus der Verankerung. Dann setzt er leise Schritt um Schritt, arbeitet sich vor bis zum Regiepult. Die Anlage ist nicht komplett deaktiviert, der Hauptschalter steht auf Standby. Gut, das würde es leichter machen. Mit der Rechten umklammert er den Stiel des Hammers. Die Linke legt er auf den Schalter. Er drückt ihn und schiebt zugleich den Summenregler nach oben. In der nächsten Sekunde flammen die Lichter auf. Er hebt den Hammer, beugt sich weit über das Geländer. Der Mann unter ihm im gleißenden Scheinwerferlicht ist mindestens so erschrocken wie er selbst.

»Herr Kommissar?«

Der Polizist hebt die Hand.

»Alles in Ordnung. Ich wusste nicht, dass noch jemand hier ist.«

»Ich auch nicht.«

Marek richtet sich auf, eilt über die zweite Treppe nach unten zum Bühnenboden.

»Was machen Sie hier, Herr Kommissar? Es geht auf Mitternacht zu. Ermitteln Sie auch, wenn andere fest schlafen?«

Der groß gewachsene Polizist schüttelt den Kopf. »Nein, ich bin nicht hier, um den Tatort zu untersuchen. Das haben meine Kollegen bestens erledigt.«

Der Kommissar bückt sich, hebt das Handy auf, das an einem der Pfeiler lehnt. Er deaktiviert die Taschenlampenfunktion. Das war die Lichtquelle, die Marek vom Bühneneingang aus wahrnehmen konnte. Der Polizeibeamte hält das Telefon hoch.

»Ich wusste nicht genau, wo man hinter der Bühne das Licht einschaltet. Und bevor ich durch einen falschen Handgriff womöglich ein technisches Chaos anrichte, habe ich lieber mein Handy benutzt.«

»Wenn Sie nicht den Tatort untersuchen wollen, weswegen sind Sie dann hier?«

Sein Gegenüber zögert mit der Antwort. Der freundliche Gesichtsausdruck wird um eine Spur ernster.

»Ich wollte die Atmosphäre auf mich wirken lassen.« Er tritt zur Seite. Die Königin der Nacht wird sichtbar, die an der Traverse befestigt ist. Der Platz daneben ist frei. Hier hing am Dienstagmorgen die tote Lucy. Marek hat die Leiche nicht selbst gesehen, man hat ihm die Stelle nur gezeigt.

»Ich habe eine besondere Angewohnheit«, setzt der Polizist die Erklärung fort. »Hin und wieder suche ich die Plätze auf, an denen die Toten gefunden wurden. Ich will einfach hier sein. Ich habe mich um diese Menschen zu kümmern. Ich muss die Ursachen für ihre Ermordung herausfinden.« Er wendet sich um, steigt langsam die Treppe nach oben. Marek folgt ihm. Auf der oberen Plattform schaltet er die normale Beleuchtung an und fährt das Regiepult herunter. Dann hängt er den Hammer zurück an seinen Platz. Im Regal entdeckt er die Feile mit dem Silbergriff. Er steckt sie ein. Er will den Kommissar nicht fragen, warum er nachts die Plätze der Ermordeten aufsucht. Es geht ihn nichts an. Aber er findet diese Verhaltensweise nicht irritierend. Im Gegenteil. Es zeugt von Respekt.

Er steigt die Treppe nach oben und holt den Polizisten im Flur ein.

»Mögen Sie den Geschmack von Wacholder, Herr Kommissar?«

»Ja.«

»Ich habe unten in der Werkstatt eine Flasche Borovička. Den brennt mein Schwager selber. Da schmecken Sie das Aroma des Waldes. Er bringt mir immer ein paar Flaschen mit, wenn er mich samt Familie in Salzburg besucht.«

»Danke, das Angebot nehme ich gerne an.«

Sie steigen nach unten, in den Bauch des Gebäudes. Marek geht voraus.

Er holt die Flasche aus dem Kasten, sucht zwei halbwegs saubere Gläser und gießt ein.

»Na zdraví!« Sie trinken im Stehen.

»Sie reparieren die Gondel?«, fragt der Polizist und weist auf den Tisch. Marek nickt.

»Ja.« Er zieht die Feile aus der Tasche, legt sie neben die Flasche mit dem Klebstoff.

Dann räumt er einen der Stühle frei, bietet dem Kommissar den Platz an.

»Ich finde es bewundernswert, dass alle in diesem Haus nicht nur künstlerisch, sondern auch handwerklich begabt sein müssen. Waren Sie schon immer Puppenspieler?«

»Nein. Ich bin gelernter Elektromeister, so wie mein Vater. Anfangs habe ich in Österreich als Elektriker gearbeitet. Aber dann hat mich der Puppenvirus gepackt. Ich nehme an, diesen Ausdruck haben Sie in letzter Zeit öfter gehört.«

Sein Gegenüber lacht. Kleine Falten bilden sich zwischen den Augen.

»Ja, Herr Slavik, Sie vermuten richtig. Ich denke, alle in diesem Haus sind von dieser speziellen Zuneigung zum Puppenspiel befallen. Und wie man mich auch unterrichtete, erfolgt der Virusbefall manchmal völlig unvorbereitet.«

»Das war auch in meinem Fall so. Die Wiener Elektrofirma, bei der ich arbeitete, expandierte. Also kam ich in den Westen von Österreich. Zuerst nach Linz und schließlich nach Salzburg. Die Regie führte der Zufall. Meine Firma bekam den Auftrag für eine Installation im Außenbereich des Gebäudes. Bei dieser Gelegenheit entdeckte ich dieses wunderbare Theater. Und schon war es um mich geschehen. Im Grund genommen trat ich in die Fußstapfen meines Großvaters. Meine Familie stammt aus Brünn. Mein Opa war lange am berühmten Marionettentheater unserer Heimatstadt engagiert. Das Puppenspiel hat in unserem Land eine lange Tradition. Schon im 18. Jahrhundert zogen in meiner böhmischen und slowakischen Heimat Wanderbühnen mit Puppentheatern von Spielstätte zu Spielstätte. Und das waren vor allem Wirtshäuser. Ich weiß allerdings nicht, ob der Borovička damals auch so exzellent war wie der Wacholderschnaps meines Schwagers.« Er greift zur Flasche. Sein Gegenüber ziert sich nicht, lässt sich gerne nachschenken. Wenn er so gut ermittelt, wie er trinkt, dann müssen wir uns keine Sorgen machen, überlegt Marek.

»Und Lucy wäre auch eine gute Puppenspielerin geworden?«

»Ja, unbedingt. Sie hatte nicht nur Talent, sie sprühte auch vor Ideen. Ständig kam sie mit neuen Vorschlägen, was man an der Kleidung oder am Bewegungsradius der Puppen ändern könnte, um bestimmte Eindrücke zu erzielen. Haben Sie Leandro kennengelernt, Herr Kommissar?«

»Ja, die Theaterchefin hat mich mit der Figur bekannt gemacht. Und ich habe die Puppe heute gesehen. Ich gestehe, bevor ich hinunter zur Bühne stieg, machte ich einen kurzen Besuch im Depot. Ich bin von dieser Ansammlung an skurrilen Geschöpfen beeindruckt. Ich ließ das Licht meines Handys über die sonderbare Schar streifen. Die wunderlichen Köpfe aus der Dunkelheit zu picken, war irgendwie gespenstisch und faszinierend zugleich.«

»Ja, es geht mir ähnlich, wenn ich die großartige Schar unserer kleinen Darsteller sehe. Lucy ist am Ostermontag nach der Matinee zu mir gekommen, hat mir ihren Leandro in die Hand gedrückt und gemeint: Marek, er braucht noch etwas. Wir müssen seine Leichtigkeit, seine Neugierde, seine verschmitzte Freude, von einem Platz zum nächsten zu huschen, mehr betonen. Bitte, lass dir etwas einfallen. Dann ist sie hinausgewirbelt wie eine Blüte im Frühlingsgestöber. Und ich habe mir etwas einfallen lassen. Ich habe mich sofort hingesetzt und Leandro als besonderes Accessoire einen Schmetterling auf die Schulter platziert. Dann habe ich ihn für Lucy zurück ins Depot gehängt.«

Seine Augen füllen sich mit Wasser. Das fällt auch seinem Gegenüber auf, wie Marek bemerkt. Doch der Kommissar sagt nichts. Marek hebt das Glas. »Auf unsere wunderbare Lucy. Leider habe ich nicht mehr erfahren, ob ihr meine Idee mit dem Schmetterling gefallen hat.« Er setzt das Glas an die Lippen und trinkt es aus.

Sein Blick fällt auf die gegenüberliegende Wand. Der Fernseher läuft noch.

Er schüttelt mürrisch den Kopf, greift zur Flasche. Der Polizist ihm gegenüber fixiert ihn.

»Ihrem Gesichtsausdruck entnehme ich, dass Sie kein Freund unseres Herrn Innenministers und unseres Herrn Vizekanzlers sind.«

»Nein, absolut nicht.« Marek ist über seinen eigenen Tonfall überrascht. So verächtlich wollte er gar nicht klingen. »Horst Konrad Blachy …«

»Was gefällt Ihnen nicht, die Politik oder der Name?«

»Ich nehme an, Sie verstehen kein Tschechisch, Herr Kommissar. Wissen Sie, was *blachy* heißt?«

»Nein.«

»Es bedeutet *schüchtern, scheu.*« Er deutet zum Bildschirm. »Bei denen lügen sogar die Namen.«

Er muss sich nachschenken, muss den schalen Geschmack aus seinem Mund spülen.

»Aber Sie sind doch schon lange in Österreich, Herr Slavik. Sind hier bestens integriert. Sie gehören nicht zu den bemitleidenswerten Menschen, die in jüngster Zeit als Flüchtlinge ins Land gekommen sind. Sie müssen sich doch keine Sorgen machen.«

Marek stellt das leere Glas auf den Tisch.

»Wir sollten uns alle Sorgen machen, Herr Kommissar!«

Eine Weile sprechen sie beide nichts. Sie schauen auf den Bildschirm. Marek überlegt, ob er den Ton lauter machen soll. Er lässt es aber bleiben.

»Was empfinden Sie, Herr Slavik, wenn Sie auf die beiden Vertreter der Freien Patrioten schauen? Immerhin handelt es sich um zwei der mächtigsten und einflussreichsten Mitglieder unserer Bundesregierung.«

»Strach.«

»Strach?« Der Kommissar schaut ihn verdutzt an. »Ich glaube, dieses Wort habe ich schon einmal gehört. Was bedeutet es?«

»Furcht.«

Der Polizist schürzt die Lippen. Sein Kopf beginnt zu wippen. »Strach …«, flüstert er mehrmals. Dann trinkt er aus und hält ihm das leere Glas hin.

SAMSTAG, 27. APRIL

Er war wieder da. Ich war überrascht.

Es war der Mann, vor dem ich eine Verbeugung machte.

»Darf ich mich vorstellen, mein Name ist Leandro.«

Ich dachte, er würde nicht wiederkommen. Vielleicht gehört der Mann doch hierher.

Es war ruhig im Haus, als er ankam. Und es war finster.

Puppen schlafen nicht. Die Giraffe neben mir hat nur ein Auge. Das andere ist zu Boden gefallen. Aber auch das eine bleibt immer offen.

Manchmal tauche ich weg. Manchmal vergesse ich, was rings um mich geschieht.

Auch wenn Puppen nicht schlafen, träumen sie bisweilen.

Das plötzlich aufflammende Licht hat mich irritiert. Es hat meine Aufmerksamkeit zurückgelockt aus dem Reich der Traumgebilde.

Der Mann ist lange in der Tür gestanden.

Sein Lichtfinger tanzte über unsere Köpfe. Auf dem Kleid der Prinzessin und den wilden Blumengirlanden der Waldelfen blieb der Lichtstrahl besonders lange hängen.

Dann hat der Mann den Lichtfinger zurückgezogen und ist zur Bühne hinuntergestiegen.

Einige Zeit später ist ein zweiter Mann gekommen. Den kenne ich. Der hat meinen Kopf bearbeitet. Er hat meine

Gelenke geschmeidig gemacht und mir den Schmetterling auf die Schulter gesetzt.

Auch er ist zur Bühne hinabgeklettert. Sie haben geredet. Lange.

Danach sind sie über die Treppe nach oben gelangt

Ich hoffte, sie würden nicht gleich wieder in der Dunkelheit verschwinden.

Ich wünschte, sie würden zu mir kommen.

Denn nur ich kenne das Geheimnis. Sonst keiner.

Aber sie haben sich nicht für mich interessiert.

Sie sind fortgegangen, ohne mich zu bemerken.

*

Zuerst schrillt der Wecker. Er hat vergessen, ihn auf später zu stellen. Eben hat Merana noch davon geträumt, mit den Füßen nach oben in einem Wacholderbaum zu hängen, da fährt ihm der Alarmton ins Ohr. Und von dort direkt weiter ins benebelte Hirn. Er braucht ein paar Sekunden, um sich zu orientieren. Das Erste, das er registriert, ist sein Kopfweh. Sein Schädel fühlt sich an, als stecke er in einer Mostpresse und jemand würde unermüdlich am Gewinderad drehen. Er hat zusammen mit dem Puppenspieler stundenlang die politische Weltlage durchgekaut, die unübersehbare Bedrohung des Rechtspopulismus bis ins Detail analysiert. Dazwischen haben sie alte Volkslieder aus Böhmen und Mähren gesungen. Merana verstand zwar keine Silbe des Textes, aber hat tapfer die zweite Stimme gehalten. Um 3.22 Uhr war die Flasche mit dem Borovička leer. Zehn Minuten später holte sie das Taxi ab. Der Puppenspieler verzichtete darauf, mit dem Fahrrad nach Hause zu torkeln. Merana ließ seinen Wagen in der Tiefgarage. Es ist nicht das erste Mal, dass er die Städtische Parkgaragengesellschaft großzügig sponsert, in dem sein Auto mehr als eine Nacht lang abgestellt bleibt. Die beiden hatten dieselbe Richtung. Marek Slavik stieg als Erster aus. Seine Wohnung liegt in der Nähe des Bildungshauses Sankt Virgil. Merana fuhr weiter. Wie spät war es, als wir ankamen? Es muss gegen vier gewesen sein. Die Erinnerung drängt in Fetzen in sein Gehirn, während seine Finger über das Display tasten, um den Wecker abzustellen. Als es gelingt, sinkt er zurück aufs Bett, um in der nächsten Sekunde in die Höhe zu schnellen. Kaum ist der Schrillton des Weckers verstummt, läutet das Handy. Merana springt aus dem Bett, langt nach dem Mobiltelefon auf dem Schlafzimmertisch. Er schielt auf das Display. *Otmar*. Ein zweiter Blick verrät ihm, dass es 06.30 Uhr ist. Heute ist Samstag. Sie haben gestern vereinbart, dass ein Dienstbeginn um 9 Uhr reicht. Wenn sein Abteilungsinspektor also derart früh anruft, muss es wichtig sein.

»Hallo, Otmar, guten Morgen.«

»Mein Gott, Martin, du hörst dich ja furchtbar an. Hat dich der Grippevirus in den Klauen?«

»Nein, der Geist aus der Borovičkaflasche.«

»Ich verstehe nicht …«

»Ich auch nicht. Was gibt es?«

»Mir hat die Sache mit dem Toten aus der Salzach keine Ruhe gelassen. Ich habe ein wenig meine Fühler ausgestreckt.«

Noch eine Eigenschaft, die viele an Otmar Braunberger unterschätzen. Der Abteilungsinspektor ist bestens vernetzt, innerhalb und außerhalb der Polizei. Es gibt jede Menge Leute, die ihm einen Gefallen schulden. Das weiß Merana.

»Was ist dabei herausgekommen?«

»Zunächst einmal stimmt der Name nicht. Der Tote heißt gar nicht Hartmut Kreuzer.

Das ist nur ein Tarnname. Der Mann war verdeckter Ermittler.«

»Bei der Polizei?«

»BVT. Innenministerium. Eingesetzt in der Rechtsextremistenszene.«

»Und wie heißt er tatsächlich?«

»Falls du stehst, setz dich lieber hin, Martin …« Der Abteilungsinspektor macht eine kleine Pause. Dann sagt er betont langsam:

»Der Tote ist Olaf Salmira.«

Salmira? Merana tastet nach der Bettkante.

»Olaf Salmira sagst du?«

»Ja, der Bruder unserer toten Puppenspielerin.«

Lucy Salmira ermordet! Im Marionettentheater. Im gleichen Zeitraum zieht man ihren Bruder tot aus dem Wasser?

Sie kümmern sich um Ihre Angelegenheit, wir uns um unsere. Der Tote aus der Salzach geht Sie nichts mehr an.

Die Stimme des Wasserbüffels hallt durch seinen Schädel.

Doch! Jetzt ging es sie etwas an. Mehr denn je.

»Ich bin in einer Dreiviertelstunde im Präsidium.«

»Gut. Ich verständige den Chef.«

Merana wählt die Nummer des Taxidienstes, bestellt einen Wagen für 7.15 Uhr. Bevor er aufbricht, gilt es noch, den Druck der Mostpresse an seinem Schädel zu lockern.

Das geht am besten mittels Dusche und Kaffee. Eiskalt das eine, stark und heiß das andere.

Eine Dreiviertelstunde später ist das Kopfrasen nicht ganz verschwunden, aber um einiges erträglicher geworden. Er erreicht die Bundespolizeidirektion zeitgleich mit Carola. Verwundert schaut die Chefinspektorin auf das Taxi.

»Was ist mit deinem Auto, Martin?«

Er winkt ab. »Lange Geschichte. Verbunden mit tschechischer Puppenspieltradition, Strategieentwicklung für weltweiten Anti-Populisten-Kampf und überraschenden Destillationsergebnissen böhmischer Brennereikunst. Erzähle ich dir bei anderer Gelegenheit.«

Sie eilen ins Gebäude, begeben sich in die erste Etage zu ihren Arbeitsplätzen. Das Teammeeting ist für 10 Uhr geplant. Sie verschieben es auf den Nachmittag. Zuerst muss geklärt werden, was es mit dem Toten aus der Salzach auf sich hat. Warum haben ihnen die Kollegen aus dem Ministerium dessen wahre Identität verschwiegen? Der Chef wurde von Otmar informiert. Hofrat Kerner versprach, sich der Sache anzunehmen. Sie erwarten seinen Anruf. Doch das dauert. Ihre Geduld wird strapaziert. Es ist fast 11 Uhr, als sie die Direktionssekretärin ins Chefzimmer bittet.

Im Büro des Polizeipräsidenten erwarten sie neben Kerner zwei weitere Personen, Staatsanwältin Gudrun Taubner und ein Kerl im dunklen Anzug. Der Mann ist klein, gedrungen. Auf einem kurzen Hals sitzt ein glatt rasierter Kopf. Die Augen sind schmal. Über der Oberlippe prangt ein kurz gehaltener, rötlich gefärbter Schnurrbart. Das Gesicht kommt Merana bekannt vor. Der Polizeichef übernimmt die Vorstellung.

»Das ist Doktor Meinrad Vernath, Sektion II des Innenministeriums.«

Vernath. Merana erinnert sich. *Generaldirektion für öffentliche Sicherheit*. Er hat den Mann vor Jahren bei einer Fortbildung zum Thema Katastrophenmanagement kennengelernt. Dieses Mal hat das Ministerium offenbar keinen Büffel geschickt, sondern einen Jagdhund. Merana fällt ein, dass Meinrad Vernath von einigen Kollegen hinter vorgehaltener Hand *Bullterrier* genannt wurde.

Anstatt eine Erklärung abzugeben, auf die sie alle gespannt warten, geht der Terrier direkt zum Angriff über. Sein Zeigefinger sticht in Richtung Braunberger.

»Es ist mir unerklärlich, wie Sie die wahre Identität des Toten herausbekommen haben.«

Der Abteilungsinspektor verschränkt die Arme vor seiner Brust. Im Gegensatz zu Meinrad Vernath, dessen rasche Sprechweise an aufgeregtes Gekläffe erinnert, spricht Braunberger betont langsam.

»Wir machen einfach unseren Job, Herr Doktor Vernath. Wir sind gute Ermittler.«

»Nennen Sie mir die Quelle!«

Braunberger schüttelt betont gelassen den Kopf. »Das meinen Sie doch nicht ernst. Informanten abschirmen ist wie Beichtgeheimnis bewahren.«

Wieder sticht der Zeigefinger des Ministeriumsbeamten nach vor. »Sie haben keine Ahnung, Herr Abteilungsinspektor, was Sie hier anrichten. Wenn es eine Schwachstelle innerhalb unserer Einheit gibt, muss ich es augenblicklich wissen. Falls Ihre Information von außerhalb stammt, ist es noch wichtiger, dass wir rasch handeln.«

»Versuchen Sie nicht, den Spieß umzudrehen«, mischt sich Merana ein. »Wir erwarten Erklärungen von Ihnen, und nicht umgekehrt.«

Der Terrier reckt den eierförmigen Schädel nach vor. Sein gestreckter Zeigefinger hat den Kommissar im Visier.

»Mit Ihrer renitenten Haltung gefährden Sie unsere geheim operierenden Mitarbeiter. Wenn wir nicht auf der Stelle jede undichte Stelle ausmerzen, gibt es keine Garantie, dass nicht weitere Namen durchsickern und dadurch Einsatz und Leben unserer verdeckten Ermittler in Gefahr geraten.«

»Seit wann arbeitete Olaf Salmira als Undercoveragent Ihrer Abteilung?«

»Das hat Sie nicht zu interessieren, Herr Kommissar. Um es nochmals in aller Deutlichkeit klarzustellen: Der Tote aus der Salzach heißt offiziell Hartmut Kreuzer. Geburtsort Linz.

Studienabbrecher. Gelegenheitsjobs. Seit Mittelschulzeiten Mitglied mehrerer Vereine, die den Zweiten Weltkrieg glorifizieren. Mit der Zeit immer intensivere Kontakte zur Neonaziszene. Das ist Kreuzers Biografie. Vergessen Sie Olaf Salmira.«

»Was sagen Sie seiner Mutter? Soll die ihn auch vergessen?«

Der Sektionsleiter gibt sich sichtlich Mühe, nicht die Beherrschung zu verlieren.

»Auch das hat Sie nicht zu interessieren. Darum kümmern wir uns schon.«

»Doch, das hat mich zu interessieren, Herr Doktor Vernath. Olaf Salmira hatte eine Schwester, Lucy, 20-jährig. Aber das wissen Sie natürlich. Die junge Frau liegt mit gebrochenem Genick in der Gerichtsmedizin. Und genau zu dem Zeitpunkt, als Lucy an ihrem Arbeitsplatz im Marionettentheater brutal ermordet wird, kommt auch ihr Bruder ums Leben.«

»Ein höchst bedauerlicher Zufall, Herr Kommissar. Glauben Sie mir, das eine hat mit dem anderen nichts zu tun.«

»Eine Frage, Herr Doktor Vernath.« Zum ersten Mal meldet sich Gudrun Taubner zu Wort.

»Olaf Salmira alias Hartmut Kreuzer wurde an der Grenze zu Oberösterreich gefunden, etwa 35 Kilometer von hier entfernt. War er davor in der Stadt Salzburg?«

»Die Frage des Aufenthaltsortes unseres Mitarbeiters, liebe Frau Doktor Taubner, hat nichts mit Ihrem Aufgabenbereich zu tun.«

»Doch, das hat es!« Gudrun Taubners Stimme schwillt an. »Wir haben zwei ermordete junge Frauen. Zwei Gewaltverbrechen innerhalb kürzester Zeit. Ich bin die für die Ermittlungen zuständige Staatsanwältin. Mich interessiert alles, was auch nur im Geringsten mit den beiden Toten zu tun hat. Und es lässt sich nicht leugnen, dass eines der Opfer die Schwester Ihres toten Undercovermitarbeiters war.«

Er setzt zu einer Antwort an, doch die aufgebrachte Juristin kommt ihm zuvor.

»Bevor Sie weiterreden, Herr Doktor Vernath. Ich bin Staatsanwältin, und als solche einzig und allein dem Justizminister verantwortlich. Mir hat, im Gegensatz zu Ihnen, kein Innenminister etwas zu sagen.«

»Das steht außer Zweifel, Frau Kollegin. Nur so viel dazu. Der Herr Innenminister trifft heute den Herrn Justizminister. Vom Ergebnis dieser Unterredung werden Sie rechtzeitig in Kenntnis gesetzt.«

Die Stimme des Terriers ist vom aufgeregten Gekläffe zu einem bedrohlich knurrenden Tonfall übergegangen. Vernaths Blick fixiert den Polizeichef. »Ich erwarte, dass wenigstens Ihnen als Leiter dieser Dienststelle die Brisanz der Lage klar ist, Herr Hofrat. Die Order ist eindeutig. Keine wie auch immer gearteten Ermittlungen zum Tod von Hartmut Kreuzer. Ich wünsche allseits einen guten Tag.«

»Woran hat Olaf Salmira als verdeckter Ermittler gearbeitet? Was war sein Auftrag?«

Die Frage des Abteilungsinspektors holt Vernath ein, der schon an der Tür steht.

»Das kann ich Ihnen nicht sagen!«

»Warum nicht? Und kommen Sie uns bitte nicht mit irgendeiner Floskel wie ›Das verstößt gegen die Interessen der Staatssicherheit‹. Überlegen Sie sich bitte eine fantasievollere Antwort.«

Der Bullterrier an der Tür denkt nach. Dann blickt er Otmar Braunberger direkt in die Augen.

»Meine Antwort ist: Sie haben genau zwölf Jahre, drei Monate und 22 Tage bis zu Ihrer Pensionierung, Herr Abteilungsinspektor. Sie wollen doch gewiss in der Verwendungsgruppe 2a in Rente gehen. Gefährden Sie das nicht.«

Mit einem Grinsen auf den schmalen Lippen dreht er sich um und verlässt das Büro.

»Was war das denn?«, knurrt Braunberger. »Hat der Kerl mir etwa gedroht?«

»Nein, mein Lieber«, sagt Carola und setzt ein gespielt unschuldiges Lächeln auf. »Die rechte Hand des Generalsekretärs im Bundesministerium hat nur seiner Sorge Ausdruck verliehen, du könntest wegen Ungehorsam deine wohlverdiente Pension verlieren.«

»Schön, wenn man sogar so weit oben noch ehrlich besorgte Freunde hat«, kontert Braunberger.

»Ich muss leider dringend ins Gericht.« Die Staatsanwältin blickt auf die Uhr. »Martin, lass uns am Nachmittag telefonieren, wenn meine Verhandlung beendet ist.« Sie verabschiedet sich und geht. Für ein paar Sekunden ist Stille im Raum.

Dann sagt Merana: »Was machen wir, Günther?«

Der Polizeipräsident setzt sich ächzend an seinen Schreibtisch. »Du hast die Anweisung des Sektionschefs gehört, Herr Kommissariatsleiter. Die Order ist eindeutig.«

»Falls wir uns der Anordnung widersetzen und dennoch weiter im Fall Olaf Salmira herumstochern, wird das auf dich zurückfallen, Günther. Das ist zusätzlich Wasser auf die Mühlen derer, die dich demontieren wollen. Dann wird es heißen: Der Salzburger Polizeichef hat seine Leute nicht im Griff. Ein Fall von Führungsschwäche.«

Sie blicken auf ihren Chef. Der trommelt langsam mit den Fingern auf der Schreibtischplatte. Dann hebt er den Kopf.

»Was erwarten meine besten Mitarbeiter jetzt von mir?«

»Wie wäre es mit einem klassischen Zitat?« Das Grinsen des Abteilungsinspektors verläuft über das ganze Gesicht. Kerner erwidert das Lächeln.

»Gut, dann versuchen wir es mit Friedrich Schiller. Wer nichts waget, der darf nichts hoffen.«

Er wartet, mustert Braunberger.

»Was ist, Herr Abteilungsinspektor? Keine Lust auf einen Konter? Normalerweise parierst du mein Zitiergehabe mit einer trefflichen Bemerkung.«

Der Angesprochene denkt nach, dann nickt er.

»Wenn man mächtig Angst hat, sich aber dennoch in den Sattel schwingt, das ist Mut.«

»Theodor Fontane?«

»Nein. John Wayne.«

Schallendes Gelächter erfüllt das Zimmer. Die Versammlung löst sich auf.

Merana lässt sich in der Kantine einen doppelten Espresso reichen. An seinen Schläfen pocht es immer noch, doch der Druck, den er heute Morgen am gesamten Schädel verspürte, ist nahezu verflogen. Er nimmt die Tasse mit, steigt die Treppe nach oben. Carola und Otmar warten schon im Besprechungsraum.

»Wie ist eure Einschätzung?« Er nimmt an der Stirnseite des Tisches Platz.

»Wir gehen vor wie immer«, antwortet die Chefinspektorin. »Wir ermitteln in alle Richtungen. Wir können die Tatsache, dass es in unmittelbarer Nähe zu unseren beiden Opfern einen dritten Toten gibt, nicht außer Acht lassen. Auch wenn sich das Innenministerium querstellt.«

»Warum haben die Geheimdienstler fast panische Angst davor, dass wir den Tod von Lucys Bruder in unsere Ermittlungen einbeziehen?« Die Frage kommt von Braunberger.

»Das lässt sich erst beantworten, wenn wir wissen, welchen Auftrag Olaf Salmira hatte«, antwortet Merana. »Wir wissen, er war als Undercoveragent im rechtsextremen

Milieu im Einsatz. Ist er bei seiner verdeckten Mission auf etwas gestoßen, das ihm schlussendlich das Leben kostete? Oder war sein Tod tatsächlich nur ein Unfall?«

Der Abteilungsinspektor fährt sich mit der Hand übers Kinn. Dann schiebt er sein Wasserglas in die Mitte des Tisches.

»Lassen wir einmal beiseite, ob es Unfall oder Mord war.« Er zeigt auf den Tisch. »Das Glas steht für Möglichkeit Nummer eins: Olaf Salmira kommt ums Leben. Seine Leiche wird in der Salzach gefunden. Im selben Zeitraum stirbt seine Schwester Lucy, ermordet im Marionettentheater. Die beiden Ereignisse stehen in keinem Zusammenhang.«

Nun zieht er Meranas Espressotasse neben das Glas.

»Möglichkeit Nummer zwei: Es ist kein Zufall, dass Schwester und Bruder unmittelbar nacheinander sterben. Es gibt einen Aspekt zwischen beiden Vorfällen. Welches Phänomen ist das richtige, Glas oder Tasse?«

Die Chefinspektorin greift nach einem Löffel, legt ihn dazu.

»Und wie passt die Ermordung von Sibylle Lercher in das Bild?«

»Vielleicht erschließt sich uns die Antwort, wenn wir zunächst den anderen Fragen nachgehen.« Merana steht auf, tritt an die Tafel. Er sucht einen freien Platz neben Fotos und Ermittlungshinweisen. Er nimmt einen der Filzstifte.

»Möglichkeit a: Die Ursache für Lucys Ermordung liegt eindeutig bei Vorgängen innerhalb des Theaters.« Er notiert das Gesagte in Stichworten.

»Möglichkeit b: Der Grund für die Tat ist in Lucys Privatleben zu suchen. Es könnte sich um eine Eifersuchtstat handeln, begangen von Nico Mayer, Aaron Benetto oder einem noch Unbekannten.« Wieder kurvt der Filzstift in Meranas Hand über die Tafel.

»Möglichkeit c: Das Verbrechen an Lucy hat weder mit ihrem privaten noch mit ihrem beruflichen Umfeld zu tun, sondern es gibt einen Zusammenhang zum rätselhaften Tod ihres Bruders.«

»Dann erhebt sich die Frage: Worin könnte diese Verbindung bestehen?«, ergänzt die Chefinspektorin.

»Falls es Berührungspunkte gibt, werden wir die herausfinden.« Otmar Braunberger ergreift wieder das Wort. »Als Erstes gilt es zu klären: Hatten Olaf und Lucy in letzter Zeit Kontakt? Aufgrund der Handyauswertung steht fest, es gab in den letzten Wochen keine Anrufe zwischen den beiden. Lucy könnte allerdings ein zweites Handy besessen haben, von dem wir nichts wissen. Bruder und Schwester könnten sich direkt getroffen haben. Ich greife also Gudrun Taubners Frage von vorhin auf: War Olaf Salmira im Zeitraum vor seinem Tod in Salzburg? Da werde ich als Erstes einhaken und mich bei Lucys Nachbarn umhören.«

Er greift in die Sakkotasche, zieht ein Foto heraus, legt es auf den Tisch. Merana pfeift leise durch die Zähne. »Wie bist du an dieses Bild gekommen, Herr Abteilungsinspektor? Das ist nicht die Aufnahme der Wasserleiche.«

»Nein, das ist das offizielle Ausweisfoto von Hartmut Kreuzer. Weißt du, ich kenne da jemanden, der mir einen Gefallen schuldet, und der kennt wieder jemanden, der ihm sehr zugetan ist – und so ergibt eines das andere.«

Sein unschuldiges Grinsen erinnert an einen freundlichen Jahrmarktsverkäufer, der Kindern Zuckerwatte reicht.

Die Tür wird geöffnet. Günther Kerner tritt ein, lässt seinen wuchtigen Körper auf einen Stuhl plumpsen. Er ist bleich im Gesicht. Seine Lippen beben.

»Was ist passiert, Günther?«

Der Polizeichef stiert auf seine Mitarbeiter. Ein seltsamer Glanz schimmert in seinen Augen. Eine Mischung aus Wut und tiefer Sorge.

»Meine Frau hat mich gerade angerufen.« Seine Stimme klingt hohl, als käme sie nicht aus seinem Körper, sondern von weit außerhalb. »Unsere Enkelkinder waren heute bei einem Schulfest. Eleonore hat sie abgeholt. Sie wirkten sehr verstört, haben geweint. Es hat lange gebraucht, bis Eleonore aus den Kleinen herausbrachte, was passiert ist. Die beiden wurden von ein paar größeren Kindern angepöbelt. Man hat sie geschubst, ihnen gedroht, sie sollten verschwinden. Niemand will mit Leuten zu tun haben, die mit Ausländergesindel packeln. Ihr Opa sei ein ganz Schlimmer. Der beschützt Leute, die Frauen etwas antun. Eleonore ist sofort zur Lehrerin. Die hatte den Vorfall nicht mitbekommen. Sie versprach, mit den Fratzen ein ernstes Wort zu reden. David und Fabiana sind völlig verängstigt. Sie wollen nicht mehr in die Schule gehen.«

Er holt mit der Faust aus, drischt sie auf den Tisch.

»Es reicht!« Die Stimme sitzt wieder im Körper. Er brüllt. »Wie weit wollen diese Dreckschweine noch gehen?«

»Bis du einknickst, Günther.«

Egal, ob wahr oder falsch, denkt Merana. Die Lüge verbreitet sich wie ein Geschwür.

Sie steckt an. Es ist wie eine Seuche. Nicht mehr aufzuhalten. Sie frisst sich sogar in die Gehirne von Kindern.

Merana, Otmar und die Chefinspektorin sitzen noch fast eine Stunde im Besprechungsraum. Günther Kerner ist nach Hause gefahren, zu Ehefrau und Enkelkindern. Sie wägen alle Optionen ab, die ihnen bleiben. Sie ringen lange mit der Frage, inwieweit sie den Rest des Teams einweihen sollen. Sie stimmen schließlich überein, den anderen nichts von der

Wasserleiche zu sagen. Es reicht, wenn sie selbst sich den Vorgaben des Ministeriums widersetzen und die Spur zu Lucys Bruder nicht außer Acht lassen. Sie wollen ihre Kollegen nicht in die Verlegenheit bringen, ebenfalls gegen ministerielle Anweisungen zu verstoßen. Je kleiner der Kreis der Eingeweihten, desto größer die Chance, dass nichts über ihr Vorhaben nach außen sickert. Einzig den Leiter der Tatortgruppe wollen sie ins Vertrauen ziehen. Auf Thomas Brunner können sie sich voll und ganz verlassen.

Es ist Zeit für die Teamsitzung. Die ersten Kollegen treffen ein. Merana überlässt seiner Stellvertreterin die Leitung des Meetings. Es geht darum, die nächsten Ermittlungsschritte festzulegen. Sie betreffen weiterhin das persönliche Umfeld der beiden toten Frauen. Carola Salman lässt sich vom aktuellen Stand der Erhebungen berichten. Die Spur mit dem Verdächtigen aus der Linzergasse hat zu nichts geführt. Der Mann mit dem Hund entpuppte sich als Exjunkie, der im Haus einen Bekannten besuchen wollte, der früher hier wohnte. Warum er übertrieben hastig das Weite suchte, konnte er nicht erklären. Es sei wohl der Hund gewesen, der ihn nach draußen drängte, führte er an. Jedenfalls ergab sich keinerlei Verbindung zu Sibylle Lercher.

»Ich habe mich bei den Kollegen vom Ermittlungsbereich ›Wirtschaftskriminalität‹ umgehört«, wirft Alina Kramer ein. »Die Firma ›MCB – Mayer Cargo Business‹ steht auf ihrer Liste. Insbesondere Juniorchef Nico Mayer haben die Kollegen im Visier. Er steht im Verdacht, Führungskräfte der Österreichischen Bundesbahnen bestochen zu haben, um an Transportaufträge zu gelangen.«

War er deswegen so nervös, als wir im Betrieb auftauchten?, überlegt Merana. *Fürchtete er, wir würden ihn wegen seiner Korruptionsmachenschaften ausquetschen? Oder hat er doch wegen Lucys Tod Dreck am Stecken?*

»Danke, Alina, gute Arbeit«, lobt die Chefinspektorin. »Bitte bleib dran und halte uns auf dem Laufenden.« Kurz vor 15 Uhr ist die Sitzung beendet.

Merana spürt seine Unruhe. Zu viele offene Fragen schwirren durch seinen Kopf. Er muss Antworten finden, nach Wegweisern suchen, die ihm die Richtung vorgeben, in die er sich bewegen soll. Er blickt aus dem Fenster. Der Vormittagsnebel hat sich längst verzogen. Von seinem Büro aus sieht er nach Westen. Die Sonne strahlt kraftvoll über dem Untersberg, schickt ihr Licht über die Stadt. Er öffnet den Kasten. Er hat immer eine Garnitur Sportkleidung im Büro. Er zieht sich um, schnürt die Laufschuhe. Nach ein paar Dehnungsübungen startet er los. Vom Polizeigebäude in der Alpenstraße ist es nicht weit nach Hellbrunn. Er hält sich in Richtung Westen, biegt beim Schloss Frohnburg in die Hellbrunner Allee ein. Sich zwischen den alten Bäumen zu bewegen, macht nicht nur Merana Freude. Zahlreiche Passanten tummeln sich an diesem sonnigen Samstagnachmittag auf dem Weg, Spaziergänger, Jogger, Familien mit Kinderwägen, Radfahrer. Wo Merana zwischen Stieleichen, Rosskastanien, Winter- und Sommerlinden Richtung Süden trabt, waren schon vor 400 Jahren die Gäste der Salzburger Erzbischöfe in ihren Kutschen unterwegs, um von der Stadt aus über die Allee zum Lustschloss und dessen herrlicher Anlage zu gelangen. Merana liebt das Ambiente von Hellbrunn. Er setzt sich gerne in den Schlosshof, genießt seinen Kaffee oder ein Glas Wein, schaut auf das bunte Treiben der Touristen, die mit fröhlichem Geschnatter die berühmten Wasserspiele stürmen. Er lässt oft lange seinen Blick auf der Fassade des Schlosses ruhen. Die ebenmäßig angeordneten Fensterreihen, das dunkle Dach, die stattliche Freitreppe ergeben im Einklang mit der südlich warmen Ockerfarbe des Gemäuers ein Bild der Harmonie. Er liebt es auch, durch den Park zu schlendern, an den Weihern des großen Wasserparterres die Störe zu beobachten, die ungeachtet des Treibens ringsum ihre ruhigen Bahnen durch das klare Wasser ziehen. Hellbrunn ist für ihn ein magischer Ort, eine Quelle der Kraft, ein Areal der Besinnung. Auch heute spürt er, wie mit jeder Bewegung, mit jedem Laufschritt, den er in den Kies setzt, das Karussell der Fragen in seinem Kopf langsamer wird. Erst muss der Wirbel verschwinden, dann kann freier Raum entstehen, Platz für neue Ideen und Richtungsweiser. Er ist fast eineinhalb Stunden unterwegs, nimmt am Wasserparterre sogar den steilen Anstieg hinauf zu Monatsschlössl und Steintheater. Hat er anfangs für den Laufschritt ein angenehmes Traben gewählt, so erhöht er auf dem Rückweg das Tempo. Er keucht, drischt die Füße auf den Asphalt. Schweiß rinnt ihm in Bächen über den Rücken. Sein Kopf muss ganz leer werden. Völlig blank. Ausgepumpt erreicht er die Polizeizentrale, hetzt über die Stufen in den Kellerbereich, wo sich die Duschen befinden.

Zurück im Büro schaltet er den Rechner ein. Nichts Neues im Maileingang. Dann überfliegt er die internationalen und nationalen Nachrichten. Bei einer Meldung wird er stutzig. Drei Buchstaben ziehen seine Aufmerksamkeit an. *BVT.* Eine Polizeieinheit hat kürzlich auf Anweisung der Korruptionsstaatsanwaltschaft eine Hausdurchsuchung beim Bundesamt für Verfassungsschutz und Terrorismusbekämpfung durchgeführt. Zahlreiche Dokumente wurden beschlagnahmt. Die Maßnahme hat einiges an Aufsehen erregt. Merana erinnert sich an eine Bemerkung, die er vor Tagen in der Kantine aufgeschnappt hat. Weit haben wir's gebracht! Kollegen machen Razzia bei Kollegen! Er liest die Meldung aufmerksam durch. Aktueller Stand der Lage ist, dass die Opposition ihr Vorhaben in die Tat umsetzt und in der kommenden Woche einen Antrag für einen Untersuchungsausschuss einbringen wird. Merana hat sich bisher für die Angelegenheit kaum interessiert. Das Fragenkarussell ist zum Stillstand gekommen. Auf der blanken Scheibe in seinem Kopf ist Platz für neue Gedanken. Er lehnt sich zurück. Eine Razzia im fernen Wien. Eine Wasserleiche in der Salzach. Es sind drei Buchstaben, die beide Ereignisse verbinden. BVT. Olaf Salmira alias Hartmut Kreuzer war im Auftrag des Verfassungsschutzes unterwegs. Besteht hier ein Zusammenhang? Zwischen der Hausdurchsuchung und dem Tod des verdeckten Ermittlers? Total aus der Luft gegriffen, würde ihm wohl der Bullterrier entgegenschleudern. Und Merana müsste ihm wohl Recht geben. Der Gedanke scheint völlig absurd. Er richtet sich auf. Er weiß viel zu wenig über die Angelegenheit und deren mögliche politische Hintergründe. Er denkt nach. Dann greift er zum Telefon, wählt die Nummer von Jutta Ploch. Er bringt sein Anliegen vor, hört ihre Antwort. Er beschließt das Gespräch. Ein Lächeln macht sich auf seinem Gesicht breit. Manchmal braucht man einfach Glück. Jutta kennt tatsächlich einen Journalisten, der sich intensiv mit dem BVT-Fall beschäftigt. Freimuth Tschernitz, ein alter Freund. Er ist in Salzburg. Sie hat ihn für heute Abend zum Essen eingeladen. Und wenn Merana einen exzellenten Rotwein mitbringe, dürfe er auch kommen. Er bedankt sich insgeheim bei Tyche, der Göttin der glücklichen Fügung.

So viel Gunst auf einmal, das ist ihm schon fast unheimlich.

Es gibt Lammmedaillons mit gebratenen Zwiebeln und Rosmarinkartoffeln. Dazu passt der von Merana mitgebrachte Cabernet Franc aus der Bourgogne wunderbar. Zur Vorspeise, einem Mango-Linsen-Salat mit Wallerfiletstücken, serviert die Gastgeberin einen Frühroten Veltliner. Sie halten sich an Jutta Plochs Bitte, während des Essens nicht über Politik zu reden, sondern über weit erfreulichere Seiten des Lebens. Über gute Weine, Reisen, ausgefallene Lammrezepte, Musik, Hobbys. Erst beim Kaffee kann Merana sein Anliegen vorbringen. Der Name des Journalisten war ihm schon vorher geläufig. Freimuth Tschernitz gehört zu den besten Investigativjournalisten im deutschsprachigen Raum. Die Reihe seiner Aufdeckergeschichten und die Anzahl seiner Medienpreise sind beachtlich.

Merana stellt die leere Espressotasse zur Seite.

»Danke, Herr Tschernitz, dass Sie sich für mich Zeit nehmen. Ich skizziere ein Bild, das sich auf den ersten Blick nach außen abzeichnet: Vor rund einer Woche stürmt eine Polizeieinheit die Büroräume des BVT. Eine Nacht- und Nebelaktion. Daten werden beschlagnahmt, Unterlagen aus dem Haus geschafft. Die Aktion verblüfft viele, löst Verwirrung auf höchster Ebene aus. Sicherheitskräfte gehen gegen Sicherheitskräfte vor. Das erscheint eigenartig. Der Aufschrei der Politik, vor allem der Opposition, kommt mit Verzögerung, wird aber allmählich lauter. So viel zum ersten Eindruck.« Er nimmt einen Schluck vom Rotwein. »Bitte vergessen Sie jetzt, dass ich als Polizeikommissar selbst dem Sicherheitsapparat angehöre, wenn auch fernab des Ministeriums. Schildern Sie mir bitte Ihre Sicht der Lage, so wie Sie die Situation einem völlig Unbeteiligten erklären würden.«

Ein Lächeln huscht über das blasse Gesicht des Journalisten.

»Ich werde mich bemühen. Der Sachverhalt ist einerseits sehr kompliziert und zugleich, wenn man genau hinschaut, wiederum höchst einfach. Lassen Sie mich mit den Ereignissen vor einigen Monaten beginnen. In Österreich kommt es zu einem Machtwechsel. Die Konservativen gewinnen die Wahl und holen sich die Freien Österreichischen Patrioten als Regierungspartner ins Boot. Die PFP stellt unter anderem den Vizekanzler und den Innenminister. Es tritt das ein, was bei jedem politischen Machtwechsel überall auf der Welt passiert. Die neuen Machthaber versuchen, Schlüsselpositionen mit Personen ihres Vertrauens zu besetzen. In der Verwaltung, in staatsnahen Betrieben, an den Universitäten, beim Militär und auch in der Exekutive. Das Aufgabenfeld des Innenministeriums ist ein besonders sensibles Rayon. Hier geht es nicht nur um Wahlen, Volksabstimmungen, Staatsbürgerschaftsagenda, Fremdenwesen, sondern ganz wesentlich um die Sicherheitsbelange des Staates. Und wie Sie wissen, fallen darunter der gesamte Polizeiapparat und vor allem Verfassungsschutz und Terrorismusbekämpfung, also auch nachrichtendienstliche Agenda. Im BVT laufen brisante Informationen von nationalen und internationalen Geheimdiensten zusammen. Zugriff auf diese Abteilung zu bekommen, sprich, den Leiter dieser Dienststelle als Vertrauten zu haben, bedeutet einen enormen Zuwachs an Einflussmöglichkeiten. Nun kann man den Chef einer derartigen Einrichtung nicht so einfach abservieren. Da braucht es schon halbwegs triftige Gründe.«

»Man muss ihn anpatzen, muss ihm Fehlverhalten unterstellen«, wirft Merana ein. Zugleich denkt er an seinen Chef und an die Auswirkungen, die das ins Netz gestellte Video sogar auf dessen Enkelkinder hat.

»Sie sagen es, Herr Kommissar. Wenn es allerdings keine objektiv nachvollziehbaren Fakten gibt, die für eine Ablöse des derzeitigen Amtsinhabers gelten, muss man sich halt intensiv auf die Suche machen.«

»Man muss also welche kreieren, die Wahrheit zur Verleumdung verbiegen …«

»Das ist eine harte Anschuldigung, Herr Kommissar, Sie unterstellen den Akteuren unlautere Absichten.« Der Journalist hebt im gespielten Eifer den Zeigefinger. »Da würden Sie sofort einen Shitstorm im Netz auslösen, wenn Sie so etwas behaupten.

Nein, man muss sich umhören, vielleicht da und dort eine kleine Bemerkung fallen lassen. Und siehe da, schon wird man fündig. Da hat doch tatsächlich jemand innerhalb des BVT eine Ansammlung an Vorwürfen gegen den eigenen Chef gesammelt. Dass der Sammler ein wenig voreingenommen und erbost ist, weil man ihn schon mehrmals bei Beförderungen übergangen hat, tut nichts zur Sache. In diesen aufgelisteten Vorwürfen ist sogar von Korruption die Rede, von sexueller Nötigung und von ähnlich verwerflichen Garstigkeiten. Und damit die Sache auch richtig interessant wird, beziehen sich die Vorwürfe nicht nur auf den Direktor des Verfassungsschutzes, sondern auf zwei weitere Beamte in der Abteilung. So ein Konvolut an Beschuldigungen sollte doch eigentlich die Justiz interessieren. Doch die weiß nichts davon. Und jetzt passiert etwas sehr Merkwürdiges. Anstatt dieses Pamphlet einfach der Justiz zu übergeben, beschließen der Innenminister und sein Generalsekretär, dem Ganzen ein wenig nachzuhelfen.«

»Der Innenminister persönlich steckt dahinter?«

»Ui, Herr Kommissar, jetzt haben Sie mich ertappt. Jetzt habe ich Ihnen meine Interpretation dargelegt, die natürlich noch nicht stichhaltig bewiesen ist. Derzeit ist nur klar, dass der Generalsekretär aktiv wurde. Der Innenminister putzt sich im Augenblick ab und behauptet felsenfest, nichts von der Angelegenheit gewusst zu haben. Wir wollen allerdings festhalten, dass der Innenminister den Generalsekretär sofort nach Amtsantritt extra installiert hat. Und dass beide aus der rechtspopulistischen Partei kommen. Der Generalsekretär des Innenministeriums macht sich also auf die Suche. Es gilt, einen Staatsanwalt zu finden, der Anklage erheben könnte gegen einen Beamten aus dem eigenen Verantwortungsbereich.

Das kann nicht irgendein Staatsanwalt sein. Da muss es sich um jemanden handeln, der sich vom Auftreten des Generaldirektors beeindrucken lässt. Der sich von ihm so lange bearbeiten lässt, bis er endlich die vor Augen geführte Brisanz des vermeintlichen Eklats erkennt. Keine leichte Aufgabe. Aber siehe da, der Herr Generaldirektor wird fündig. Der bearbeitete Staatsanwalt ist dermaßen von den Ausführungen des Generaldirektors überzeugt, dass er sofort beschließt, alle nötigen Maßnahmen in die Wege zu leiten. Normalerweise erledigen Razzien dieser Art dafür ausgebildete Spezialeinheiten. Doch in diesem Fall ist es dem Herrn Generaldirektor offenbar gelungen, den Staatsanwalt davon zu überzeugen, eine andere Polizeieinheit mit der Aufgabe zu betrauen. Dass die so etwas noch nie gemacht hat, sondern eher für Straßenkriminalität zuständig ist, tut nichts zur Sache. Und dem völligen Zufall ist es wohl zuzuschreiben, dass deren Kommandant ein Parteifreund des Generalsekretärs und des Innenministers ist. Ein Schelm, wer Übles dabei denkt.

Der Staatsanwalt vergisst in seinem angestachelten Eifer auch, seinen Oberstaatsanwalt zu informieren, was in solche Fällen üblich ist.«

»Womöglich hätte ihm der den Schwachsinn ausgeredet«, wirft Merana ein.

»Lassen wir Ihre Vermutung einfach unkommentiert stehen, Herr Kommissar. Der übereifrige Staatsanwalt marschiert also mit der neu angeworbenen Truppe los. Dass bei dieser Hausdurchsuchung auch vertraute Beamte des Generalsekretärs aus dem Innenministerium dabei sind, die dort nichts zu suchen haben, spielt nun auch schon keine Rolle mehr. Und jetzt kommt es zur nächsten obskuren Situation! Die Truppe beschlagnahmt nicht nur fallrelevante Daten. Also alles, was zu den möglichen Korruptionsvorwürfen gegen die Beschuldigten passt. Nein, die eingesetzten Polizisten reißen sich einfach alles unter den Nagel, dessen sie nur habhaft werden. Darunter auch, und das ist sehr interessant, die Daten aus dem Büro einer Beamtin, die gar nicht zu den Beschuldigten gehört. Und diese Beamtin ist die Leiterin des Extremismusreferates.«

»Was?«, entfährt es Merana. »Das kann nicht sein. Im Extremismusreferat laufen alle Informationen zusammen, die mit der extremistischen Szene zu tun haben, Daten über linksextremistische Gruppierungen, radikale Autonome, Schwarzer Block, genauso wie Daten zu Rechtsextremisten und Neonazi. Und soviel ich weiß, ist das Extremismusreferat auch zuständig für die Führung verdeckter Ermittler.«

»Sehr richtig, Herr Kommissar. Ist leider passiert. Eine peinliche Panne, ein bedauerlicher Kollateralschaden.«

»Jutta, ich brauche einen Grappa!« Die Journalistin bringt eine Flasche, schenkt ein.

»Es ist schon eigenartig«, bemerkt Merana. »Seit die Freien Patrioten in der Regierung sind, versuchen sie krampfhaft, alles abzustreifen, was sie in der Nähe von rechtsextremistischen Gruppierungen zeigt. Als sie noch in Opposition waren, gaben sie sich nicht so zimperlich.«

»Allerdings gelingen ihnen diese Versuche nur schwer«, ergänzt Tschernitz. »Wer jahrzehntelang im braunen Sumpf nach Gunst und Stimmen gefischt hat, der kann nicht von heute auf morgen so leicht das Outfit wechseln. Immer wieder schwappt die unheilvolle Verbindung nach rechtsaußen hoch: Landesräte, die ihre Gegner mit Neonazivokabular niedermachen. Funktionäre, die als Mitglieder von Burschenschaften antisemitische Lieder singen. Parteisekretäre, die im Zusammenhang mit Migrationspolitik von Umvolkung reden – die Liste ist lang.«

»Wenn ich also an der Macht bleiben will und mit aller Vehemenz Kreide fresse«, fasst Merana zusammen. »Wenn niemand sehen darf, welches Wolfsfell unter meinem Schafspelz steckt, dann würde mich schon sehr interessieren, welche brisanten Daten eine Stelle wie das Extremismusreferat gespeichert hat. Da könnte ich einsehen, was man über die geheim zu haltenden Verbindungen meiner Parteifreunde zur rechtsextremen Szene weiß. Im schlimmsten Fall könnte ich auch dafür sorgen, dass diese Informationen sich in Luft auflösen, als hätte es sie nie gegeben.«

»Sie sagen es, Herr Kommissar, Sie sagen es.«

Es ist fast Mitternacht, als er zu Hause ankommt. Er hat sich während des Essens beim Wein zurückgehalten. Und auch vom angebotenen Grappa nur ein Glas getrunken. Obwohl er nach der Analyse des Journalisten einen Anflug von grimmiger Übelkeit in sich verspürte. Diese mit ein paar weiteren Gläsern Traubenbrand hinunterzuspülen, war schon verlockend. Aber er wollte dieses Mal selbst mit dem Auto zurückfahren und nicht erneut ein Taxi rufen.

Die ruhige Art und die fachlich fundierte Vorgangsweise des Journalisten beeindruckten ihn.

»Wie kommen Sie zu Ihren Informationen?«, hat er ihn beim Abschied gefragt. Tschernitz hat sich mit der Antwort Zeit gelassen. »Ich höre allen zu, die sich an mich wenden, weil sie über Insiderwissen verfügen. Die Motive, sich mir anzuvertrauen, sind nicht immer redlich. Manche wollen Rache nehmen, andere versprechen sich irgendeinen persönlichen Vorteil. Und dann, Herr Kommissar, wenden sich in letzter Zeit zunehmend Leute an mich, denen geht es nicht um Macht, nicht um Eitelkeit, nicht um gehässige Vernaderung. Nein, die glauben noch an Werte wie Redlichkeit und Solidarität. Viele sind einfach angewidert, was rings um sie passiert. Auch auf treue Anhänger der einstmals konservativen Partei stoße ich. Die sagen mir: ›Ich hätte nie gedacht, dass ich mich einmal an einen investigativen Journalisten wende. Aber ich kann bei den aktuellen politischen Entwicklungen, bei diesen Machenschaften, einfach nicht mehr wegsehen. Ich bin angeekelt und enttäuscht.‹ Und dann reden sie. Das sind mir die liebsten Quellen.«

Merana stellt das Auto in die Garage. Im Haus ist es ruhig. Die Besitzerin, eine verwitwete Zahnärztin Mitte 70, ist für drei Monate bei ihrer Tochter und deren Familie in Frankreich. Merana hat die meiste Zeit des Jahres das Haus für sich allein.

Er legt seine Kleider ab, stellt sich unter die Dusche.

Er wird morgen Günther anrufen, ihn fragen, ob sich die Enkelkinder halbwegs beruhigt haben. Plötzlich überkommt ihn Wut. Zorn vermischt sich mit dem Gefühl des Angewidertseins, das ihn heute immer wieder erfasste, während er den Ausführungen des Journalisten lauschte.

Es ist mit Händen zu greifen, mit welchen menschenverachtenden Methoden rechtsextreme Politiker vorgehen. Mit welch höhnischem Tonfall sie über andere herziehen, über politische Gegner, über soziale Außenseiter, über Fremde.

Und dennoch wächst ihre Popularität. Dennoch laufen ihnen immer mehr Menschen zu.

Oder vielleicht grade deshalb?

Er greift zum Armaturenknopf, stellt das Wasser auf eiskalt.

SONNTAG, 28. APRIL

Sie haben sich für 10 Uhr im Präsidium verabredet. Carola wird nur zwei Stunden bleiben, dann fährt sie heim zu ihrer Tochter. Wann immer Hedwig ihre Mutter braucht, hat das Priorität, egal in welchem Stadium der Ermittlungen sie sich gerade befinden. Das haben sie schon vor langer Zeit so festgelegt. Niemand in der Abteilung würde etwas anderes wollen. Merana erzählt seinen beiden wichtigsten Mitarbeitern von seiner Begegnung mit Freimuth Tschernitz. Er skizziert ihnen im Detail die Analyse des Journalisten von den skandalösen Vorgängen rund um das BVT.

»Lasst uns einmal die Zusammenhänge betrachten«, schlägt der Abteilungsinspektor vor und steht auf. Er geht langsam im Zimmer auf und ab, hält die Hände hinter dem Rücken verschränkt. In seinem leicht abgewetzten Sakko wirkt er wie ein Geschichtslehrer, der über die Hintergründe der napoleonischen Kriege doziert. Ab und zu bleibt er stehen, um das Gesagte mit einer ausdrucksvollen Geste zu unterstreichen.

»Es ist nicht die WEGA, die zur Razzia herangezogen wird oder eine ähnliche Einheit, die man normalerweise zu solchen Aufgaben ruft. Bei der durchgeführten Aktion werden unter anderem Daten mitgenommen, die Einblick geben auf Verbindungen zur rechten Szene und auf die Identitäten der verdeckten Ermittler, die in dieser Szene operieren. Sichergestellt wurden diese Informationen von einer Polizeitruppe, die sich in der Regel um Straßenstrich und Drogendealer kümmert.

Der Anführer dieser Einheit und die Initiatoren der gesamten Aktion gehören allesamt zur Partei der Freien Patrioten. Selbstverständlich agiert man offiziell als hilfsbereite Unterstützer der Staatsanwaltschaft, also des Justizministeriums. Aber einen Blick auf die eingesammelten Daten zu werfen oder sich die eine oder andere Unterlage zu kopieren, das wird in dem erzeugten Chaos ja wohl möglich sein.

Kurze Zeit nach dieser dubiosen Aktion treibt ein Toter flussabwärts. Wie sich herausstellt, war er verdeckter Ermittler in genau jenem Milieu, über das die beschlagnahmten Daten Auskunft geben.«

»Verschwörungstheoretiker würden hier einen Zusammenhang sehen«, wirft die Chefinspektorin ein.

»Aber wir sind keine Verschwörungstheoretiker, sondern penible Ermittler«, greift der Abteilungsinspektor den Faden auf und setzt seinen Weg quer durch das Zimmer fort. »Möglich, dass ein solcher Zusammenhang besteht, es kann aber auch genau das Gegenteil der Fall sein.«

»Und weil wir nicht Kaffeesud lesen, werden wir uns dahinterklemmen und die Wahrheit herausfinden«, ergänzt Merana.

»Sehr richtig, Herr Kommissar, du sagst es.« Braunberger nimmt die Hände vom Rücken, setzt sich wieder zu den beiden. »Und wir werden höllisch aufpassen, dass uns die Drahtzieher aus dem Ministerium nicht auf die Schliche kommen.«

Er legt das vergrößerte Ausweisfoto auf den Tisch, das Olaf Samira als Hartmut Kreuzer zeigt. »Ich mache mich gleich wieder auf den Weg. Gestern habe ich niemanden gefunden, der Lucys Bruder in der Nähe ihrer Wohnung gesehen hat. Vielleicht haben sich die beiden anderswo getroffen. Ich werde dahinterkommen.«

Vielleicht haben sie sich auch gar nicht getroffen, überlegt Merana, während die anderen beiden sich verabschieden und den Raum verlassen. Vielleicht gibt es überhaupt keine Verbindung von Olafs Tod zum Mord an seiner Schwester. Auch einen Zusammenhang zwischen der Razzia im BVT und dem Tod des verdeckten Ermittlers anzunehmen, scheint ihm eine ziemlich vorschnell gezogene These. Vielleicht verrennen sie sich nur. Sie werden wie immer achtsam sein. Er schaut auf die Ermittlungstafel, betrachtet zum wiederholten Male die erstarrten Gesichtszüge der beiden toten Frauen. Vielleicht gibt es einen völlig anderen Grund für die Ermordung der beiden Puppenspielerinnen, von dem sie noch nicht einmal den Funken einer Ahnung haben.

Sein Handy läutet. Es ist die Vermittlung. »Entschuldigen Sie, Herr Kommissar, ich habe eine Dame in der Leitung, die will Sie unbedingt sprechen.«

»Wie heißt die Frau?«

»Dagmar Salmira.«

»Stellen Sie bitte durch.«

Gleich darauf hört er die brüchige Stimme.

»Herr Kommissar …« Sie kann nicht weiterreden, heftiges Schluchzen klingt aus dem Telefon.

»Frau Salmira, was kann ich für Sie tun?« Er versucht, seinem Tonfall einen beruhigenden Klang zu verleihen.

»Herr Kommissar, der Olaf …« Wieder schüttelt sie ein Weinkrampf. »Der Olaf … ich habe vorhin einen Anruf bekommen …«

Anruf? Haben die Arschgeigen des Innenministeriums

nicht einmal den Mumm, persönlich bei der unglücklichen Mutter vorzusprechen?

»Jetzt habe ich beide verloren!« Ein gequälter Schrei ist zu hören, ein weiterer Weinkrampf packt die Frau.

»Was hat man Ihnen gesagt, Frau Salmira?«

»Nur, dass er tot ist. Verunglückt. Ertrunken. Ich habe in Olafs Dienststelle angerufen, aber dort hebt keiner ab.«

»Wo sind Sie, Frau Salmira?«

»Zu Hause, in Steyr.«

Er blickt auf die Uhr. Es ist kurz vor Mittag. Bei schwachem Verkehr könnte er es in eineinhalb Stunden schaffen.

»Ich komme zu Ihnen, Frau Salmira. Ich mache mich sofort auf den Weg.«

Er braucht länger als vermutet. Ab Mondsee setzt heftiger Regen ein. Sturmböen im Atterseegebiet zwingen die Autofahrer dazu, ein langsameres Tempo einzuschlagen.

Ab Vorchdorf werden die Böen schwächer, aber er gerät in einen Stau. Ein LKW hat eine Panne. 20 Minuten lang kommt er nur im Kriechtempo weiter. Die Uhr zeigt Viertel nach zwei, als er bei Sattledt die Autobahn verlässt und die B122 nach Steyr nimmt. Das Navi führt ihn zur richtigen Hausnummer in der Resthofstraße. Die Wohnung liegt im zweiten Stock eines kleinen Häuserblocks.

Sie empfängt ihn an der Tür.

»Sie können die Schuhe gerne anlassen, Herr Kommissar.« Schon im Flur nimmt er den Geruch von Kaffee wahr. »Ich habe uns einen Guglhupf gebacken. Das lenkt mich wenigstens ab.« Sie führt ihn zum Esstisch im Wohnzimmer. Auf der Anrichte stehen Fotos. Sie zeigen eine übermütig Grimassen schneidende junge Frau. Und einen scheu lächelnden jungen Mann. Lucy und Olaf. Daneben brennt eine große Kerze. Er nimmt Platz. Sie schenkt ein. Die Tasse ist aus feinem Porzellan. Sie ist ebenso wie der Kuchenteller mit blauen Blumenmustern verziert. Er probiert vom Guglhupf, lobt die Qualität der Mehlspeise.

»Danke, Herr Kommissar. Das ist sehr lieb von Ihnen.« Sie blickt ihn aus tränenerfüllten Augen an. Ihre Rechte hält ein zerknülltes Taschentuch.

»Was ist nur passiert? Zuerst die Lucy und jetzt der Olaf …« Sie führt die Hand zum Mund, presst ihre Zähne in die Knöchel. Sie weint lautlos. Er wartet, beugt sich vor. »Ich weiß es leider auch nicht, Frau Salmira. Noch bin ich ebenso ratlos wie Sie.«

Ihr Kopf nickt, während sie weiterhin die Zähne in ihre Hand presst und die Tränen über die Wangen strömen.

»Was wissen Sie über die berufliche Tätigkeit Ihres Sohnes?«

Sie schluckt, nimmt die Hand vom Mund. Er sieht die tiefen Einkerbungen der Zahnabdrücke an den Knöcheln.

»Sehr wenig, Herr Kommissar. Olaf hat nie viel über seine Arbeit geredet. Er hatte irgendeine Funktion im Staatsdienst. Er war viel unterwegs, hat sich oft wochenlang nicht bei mir gemeldet.« Sie schaut ihn an. »War sein Tod … ich meine, dass er ertrunken ist, hat das irgendetwas mit seiner Arbeit zu tun?« Er zögert. Soll er sie darüber aufklären, dass ihr Sohn als verdeckter Ermittler für den Verfassungsschutz tätig war? Er hat keine Ahnung, in welchen Fall Olaf verstrickt war. Womöglich bringt er sie in Gefahr, wenn sie zu viel weiß.

»Frau Salmira, über die genauen Todesursachen müssen Ihnen die Dienstgeber Ihres Sohnes Auskunft erteilen. Wenn sich allerdings im Zuge meiner Arbeit die Umstände zu Olafs Tod klären, dann komme ich und erzähle Ihnen die Wahrheit. Das verspreche ich Ihnen.«

Das Weinen geht in ein Schluchzen über. Sie legt ihm die zitternde Hand auf den Arm. »Danke, Herr Kommissar.« Sie steht auf, verlässt den Raum. Kurz darauf kommt sie zurück. Sie hat sich offenbar mit kaltem Wasser das Gesicht gewaschen. Die Wangen wirken eine Spur frischer. Die Augen sind immer noch stark gerötet, aber die Tränen vorerst versiegt.

»Wenn es Sie nicht zu sehr erschüttert, dann erzählen Sie mir doch von Ihren Kindern, Frau Salmira.«

Sie nickt. »Ich werde es versuchen, Herr Kommissar.« Sie steht auf, holt das Foto von der Anrichte. Sie hält es auf dem Schoß, die Finger um den Rahmen geklammert. Als gälte es, Kraft aus dem Anblick ihrer beiden toten Kinder für sich zu gewinnen.

»Dass mein Mann ein gewalttätiger Säufer war und wir vor ihm ins Frauenhaus geflohen sind, habe ich Ihnen schon erzählt. Olaf war fünf Jahre älter als Lucy. Er hat sie immer beschützt. Egal, welches Problem sie hatte, der große Bruder war stets für sie da. Er war auch in den schwierigsten Zeiten immer eine große Hilfe.«

Ihr Körper beginnt zu wippen. Sie kämpft mit den Tränen. Merana streckt die Hand aus, berührt sie an der Schulter. Sie schüttelt energisch den Kopf. »Es geht schon«, presst sie zwischen den Zähnen hervor. Dann hebt sie das Bild, drückt es an ihre Brust.

»Olaf wollte Ingenieur für Elektrotechnik werden. Aber er hat in der dritten Klasse die HTL abgebrochen. Er hat angefangen zu jobben, als Kellner, als Techniker bei Musikveranstaltungen. Er war bei einem Hobbyfunkverein. Er hat Computerprogramme geschrieben. Er hat gut verdient. Mit 16 hat er die Schule hingeschmissen, weil er mir nicht länger auf der Tasche liegen wollte. Er hat seiner kleinen Schwester immer Geld zugesteckt. Die beiden waren ein Herz und eine Seele. Sie haben einander alles erzählt. Vor drei Jahren bekam Olaf den Job in Wien. Aber die beiden standen immer in Kontakt.«

Er bleibt noch fast eine Stunde, hört der verzweifelten Mutter zu. Dann verabschiedet er sich. Es ist ihm nicht gelungen, auf Dauer professionelle Distanz zu bewahren. Die Frau, die ihm gegenübersaß, hat mit einem Schlag das Allerliebste verloren, das ihrem bisherigen Leben Sinn gab, ihre beiden Kinder. Dagmar Salmiras Schmerz berührt Merana. Er musste während des Gesprächs daran denken, wie ihm vor Jahren der Boden unter den Füßen weggezogen wurde, als er erfahren hatte, dass seine Frau Franziska, 24 Jahre jung, an Lymphdrüsenkrebs erkrankt ist. Wenige Wochen später war sie tot. Er hat den Tod seiner Frau bis heute nicht verwunden. Immer wieder denkt er an sie. Die Erinnerung schwappt hoch, wenn er etwa eine Bank am Salzachufer sieht, auf der sie gern saßen. Wenn er die Form einer Wolke betrachtet, die ihn an Franziskas Frisur erinnert. Oder so wie jetzt, wenn er auf dem Weg zu seinem Auto unwillkürlich stehen bleibt und auf ein Nummernschild starrt, weil ihm bei der Zahl 115 Franziskas Tod einfällt. An einem 11.5. ist sie gestorben. Für den Fahrer des braunen Vans ist das nur eine beliebige Anzahl von Ziffern, zugeteilt von einer KFZ-Zulassungsbehörde. Für Merana sind Angaben wie diese oft Anhaltspunkte, um zurückzudenken, sich seinen nicht verheilten Wunden zu stellen. Bevor er abfährt, blickt er zum Wohnblock. Steht Dagmar Salmira am Fenster und winkt ihm zu? Er kann sich auch täuschen. Die Entfernung ist zu groß. Er öffnet die Wagentür, steigt ein, startet den Motor.

Die Rückfahrt bereitet weniger Probleme. Die Sturmböen haben deutlich nachgelassen. Auch der Regen ist schwächer geworden. Merana hat das Radio eingeschaltet. Das Abendjournal bringt eine Zusammenfassung der Pressekonferenz, zu der der Justizminister am Nachmittag geladen hatte. Merana hört interessiert zu. Er stellt das Auto in die

Tiefgarage, begibt sich nach oben in den ersten Stock zu seinem Büro. Kaum hat er die Tür hinter sich geschlossen, läutet sein Handy.

»Hallo, Herr Kommissar. Hier spricht Freimuth Tschernitz. Haben Sie vor einer halben Stunde die Ausführungen des Innenministers in den Abendnachrichten gehört?«

»Ja.«

»Können Sie sich an die Passage erinnern, wo Johann Keppl über die Strukturverbesserungen sprach, die sein Ministerium demnächst umsetzen wird?«

»Ja, er faselte etwas von ›Arbeiten zum Wohle der Bürger‹ und meinte, im Zuge der Strukturveränderungen müsse man sich leider auch von dem einen oder anderen Mitarbeiter trennen, dem er für den unermüdlichen Einsatz danke und der künftig einem neuen Aufgabenbereich zugeteilt wird.«

»Gut zitiert, Herr Kommissar.«

»Ich habe mir schon gedacht, dass Keppl in blumigem Ton die nächste Umfärbungswelle ankündigt. Christlich sozial, grün und sozialdemokratisch raus, rechtspatriotisch rein!«

»Das könnte man bei erstem Zuhören meinen. Aber genau das ist es in diesem Fall nicht.«

»Wie meinen Sie das?«

»Ich habe mich bei meinen Vertrauensleuten umgehört. Die sogenannten Umstrukturierungsmaßnahmen betreffen keinen Beamten, der dem politischen Gegner zuzurechnen ist, sondern mindestens einen Mitarbeiter aus den eigenen Reihen. Keppl hat bei seinem Amtsantritt nicht nur den meist unabhängigen Beamten sofort einen politisch eingefärbten Generalsekretär vor die Nase geknallt. Er hat zudem auch zwei Sektionschefs ausgetauscht und diese Posten mit Vertrauten aus seiner Partei besetzt. Und mindestens einen davon will er nun wieder abziehen.«

»Die eigenen Reihen lichten? Warum?«

»Das genau ist die Frage, die alle verblüfft.«

»Können Sie mir Informationen zu den beiden fraglichen Personen zukommen lassen?«

»Mache ich.«

Es dauert eine halbe Stunde, bis die Nachricht des Journalisten im Mail-Posteingang aufscheint. Die Nachricht enthält zwei Bilder und die Lebensläufe der abgebildeten Personen.

Das erste Foto zeigt einen Mann Anfang 40, mit kantigen, strengen Gesichtszügen. Die kühlen Augen werden von einer dunklen Hornbrille umrahmt. Der Haaransatz ist schütter. Herwig Lochner, liest Merana, geboren in Graz, Studium in Wien, Jurist.

Vor vier Monaten zum Leiter der Sektion VII (Sicherheitspolitik und Fremdenpolizei) bestellt. Es folgen Auszüge aus der Biografie. Lochner war Jugend-Landesmeister im Florett, hat drei Jahre in Frankreich gearbeitet, ist mit einer Universitätslehrerin verheiratet. Die beiden haben drei Kinder. Lochner ist Mitglied einer schlagenden Verbindung, der »Gawanes Austria«.

Auf dem anderen Foto ist ein Mann in den Fünfzigern zu erkennen. Das brünette Haar ist gescheitelt, macht den Eindruck, als sei es am Kopf angeklebt. Die Gesichtszüge sind weich, wirken schwammig. Über der leicht aufgewölbten Oberlippe prangt eine Knollennase. Arnulf Helmstett stammt aus Tirol, hat so wie Lochner in Wien studiert und ist ebenfalls Mitglied einer schlagenden Verbindung, der »Teutonia Adolfina«. Er ist der vor Kurzem ernannte Leiter der Sektion IX (Personal, Kommunikation) im Innenministerium.

Eine Passage in den Unterlagen wurde von Freimuth Tschernitz durch gelbe Markierung hervorgehoben. »Beide Burschenschaften«, schreibt der Journalist, »sowohl die

›Teutonia Adolfina‹ als auch die ›Gawanes Austria‹ werden vom Dokumentationsarchiv des österreichischen Widerstandes als rechtsextrem eingestuft. Viele Burschenschafter verkehren in einschlägigen Kreisen. Helmstett wird auch eine Nähe zum Neonazi-Idol Gottfried Küssel nachgesagt. Zu Beginn ihrer beruflichen Laufbahn sahen sich sowohl Lochner als auch Helmstett wiederholt dem Vorwurf der Wiederbetätigung ausgesetzt. Keines der Verfahren führte jedoch zu einer Verurteilung.«

Merana betrachtet nochmals die Abbildungen, lässt die Gesichter der beiden Männer auf sich wirken. Zwei absolut durchschnittliche Typen. Vom einen, Lochner, könnte man aufgrund seines asketisch wirkenden Äußeren annehmen, er sei vielleicht Ausdauersportler oder Yogalehrer. Der andere wirkt wie ein gemütlicher Bierkutscher, der in seiner Freizeit den Kleintierzuchtverein des Ortes leitet. Dass beide an rechtsextreme Kreise zumindest anstreifen, sieht man ihnen nicht an. Unterschiedliche Ausstrahlung, aber dennoch ähnliche Lebensläufe und dieselbe politische Einstellung.

Er ruft ein neues Programm am Rechner auf, klinkt sich ins interne Polizeinetz ein.

Er schreibt die beiden Namen in das Suchfeld. Die Angaben sind spärlich, keine wesentliche Ergänzung zu den Unterlagen des Journalisten. Nur bei Herwig Lochner findet er einen Eintrag zu dessen 18-jährigem Sohn. René Lochner hat vor einem halben Jahr eine viermonatige bedingte Strafe wegen Körperverletzung ausgefasst. Er war in eine Bierzeltschlägerei verwickelt.

Merana schließt das Programm. Viele Namen, viele Gesichter, viele lose Fäden, zusammenhanglose Hinweise. Ist er dabei, sich zu verrennen? Eine Andeutung in einer Pressekonferenz. Die Vermutung eines Journalisten, der einen Tipp bekam.

Eine Razzia in einer staatssicherheitsbedeutsamen Einrichtung. Ein toter verdeckter Ermittler in der Salzach. Lässt sich davon tatsächlich irgendein Handlungsfaden zu den Theatermorden ziehen? Er kann es sich nicht vorstellen.

Er ruft die Ermittlungsdaten auf, durchpflügt wie so oft in den letzten Tagen die Aussagen und Hinweise, blickt auf die versteinerten, wächsernen Gesichter der beiden toten Frauen. Vielleicht sollten sie sich in ihren Anstrengungen tatsächlich nur darauf beziehen und keine Energie für mögliche dubiose andere Spuren verschwenden.

Er löscht den Bildschirm. Es ist Zeit heimzufahren.

MONTAG, 29. APRIL

Das Saallicht im Zuschauerraum ist eingeschaltet. Doch zwei der Glühbirnen am großen Kristallluster sind ausgebrannt. Das passt zur düsteren Stimmung, der sie sich ausgesetzt fühlen. Sie haben sich auf die erste und zweite Stuhlreihe verteilt, 18 Männer und Frauen, das Mitarbeiterteam des Theaters. Bis vor einer Woche waren sie noch zwei mehr. Sie warten auf die Chefin. Es herrscht Schweigen im Raum.

Auch wenn sie die Fragen nicht aussprechen, gehen ihre Gedanken in dieselbe Richtung.

Wie soll es weitergehen mit dem altehrwürdigen Salzburger Marionettentheater?

Sie haben an den vergangenen drei Abenden keine Vorstellung gespielt. Schon nach Lucys Tod war es allen schwergefallen, den Verlust der geliebten jungen Kollegin auszublenden, sich auf Handgriffe und Abläufe zu konzentrieren. Doch nach dem zweiten Verbrechen, nach dem Mord an Sibylle, ging es gar nicht mehr. Sie hätten es vielleicht geschafft, den Ausfall in der Organisation zu kompensieren. Sie hätten die Abläufe anders gruppieren können. Es wäre auch möglich gewesen, durch einen Spielplanwechsel ein weniger personalintensives Stück einzusetzen. Aber sie konnten einfach nicht mehr. Keiner sah sich mehr in der

Lage, den Platz auf der Brücke einzunehmen, die Scheinwerfer einzuschalten und mit gewohnter Verspieltheit die Puppen durch die Szenerie tanzen zu lassen, während zwei aus ihrer Mitte mit erstarrten Gesichtern im Leichenschauhaus lagen. Der doppelte Keulenschlag der unfassbaren Gräueltat, der ihr Haus in den Grundfesten erschütterte, hatte sie selbst ins Wanken gebracht. Hatte ihre Herzen, ihre Seelen, ihr Gemüt getroffen. Anita, die Sekretärin, erlitt einen Nervenzusammenbruch, war erst heute Morgen aus der ärztlichen Obhut entlassen worden.

Die Flügeltür zum Foyer öffnet sich. Charlotta Sonnenthal kommt mit zügigen Schritten herein, eilt nach vor in Richtung Bühne. Sie setzt sich auf den vorbereiteten Stuhl. Ihre Augen gleiten über die eingeknickte Schar ihrer Vertrauten.

»Ich weiß, wie euch zumute ist, meine Lieben. Ich brauche nur in mein Inneres zu schauen. Dort wogt ein Meer aus Verzweiflung.« Ein helles Schniefen ist zu hören.

Felina Cerutti, die seit fünf Jahren als Spielerin und Bühnendekorateurin im Haus ist, beißt sich auf die blassen Lippen, kämpft mit dem Weinen.

»Ich danke euch, dass ihr dennoch zur Versammlung gekommen seid, auch wenn es uns allen nicht leichtfällt. Ich möchte diese Besprechung mit einem schwach glimmenden Silberstreifen am Horizont beginnen. Meine Verspätung hat einen Grund. Ich wurde morgens in die Landesregierung gerufen, hatte einen Termin beim Kulturlandesrat. Das Treffen verlief erfolgreich. Er hat mir zugesichert, dass das Land sich mit einem entsprechenden Betrag an der Hilfe für unser Haus beteiligen wird, wenn auch die Stadt dazu bereit ist, ihren Anteil zu leisten.«

Ein schwaches Raunen zieht durch den Saal. Zum ersten Mal kommt Bewegung in die Versammlung.

»Ich habe noch eine gute Nachricht …« Die Ausführung der Prinzipalin wird durch das Öffnen der Saaltür unterbrochen.

»Wie aufs Stichwort.« Charlotta weist lächelnd zum Eingang. »Nach 60 Jahren Theatererfahrung weiß sie genau, wie man sich einen blendenden Auftritt verschafft.«

Eine kleine weißhaarige Frau kommt herbei. Die Ankündigung der Theaterchefin macht sie sichtlich verlegen. »Ach Charlotta, zu viel der Ehre …« Einige im Saal begrüßen die Neuangekommene mit einem lauten Hallo, andere schauen verwundert.

Charlotta wendet sich ihren Mitarbeitern zu. »Ich darf vor allem den Jüngeren in unserem Team diese wackere Dame vorstellen. Das ist Nicoletta. Sie hat schon als Kind im Reich der Marionetten Theaterluft geatmet. Sie hat Programme und Süßigkeiten verkauft, ihrer Mutter in der Schneiderei geholfen, mit zehn Jahren die ersten Puppen bei Märchenstücken geführt. Sie war 60 Jahre am Haus. Vor sieben Jahren hat sie sich zurückgezogen. Gestern Abend erhielt ich ihren Anruf: Charlotta, wenn ihr mich braucht …«

Sie wendet sich ihr zu, umarmt die weißhaarige Frau. »Ja, Nicoletta, wir freuen uns über dein Hiersein. Das Theater braucht dich!«

Einige beginnen zu applaudieren, andere fallen mit ein. Jubelrufe werden laut.

Marek erhebt sich von seinem Stuhl. Nicoletta reicht ihm kaum bis zum Hals. Er drückt die kleine Frau fest an sich, küsst sie auf die Wange. Dann wendet er sich an die anderen.

»Ich weiß, wie wir uns fühlen. Unsere Herzen sind wund und unsere Köpfe platt angesichts der furchtbaren Ereignisse. Es gibt in meiner tschechischen Heimat ein Sprichwort. Es heißt: Das Herz aus Zündschwamm und im Kopfe einen Stein … Aber! Der Satz geht weiter.« Er schlägt sich mit beiden Händen auf Stirn und Brust. »Ein Schlag, und die Flamme ist da!« Er blickt in die Runde. »Die Trauer soll uns nicht in die Knie zwingen.« Wieder schlägt er sich gegen Brust und Kopf. »Lasst uns die Wärme der Flamme entfachen und weitermachen.« Er nimmt wieder Platz.

»Danke, Marek.« Charlotta Sonnenthal blickt in die Runde. »Ich möchte niemanden drängen.«

Felina Cerutti erhebt sich. Sie wischt sich die Tränen aus dem Gesicht.

»Alora … siamo tristi … Aber alles ist besser als zu sitzen … wie sagt man? Disparati … mit die Verzweiflung. Soll machen la polizia ihre Arbeit, wir machen unsere. Ich bin dafür, zu spielen weiter.«

Sie hebt die Hand. Weitere folgen ihrem Beispiel. Bald darauf sind alle Hände in der Höhe.

»Was machen wir mit ›Le Nozze‹?« Die Frage kommt vom Tschechen.

»Was meint ihr?« Die Prinzipalin gibt die Frage zurück, blickt in die Runde.

Achselzucken da und dort. Man merkt einigen Akteuren Verunsicherung an. »Es ist nicht einfach mit Nelio …«, wirft einer der Spieler ein.

»Ich weiß.« Die Theaterchefin klopft sich sanft an die Brust. »Es war meine Schuld. Ich hätte ihn nicht engagieren sollen. Ich habe meinen Fehler ausgebessert. Ich habe ihm gestern Abend gekündigt.«

»Madonna mia!«, entfährt es der Italienerin. »Das ist noch gute Nachricht dazu, jetzt nur noch kommen braucht eine Hauptgewinn in die Lotteria.«

Einige quittieren die Bemerkung mit einem Lachen.

»Wer macht Regie?«, fragt Marek.

Die Theaterchefin zuckt die Schultern. »Ich habe noch keine Zeit gefunden, darüber nachzudenken.«

»Warum machst du es nicht selbst, Charlotta?«

Sie blickt ihn verwundert an. »Ich habe keine Regieausbildung.«

»Aber du hast bei einigen großen Produktionen im Haus den Regisseuren assistiert, hast über die Jahre viel Erfahrung gesammelt. Und du bist nicht allein, wir helfen zusammen.«

Händeklatschen ist zu hören, das Ensemble beginnt zustimmend zu applaudieren.

Charlotta Sonnenthal hebt beschwichtigend die Arme. »Danke … ich … ich überlege es mir.«

»Was ist mit der Leandro?«, fragt die Italienerin. »Bleibt diese Figura in die Spiel?«

»Unbedingt!«, schallt es laut durch den Raum. Der Einwurf kommt von Aaron Benetto, der sich bisher zurückgehalten hat. »Die Puppe muss bleiben! Schon zu Ehren von Lucy!«

»Gut, Aaron«, erwidert die Theaterchefin. »Dann führst du Leandro. Traust du dir das zu?«

»Äh …« Der junge Mann ist vom Angebot sichtlich überrascht. »Ja, wenn du meinst, Charlotta, dann versuche ich es.«

»Sehr gut.« Marek klopft Aaron auf die Schulter. »Lucy hat mich fast täglich mit neuen Einfällen bestürmt. Falls du beim Üben auf eine Idee kommst, was man an Leandro noch ändern könnte, dann komm einfach zu mir.«

»Danke.«

»Wann fangen wir mit den Proben an?« Marek schaut zur Prinzipalin.

»Gleich morgen.« Sie erhebt sich von ihrem Stuhl. Zu Beginn der Versammlung waren alle niedergeschlagen. Auch jetzt ist die Trauer über den Verlust der beiden Kolleginnen und die Anspannung aufgrund der für alle unerklärlichen Ereignisse nicht verflogen. Aber der aufflackernde Funke von neuer Zuversicht ist deutlich im Saal zu spüren.

Merana hat Carola und Otmar zu sich ins Büro gebeten. Er berichtet vom gestrigen Besuch in Steyr. Er schildert ihnen, was Dagmar Salmira ihm über ihre beiden Kinder erzählte.

»Die Mutter hatte zweifelsohne keine Ahnung, worin die Arbeit ihres Sohnes bestand«, fasst die Chefinspektorin das Gehörte zusammen. »Aber wenn Schwester und Bruder tatsächlich ein besonderes Vertrauensverhältnis verband, dann könnte Lucy eingeweiht gewesen sein. Hat Olaf ihr anvertraut, dass er im Auftrag des Verfassungsschutzes als verdeckter Ermittler operierte?«

»Um eine Antwort darauf zu finden, ist es dringend notwendig, dass wir die Frage klären, ob Olaf im Zeitraum vor Lucys Ermordung in Salzburg war, ob sich die beiden trafen«, ergänzt Braunberger. »Leider haben meine Nachforschungen in der Nachbarschaft nichts ergeben.«

»Es würde uns vielleicht ein Stück weiterbringen, wenn wir wüssten, wo Olaf Salmira in den Fluss stürzte. Ich habe eine Idee …« Die Chefinspektorin wählt eine Nummer am Handy, aktiviert den Außenlautsprecher. Gleich darauf ist die Stimme der Gerichtsmedizinerin zu vernehmen.

»Hallo, Carola.«

»Hi, Eleonore. Otmar und ich sitzen bei Martin in dessen Büro. Du wolltest überprüfen, ob dein Praktikant sich Aufzeichnungen von der Untersuchung an der Wasserleiche machte.«

»Ja, hat er. Der liebe Thorwald ist tatsächlich ein wiffes Kerlchen.«

»Was ergibt sich daraus?«

»Es könnte sein, dass man auf Hartmut Kreuzer schoss, ehe er in die Salzach stürzte. Der Körper ist durch Wasser und Geröll ziemlich mitgenommen. Aber eine auffällige Wunde am Oberkörper könnte von einem Streifschuss stammen. Leider können wir es nicht mehr am Corpus überprüfen, weil der Tote ja jetzt in einer Kühllade in Wien liegt.«

»Wie umfangreich sind denn die Aufzeichnungen? Könntest du anhand der Merkmale einigermaßen abschätzen, wie lange der Körper im Wasser lag, und daraus rückschließen, wo er in den Fluss stürzte?«

Die Ärztin zögert mit der Antwort. Dann lässt sie eine Art Fauchen vernehmen.

»Na, ihr verlangt Sachen! Unglücklicherweise ist meine Wahrsagerkugel zu Bruch gegangen. Aber ich werde mich bemühen. Ich bin ohnehin noch stinksauer, dass die Typen mir einfach meine Leiche vom Tisch klauten. Ich mache mich an die Arbeit.«

Das Gespräch ist beendet.

»Die gute Eleonore befindet sich in gutem Einvernehmen mit den Kollegen in Oberösterreich«, fügt der Abteilungsinspektor hinzu. »Auch die finden sich von der Vorgangsweise der Ministeriumsbeamten ziemlich brüskiert.«

Merana blickt auf die Uhr. Es ist Zeit für die Teambesprechung.

Sie halten sich weiterhin daran, dass außer ihnen und Thomas Brunner niemand von der wahren Identität der Flussleiche weiß. Auch die Gerichtsmedizinerin geht nach wie vor davon aus, dass der Tote aus der Salzach zu Lebzeiten den Namen Hartmut Kreuzer trug.

Tamara Kelinic, bis vor einem Jahr Streifenbeamtin und inzwischen Meranas Ermittlerteam zugeordnet, wartet mit einer Überraschung auf.

»Otmar, du hast mich gebeten, das Umfeld von Aaron Benetto eingehender zu beleuchten. Und ich bin da auf etwas Interessantes gestoßen. Aaron ist im nördlichen Flachgau aufgewachsen und hat in Seekirchen das Gymnasium besucht. Nach der Schule machte er einen einjährigen Kurs für Veranstaltungstechnik und landete schließlich beim Marionettentheater. In der achten Klasse gab es einen Vorfall, bei dem Aaron fast von der Schule geflogen wäre. Eine Mitschülerin, eine gewisse Ornelia Tamic, gab an, Aaron hätte sie begrapscht und in die Damentoilette gedrängt. Zeugen für den Vorfall gab es keine. Es stand Aussage gegen Aussage. Da sich der Vorwurf der sexuellen Belästigung nicht beweisen ließ, konnte Aaron an der Schule bleiben.« Sie wendet sich an den Chef der Tatortgruppe, der den Beamer bedient. »Thomas, ich habe dir das Foto der Schülerin geschickt. Zeig es uns bitte.«

Auf dem großen Screen wird das Gesicht einer jungen Frau sichtbar. Ein Raunen zieht durch den Raum.

»Hey!«, ruft Gruppeninspektorin Alina Kramer. »Ist das nicht unser erstes Opfer? Lucy Salmira, nur ein paar Jahre jünger?«

»So sieht es zumindest aus«, erwidert Tamara Kelinic. »Aber es ist nicht Lucy, auch keine Verwandte unserer Toten. Ich habe das überprüft. Die beiden sehen sich nur sehr ähnlich.«

Thomas Brunner lässt das Bild von Lucy neben dem der Schülerin erscheinen. Es ist nicht zu übersehen. Ein ähnliches Lächeln, eine nahezu identische Gesichtspartie, fast dieselbe Frisur. Merana schaut zur Chefinspektorin. Er weiß, was Carola denkt. Dasselbe wir er. Sie werden diesen Aspekt für die weitere Ermittlung sicher nicht unbeachtet lassen. Sie werden Aaron Benetto damit konfrontieren.

Die Polizeikantine wurde vor drei Wochen von einer neuen Pächterin übernommen.

Die hat auf Wunsch des Betriebsrates den Speiseplan radikal umgestellt. Seither gibt es kaum noch fette und schwere Kost. Die Angebote für gesundheitsbewusste Ernährung sind hingegen deutlich angewachsen. Der Abteilungsinspektor verzichtet auf die Hauptspeise. Er nimmt nur die Lauch-Kokos-Suppe. Zusätzlich bedient er sich am Salatbuffet. Merana und Carola lassen sich von der glutenfreien Quiche mit Gemüse jeweils eine kleine Portion reichen. Nach dem Essen holt Merana für die Chefinspektorin einen Cappuccino und für Otmar einen Rooibostee mit Vanille. Er selbst genehmigt sich einen Espresso. Er stellt die Tassen auf den Tisch. Der Klingelton seines Smartphones zeigt an, dass eine Nachricht eingegangen ist. Er nimmt erst einen Schluck vom Kaffee, dann langt er nach dem Handy. Er hat drei Fotos bekommen, wie er der Displayanzeige entnehmen kann. Vielleicht neue Aufnahmen von Jennifers Lieblingsmöwe Jonathan? Er öffnet das erste Bild. Keine Möwe. Dafür ein ihm viel vertrauteres Wesen. Das Foto zeigt den Dorfplatz seiner Heimatgemeinde im Pinzgau. Aus der Bäckerei kommt eine kleine weißhaarige Frau, Kristina Merana. Wer schickt ihm einen Schnappschuss von der Großmutter? Will ihm jemand eine Freude machen? Er öffnet die beiden anderen Bilder. Er blickt auf den Bildschirm und erstarrt. Er zieht laut die Luft ein.

»Was ist los, Martin?«, fragt die Chefinspektorin, erschrocken über Meranas Reaktion.

Anstelle einer Antwort hält er ihnen das Handy hin, wischt über das Display. Das erste Bild zeigt den Dorfplatz mit der Großmutter. Auf der zweiten Aufnahme sieht man die weißhaarige Frau im Garten ihres Hauses. Sie bückt sich über das Kräuterhochbeet. Auf dem dritten Bild ist ein Grabstein mit einer Schrift zu erkennen. Rosalinde Merana. »Das ist das Grab deiner Mutter«, flüstert Carola. Merana vergrößert den Ausschnitt. Nun wird ein weiterer Schriftzug auf dem polierten Marmorstein sichtbar. *Kristina Merana. Gestorben 30.04.2019.*

»Das ist morgen!«, flüstert die Chefinspektorin entsetzt.

Für einen Moment starren die drei einander mit angsterfülltem Blick an. Dann springt Merana auf, stürmt aus der Kantine. Die beiden folgen ihm. Noch im Laufen wählt Merana die Nummer der Großmutter. Auf dem Korridor bleibt er stehen, sieht sich rasch um. Niemand in der Nähe, der ihn zufällig belauschen könnte. Er winkt Otmar und Carola herbei. Sein Herz beginnt zu rasen. Nichts. Die Großmutter hebt nicht ab. Er versucht es erneut. Zehn Mal ertönt das Freizeichen, dann meldet sich die Sprachbox. »Grüß Gott, hier ist Kristina Merana …«

Der Abteilungsinspektor nimmt sein Handy. »Ich rufe den Polizeiposten im Nachbarort an. Die sollen sofort eine Streife zum Haus deiner Großmutter schicken.« Er stellt sich etwas abseits, um ungestört telefonieren zu können. Erneut tippt Merana auf den Schriftzug »Oma«. Wieder ertönt das Freizeichen. *Bitte, Gott,* schreit er in seinem Inneren. *Wenn es dich gibt, dann hilf, dass ihr nichts passiert ist. Und wenn es dich nicht gibt, dann hilf uns trotzdem!* Er zählt die Freizeichen mit. Acht. Neun. Zehn.

Die Sprachbox aktiviert sich erneut. Mitten in der Ansage hört er einen neuen Fiepton. Ein Anruf kommt herein. Oma. Sein Zeigefinger fegt über das Display.

»Hallo, Martin«, die Stimme klingt ein wenig außer Atem. »Ich war im Garten. Ich freue mich, dass du anrufst.«

»Oma, geht es dir gut? Ist bei dir alles in Ordnung?«

»Ja. Du klingst aufgeregt.« Er wirft einen schnellen Blick zu Otmar. Der hebt den Daumen.

»Oma, bitte bleib im Haus. Ich weiß, dass du nie die Türen absperrst, aber jetzt bitte mach es! Es kommt gleich die Polizeistreife aus dem Nachbarort zu dir.«

»Was ist los, Martin?«

Er erklärt ihr rasch die Zusammenhänge, berichtet von den Fotos. Die dritte Aufnahme wurde manipuliert.

»Was steht auf dem Grabstein?«

Er sagt es ihr. Stille tritt ein. Sie erwidert nichts. Er sieht sie förmlich vor sich, wie sie in der Küche steht, die Augen schließt, in sich hineinspürt.

»Mach dir keine Sorgen, Martin. Mir passiert nichts. Ich werde den morgigen Tag überleben.« Nichts wünscht er sich sehnlicher. Und er wird alles unternehmen, dass dieser Wunsch auch Wirklichkeit bleibt. Sie verspricht, das Haus nicht zu verlassen, bis die Polizisten eintreffen.

»Das ist eindeutig eine Drohung!« Sie haben inzwischen den Standort gewechselt, sind zurück in Meranas Büro.

»Wo haben wir da nur hineingestochen, Martin?« Der Abteilungsinspektor vermittelt meist ein Bild der Ruhe. Man kennt ihn als einen Fels an Gelassenheit. Doch jetzt sind seiner Stimme und seinem Gesicht das immer noch vorhandene Entsetzen anzumerken. »Womit haben wir diese Reaktion ausgelöst?«

»Vielleicht ist es nur ein Verrückter«, bemerkt die Chefinspektorin, um gleich darauf den Kopf zu schütteln. Sie glaubt selbst nicht so recht an diese Version. Verrückte beflegeln einen am Telefon. Sie schicken Mails mit wirren Botschaften, legen einem abgetrennte Schweinsköpfe vor die Haustür. Verrückte würden vielleicht gleich in Kristina Meranas Garten auftauchen und die alte Frau mit einem Beil bedrohen. Doch die Art und Weise, wie die Fotos platziert sind, zeugen von einer ganz anderen Vorgehensweise. Subtiler. Perfide. Gefährlich. Wir haben Ihre Großmutter im Auge, sagen diese Bilder. Jederzeit. Überall. Aus der Ferne auf dem Dorfplatz. Aus der Nähe in ihrer vertrauten Umgebung, im

Garten des Hauses. Und wie das Ganze endet, sagt Ihnen die dritte Aufnahme, Herr Kommissar. Auf dem Friedhof. Schon bald.

Das Handy des Abteilungsinspektors schlägt an. Er tippt auf den Screen, hört zu.

»Danke, meine Herren, wir melden uns wieder.« Er nickt erleichtert. »Alles in Ordnung. Die Kollegen sind bei deiner Großmutter eingetroffen.«

Merana bläst langsam die Luft aus. Ein wenig von der Spannung der vergangenen Minuten lässt nach. Sie haben auf dem Weg ins Büro Thomas Brunner verständigt. Er trifft ein, nimmt das Handy mit. Sie haben wenig Zuversicht, dass sich der Absender der Bilder eruieren lässt. Aber die Spezialisten der KTU werden es zumindest versuchen. Die Bilder sind eine Drohung und zugleich eine Warnung.

»Ja, in welches Wespennest haben wir da hineingestochen?« Merana nimmt Otmars Frage auf. Sie haben sich nicht an die Anordnung des Bullterriers gehalten und im Fall Olaf Salmiras weiterermittelt. Unauffällig, diskret. Wurden sie dabei beobachtet?

Würden die Verfassungsschützer des Innenministeriums, immerhin Kollegen aus dem Sicherheitsapparat, eine derart perfide Vorgangsweise wählen? Würden sie Merana mit einer Anspielung auf den Tod der Großmutter eine warnende Breitseite vor den Bug knallen? Das kann sich keiner der drei so recht vorstellen. Was ist noch passiert? Merana hat sich mit Freimuth Tschernitz unterhalten. Der Medienmann recherchiert im politisch rechten Spektrum. Er deckt immer wieder Machenschaften rechtspopulistischer Parteien auf, schreibt über deren Verflechtungen im Extremisten- und Neonazimilieu. Hat die Botschaft, die Merana mit den Bildern erhalten hat, damit zu tun? Keine Verbindung mehr zu investigativen Journalisten! Besagt das die Drohung?

»Wir müssen Gudrun verständigen«, drängt die Chefinspektorin. »Die Kollegen von der Streife vor Ort können die Überwachung nicht durchziehen. Dafür sind sie auch nicht ausgebildet. Die Staatsanwaltschaft muss augenblicklich Personenschutz für deine Großmutter beantragen, Martin.«

»Aufgrund welcher Ausgangslage?«, wirft Otmar Braunberger ein. »Nüchtern betrachtet hat Martin ein paar seltsame Fotos erhalten. Irgendein ulkiger Zeitgenosse macht sich einen Scherz daraus, Martin mit einem manipulierten Grabsteinbild zu erschrecken. Keine schriftliche Botschaft, keine offen ausgesprochene Drohung. Wenn wir versuchen, Zusammenhänge herzustellen, müssen wir offenlegen, dass wir entgegen der ministeriellen Anordnung im Fall des verdeckten Ermittlers Olaf Salmira weiterhin recherchieren. Ihr wisst, dass Gudrun Taubner von ihrem Oberstaatsanwalt an die kurze Leine genommen wurde. Keine Nachforschungen von unserer Seite zum Toten aus der Salzach, lautet die Order. Die Oberstaatsanwaltschaft handelt auf Weisung des Justizministers. Das ist das Resultat des Treffens, das der Herr Justizminister mit dem Herrn Innenminister hatte.«

»Ich fahre in den Pinzgau«, beschließt Merana und steht auf. »Ich muss meine Großmutter beschützen. Ich werde sie in den kommenden Tagen nicht aus den Augen lassen.«

Der Abteilungsinspektor hebt die Hand. »Moment.« Wie immer, wenn er nachdenkt, kratzt er sich über das Kinn, krault imaginäre Bartstoppeln. Dann springt er auf. »Ich habe eine Idee. Gebt mir 15 Minuten.« Er schnappt sein Handy, verlässt das Büro.

Er braucht nur sieben Minuten, dann ist er zurück.

»Wir haben Glück. Er macht es?«

»Wer?«

Er erklärt es ihnen.

Gut eine Stunde später sind sie mit zwei Wagen unterwegs in den Pinzgau. Im zweiten Auto sitzen Thomas Brunner und die Chefinspektorin. Der Chef der Tatortgruppe kommt mit. Er wird sich im Ort umschauen. Er will versuchen, im Vergleich zwischen Aufnahmen und örtlichen Gegebenheiten herauszubekommen, aus welcher Entfernung und mit welchem Blickwinkel die Fotos geschossen wurden. Daraus ließe sich eventuell der jeweilige Standort des Fotografen ermitteln. Carola könnte sich dann umhören, Leute befragen. Vielleicht hat jemand den Fotografen beobachtet und könnte eine Personenbeschreibung liefern.

Im ersten Wagen sitzen Merana, Braunberger und Josef Dobringer.

»Er ist ein guter Bekannter von mir«, hat der Abteilungsinspektor nach seinem Anruf dem Kommissar und der Chefinspektorin erklärt. »Mir ist der Sepp seit meiner Kindheit vertraut. Er war ein guter Freund meines Vaters. Sollte vom Absender der Bilder sich tatsächlich eine Verbindung zum dubiosen Graubereich ergeben, mit dem der Verfassungsschutz zu tun hat, dann brauchen wir einen Profi. Wir müssen auf jemanden zurückgreifen, der weiß, wie die Brüder ticken, nach welchen Methoden sie vorgehen.«

Josef »Sepp« Dobringer hat sich nach Otmars Anruf sofort bereit erklärt zu helfen.

Der Mann macht den Eindruck eines 60-jährigen Frühpensionisten, der eben braun gebrannt von einer Mittelmeerkreuzfahrt zurückkommt und sich nun anschickt, eine Runde Golf zu spielen. Dabei ist Sepp Dobringer bereits 73 und seit acht Jahren im Ruhestand. Davor war er 36 Jahre lang im Nachrichtendienst tätig, zuerst bei der sogenannten Staatspolizei und nach der Strukturreform im Jahr 2002 beim Bundesamt für Verfassungsschutz und Terrorismusbekämpfung. Seine Hauptaufgabe lag im Bereich Überwachung und

Personenschutz. Dobringer ist Schwarzgurtträger in Karate, er besitzt den 5. Dan. Seit seiner Pensionierung hält er sich viel im Freien auf. Im Sommer ist er aktiver Bergläufer, im Winter nimmt er an strapaziösen Skitourenrennen teil.

»Ich bin der Sepp«, hat er sich bei Merana vorgestellt, als sie ihn abholten. »Ich freue mich, deine Großmutter kennenzulernen.«

Auf der Tauernautobahn kommen sie gut voran. Als sie bei Bischofshofen abbiegen und die Bundesstraße in Richtung Westen nehmen, herrscht stärkerer Verkehr. Sie müssen das Tempo drosseln.

Vor ihrer Abfahrt hat Merana eine Nachricht an Jutta Ploch geschickt. Er hat dazu weder das Handy benutzt noch die Mitteilung per Mail vom Bürorechner aus übermittelt. Er hat die klassische Uraltmethode gewählt. Er hat ein paar Zeilen auf Briefpapier geschrieben, das Kuvert mehrfach verklebt. Die Zeit der übers Land reitenden Boten auf schnellen Pferden ist leider vorbei. Aber ein Fahrradkurier langt allemal, um die Nachricht zu überbringen.

Seit dem Eintreffen der Fotos auf seinem Handy stellt sich Merana immer wieder dieselbe Frage: Woher wissen die, was wir tun? Wobei ihm nicht einmal im Ansatz klar ist, wer »die« sind. Wenn die in den Bildern versteckte Provokation nicht das zufällige Werk eines durchgeknallten Spinners ist, muss der Absender eine bestimmte Absicht verfolgen. Man bedroht ihn. Warum? Weil er etwas ausgelöst hat, das dem Urheber der Botschaft gehörig gegen den Strich geht. Woher weiß der Absender von Meranas Unternehmungen? Steht er unter Beobachtung? Verfolgt man ihn? Werden seine Anrufe und Nachrichten ausspioniert? Er weiß es nicht. Er musste in jedem Fall den Journalisten warnen. Vielleicht wird auch Tschernitz observiert. Vielleicht wird auch dessen Handy überwacht. Möglicherweise ist er in Gefahr. Einen handgeschriebenen Brief an Jutta zu schicken, damit sie Tschernitz verständigt, schien ihm die beste Methode für die Warnung.

Sie brauchen etwas über zwei Stunden, bis sie das Dorf erreichen. Der Kommissar ist erleichtert, als die Eingangstür am kleinen Holzhaus sich öffnet und die Großmutter ihm durch den Garten entgegenkommt, begleitet von zwei uniformierten Polizisten. Wie kleine Vögel aus einem Nest schlüpfen ihre zierlichen Hände aus den Ärmeln der Strickjacke, legen sich um ihn. Ihr Kopf reicht ihm kaum bis unters Kinn. Er drückt sie fest an sich, spürt ihre Wärme. Wieder wird ihm fast schmerzhaft bewusst, wie sehr er die kleine weißhaarige Frau liebt. Er war neun, als seine Mutter starb. Sein Vater verschwand, als er fünf war. An ihn kann er sich kaum erinnern. Die Großmutter hat ihn aufgezogen. Es war ihre Liebe, die sich nach dem Tod der Mutter wie ein warmer Mantel um ihn legte, die ihn einhüllte und begleitete. Bis heute. Er küsst sie auf die Stirn. Seine Augen werden feucht.

»Mach dir keine Sorgen, Martin«, flüstert sie. »Das kriegen wir schon hin.« Und dann macht sie etwas, das sie seit seiner Kindheit nicht mehr getan hat. Sie zwickt ihn in die Wange, aufmunternd, liebevoll.

»Ich habe einen Rhabarberkuchen gebacken. Kommt bitte herein.« Sie begrüßt die übrigen Angekommenen. Ja, so sind sie, diese starken Frauen, denkt Merana. Mag ringsherum der Boden beben, mögen alle angesichts der Verzweiflung um Halt ringen, sie wissen, dass man trotzdem etwas zu essen braucht, um die Gemeinschaft zu stärken. Deshalb backen sie Guglhupf oder Rhabarberkuchen. Merana bedankt sich bei den uniformierten Streifenbeamten. »Gern geschehen. Und du derfst di gfreun, Herr Kommissar, der Kuchen wird dir schmecken.« So ist das im Pinzgau. Wenn auch Kommissar und somit ranghöher, man sagt trotzdem »Du«. Nicht nur zu Vorgesetzten. Zu allen. Egal, ob da ein Tourist des

Weges kommt oder der Herr Bundespräsident. Sie alle müssen damit zurechtkommen, mit »Du« angeredet zu werden.

Merana hat Dobringer während der Herfahrt um dessen Einschätzung gefragt.

»Was meinst du, Sepp? Mir Fotos schicken. Mir unverhohlen mit dem Tod meiner Großmutter drohen. Ist es tatsächlich vorstellbar, dass Agenten aus dem Nachrichtendienst, dass Leute aus dem Staatsschutz mit derart schmutzigen Methoden arbeiten?« Der ehemalige BVT-Mitarbeiter ließ sich lange Zeit mit der Antwort, wog den Kopf hin und her.

»Was so alles unter der Etikette ›Bewahrung der höchsten staatlichen Interessen‹ getrieben wird, hat tatsächlich manchmal einen verabscheuungswürdigen Charakter. Es kann durchaus sein, dass Olaf Salmira als verdeckter Ermittler an einer sehr brisanten Sache dran war, vielleicht auch mit Auswirkungen bis in die Politik. Und sollte jemand interessiert sein, da den Deckel draufzuhalten, dann wird er mit allen Mitteln zu verhindern trachten, dass da ein paar wild gewordene Provinzpolizisten aus Salzburg herumschnüffeln. Ganz offen mit dem gewaltsamen Tod einer alten Frau zu drohen, würde für mich allerdings besser zu den Methoden passen, mit denen Hassposter aus dem rechten Milieu agieren. Ich kenne Berenike Stadler ganz gut. Ich habe sie damals eingeschult. Sie ist die Leiterin des Extremismusreferates im BVT. Sie hat vor einem Jahr unter anderem einen Bericht über einen Kongress in Graz verfasst, der unter dem Motto ›Verteidiger des Abendlandes‹ lief. In ihrem Bericht stellte sie fest, dass diese Veranstaltung ein Kommunikationstreffen von Leuten aus der rechtsextremen Szene ist. Bei dieser Versammlung waren auch Leute, die heute mit Hilfe der Freien Patrioten Partei an wichtigen Schaltstellen der Republik sitzen.

Du kannst dir vorstellen, dass solche Ermittlungsberichte gewissen Leuten gehörig auf den Magen schlagen. Der neue Generalsekretär im Innenministerium hat auch gleich nach Amtsantritt versucht, Berenike aus ihrer Funktion zu drängen. Man hat ihr unmissverständlich gedroht, wenn sie nicht freiwillig in Pension gehe, werde man ihr das Leben zur Hölle machen. Berenike ist nicht eingeknickt. Sie ist Druck gewohnt. Sie wird seit Jahren in den Foren rechtsextremer Kreise aufs Übelste beschimpft, mit Hasspostings überschüttet, sogar mit dem Tod bedroht. Also diese schmutzige Ecke könnte meines Erachtens eher die Quelle der Bedrohung sein, die aus den Fotos spricht, die du heute erhalten hast. Wie ich euch einschätze, werdet ihr nicht aufgeben. Seid darauf gefasst, dass möglicherweise weitere Drohungen kommen.«

Schließlich legte ihm der ehemalige Agent die Hand auf die Schulter.

»Aber mach dir keine Sorgen um deine Großmutter, Martin. Ich werde immer in ihrer Nähe sein. Ich werde auf sie achtgeben, bis die Sache ausgestanden ist. So schnell werden die einen alten Fuchs wie mich nicht überrumpeln.«

Sepp Dobringer und die Großmutter verstehen sich auf Anhieb gut. Merana hat es nicht anders erwartet. Die Aufwartung mit Kuchen und Kaffee lockert ein wenig die Anspannung, der alle ausgesetzt sind. Auch die Großmutter. Selbst wenn sie versucht, sich nichts anmerken zu lassen. Sie genießen die Mehlspeise, trinken Kaffee. Dennoch haben alle im Inneren ständig die Fotomontage vor sich. Sie zeigt einen Grabstein. Mit einem Datum. Dieser Tag ist morgen. Da soll die Frau sterben, die jetzt vor ihnen steht und sie mit scheuem Lächeln einlädt, zum Kuchen einen Schluck ihres selbst angesetzten Himbeerlikö res zu kosten. Merana zieht es das Herz zusammen, wenn er auf die Großmutter schaut. Er ist nicht der Einzige am Tisch.

Es dämmert bereits, als sie sich auf den Rückweg machen. Thomas Brunner fährt dieses Mal im Wagen von Merana und Braunberger mit. Es ist dem Techniker tatsächlich gelungen, anhand der realen Gegebenheiten zumindest einigermaßen abzugrenzen, von wo aus die Bilder gemacht wurden. Die Chefinspektorin bleibt im Ort. Sie wird heute Abend und morgen versuchen, mögliche Zeugen aufzutreiben, die den heimtückischen Fotografen beobachtet haben könnten.

»Das Foto vom Dorfplatz wurde am Samstagvormittag gemacht«, hat ihnen die Großmutter erklärt. »Ich kann mich gut erinnern. Ich hatte die hellblaue Weste an, als ich zum Bäcker ging. Und das Bild vom Garten muss am selben Tag entstanden sein, so um drei Uhr am Nachmittag. Wie man auf dem Foto sieht, bin ich gerade dabei, die neue Erdbeerminze einzusetzen.«

Damit war auch der Zeitraum für die Nachforschungen eingegrenzt. Sie haben sich vor einer halben Stunde von der Großmutter und Sepp Dobringer verabschiedet. Carola war schon im Ort unterwegs.

Merana vertraut dem ehemaligen Spezialisten in den Reihen des BVT. Er will sich auf dessen Erfahrung als Personenschützer verlassen. Dennoch hat er Angst um das Leben der alten Frau. Ein letzter Rest von Risiko bleibt immer bestehen, auch bei größter professioneller Vorsicht. Er wird es sich nie verzeihen, wenn der Großmutter etwas zustößt. Er hat sich anfangs lange gegen Otmars Vorschlag gesträubt, ehe dieser ihn einigermaßen überzeugen konnte. »Der Sepp ist ein Profi«, waren Otmars Worte. »Der hat bei Personenschutz weitaus mehr Erfahrung als du und ich. Wir sind dafür besser in der Aufklärung von heiklen Fällen. Wir müssen herausbekommen, wer hinter dieser Sauerei steckt. Es hilft wenig, wenn du im Haus deiner Oma hockst. Ermitteln kannst du nur hier in Salzburg.«

Dieses Argument hat Martin schlussendlich überzeugt. Das Allerdringlichste ist jetzt, den Spuk so rasch wie möglich zu beenden. Dann muss er sich auch keine Sorgen mehr um das Leben der Großmutter machen.

Um 20 Uhr erreichen sie das Präsidium in der Alpenstraße. Merana verabschiedet sich von Otmar und Thomas Brunner. Er setzt sich an den Schreibtisch, vertieft sich in die Ermittlungsakten. Um 22 Uhr lässt er sich von Carola telefonisch berichten. Es gab am Samstag eine große Hochzeit im Ort. Die standesamtliche Trauung war bereits am Vormittag. Danach wurden Bilder vom Brautpaar und den Gästen auf dem Dorfplatz geschossen. Das frisch verheiratete Paar befindet sich derzeit auf Hochzeitsreise. Aber Carola wird morgen den Fotografen treffen, um über ihn die Aufnahmen zu bekommen. Vielleicht findet sich dabei ein zufällig eingefangenes Detail, das einen Hinweis auf die ominöse Person liefert, die Meranas Großmutter ablichtete, als sie im Ort unterwegs war. Gegen 23 Uhr ist er zu Hause. Er ruft Jennifer an. Sie hört ihm zu. Es tut gut, sich die Angst um die Großmutter von der Seele reden zu können.

DIENSTAG, 30. APRIL

Ich hänge nicht mehr neben der einäugigen Giraffe.

Auch nicht neben den Waldelfen mit den wilden Blumengirlanden auf Kleidern und Haaren. Er hat mich geholt. Der junge Mann mit den dunklen Locken.

Er hat mich mitgenommen zur Bühne.

Da war ich schon lange nicht mehr. Das letzte Mal mit dem Mädchen, in dessen Augen das Frühlingsleuchten strahlte.

Das Mädchen wird nicht mehr kommen. Nie mehr.

Ich weiß es.

Ich habe eine neue Verbeugung ausprobiert. Sie gelang etwas steif, nicht sehr schwungvoll.

Wir haben geübt. Dann ging es besser.

Ich habe mich im Zimmer der Gräfin hinter dem Paravent versteckt.

Später hat Figaro mich in der großen Eingangshalle des Schlosses entdeckt und mit einem Rohrstock verjagt.

Im Garten durfte ich einen Vogel beobachten, der sich auf das Dach der Laube setzt.

Es war eine Nachtigall. Ich hätte gerne in ihr Lied eingestimmt.

Dann war das Spiel auf der Bühne zu Ende.

Der junge Mann hat mich nicht zurückgebracht. Er hat mich nicht mehr neben die Giraffe gehängt.

Er ist mit mir hinabgestiegen in den Keller.

Zuerst hatte ich Angst. Dass er mich in den letzten Raum bringt, wo der Waldteufel lauert.

Dass ich wieder eine ganze Nacht neben dem Ungeheuer ausharren muss.

Aber wir sind nicht bis zum letzten Raum gekommen.

Der andere Mann hat mich übernommen. Es ist der Mann, der mir den Schmetterling auf die Schulter setzte.

Ich mag diesen Mann. Er hat fröhliche Augen.

Ich bin in seiner Werkstatt.

Ich hänge neben einem Schrank mit Tuben und Dosen.

Ich warte.

Ich weiß nicht, warum ich hier bin.

Aber ich kenne immer noch das Geheimnis.

*

Merana hat wenig geschlafen. Wenigstens plagten ihn keine Albträume. Seit er vor einem halben Jahr im Rahmen der Ermittlungen zu den dramatischen Ereignissen vor 40 Jahren halbwegs seinen Frieden fand, bleibt er nächtens eher verschont von furchterregenden Fantasien zum Tod seiner Mutter. Keine hellen Särge mehr, die in schwarzen Löchern verschwinden. Keine gesichtslosen Ungeheuer, die anklagend mit knochigen Fingern auf den Neunjährigen zeigen. Merana hat in der vorangegangenen Nacht überhaupt nicht geträumt. Zumindest kann er sich an nichts erinnern. Er wälzt sich um 6 Uhr aus dem Bett und checkt sofort das Handy. Sepp Dobringer hat ihm ein Bild geschickt. Es zeigt ihn und die Großmutter beim Kaffee in der Küche. Uhrzeit: 05.20. Merana lächelt. Da haben sich offenbar zwei Frühaufsteher gefunden. Auch die dazu übermittelte Nachricht freut ihn: »Alles in Ordnung. Mach dir keine Sorgen!«

Die Teamsitzung am Vormittag liefert wenig Aufschlussreiches. Der Korruptionsverdacht gegen Nico Mayer beginnt sich zu verdichten. Gruppeninspektorin Kramer hält den Kontakt zu den Kollegen der Wirtschaftspolizei. Die werden dem Juniorchef der Spedition demnächst einen Besuch abstatten. Tamara Kelinics Aufgabe war es, Aaron Benetto mit den Belästigungsvorwürfen aus dessen Schulzeit zu konfrontieren. Ihrem Bericht nach hat der junge Mann so wie damals die Anschuldigung bestritten. Die Mitschülerin habe das frei erfunden. Sie wollte ihm eins auswischen, weil er am Schulball mit einer anderen geflirtet hatte und nicht mit ihr.

»Ich nehme an, Kollegin Kelinic, Sie haben ihn auf die Ähnlichkeit der beiden Mädchen angesprochen, Lucy und diese … wie ist ihr Name?«

»Sie heißt Ornelia Tamic, Herr Kommissar. Ja, habe ich. Er wirkte ein bisschen verlegen. Schließlich räumte er doch ein, dass ihm dieser Typ von Frauen besonders gefällt. Ich will auf jeden Fall dranbleiben. Ich werde versuchen, diese Ornelia Tamic zu erreichen, und mir ihre Sicht des Vorfalls von damals anhören.«

Merana bedankt sich für die Berichte, dann ist die Sitzung beendet.

Am Abend kommt Carola aus dem Pinzgau zurück. Sie hat den Fotografen getroffen. Die Aufnahmen der Hochzeitsgesellschaft vom vergangenen Samstag hat sie auf USB-Stick dabei.

»Ich habe auch das junge Ehepaar erreicht. Es flittert derzeit auf den Malediven. Die Frischvermählten haben versprochen, mir über die Brauteltern die Einladungsliste zukommen zu lassen. Dann kann ich alle Gäste kontaktieren und komme so hoffentlich an möglichst viele Schnappschüsse und Handyvideos heran. Sicherlich eine Sisyphusarbeit, das alles durchzuackern. Aber wir lassen nichts unversucht.«

»Danke, Carola. Wie geht es meiner Großmutter?«

»Gut. Sie bringt dem Sepp gerade das Zweierschnapsen bei«, grinst die Chefinspektorin.

»Oje, der Arme.« Auch Merana muss lachen. Die Großmutter ist eine begeisterte Kartenspielerin. Ab und zu schwindelt sie dabei. Was sie gar nicht nötig hätte, denn sie zwingt ohnehin durch ihre geschickten Spielzüge jeden Gegner in die Knie. Er selbst hat beim Kartenspielen nur höchst selten eine Chance gegen die alte Frau.

Der Abteilungsinspektor und der Chef der Tatortgruppe sind bei Carolas Bericht ebenfalls anwesend.

»Ich kann gerne einen Kollegen aus meiner Technikergruppe freischaufeln, falls du Hilfe bei der Auswertung der Hochzeitsbilder und Videos brauchst, Carola. Gib einfach Bescheid.«

»Danke, Thomas. Darauf komme ich gerne zurück.«

Meranas Handy läutet. Die Gerichtsmedizinerin ist dran.

»Guten Abend, Frau Doktor Plankowitz.« Der Kommissariatsleiter ist der Einzige aus der Gruppe der Ermittler, der mit der Rechtsmedizinerin nicht per Du ist. »Ich stelle Sie auf laut.«

»Guten Abend, Eleonore«, lassen sich die anderen vernehmen.

»Hallo, die Runde. Wie versprochen, habe ich mir zusammen mit meinem aufgeweckten Praktikanten die von ihm angefertigten Aufzeichnungen nochmals gründlich angeschaut. Wir können euch aufgrund der spärlichen Datenlage kein Ergebnis liefern, das jeglicher Überprüfung standhält. Was wir hier abgeben, ist eine grobe Einschätzung. Ist das klar?«

»Selbstverständlich, Frau Kollegin. Wir kennen Ihren Anspruch.«

»Ich pfusche einfach nicht gerne. Kaffeesudlesen ist mir ein Gräuel. Thorwald und ich sind extra nach Sankt Georgen gefahren und haben uns die Stelle angeschaut, wo der Tote am Uferrand lag. Zudem haben wir eine Analyse der Witterungsverhältnisse, der Strömungsgeschwindigkeit und der Geländebeschaffenheit der Salzach herangezogen. Wenn wir diese Parameter beachten und in Verbindung zu den von uns grob dokumentierten Auffälligkeiten an der Leiche setzen, können wir Folgendes sagen: Hartmut Kreuzer stürzte sicher nicht an der Stelle in die Salzach, wo man ihn fand. Unserer Vermutung nach wurde er eine gehörige Strecke durch das Flussbett getrieben. Er dürfte, grob geschätzt, rund 20 bis 30 Kilometer flussaufwärts ins Wasser gefallen sein.«

»Danke, Frau Doktor Plankowitz.«

Thomas Brunner hat schon während der Ausführung der Gerichtsmedizinerin sein Tablet aktiviert. Er verweist auf die Karte mit dem Flussverlauf.

»Das ist laut eben gehörter Analyse etwa der Bereich von der Stadtmitte bis zur nördlichen Gemeindegrenze von Anthering.«

»Das würde passen«, ergänzt der Abteilungsinspektor. »Olaf Salmira könnte in der Stadt gewesen sein, er könnte Lucy getroffen haben. Ich mache mich morgen früh gleich wieder auf die Suche nach möglichen Zeugen.«

»Und ich stürze mich in die Beschaffung und Auswertung der Hochzeitsfotos und Videos«, sagt Carola.

Merana schaut auf die Uhr. »Es ist schon nach acht. Musst du nicht nach Hause zu Hedwig? Sie hat schon gestern ihre

Mama nicht gesehen, weil du dankenswerterweise im Pinzgau geblieben bist.«

»Kein Problem. Friedrich ist zu seiner Schwester nach Kufstein gefahren. Er hat Hedwig mitgenommen. Sie bleiben bis zum Freitag. Ein bisschen Verwöhnung durch Tante Milena und die Cousinen tut Hedwig gut.«

Die Chefinspektorin checkt ihre Maileingänge. Das Hochzeitspaar hat Wort gehalten.

Die Gästeliste der Feierlichkeit ist eingetroffen, samt Telefondaten und Mailadressen. Sie macht sich an die Arbeit, klickt den ersten Namen an, wählt die Nummer.

Nach zwei Stunden hat sie immerhin rund ein Viertel der knapp 100 Personen auf der Liste erreicht und ihr Anliegen vorgebracht. Als sie den Rechner schließlich ausschaltet, sind schon mehr als 300 Fotos und ein Dutzend Videos eingetroffen.

Sie klopft und öffnet Braunbergers Bürotür. »Ich lasse es für heute, Otmar. Bist du mit dem Auto da? Meines hat Friedrich, weil sein Wagen in der Werkstatt steht.«

Der Abteilungsinspektor schaltet den Rechner aus. »Ich nehme dich gerne mit, Carola.«

Starker Wind bläst ihnen entgegen, als der Abteilungsinspektor das Auto aus der Tiefgarage in Richtung Straße lenkt. Der Himmel ist von dunklen Wolken überzogen. Es wird bald Regen geben.

Die Chefinspektorin wohnt in einer großen Siedlungsanlage im Stadtteil Gneis. Otmar Braunberger kennt den Weg. Er ist als Freund der Familie oft dort zu Gast. Vor allem Hedwig liebt ihn.

»Hast du Lust, mit mir noch ein Bier zu trinken, Otmar? Oder einen Rooibostee, wenn dir das lieber ist?«

»Bier wäre nicht schlecht.«

»Dann halt bitte da vorne an der Tankstelle, ich nehme uns welches mit.«

Er setzt den Blinker, biegt ab. »Dann nütze ich gleich die Gelegenheit, um zu tanken.«

Er hält an einer der Zapfsäulen. Als sie aussteigen, hören sie fernes Donnergrollen. Es kommt aus Richtung Süden. Die Chefinspektorin verschwindet im Shop. Fünf Minuten später setzen sie die Fahrt fort. Von der Tankstelle bis zum Wohnblock sind es nur mehr wenige Hundert Meter. Die Außenanlage der Wohnsiedlung ist schwach beleuchtet. Braunberger stellt den Wagen auf einen der Besucherparkplätze. Er nimmt Carola den kleinen Karton mit den Bierflaschen ab. Hinter den Garagen führt der Weg in den inneren Bereich der Wohnanlagen. Der Abteilungsinspektor geht vor.

Sie erreichen die letzte Garage, biegen auf den Weg ein. Sie bemerken den Schatten erst, als es schon zu spät ist. Eine vermummte Gestalt schnellt hinter der Garagenmauer hervor. Die Bierflaschen im Karton zerschellen auf dem Boden, als Braunberger vom Schlag des Angreifers getroffen wird.

»Otmar!«, brüllt die Chefinspektorin. Ihr Gehirn registriert die Gefahr. Sie wirbelt herum. Sie sieht den hellen Strich. Ein hocherhobener Baseballschläger in der Faust eines weiteren Angreifers. Das Adrenalin aktiviert ihren Kampfsportinstinkt. Sie steppt einen Schritt zur Seite. Ihr linkes Bein schnellt nach oben wie eine Peitsche. Ihre Fußspitze trifft den Angreifer am Hals. Dessen Schlag geht ins Leere. Mit einem gurgelnden Laut sackt die Gestalt in die Knie. Aus den Augenwinkeln nimmt Carola wahr, wie der erste Angreifer auf ihren am Boden liegenden Kollegen eintritt. Ihre linke Hand taucht unter die Jacke, sie reißt die Glock aus dem Halfter. Sie schafft es gerade noch, den Schlittenfang nach unten zu drücken, da trifft sie das Schlagholz. Sie hat den dritten Angreifer nicht bemerkt. Die Wucht des Hiebes fegt ihr die Pistole aus der Hand. Die Glock wirbelt durch die Luft, knallt auf das Pflaster. Ein ohrenbetäubendes Krachen fegt durch die Anlage. Ein Schuss hat sich aus der Waffe gelöst. Für einen Moment erstarren die Gestalten rings um sie. Carola reagiert am schnellsten. Zwei Schritte Anlauf. Hochspringen. Dann drischt sie dem dritten Angreifer das seitwärts gekickte Bein mitten ins Gesicht. Durch die Wucht des Tritts wird die Gestalt nach hinten geschleudert, knallt gegen die Mauer der Garage.

»Was ist da los?« Mehrere Männerstimmen sind zu hören. Leute nähern sich rufend aus der Mitte der Anlage. Der erste Angreifer lässt von Braunberger ab, reißt den Arm nach oben. Die vermummten Gestalten setzen sich in Bewegung. Der Schmerz in ihrem Unterarm, wo sie der Baseballschläger getroffen hat, lässt Carola für einen Moment taumeln. Sie sucht mit den Augen den dunklen Boden ab. Es dauert ein paar Sekunden, bis sie endlich die Waffe findet und mit einer hastigen Bewegung an sich reißt. Sie fährt herum. Nichts. Die Gestalten sind weg. Leute treffen ein.

»Carola, was ist passiert? Wer hat geschossen?«

Sie erkennt Hans Oberberger aus dem Dreierblock und zwei weitere Nachbarn. Sie sind vom wöchentlichen Kegelabend heimgekommen.

»Bitte kümmert euch um meinen Kollegen!«, schreit sie. Dann startet sie los, vorbei an den Besucherparkplätzen, hin zur Straße. Die Glock im Anschlag späht sie nach allen Seiten. Keine Menschenseele ist zu sehen. Die Angreifer sind wie vom Erdboden verschluckt. Sie behält die Waffe in der Hand, bis sie zu den anderen zurückkehrt. Gott sei Dank! Otmar lebt. Die Erleichterung treibt ihr die Tränen in die Augen. Zwei ihrer Nachbarn stützen ihren Kollegen und Freund. Er blutet am Kopf, hält sich stöhnend die Seite. Weitere Leute treffen bei ihnen ein. Ein Durcheinander von aufgeregten Stimmen. Carola steckt die Pistole zurück ins Halfter. Ihr linker Arm brennt höllisch. Sie fischt das Handy aus der Tasche, ruft die Zentrale an. In knappen Worten erteilt sie Anweisungen, gibt ihren Standort bekannt. Der Kollege vom Journaldienst wird alles Weitere veranlassen. Er wird die Einsatztruppe alarmieren, die Rettung verständigen. Als die Chefinspektorin Meranas Nummer wählt, setzt der Regen über der Stadt ein.

In Merana brodelt es. Ein unheilvoller Cocktail aus blankem Entsetzen, gemischt mit der Sorge um das Wohl seiner Kollegen. Dazu kommt das ohnmächtige Gefühl, dass sie durch die sich überschlagenden Ereignisse Spielball eines Prozesses geworden sind, von dessen Verursacher sie keine Ahnung haben. Und am Grund dieses Cocktails schäumt die Wut.

Glücklicherweise ist Carolas Arm nicht gebrochen. Die Röntgenaufnahme im Krankenhaus bringt Gewissheit. Eine schmerzhafte Prellung an Unterarm und Handgelenk. Auch die Verletzungen an Otmar Braunberger sind weniger dramatisch, als auf den ersten Blick befürchtet. Die Kopfwunde blutet stark. Gesicht und Hals sind rot verschmiert. Doch die Verletzung ist nicht sehr tief, kann mit ein paar Stichen genäht werden. Die wütenden Fußtritte des Angreifers haben keine inneren Organe verletzt. Der Abteilungsinspektor wurde vor allem in die Seite getroffen. Zwei Rippen sind angeknackst.

Die Ärzte befürchten allerdings, dass der Kriminalpolizist eine Gehirnerschütterung erlitten hat. Sie wollen ihn zur Kontrolle dabehalten.

»Dafür habe ich keine Zeit, Herr Doktor. Ich muss mich um meine Ermittlungen kümmern.«

»Sie brauchen unbedingt Erholung, Herr Braunberger. Ich verordne Ihnen Krankenstand und Bettruhe.«

»Was ich brauche, ist Gewissheit. Und die bekomme ich nicht durch Herumliegen. Ich will wissen, welche Schweine uns das angetan haben.«

Merana mischt sich sein, unterstützt die Anordnung des Arztes. Aber er weiß, dass er gegen den Sturschädel des Abteilungsinspektors schwer ankommt. Selbst wenn dieser Schädel ein Loch hat und einbandagiert ist. Sie einigen sich darauf, dass Otmar in jedem Fall diese Nacht im Krankenhaus in der Obhut der Ärzte verbringt.

Carola darf das Spital verlassen. »Es wäre besser, wenn du heute nicht alleine in deiner Wohnung bleibst. Ich biete dir gerne mein Gästezimmer an.« Die Chefinspektorin willigt ein. Sie folgt Merana zum Wagen. Ihr linker Fuß steckt in einer Krankenhaussandale. Sie hat Thomas Brunner am Tatort ihren Schuh zur Untersuchung überlassen.

»Ich habe ihn voll erwischt, Thomas. Er hat zwar, so wie die beiden anderen auch, eine Maske getragen. Aber Mund und Nase waren ausgenommen. Mein Schlag traf ihn mitten im Gesicht. Vielleicht findest du an meinem Schuh verwertbare DNA des Angreifers.«

20 Minuten nach der Abfahrt vom Spital erreichen Merana und die Chefinspektorin das abseits gelegene Haus in Aigen. Sie steigen aus, blicken sich vorsichtig um, gehen langsam auf den Eingang zu. Der Kommissar hält seine Dienstwaffe in der Hand, während Carola mit Meranas Schlüssel aufsperrt.

MITTWOCH, 1. MAI

»Wie hast du geschlafen?«

»Schlecht.«

»Was macht der Arm?«

»Es geht schon. Die Schmerztabletten helfen.« Die Chefinspektorin greift nach der Packung, die ihr vom Krankenhaus mitgegeben wurde. Sie drückt eine der orangen Pillen aus der Verpackung, schluckt sie hinunter, spült mit Wasser nach. Dann nimmt sie den Cappuccino, den ihr Merana hinhält.

Um 8 Uhr sind sie im Präsidium. Die meisten Menschen im Land haben heute frei. Viele Familien werden sich am Nachmittag mit Freunden auf Dorfplätzen und Freizeitanlagen versammeln, um zu feiern. Schließlich werden heute die Maibäume aufgestellt.

Der Polizeichef erwartet sie. Merana hat Kerner noch in der Nacht verständigt. Er hat auch im Pinzgau angerufen und Sepp Dobringer vom Überfall auf Carola und Otmar erzählt. Dobringer zu erhöhter Wachsamkeit zu ermahnen, hat Merana sich verkniffen. Der ehemalige Profi vermag die durch den Angriff gestiegene Gefahrenlage selbst einzuschätzen.

»War einer der Kerle zu erkennen? Kannst du eine Beschreibung abgeben, Carola?«, fragt der Hofrat, nachdem er sich zuvor nach ihrem Befinden erkundigte.

Die Chefinspektorin schüttelt die langen dunklen Haare. »Nein, es ging alles viel zu schnell.«

»Sie müssen den ganzen Abend über in der Nähe deiner Wohnung gewartet haben. Sie konnten ja nicht wissen, wann du heimkommst.«

Wieder schüttelt die Polizistin den Kopf.

»Ich glaube, sie haben hier gewartet. In der Nähe des Präsidiums. Ob sie auf Otmar gelauert haben oder auf mich oder auf beide, weiß ich nicht. Sie sind uns nachgefahren. Die kennen gewiss Otmars Adresse. Und die wissen auch, wo ich wohne. Als wir bei der Tankstelle anhielten, müssen sie uns überholt haben. Es blieb ihnen genug Zeit, hinter der Garage in Position zu gehen. Sie haben uns völlig überrascht. Wenn ich mir, wie heute Nacht, die Bilder vor Augen rufe, kommt es mir vor, als habe der Kampf ewig gedauert. Aber der ganze Überfall passierte in weniger als einer Minute. Wir hatten großes Glück. Sie hatten wohl nicht damit gerechnet, dass ihnen die kleine Polizistenfrau die Füße ins Gesicht knallt.«

»Dann waren sie schlecht vorbereitet«, grinst der Hofrat. »Hätten sie ihre Hausaufgaben gemacht, müssten sie wissen, dass Frau Chefinspektorin Carola Salman mehrfache Polizeistaatsmeisterin in Taekwondo ist.«

In der nächsten Sekunde wird er wieder ernst. »Eine Killerbande mit Baseballschlägern! Was für ein brutaler Überfall! Um ein Haar hätten sie euch umgebracht.«

Ein drittes Mal schüttelt die Chefinspektorin den Kopf.

»Das war nicht ihre Absicht, Günther. Ich habe den ersten Angreifer gesehen. Er hat Otmar zwar mit dem Baseballschläger niedergestreckt. Aber dann hat er ihn mit den Beinen traktiert. Und das auch nur in die Seite. Hätte er Otmar umbringen wollen, hätte er ihm mit dem Schläger den Kopf zermalmt. Auch wenn sie mit meinen Kampfsportattacken nicht gerechnet haben, wussten die genau, was sie tun. Das waren Profis. Ich habe gesehen, wie sie sich bewegten. Sie hätten uns vielleicht krankenhausreif geprügelt, aber es war nicht ihr Ziel, uns umzubringen. Sie wollten uns eine deutlich spürbare Warnung verpassen. Ihr Ziel ist es, uns einzuschüchtern. So wie sie Martin mit den Bildern von der Großmutter drohen.«

Es klopft.

»Ja bitte?«

Die Tür geht auf. Herein kommt ein leicht ramponierter, aber breit übers Gesicht grinsender Abteilungsinspektor.

»Bitte an Bord kommen zu dürfen, mon Capitain.« Er stakst ins Zimmer, steuert zuerst auf Carola zu. Die Umarmung ist innig, dauert lang.

»Ich danke dir«, flüstert er und nimmt Platz.

»Ich habe es ja nur aus der Bodenperspektive gesehen, während mir das Arschloch seine Stiefel in die Rippen knallte. Aber was war das für ein Kick, mit dem du den dritten Maskenmann gegen die Garagenmauer geknallt hast?«

»Ein gesprungener Dollyo Chagi.«

»Schade, dass ihr nicht dabei wart, meine Herrn. Es ist euch etwas entgangen.

Diese so unscheinbar wirkende Dame ist vom Boden abgehoben wie ein Kampfjet, hat sich in der Luft gedreht und dem Typen das seitlich ausgestreckte Bein in die Visage gedroschen.«

Der Polizeipräsident klopft seinem Abteilungsinspektor auf die Schulter.

»Dich zu fragen, ob du nicht lieber das Krankenbett hüten willst, statt an die Arbeit zu gehen, ist wohl Zeitverschwendung.«

»Ja, Günther, lass uns Wichtigeres besprechen.«

Braunberger drückt vorsichtig den Rücken gegen die Stuhllehne. Die zusammengekniffenen Zähne sind nicht zu übersehen. »Hast du Sepp Dobringer verständigt, Martin?« Merana nickt. »Was meint er?«

»Er sagt, er schafft es weiterhin alleine. Ich denke, es wäre dennoch gut, wenn die Streifenkollegen die Gegend um das Haus meiner Großmutter regelmäßig kontrollieren. In kürzeren Abständen als bisher.«

»Ich kümmere mich darum«, bestätigt der Polizeipräsident.

Gleich darauf treffen sie sich im Besprechungsraum. Die Nachricht von der Attacke auf zwei aus dem Team hat längst die Runde gemacht. Aufgeregtes Gemurmel schlägt Merana entgegen, als er eintrifft. Thomas Brunner wartet mit einer erfreulichen Nachricht.

»Wir haben deinen Schuh untersucht, Carola. Es finden sich darauf tatsächlich DNA-Spuren. Hautpartikel, Schleim, sogar Blutspuren. Du hast ihn wohl auf Nase und Mund getroffen.«

Dass der nächtliche Angriff im Zusammenhang mit ihrem eigentlichen Fall stehen könnte, wollen sie den anderen gegenüber nicht erwähnen. Wenn es eine Verbindung gibt zwischen der Attacke und der Anweisung des Ministeriums, sich aus dem Fall Olaf Salmira herauszuhalten, dann werden sie das auch ohne Hilfe des Teams herausfinden. Der Überfall wird offiziell als Angriff gegen zwei Polizeibeamte deklariert, dessen Hintergrund man erst näher untersuchen muss. Die Fahndung nach den Tätern ist in die Wege geleitet.

Der Polizeichef mahnt höchstpersönlich seine Mitarbeiter zur Wachsamkeit. So lange die nächtlichen Angreifer nicht gefasst sind, ist Vorsicht geboten.

Doch man erhofft sich, über die DNA-Spuren den Tätern näherzukommen.

Die zweite erfreuliche Nachricht des Tages kommt vier Stunden später. In Form eines Telefonanrufs.

»Siehst du, Martin. Würde ich im Krankenhaus herumliegen, wäre uns das entgangen. Aber jetzt habe ich sie endlich gefunden. Die erhoffte Zeugin.«

Eine halbe Stunde später taucht der Abteilungsinspektor im Präsidium auf, um zu berichten. Carola Salman und Thomas Brunner sind mit dabei.

»Sie heißt Katja Liebfeld, Lehrerin für Biologie und Französisch. Es ist fast eine Ironie des Schicksals. Frau Magistra Liebfeld und mich verbindet etwas Schmerzhaftes.

Wir waren beide im Krankenhaus. Nur, dass die Dame im Gegensatz zu mir eine Woche im Spital verbrachte. Der Grund für den Aufenthalt war ein lange geplanter Eingriff. Eine ›Frauensache‹. Mehr wollte sie dazu nicht sagen. Sie ist am vergangenen Dienstag ins Krankenhaus gekommen. Ich habe ihr das Foto vorgelegt. Und sie hat Olaf Salmira eindeutig erkannt. Sie hat ihn am Ostermontag im Stiegenhaus getroffen und mitbekommen, dass er an Lucys Wohnungstür läutete. Vielleicht ein neuer Freund, dachte Frau Liebfeld. Das Gesicht sah sie zum ersten Mal. Von dem anderen Freund, von Nico, wusste sie. Sie hat sich oft mit Lucy unterhalten. Frau Liebfeld ist auch die Leiterin des Schülertheaters an ihrem Gymnasium und war schon einige Male mit ihren Schützlingen im Marionettentheater.«

Er zieht Olafs Foto aus der Tasche, legt es auf den Tisch, streicht es glatt.

»Er war also da, er hat seine Schwester getroffen. Er ist gegen drei Uhr aufgetaucht. Leider hat unsere wackere Biologielehrerin nicht mitbekommen, wann er die Wohnung verlassen hat.«

»Wenn wir den Angaben von Nico Mayer Glauben schenken, dann kam Lucy gegen 18.30 Uhr zu ihm«, überlegt

Merana. »Um 15 Uhr empfing sie ihren Bruder in der Wohnung. Was machte sie dazwischen? Waren die beiden die ganze Zeit beisammen? Ist Lucy noch irgendwo anders gewesen?«

Er wendet sich an den Chef der Tatortgruppe. »Thomas, habt ihr Lucys Fahrrad sichergestellt?«

»Ja.«

»Könnte es Hinweise dafür geben, wo sie damit unterwegs war?«

»Es liegen noch nicht alle Ergebnisse der Mikrospuren-Auswertung vor. Wir haben einiges an Material aus den Reifenprofilen und vom Rahmen sichergestellt. Sollten sich Sporen von seltenen Pflanzen nachweisen lassen, die nur an bestimmten Stellen vorkommen, dann können wir Lucys Bewegungsradius eingrenzen.«

»Habt ihr auch den kleinen Hexenanhänger untersucht? Vielleicht hat sie ihn in einem bestimmten Geschäft gekauft? Vielleicht hat sie ihn sogar von ihrem fürsorglichen Bruder bekommen?«

»Welchen Hexenanhänger?« Thomas Brunner ist irritiert.

Merana öffnet die Fotodatei an seinem Handy, zeigt sie den anderen. »Na, diese Plastikhexe mit dem pinkfarbenen Besen. Ich habe sie fotografiert. Ich dachte, das Fahrrad gehört Lucy und ihr habt es erst später abgeholt.«

Thomas Brunner lacht. »Nein, die Besenreiterin würde zwar zu Wirbelwind Lucy passen. Aber das ist nicht ihr Fahrrad. Lucys Drahtesel ist grün und völlig hexenfrei.«

»Oh, sorry, war mein Irrtum.«

Er will das Foto schließen, plötzlich stutzt er. Er wischt über das Display, öffnet weitere Bilder. Sie zeigen das Fahrrad aus unterschiedlichen Perspektiven.

»Das kann doch nicht sein!«

Er hält den anderen das Handy hin, deutet auf eine bestimmte Stelle.

»Wofür haltet ihr das da im Hintergrund?«

Die drei beugen sich vor.

»Schaut aus wie ein Van«, meint Brunner.

»Und hier?« Merana öffnet ein anderes Bild. »Das Nummernschild?«

»Das ist schwer auszumachen. Man sieht nur den hinteren Teil, und den sehr verschwommen. Das könnte ein F sein, oder ein P, und dahinter ein W. Und die beiden Ziffern davor, eine Eins und eine Fünf.«

Die drei schauen erwartungsvoll auf den Kommissar.

»Als ich bei Olaf und Lucys Mutter war, ist mir auf der Straße vor dem Haus ganz zufällig ein Nummernschild aufgefallen. Die Zahlen erinnern mich an eine schmerzliche Begebenheit. Das Auto war ein brauner Van, so wie dieser hier. Und die Ziffern auf dem Nummernschild waren 115.«

»Du meinst, es war derselbe Wagen?«, fragt die Chefinspektorin erstaunt.

Merana schließt die Dateien, tippt aufs Display. »Ich schicke dir die Bilder, Thomas. Bitte überprüf Fahrzeug und Zulassung. So viele braune Vans wird es nicht geben, bei denen man die hier abgebildete Buchstabenkombination am Nummernschild findet und die auch noch eine 15 aufweisen.«

Der Technikerchef erhebt sich. »Ich mache mich gleich an die Arbeit.«

Thomas Brunner braucht nicht einmal eine Viertelstunde. Dann liegt die Antwort vor.

»Es gibt nur ein einziges Auto, auf das die Kriterien zutrifft. Es ist ein Ford-S-Max mit dem Kennzeichen SL 115 FW. Der Wagen ist zugelassen auf die Firma ›OPS‹, Operative & Public Security. Als Geschäftsinhaber sind ein gewisser

Frank Leo Prankmann eingetragen und dessen Sohn Roald Prankmann.«

»Was hat das zu bedeuten?« Der Stimme des Abteilungsinspektors ist anzumerken, dass er sich nicht gut fühlt. Er bewegt sich vorsichtig. Immer wieder fasst er sich an die Seite. Das Gesicht ist aschfahl. Er trägt keinen Kopfverband mehr wie am Abend zuvor im Krankenhaus. Die genähte Wunde ist mit einem großen Pflaster abgedeckt.

Merana überlegt laut.

»Der braune Van parkte in der vergangenen Woche auf der Schwarzstraße vor dem Marionettentheater. Am Sonntag sehe ich ihn in der Nähe von Dagmar Salmiras Wohnung im weit entfernten Steyr.«

»An beiden Orten ist ein gewisser Kommissar Merana unterwegs, der einen Fall bearbeitet, bei dem es um mögliche Verbindungen zu Verfassungsschutz und Rechtsradikalenszene geht. Das kann kein Zufall sein«, setzt Braunberger fort.

»Die Scheiben sind getönt. Ich konnte in Steyr nicht ins Wageninnere blicken. Ich muss zugeben, ich habe auch nicht besonders darauf geachtet. Meine Aufmerksamkeit wurde nur für einen Moment von der Ziffernkombination am Nummernschild angezogen.« Er wendet sich Thomas Brunner zu. »OPS, was ist das für ein Unternehmen?«

Der Techniker öffnet das Internet. Gleich darauf ist auf dem großen Screen an der Wand die Homepage der Firma zu sehen.

»Sichern Sie sich unser Know-how in Sicherheit!«, steht in dicken Lettern über dem ersten Bild, das einen Ausschnitt des Betriebsgeländes zeigt. Zwölf Männer und eine Frau in uniformähnlicher Ausstattung sind neben dunklen Fahrzeugen postiert. Sie haben die Arme verschränkt.

»Event Security« blinkt es auf der nächsten Seite, abgelöst von den Schriftzügen »Sicherheitsberatung. Public Services. Bodyguarding. Objektschutz.«

Brunner aktiviert das Feld »About us«.

Die ersten beiden Fenster zeigen Firmeninhaber und Geschäftsführung.

Ein stiernackiger Mann mit kurz geschorenen Haaren um die 50. Ein jüngerer Kerl mit Glatze und stechendem Blick. Frank Leo und Roald Prankmann.

Thomas Brunner öffnet zusätzlich eine neue Seite, klinkt sich damit ins Polizeinetz ein. Die darin befindlichen Daten in Verbindung mit den Angaben auf der Firmenhomepage ergeben folgendes Bild. Die Firma Operative & Public Security wurde von Frank Leo Prankmann gegründet. Sohn Roald kam vor drei Jahren ins Unternehmen. Die Firma hat insgesamt 18 Mitarbeiter und betreibt auch eine Agentur in Wien. Frank Leo Prankmann ist 53 Jahre alt, stammt aus Oberndorf bei Salzburg. Nach Schulausbildung und Militärakademie diente er als Offizier im Österreichischen Bundesheer. Er war an zahlreichen Auslandseinsätzen beteiligt. Später wechselte er zum Heeresnachrichtendienst und wurde bald darauf ins Innenministerium berufen, Aufgabenbereich »Informationsbeschaffung und Ermittlung«. Vor acht Jahren schied er aus dem Staatsdienst aus und machte sich mit OPS selbstständig. Auf der Kundenliste findet sich auch die PFP. Das Unternehmen stellt auch Security Personal für das Österreichische Parlament.

Roald Prankmann ist 25, Schulausbildung in Salzburg und in einem Internat in Südtirol. Er ist Jugendreferent der Österreichischen Armbrustschützen. In der Polizeiakte findet sich ein Eintrag über Roald Prankmanns Beteiligung an einer illegalen und später aufgelösten Wehrsportgruppe. Jus-Studium in Wien, Mitglied der »Teutonia Adolfina«. Studiumsabbruch nach fünf Semestern. Rückkehr nach Salzburg und Eintritt in die Firma.

»Einen Moment«, Merana unterbricht Brunners Ausführung und nähert sich dem Screen. »Das kommt mir bekannt vor.« Er deutet auf den Schriftzug »Teutonia Adolfina«.

Er denkt nach.

»Soll ich die Homepage der Studentenverbindung öffnen?«, bietet Brunner an.

Merana schüttelt den Kopf. »Nein, danke. Ich weiß, wo mir der Name untergekommen ist.« Er greift zu seinem Tablet, öffnet einen der Ordner.

»Freimuth Tschernitz hat mir einen Hinweis gegeben. Einer seiner Informanten habe ihm berichtet, dass Innenminister Keppl demnächst Umstrukturierungen innerhalb seines Ministeriums vornehmen wird. Einer der Kandidaten, die abgelöst werden sollen, ist Arnulf Helmstett, Leiter der Sektion IX.« Er dreht seinen Mitarbeitern das Tablet zu, zeigt ihnen ein Foto des Sektionsleiters. »Helmstett ist ebenfalls Mitglied der ›Teutonia Adolfina‹. Das Dokumentationsarchiv des österreichischen Widerstandes stuft diese Burschenschaft als rechtsradikal ein.«

»Wartet!« Die Chefinspektorin hebt die Hände über den Kopf. »Schön langsam verliere ich den Überblick.« Sie steht auf, beginnt im Raum auf und ab zu stapfen.

»Im Innenministerium kommt es zum Machtwechsel. Bald darauf passiert eine Reihe äußerst fragwürdiger Vorgänge. Beim BVT, einer Abteilung innerhalb des Ministeriums, kommt es zu einer Razzia. Ein verdeckter Ermittler wird im Zuge eines Einsatzes, dessen Hintergrund wir nicht kennen, tot in der Salzach aufgefunden.

Die Schwester des Ermittlers kommt ebenfalls ums Leben. Vor dem Marionettentheater, in dem die Schwester ermordet wurde, entdeckt Martin einen braunen Van. Derselbe Van taucht in der Nähe der Wohnung auf, in der die Mutter der beiden getöteten Geschwister wohnt. Der

Van gehört einer Securityfirma, die von einem Mann geleitet wird, der früher selbst im Innenministerium tätig war. Der Sohn des Firmenchefs ist Mitglied einer rechtsradikalen Burschenschaft, der auch Arnulf Helmstett angehört. Helmstett ist ebenfalls im Innenministerium beschäftigt. Helmstett steht möglicherweise auf der Abschussliste des Ministers. Warum, wissen wir derzeit noch nicht. Der Hinauswurf erscheint umso rätselhafter, da Helmstett ein Vertrauter des Ministers und des Vizekanzlers ist und derselben Partei angehört. Drei Salzburger Polizisten beginnen unerlaubterweise zu ermitteln, stochern im Nebel herum und bekommen plötzlich schwerwiegende Probleme. Sie werden durch Bildbotschaften bedroht und von Schlägern attackiert.«

»Trefflich analysiert, Frau Kollegin«, pflichtet ihr der Abteilungsinspektor bei. »Wir sehen alle Teile vor uns. Wir wissen nur nicht, wie sie zusammenhängen.« Er wischt sich ächzend den Schweiß vom Gesicht.

»Spiel nicht den tapferen Komantschenhäuptling, Otmar, nimm lieber eine Schmerztablette.« Sie schiebt ihm die Packung zu. Er nickt, greift nach der Schachtel.

Sie wendet sich dem Screen zu.

»Thomas, zeig mir bitte alle Bilder, die du von Roald Prankmann hast.«

Mit den Fingern streicht sie über den verletzten Arm, während sie zur Leinwand blickt. Thomas Brunners Suche befördert eine ganze Reihe von Abbildungen auf den Screen. Roald Prankmann im Security Outfit der Firma. Mit Armbrust und Wettbewerbspokal. In Burschenschaftsmontur auf der Verbindungshomepage.

»Ich kann es nicht mit Bestimmtheit sagen«, lässt sich die Chefinspektorin vernehmen. »Es war dunkel. Es ging alles sehr schnell. Sie trugen Masken, die nur Augen, Nase und

Mund aussparten. Dennoch habe ich das Gefühl, er könnte der dritte Angreifer gewesen sein.«

Sie zeigt auf eine der Großaufnahmen des vierschrötigen Glatzkopfs mit den stechenden Augen.

»Wir bräuchten seine Blutgruppe«, überlegt Brunner. »Dann könnten wir sie mit den Spuren an Carolas Schuh vergleichen.«

»Darum kümmere ich mich«, erwidert der Abteilungsinspektor und drückt sich vom Stuhl hoch. »Kerle wie der machen keinen Zivildienst. Der war garantiert beim Bundesheer. Und ich kenn da jemanden …«

»… der mir einen Gefallen schuldet«, ergänzt Merana grinsend.

»Du sagst es, großer Meister.«

Eine Viertelstunde später kommt er zurück. In der linken Hand eine Mineralwasserflasche, in der Rechten sein berühmtes Notizbuch mit dem Ledereinband.

»Roald Prankmann war beim Jägerbataillon 19 im Burgenland. Er hat vor sechs Jahren abgerüstet, wird immer noch zu Waffenübungen eingezogen. Er hat Blutgruppe B Negativ.«

Sie rufen Eleonore Plankowitz an. Die Gerichtsmedizinerin überprüft die Ergebnisse der Untersuchungen an Carolas Schuh. »Treffer«, stellt sie trocken fest.

»Die Blutgruppe stimmt überein. Das kann natürlich ein Zufall sein. Statistisch gesehen, schließe ich das eher aus. Die vorliegende Blutgruppe ist sehr selten in Österreich. Nur zwei Prozent der Bevölkerung haben B Negativ.«

Merana bedankt sich für die Auskunft.

Wird das reichen für eine Verhaftung? Sie haben nicht viel. Ein Auto der Firma wurde zweimal im Umfeld der Ermittlungen gesehen. Der mögliche Verdächtige hat eine äußerst seltene Blutgruppe. Dieselbe Blutgruppe wurde auf den Spuren am Schuh der Chefinspektorin nachgewiesen. Das ist alles.

Merana erreicht Gudrun Taubner im Büro. Auch für die Staatsanwältin gibt es offenbar keinen Feiertag. Sie hört sich Meranas Ausführungen an.

»Dass diese Suppe mehr als dünn ist, brauche ich nicht zu betonen. Ich werde mich dennoch gleich dahinterklemmen. Bei Attacken mit Baseballschlägern auf Polizeibeamte legen auch die strengsten Richter den Ermessungsrahmen für eine Verhaftung großzügiger aus. Ihr könnt die Aktion zumindest schon vorbereiten. Ich melde mich bald.«

»Danke, Gudrun.«

Ein Ausruf des Erstaunens zieht durch den Raum, als Thomas Brunner den Lageplan auf der Leinwand erscheinen lässt. Das Unternehmen Operative & Public Security hat seinen Sitz im Gemeindegebiet von Anthering. Das Firmengelände grenzt direkt an die Salzach.

»Das ist etwa 23 Kilometer flussaufwärts von der Stelle, an der wir Olaf Salmira im Wasser fanden«, präzisiert Otmar Braunberger.

»Heute ist Feiertag. Vielleicht treffen wir dort gar niemanden an«, wendet Carola ein.

»Das haben wir gleich.« Thomas Brunner zückt das Handy. Dreimal ertönt das Freizeichen, dann meldet sich unter der angegebenen Firmennummer eine weibliche Stimme. Brunner gibt sich als Geschäftsführer einer Eventagentur aus, der Securityleistungen für einen Ärztekongress sucht. Er wisse, dass Feiertag ist, aber möglicherweise könnte er heute noch vorbeikommen, da er ohnehin im Norden von Salzburg zu tun habe.

»Kein Problem«, flötet es am anderen Ende der Leitung. »Sicherheit kennt keinen Feiertag. Wir sind bis zum Abend in Vollbesetzung für Sie da. Sollen wir gleich einen Termin vereinbaren?«

»Leider weiß ich noch nicht, wie lange ich in Bürmoos aufgehalten werde. Ich melde mich.«

»Wir freuen uns auf Ihren Anruf. Ich wünsche Ihnen einen erfolgreichen Tag.«

»Danke.«

Er beendet das Gespräch.

»Zumindest das haben wir geklärt. Security schuftet auch am Feiertag.«

»So wie die Polizei«, grinst der Abteilungsinspektor.

Die richterliche Zustimmung kommt um 14.35 Uhr.

»Soll ich die Sondereinheit instruieren, Martin, oder macht ihr das?«

»Nein, Gudrun. Wir wollen das ohne Spezialtruppe durchziehen. Wenn wir das über den offiziellen Weg anleiern, wissen zu viele Stellen Bescheid. Ich möchte nicht, dass die Firmenleitung von Operative & Public Security durch irgendeinen undichten Kanal Wind von der Operation bekommt.«

»Wie ihr wollt, Martin. Meine Rückendeckung habt ihr.«

Weit haben wir es gebracht, denkt Merana grimmig. Wir wissen nicht einmal mehr, wem wir in den eigenen Reihen trauen können.

»Ich komme mit«, entscheidet Brunner.

»Danke, Thomas. Aber das kommt nicht infrage. Du bist Techniker, kein Special Agent eines Sonderkommandos.«

»Schau auf deine Armee, General Merana. Was hast du? Eine ramponierte Taekwondokämpferin mit halb gebrochenem Arm. Einen zerfledderten Abteilungsinspektor mit pochender Kopfwunde, der in seiner Bewegungsfreiheit auch noch durch penetrante Rippenschmerzen beeinträchtigt ist. Und damit willst du antreten gegen eine bestens ausgebildete Truppe von kampferprobten Securityleuten? Du wirst mich brauchen.«

Merana atmet tief durch.

»Gut, Hilfssheriff Brunner, heben Sie die rechte Hand und sprechen Sie mir nach …«

»Dazu haben wir leider keine Zeit«, grinst der Chef der Tatortgruppe und macht sich auf in sein Büro, um die angestaubte Dienstwaffe aus dem Schreibtisch zu holen.

Vor der Abfahrt prägen sie sich anhand von gestochen scharfen Satellitenbildern die Details des Areals ein. Das zentrale Bürogebäude liegt etwa 150 Meter von der Einfahrt entfernt. Wenn sie sich am Tor ausweisen müssen, besteht die Gefahr, dass die Firmenleitung gewarnt wird und entsprechende Vorkehrungen trifft. Die Prankmanns könnten sogar fliehen. Durch den Verzicht auf das Sonderkommando fehlen Merana für den Einsatz Leute, die das Gelände abriegeln. Aber sie haben Glück. Als sie sich der Einfahrt nähern, schiebt sich das große Tor zur Seite. Zwei Firmenwägen verlassen das Areal. Noch ehe das Tor wieder geschlossen wird, sind sie schon durch, preschen mit vollem Tempo bis zum Eingang. Sie springen aus dem Auto. Carola und Otmar bleiben neben dem Wagen stehen, kontrollieren die Umgebung. Merana und Brunner hetzen ins Gebäude, ignorieren die erschrocken aufschreiende Frau an der Empfangstheke, stürmen das Büro mit der Aufschrift »Geschäftsleitung«.

»Kriminalpolizei Salzburg. Herr Frank Leo Prankmann, Herr Roald Prankmann, bitte folgen Sie uns, wir bringen Sie zur Vernehmung in die Bundespolizeidirektion. Hier ist die richterliche Anordnung.« Merana hält das Schreiben in die Höhe.

Der Jüngere der beiden macht einen entschlossenen Schritt auf die Eindringlinge zu, der Ältere hält ihn zurück.

»Mit welcher Begründung?«, fragt der Firmenchef. Er bemüht sich, ruhig zu bleiben. Dennoch bebt seine Stimme leicht.

»Mögliche Beteiligung an einer Straftat. Verstoß gegen StGB Paragraf 84, schwere Körperverletzung.«

»Wann soll das gewesen sein?«

»Das besprechen wir alles im Präsidium.«

Wieder macht der Jüngere eine heftige Bewegung. Der Ältere legt ihm energisch die Hand auf die Schulter.

»Das Ganze wird sich sehr schnell als Irrtum herausstellen, meine Herren. Aber wir begleiten Sie selbstverständlich. Wir arbeiten immer gerne mit der Polizei zusammen.«

Sie verlassen das Gebäude. Otmar und Carola verharren immer noch neben dem Wagen. Die Chefinspektorin hat ihre Hand auf das Holster an ihrer Hüfte gelegt. Keine fünf Meter entfernt hat sich eine Ansammlung formiert. Sechs breitschultrige Kerle stehen ihnen mit verschränkten Armen gegenüber. Einer der Männer hebt den Blick, als die Polizisten mit Frank Leo und Roald Prankmann aus dem Haus kommen. Merana bemerkt, wie der Firmenchef in Richtung seiner Leute kurz den Kopf schüttelt. Die Versammlung löst sich langsam auf. Carola und Otmar öffnen die Türen. Sie sind nicht mit einem Einsatzwagen gekommen. Blaulicht und die Aufschrift »Polizei« wären zu auffällig gewesen. Sie haben sich für ein Zivilfahrzeug aus dem polizeilichen Fuhrpark entschieden, einen Chrysler Grand Voyager mit sieben Sitzen. Roald Prankmann starrt mit einem höhnischen Grinsen auf die Chefinspektorin. Carola hat längst die Spuren im Gesicht des Juniorchefs bemerkt. Die Oberlippe ist geschwollen. Die leicht verbogene Nase ziert ein breites Heftpflaster.

Die beiden Securitymänner bestreiten die gegen sie vorgebrachten Vorwürfe.

»Das ist lächerlich, Herr Kommissar. Mein Sohn war gestern den ganzen Abend über in der Firma. Wir hatten eine Besprechung, die sich bis weit nach Mitternacht hinzog.«

Der Seniorchef bemüht sich, seine Argumente mit einem Ausdruck der Gelassenheit vorzubringen. Ganz im Gegenteil zum Sohn, der den Eindruck eines gereizten Stieres vermittelt, den man in einen Kobel gesperrt hat.

Die Empfangsdame der Securityfirma hat nach dem Abzug der Polizei offenbar ihren Job erledigt und schnell reagiert. Schon als Meranas Gruppe mit den beiden Verdächtigen im Präsidium ankam, wurden sie von einer Rechtsanwältin erwartet, Frau Doktor Pamela Strichberg von »Foller und Strichberg«. Die Kanzlei steht im Ruf, nur betuchte Leute zu vertreten, egal, wie übel beleumdet die auch sind. Auch Personen aus dem rechtsextremen Milieu gehören zum erlauchten Mandantenkreis.

»Meine Kanzlei wird gegen die ungerechtfertigte Festnahme angehen, Herr Kommissar. Ich habe in zwei Stunden einen Termin beim zuständigen Richter. Wir legen die schriftlichen Aussagen von neun Zeugen vor, die übereinstimmend bestätigen, dass Herr Prankmann Junior gestern Abend nicht einmal in der Nähe der besagten Wohnanlage in Gneis gewesen sein kann. Er hielt sich bis ein Uhr morgens im Areal der Firma Operative & Public Security in Anthering auf.«

Merana ist klar, dass ihnen nicht viel Zeit bleibt. Auch wenn die Verletzungen im Gesicht des Mannes ein verdächtig deutliches Anzeichen sind, müssen sie erst beweisen, dass Roald Prankmann einer der Angreifer war. Neun Zeugenaussagen sprechen dagegen. Die richterliche Anweisung schließt auch ein, eine DNA-Probe des Verdächtigen zu nehmen.

Die Rechtsanwältin protestiert heftig, kann sich aber vorerst gegen die Anordnung nicht wehren. Die Menge des Blutes, die Eleonore Plankowitz an Carolas Schuh sichern konnte, ist äußerst minimal. Es wird einige Stunden dauern, bis die Gerichtsmedizinerin einen haltbaren DNA-Vergleich erzielen kann. Das Ergebnis muss hieb- und stichfest sein. Merana hofft, dass die abgebrühte Rechtsanwältin ihren zwielichtigen Klienten nicht vorher freibekommt.

Zur Untätigkeit verurteilt zu sein, ist Merana ein Gräuel. Seinen Mitarbeitern auch.

Aber es hilft nichts, sie müssen warten.

Die Laune wird nicht besser, als sie sich abends in der großen Teamrunde treffen. Keine neuen Erkenntnisse im Fall der beiden ermordeten Puppenspielerinnen. Bis auf die spärlichen Motive einer möglichen Eifersuchtstat sind keine weiteren Verdachtsmomente aufgetaucht. Und die Spur, die sie mittels Wasserleiche und der plötzlich auf der Bildfläche erschienenen dubiosen Securityfirma verfolgen, ist auch äußerst vage.

Sie treten auf der Stelle. Das hasst Merana.

»Wollen wir uns von Sandro verwöhnen lassen, um auf andere Gedanken zu kommen? Ich lade euch ein.«

Alles ist besser, als auf eine vollgepackte Ermittlungstafel zu starren und warten zu müssen, dass sich endlich ein entscheidender Hinweis einstellt, der sie wenigstens einen Millimeter weiterbringt.

Das »Da Sandro« ist gut besucht. Das kleine italienische Restaurant liegt in einer der Passagen, die von der Getreidegasse zum Universitätsplatz führen. Merana ist hier Stammgast. Alessandro Calvino ist mittlerweile seit fast 23 Jahren in Salzburg. »Gekommen wegen amore, geblieben wegen mangiare«, pflegt der kleine schnauzbärtige Sizilianer zu sagen, wenn man ihn nach dem Grund seines Hierseins fragt. Nachdem seine große Liebe mit einem Versicherungsberater durchgebrannt war, kratzte er seine Ersparnisse zusammen, überzeugte die Bank von seinen Plänen, das beste italienische Restaurant in ganz Westösterreich zu errichten, und eröffnete das Lokal.

»Chi non risica, non rosica«, ist einer von Sandros Lieblingsaussprüchen. Wer nicht wagt, der nicht gewinnt!, würde man dem Sinn nach übersetzen. Wobei die wörtliche Übertragung eher lauten müsste: Wer nicht riskiert, hat nichts zu knabbern.

»Per rosicare«, grinst der Lokalbesitzer, als die vier Platz genommen haben. Er stellt ihnen einen Behälter mit Grissini auf den Tisch. Die mürben Brotstangen duften nach Rosmarin.

»Ich habe dich schon lange nicht mehr gesehen, Martino. Wie wunderbare, dass du mitgebracht hast liebe Freunde.« Er küsst formvollendet der Chefinspektorin die Hand, dann begrüßt er die Herren.

»Ich habe ganz frische *conchiglie dei pellegrini*. Kann ich zubereiten prontissimo für eine wunderbare Antipasto. Für secondo kann ich empfehlen *branzino*, *orata*, wenn ihr wollt die Fische. Wenn ihr bevorzugt carne, dann bringe ich *capretto con patate*, ist molto delizioso.«

Carola, Otmar und Thomas nehmen den Vorschlag des Sizilianers an und wählen die Jakobsmuscheln als Vorspeise. Merana lässt sich als ersten Gang eine kleine Portion *pasta con le sarde* bringen. Keiner kann die Nudeln mit einer Soße aus Sardinen, Tomaten, Pinienkernen und Rosinen besser zubereiten als sein Freund Sandro. Dafür hält der Kommissar sich bei der Hauptspeise zurück. Er nimmt eine *orata*, ein Goldbrassenfilet, mit ein wenig Salat. Carola schließt sich ihm an. Den beiden Herren ist nach Kräftigerem zumute, sie wählen das Ziegenkitz.

»Una decisione buona, signori.« Das schmale Gesicht des kleinen Italieners ist ein einziges Lächeln. »*Capretto con patate* ist eine typische Spezialität alla Pasqua in meine Heimat, in die Osterzeit. Wir bereiten das zu ganz in die klassische Methode.

Nur mit die *rosmarino*, die Knoblauch, *sale*, *olio* und die … wie sagt man? *alloro*?

… ja, die Lorbeer!«

Das Essen schmeckt wunderbar. Merana nimmt dieses Mal keinen Pinot Grigio, sondern lässt sich von Sandro einen Cataratto empfehlen, einen Weißwein aus Sizilien. Zum *capretto* bringt der Lokalchef einen Etna Rosso.

Es tut gut, sich wenigstens für kurze Zeit einmal nicht mit Leichen, Tatortspuren, Gewalttätern zu beschäftigen. Es ist anregend, sich mit Sandro über die Schönheiten seiner sizilianischen Heimat zu unterhalten, die exzellente Zubereitung seiner Speisen, die Qualität des Weines zu loben. Sie genießen es. Und schaffen es dennoch nicht, die brutalen Aspekte ihres aktuellen Falles völlig auszublenden.

Merana spürt es. An sich und an seinen Mitarbeitern. Er ist mit den dreien schon öfter hier gewesen, auch zusammen mit weiteren Freunden. Sie haben bisweilen bis 4 Uhr morgens gezecht, geschmaust, geplaudert, gefeiert. Heute brechen sie weitaus früher auf. Schon um 11 Uhr begleicht der Kommissar die Rechnung. Thomas Brunner bietet an, Otmar und Carola mitzunehmen. Die Chefinspektorin will wieder in ihren eigenen vier Wänden schlafen. Merana fährt alleine nach Haus, stellt um dreiviertel zwölf das Auto in die Garage.

Der Anruf erreicht ihn zehn Minuten nach Mitternacht.

»Herr Kommissar, ich hoffe, ich habe Sie nicht geweckt.« Merana erkennt sofort die Stimme mit dem böhmischen Akzent.

»Guten Abend, Herr Slavik. Nein, ich bin erst vor Kurzem heimgekommen.«

»Ich befinde mich in meiner Werkstatt im Theater. Könnten Sie herkommen? Ich möchte Ihnen gerne etwas zeigen.«

»Ich komme.«

Es herrscht kaum Verkehr. Merana braucht 20 Minuten, dann parkt er sein Auto auf der Straße vor dem Marionettentheater. Der Tscheche erwartet ihn schon am Haupteingang. Er führt den Kommissar hinunter in die Arbeitsbereiche. In der Schnitzereiwerkstatt machen sie Halt. An der Wand hängt eine Marionette, die Merana schon vertraut ist, der kleine Kerl mit dem Schmetterling auf der Schulter.

Marek Slavik nimmt die Figur vom Haken, zieht an den Fäden. Die Puppe macht eine Verbeugung vor Merana.

»Guten Abend, Herr Kommissar.« Marek versucht, seine Bassstimme höher klingen zu lassen. Er dreht am Führungskreuz. Leandro richtet sich auf. »Entschuldigen Sie bitte die Störung zur nächtlichen Stunde. Es freut mich, dass Sie herkommen konnten. Ich habe etwas für Sie. Bitte greifen Sie in meine Tasche.«

Die Figur kommt zwei Schritte näher. Sie verharrt mit leicht schräg gestelltem Köpfchen. Merana legt behutsam die Finger an die Umhängetasche des kleinen Kerls. Er tastet ins Innere. Seine Finger stoßen auf etwas Hartes. Er zieht den Gegenstand heraus, richtet sich auf. In seiner Hand liegt ein viereckiges Stück Plastik, etwa drei mal zwei Zentimeter groß.

»Das ist eine Speicherkarte.« Verwundert blickt Merana den Puppenspieler an.

»Wir haben die Proben zu ›Le Nozze di Figaro‹ wieder aufgenommen«, erklärt sein Gegenüber. Wir wollten Lucys Idee, eine zusätzliche Figur in der Oper einzuführen, beibehalten. Aaron führt jetzt die Puppe. Bei einer der Gartenszenen hatte er den Einfall, es wäre schön, könnte Leandro den angedeuteten Gesang der Nachtigall auf einer Art Schalmei begleiten. Die Flöte könnte er im vierten Akt mitführen. Dazu müsste man nur die Umhängetasche ein wenig adaptieren. Ich habe mich heute nach der Abendvorstellung gleich an die Arbeit gemacht. Als ich Maß nahm und ausprobierte, wie die Veränderung am besten zu bewerkstelligen sei, machte ich die Entdeckung. Ich war nicht weniger verblüfft als Sie, Herr Kommissar. Leandro hält etwas in seiner Tasche verborgen, das man dort nicht vermuten würde.«

Merana blickt auf den kleinen Kerl vor ihm. Der Kopf ist gedreht. Der pfiffige Gärtnergehilfe beäugt ihn von schräg unten. Merana blickt sich um.

»Darf ich Ihren Laptop benützen?«

»Selbstverständlich.«

Merana setzt sich an den Tisch. Der Laptop ist eingeschaltet. Er steckt die Speicherkarte in den Schlitz. Neben sich nimmt er eine Bewegung wahr. Leandro ist auf den freien Stuhl geklettert. Neugierig schaut er dem Kommissar über die Schulter. Merana greift zur Maus, wählt das Laufwerk aus. Es ist nur eine einzige Datei auf dem Chip. Ein Videoformat. Merana aktiviert die Wiedergabe.

Der Screen wird schwarz. Nach zwei Sekunden entsteht ein Bild. Merana sieht Männer in einem Raum. Sie singen grölend. Die Aufnahmen sind offenbar mit einem Handy gemacht. Die Bilder wackeln, aber die Szene ist dennoch gut auszumachen. Merana stutzt, hält das Bild an. Zwei der Männer in der Runde kennt er. Er lässt das Video weiterlaufen. Die Szene wechselt. Ein anderer Raum, größer. Ins grölende Lachen mischt sich das Geräusch von Schüssen. Bald darauf weiterer Schauplatzwechsel. Wildes Geschrei. Arme werden in die Höhe gerissen. Das Video dauert nur vier Minuten. Mehr ist nicht auf der Speicherkarte. Doch was Merana gesehen hat, reicht.

Auch der Puppenspieler hat zugeschaut. Merana liest das leichte Entsetzen in den Augen seines Gegenübers. Auch ihm ist übel. Der Kommissar zieht den Chip ab, bedankt sich bei Marek, steckt die Karte in die Tasche.

Er tritt einen Schritt zurück.

Dann verbeugt er sich vor der Puppe, so tief er kann.

DONNERSTAG, 2. MAI

Merana hat noch in der Nacht vor dem Verlassen des Theaters Marek Slavik das Versprechen abgenommen, über das Gesehene eisernes Stillschweigen zu bewahren. Dann sandte er seinen drei Mitarbeitern und Günther Kerner eine kurze Nachricht. Er schlug ein Treffen um 8 Uhr früh vor.

Jetzt sitzen sie im Büro des Polizeipräsidenten. Merana startet das Video. Fünf Augenpaare sind auf den Bildschirm gerichtet. Die Kamera schwenkt durch den Raum, streicht über die Gesichter der grölenden Männer. Jeder Einzelne trägt ein breites mehrfarbiges Band schräg über der Brust. Die Gesichter sind aufgedunsen. Auf manchen Köpfen sind die Kappen verrutscht. Einige der Männer stemmen Bierhumpen in die Höhe. Fetzen der gegrölten Lieder sind ausschnittsweise zu verstehen.

… Negeraufstand ist in Kuba, Schüsse hallen durch die Nacht …

… wir sind die deutschen Legionäre, im Kampf um Freiheit und um Ehre …

… da trat in ihre Mitte der Jude Ben Gurion: Gebt Gas, ihr alten Germanen, wir schaffen die siebte Million …

… erstmal ein Glas Methadon für den Abschaum der Nation! Raus, raus aus unserer Stadt …

Die Szenerie wechselt. Ein anderer Raum. Dieselben

Männer. Ein lang gezogener Keller. Die Männer halten Pistolen in den Händen, schießen. Die Ziele sind in Großaufnahmen zu sehen. Figuren aus Pappkarton. Eine Figur hat einen Davidstern auf der Brust. Eine andere trägt eine Takke, die traditionelle Kopfbedeckung für muslimische Männer beim Gebet. Eine dritte Pappgestalt ist als weiblicher Körper nachgebildet. Brustwarzen und Schamhaare sind in überdimensionaler Größe aufgemalt. Die Kamera fährt auf den Kopf zu. Das Gesicht ist aufgeklebt, ausgeschnitten aus einem Wahlplakat. Es zeigt die Züge einer bekannten Politikerin, die sich für Flüchtlinge einsetzt. Eine Kugel klatscht auf die Stelle zwischen den Augen. Das Grölen im Hintergrund erreicht seinen Höhepunkt. Das Bild reißt ab. Eine Sekunde schwarz, dann folgt die nächste Szene. Eine Versammlung. Auf dem Podium steht ein blasser Mann mit linksgescheiteltem Haar. Die versammelte Menge jubelt ihm zu. Der Vortragende ist Jan van Freisen, einer der führenden Köpfe der holländischen Neonazi-Szene. Arme werden in die Höhe gestreckt. Heil-Rufe erschallen. Dann ist das Video zu Ende.

Eine halbe Minute ist es still im Raum. Merana gibt den anderen Zeit, das Gesehene zu verarbeiten. Dann fährt er die Aufnahme zurück, bleibt an einer bestimmten Stelle stehen. Inmitten der grölenden Runde sind die Gesichter von zwei Männern auszumachen. Das eine Gesicht gehört zu Roald Prankmann, das andere zu Arnulf Helmstett. Beide Männer sind in allen drei Szenen zu sehen. In der Studentenbude. Am Schießstand. In der Neonazi-Versammlung.

Ein Zittern durchläuft den Körper der Chefinspektorin, als müsse sie ekeligen Schlamm abschütteln.

»Wer hätte das gedacht«, flüstert sie dann und bemüht sich um ein Lächeln. »Diese Aufnahme verdanken wir dem kleinen Puppenmann. Er hatte sie die ganze Zeit über in seiner Tasche.«

»Olaf Salmira muss die Speicherkarte seiner Schwester übergeben haben«, setzt Merana fort. »Er fühlte sich wohl bedroht, verfolgt, wollte den Chip nicht bei sich haben, falls er geschnappt wird. Vielleicht hat er Lucy auch Anweisungen gegeben, was sie mit der Speicherkarte machen sollte, falls ihm etwas zustößt. Leider werden wie nie erfahren, was Schwester und Bruder tatsächlich vereinbarten.«

Merana drückt Brunner den Chip in die Hand. »Thomas, kannst du bitte Kopien anfertigen? Das Video wird nicht auf den Bürorechner gespeichert, das ist mir zu unsicher. Bitte ziehe die Kopien auf externe Datenträger.«

»Was machen wir mit dem Original?«

Merana deutet auf den Bürosafe.

»Das bewacht der Herr Polizeipräsident wie ein Drache den Schatz der Nibelungen. Wir haben üble Gegner. Mit denen ist nicht zu spaßen.«

Sie schauen auf ihren Chef. Auch wenn ihnen allen übel ist, angesichts der widerlichen Szenen, deren Zeuge sie eben waren, versucht es Hofrat Kerner mit einem Zitat.

»It's good to know who hates you and it is good to be hated by the right people!«

»William Shakespeare?«, fragt Thomas Brunner.

»Nein«, antwortet Hofrat Kerner. »Johnny Cash.«

Merana begibt sich in sein Büro. Dann ruft er die Großmutter an. Sie beruhigt ihn.

»Ich fühle mich sicher und wohlbehalten. Der gute Sepp ist zwar ein miserabler Kartenspieler, der nie weiß, mit welchem Trumpf er stechen soll. Aber als Beschützer entgeht ihm nichts. Wir fahren jetzt einkaufen. Die lieben Kollegen von der Polizeistreife aus dem Nachbarort holen uns ab und bringen uns auch zurück. Also mach dir bitte keine Sorgen, Martin. Du musst den Kopf freihaben für deine Arbeit. Und gönn dir ein unbelastetes Herz.«

Er atmet tief durch, legt das Handy zur Seite. *Mach dir bitte keine Sorgen, Martin …*

Das sagt sich so leicht. Er wird versuchen, sich auf die Arbeit zu konzentrieren.

Thomas Brunner kehrt zurück, übergibt ihm einen Speicherchip mit der Videokopie.

Merana steckt die kleine Digitalplatte ein.

Das Telefon des Technikers läutet. Er hält das Handy ans Ohr.

»Hallo, Eleonore … Ja, ich bin in Martins Nähe … Moment, ich stelle dich auf laut.«

Er drückt auf das Lautsprechersymbol und legt das Handy auf den Schreibtisch.

»Hallo, Herr Kommissar. Die DNA-Analyse ist abgeschlossen. Das Ergebnis ist eindeutig. Das Blut und die Hautpartikel, die wir an Carolas Schuh gesichert haben, stammen unzweifelhaft von Roald Prankmann. Ich hoffe, das bringt euch einen Schritt weiter.«

Das würde es, ganz sicher. Einen Riesenschritt, hofft Merana.

»Danke, Frau Kollegin.«

Sie wählen Vernehmungszimmer drei. Der Raum hat keine Fenster. Wer hier sitzt, bekommt schon einen nachhaltigen Eindruck davon, wie es ist, seine Zeit in einer Zelle ohne Ausblick zu verbringen. Der glatzköpfige Mann wird hereingebracht. In seinem Gesicht hängt ein Grinsen. Er ist sichtlich bemüht, gelassen zu wirken, den harten Kerl zur Schau zu stellen, der sich von niemandem einschüchtern lässt. Merana und Carola nehmen ihm gegenüber Platz.

Die Chefinspektorin startet den Rekorder, spricht Namen, Uhrzeit und die Kennzahl der Ermittlungsakte in das Aufnahmegerät.

Sie haben die Strategie der Vernehmungsführung nicht extra vorher abgesprochen.

Merana und Carola kennen einander seit 20 Jahren, haben unzählige Verhöre miteinander geführt. Sie wissen, was zu tun ist. Sie vertrauen ihrem Instinkt und ihrer Erfahrung.

»Wir kommen nochmals auf den Überfall von gestern Abend zu sprechen, Herr Prankmann«, beginnt Merana. »Wir wissen inzwischen, dass Sie einer der drei Angreifer waren.«

Der korpulente Mann am Tisch hebt die Hand mit einer lässigen Geste, als verscheuche er lästige Fliegen.

»Schwachsinn! Schon wieder stellen Sie eine Behauptung in den Raum, die ebenso dreist wie unhaltbar ist.«

»Woher haben Sie die Verletzungen im Gesicht? Die immer noch beeinträchtigte Lippe und die geschwollene Nase?«

»Das geht Sie einen Scheiß an!«

Seine Augen beginnen zu funkeln. Merana wartet. Die Chefinspektorin beugt sich nach vor. Ihre Stimme ist ruhig, fast freundlich.

»Es muss Sie bis ins Innerste wurmen, dass Sie sich ausgerechnet von einer Frau überrumpeln haben lassen.« Sie hebt leicht ihren Arm an. »Meine geschwollene Hand gegen Ihre verrenkte Nase. Wir sind quitt.« Die Miene, die sie ihm zeigt, ähnelt einem Lächeln.

»Wovon faselst du da, du Schlampe?« Seine Stimme ist plötzlich heiser. Er beugt sich weit nach vor. Der uniformierte Beamte, der an der Tür wacht, setzt sich in Bewegung. Carola hebt die Hand. »Danke, Herr Kollege, nicht nötig. Der junge Mann wird sich hüten, mir etwas anzutun.

Sonst könnte es sein, dass ihm die Schlampe abermals eine vor den Latz knallt. Aber von diesem Schlag wird er sich nicht mehr erholen.«

Der bullige Mann reißt die Augen auf. Mit dieser Antwort hat er offenbar nicht gerechnet. Hinter seiner Stirn beginnt es zu arbeiten. Die Anstrengung ist ihm anzusehen. Soll er weiterhin versuchen, mit Provokationen die Vernehmung hinauszuzögern, oder soll er sich anhören, was die beiden Kriminalisten zu bieten haben? Merana fährt in ruhigem Ton fort.

»Meine Kollegin hat den Angreifer gestern ins Gesicht getroffen. Wir haben die sichergestellten Blutspuren und Hautpartikel mit Ihrer DNA verglichen. Die Übereinstimmung ist eindeutig.«

»Lüge! Alles Lüge!« Er beginnt zu brüllen, drischt mit der Faust auf den Tisch. »Wir wissen doch, wie ganz bestimmte Kreise innerhalb der Polizei in Österreich arbeiten! Tatsachen verzerren! Beweise verdrehen! Ihr wollt nur eure Ausländerfreunde schützen! Ihr schreckt nicht einmal vor den dreistesten Lügen zurück, damit ihr die aufrechten und ehrbaren Menschen dieses Landes in den Schmutz ziehen könnt. Aber damit werdet ihr nicht durchkommen!« Er spuckt über den Tisch, trifft den Kommissar an der Brust. Merana zieht seelenruhig ein Taschentuch hervor, wischt den Speichel weg. Dann greift er in die Mappe mit den Unterlagen, zieht ein Blatt hervor. Es zeigt das Ergebnis der DNA-Analyse, beglaubigt vom Institut der Salzburger Gerichtsmedizin.

Prankmann nimmt das Blatt, zerreißt es. »Meine Anwältin wird bald hier sein und euch eure gefälschten Beweise in den Arsch stecken.«

»Warum haben Sie gestern Abend zusammen mit zwei Ihrer Männer Chefinspektorin Carola Salman und Abteilungsinspektor Otmar Braunberger angegriffen?«

Der Securitymann verschränkt die Arme vor der Brust, fixiert abwechselnd den Mann und die Frau, die ihm gegenübersitzen.

Merana wiederholt die Frage. Prankmann starrt ihn nur an. In den Augen erkennt Merana das Aufflackern von Hass.

»Na gut, Herr Prankmann, dann werde ich Ihnen sagen, warum Sie gestern mit Ihrer Schlägertruppe ausgerückt sind, um meine Kollegen zu attackieren.«

Wieder greift er in die Mappe, zieht das Foto von Olaf Salmira hervor, legt es auf den Tisch. Er lässt den Verdächtigen nicht aus den Augen.

»Sie kennen diesen Mann.« Prankmann schaut kurz auf das Bild, dann fixiert er wieder den Kommissar.

»Der Mann auf dem Bild war verdeckter Ermittler des BVT. Er hatte etwas bei sich, das Sie haben wollten!« Zum ersten Mal eine Reaktion. Das linke Augenlid des Gegenübers zuckt. Dann hat sich Roald Prankmann wieder unter Kontrolle.

»Sie verfolgen den Mann auf dem Bild, beobachten ihn. Er hat eine Schwester.« Merana zieht Lucys Foto aus den Unterlagen, legt es neben Olafs Bild.

»Bruder und Schwester treffen sich. Bald darauf taucht der Mann unter. Er endet als Wasserleiche in der Salzach. Das, was Sie wollen, haben Sie aber nicht bekommen. Existiert es gar nicht? Hat es der Tote verloren, während er durch den Fluss trieb? Oder hat er das Gesuchte seiner Schwester übergeben? Sie wollen kein Risiko eingehen, aber sie brauchen das Gesuchte. Die Schwester ist Puppenspielerin. Am Abend des Ostermontags, wenige Stunden nach dem Zusammentreffen mit dem Bruder, begibt sie sich in das Marionettentheater. Sie folgen ihr. Und bringen Sie um!«

»Was?« Die erste heftige Reaktion seit Minuten. »Sind Sie verrückt? Sie wollen mir einen Mord anhängen?« Er drischt mit der flachen Hand auf den Tisch. Dann fegt er die Bilder zu Boden. »So geht ihr hier vor? Das sind die schäbigen Methoden der korrupten Polizei!«

»Nein.« Merana bleibt ruhig. »Das ist die mühsame, aber letztendlich erfolgreiche Arbeit der kompromisslosen Polizei. Unsere Methode ist es, korrekt zu ermitteln. Eure Methoden schauen anders aus.«

Er zieht die vergrößerte Aufnahme des Vans aus der Schwarzstraße aus der Tasche. Thomas Brunners Spezialisten haben die Bildqualität optimiert. Deutlich ist der sichtbare Teil des Nummernschildes zu erkennen.

»Eure Vorgangsweise ist bespitzeln, beobachten, verfolgen, bedrohen.«

Er klopft auf das Foto. »Das ist ein Wagen eurer Firma, aufgenommen vor dem Eingang des Marionettentheaters. Dasselbe Fahrzeug wurde auch in Steyr gesichtet, in der Straße nahe der Wohnung dieser Frau.«

Er legt ein Bild von Dagmar Salmira auf den Tisch. »Diese Frau ist die Mutter der beiden toten Geschwister.« Merana bückt sich, hebt die von Prankmann hinuntergefegten Bilder auf, legt sie neben das Porträt der Mutter.

»Das sind eure Methoden, Herr Prankmann, im Verborgenen warten, um zuschlagen zu können. Meine Kollegen und ich machen unsere Arbeit. Wir ermitteln immer weiter. Das ist Ihnen und Ihren Komplizen lästig. Sie erhöhen den Druck. Sie beginnen, zuerst mich zu bedrohen.«

Er holt die Fotos hervor. »Sie schicken mir Bilder meiner Großmutter. Sie schrecken nicht davor zurück, mir den gewaltsamen Tod der alten Frau in Aussicht zu stellen.«

Merana klopft auf das Foto. Das Datum, das auf dem manipulierten Bild zu lesen ist, ist der 30. April. Das war vorgestern. Gott sei Dank ist der Tag vorübergegangen, ohne dass der Großmutter etwas zustieß. Merana spürt die Erleichterung, während er die Fotos über den Tisch schiebt.

»Und trotz Ihrer Drohung geben wir nicht auf, Herr Prankmann. Also beginnen Sie und Ihre Leute, die Spirale weiterzudrehen. Aber dieses Mal kein Einschüchterungsversuch in Form von Fotos. Nein, dieses Mal greifen Sie zum Baseballschläger und lauern meinen Kollegen auf. Ein brutaler Überfall. Und das alles nur, weil wir nicht lockerlassen, weil wir einfach nur unsere Arbeit machen. Aber es hat nichts genützt.« Merana langt in die Tasche. »Denn wir haben das, wonach Sie so verzweifelt suchten.«

Er knallt die Speicherkarte auf den Tisch. Die stechenden Augen des Mannes treten noch eine Spur weiter aus den Höhlen. Seiner Kehle entfährt ein heiseres Gurgeln. Aber er wagt nicht, die Hand auszustrecken, um nach dem Chip zu greifen.

»Ja, Herr Prankmann, das Mädchen hatte tatsächlich das, hinter dem Sie her waren. Aber Sie haben den Chip nicht entdeckt, weil sie keine Ahnung von den Geheimnissen der Puppen im Marionettentheater haben.«

Das Gurgeln aus Prankmanns Kehle wird zu einem Brüllen. »Ich lasse mir von euch keinen Mord anhängen!«

»Doppelmord«, zischt die Chefinspektorin und legt das Tatortfoto aus Sibylle Lerchers Wohnung auf den Tisch. »Das ist eine Kollegin aus dem Theater. Sie hat wohl etwas beobachtet. Sie wusste zu viel. Deswegen haben Sie auch diese Frau zur Seite geschafft.«

Der Laut aus seinem Mund gleicht dem schrillen Schrei eines angeschossenen Tieres.

»Was versuchst du, dreckige Fotze? Du hinterhältige Hure! Was treibt ihr hier für ein abgekartetes Spiel mit mir?«

Sie stehen auf, kramen die Unterlagen zusammen, gehen. Seine Schreie prallen gegen die Wände des fensterlosen Raumes.

Wer ist noch beteiligt?, fragt sich Merana, während er den Korridor entlang zu seinem Büro eilt. Welche Rolle spielt Prankmanns Vater? Wer agiert sonst noch im Hintergrund und zieht an den Fäden? Sie werden dranbleiben. Für den Überfall auf Carola und Otmar haben sie mit der DNA-Spur den entscheidenden Beweis erbracht. Sie werden Roald Prankmann und seiner Schlägertruppe auch den Mord an den beiden Frauen nachweisen. Egal, welchen Schwierigkeiten sie sich noch ausgesetzt sehen, sie werden nicht aufgeben.

Er stoppt erstaunt an der Tür zu seinem Arbeitsplatz.

»Wer hat Ihnen erlaubt, ungefragt mein Büro zu betreten?«

Der ungebetene Gast lässt den eierförmigen Glatzkopf nach vorne schnellen.

»Wer hat Ihnen erlaubt, sich eindeutigen Anweisungen aus dem Ministerium zu widersetzen?«

Der Terrier lehnt an der Schreibtischplatte. Er mustert Merana. Der Kommissar tritt ein.

»Wovon sprechen Sie?«

»Ich habe Ihnen vor fünf Tagen im Büro des Polizeichefs die unmissverständliche Anordnung aus dem Ministerium übermittelt, im Fall des verdeckten Ermittlers Olaf Salmira alias Hartmut Kreuzer keine weiteren Nachforschungen anzustellen!«

»Haben wir das?«

»Machen Sie sich nicht lächerlich, Herr Merana. Ihr Abteilungsinspektor ist tagelang mit dem Foto des Toten durch die Gegend gerannt.«

»Lassen Sie uns überwachen? Ist das eure Vorgangsweise, Herr Doktor Vernath?

Werden Polizeikollegen, die ihre Arbeit machen, von euch bespitzelt? Sind das eure Gestapo-Methoden?«

Merana ist in Fahrt gekommen. Die letzte Frage hat er gebrüllt. Er reißt die Tür auf, deutet mit der Hand nach draußen. Der Bullterrier drückt sich vom Schreibtisch ab, sein Zeigefinger stößt in Richtung des Kommissars.

»Sie halten sich nicht an Befehle. Sie ermitteln eigenmächtig in Bereichen, die Sie nichts angehen. Sie verhaften die Prankmanns!«

»Und das zu Recht!« Meranas Brüllen steigert sich. »Roald Prankmann hat gestern Abend mit seiner Schlägertruppe meine beiden wichtigsten Mitarbeiter angegriffen und um ein Haar krankenhausreif geprügelt.«

»Aus welchem Grund?«

»Sagen Sie's mir!«

Merana tritt der rechten Hand des Generaldirektors für öffentliche Sicherheit angriffslustig entgegen. Die beiden Männer stehen kaum eine Armlänge voneinander entfernt. Der Bullterrier hält das Gesicht grimmig nach oben gereckt, starrt dem Kommissar, der um zwei Köpfe größer ist, in die Augen. Aus diesen gleißt blanker Zorn. Ein paar Sekunden verharren die aufgebrachten Männer in dieser Position. Dann winkt der Terrier ab. »Ach, was soll's.« Er dreht sich um, lässt sich in einen der Besuchersessel sacken.

Meran wirft die Tür ins Schloss, stapft zu seinem Schreibtisch.

»Okay. Olaf Salmira hat im Auftrag des BVT im rechtsextremen Milieu recherchiert.«

Meinrad Vernath schlägt die Beine übereinander. »Er war hinter einer angeblich heißen Sache her. Was das genau war, wissen wir nicht. Er hat seinem Verbindungsmann innerhalb des BVT nur vage Andeutungen gemacht. Eines ist sicher. Er hat auch den Namen Prankmann genannt, ohne diese Bemerkung näher zu erläutern.«

»Und dann passiert etwas, für Außenstehende völlig

Unerwartetes«, nimmt Merana den Faden auf. »Im BVT kommt es zu einer Razzia. Dabei werden auch sensible Daten aus dem Extremismusbereich beschlagnahmt. Es besteht die Gefahr, dass diese Informationen in die falschen Hände geraten und die Identität von im Untergrund agierenden Mitarbeitern aufgedeckt wird. Ist Olaf Salmira als geheimer Ermittler aufgeflogen?«

Der Terrier überlegt lange, dann ringt er sich zu einer Antwort durch.

»Das wissen wir nicht.«

»War sein Sturz in die Salzach die Folge eines Unfalls oder einer Gewalttat?«

Wieder lässt sich Meinrad Vernath Zeit mit der Antwort.

»Es war kein Unfall, so viel kann ich Ihnen sagen. Jemand muss hinter Olaf Salmira her gewesen sein. Die Obduktion hat gezeigt, dass er eine Schusswunde am Oberschenkel hat.«

Respekt, Frau Doktor Plankowitz!, denkt Merana im Stillen. Sie lagen wieder einmal völlig richtig mit Ihrer Vermutung.

»Eine Frage, Herr Doktor Vernath: Haben Sie eine Vorstellung, was die besagte ›heiße Sache‹ sein könnte, von der Olaf sprach?«

Dieses Mal überlegt der hohe Beamte des Ministeriums noch länger.

»Tut mir leid, Herr Kommissar. Dazu kann ich mich nicht äußern.«

»Ich formuliere die Frage anders. Wie ist die Stimmung im Innenministerium? Was sagt der Minister? Werden einige Leute aus seiner Umgebung nervös?«

Keine Antwort. Das Gesicht des Terriers ist wie eine Maske.

Soll ich ihm das Video zeigen?, überlegt Merana. Vermutlich hat der Besitz dieser Speicherkarte Olaf Salmira das Leben gekostet. Und das seiner Schwester. Die Aufnahme zieht eine direkte Spur zu Roald Prankmann. Und auch zu Arnulf Helmstett, dem Vertrauten der Parteispitze, dem Günstling des Innenministers und des Vizekanzlers.

Soll ich ihm diese Aufnahme überlassen?

Nein!

Diesen Trumpf geben wir vorerst nicht aus der Hand.

Der Beamte des Innenministeriums verabschiedet sich. Kaum hat Meinrad Vernath das Büro verlassen, läutet Meranas Telefon. Der Anrufer ist Freimuth Tschernitz. Die Nachricht, die er vom Journalisten hört, überrascht Merana nicht, er hat sie fast erwartet. Es gibt eine Presseaussendung, teilt Tschernitz mit. Der Leiter der Sektion im Bundesministerium für Inneres, Arnulf Helmstett, wird von seiner Funktion abgezogen und umgehend versetzt.

»Wohin?«

»Das wird nicht angegeben.«

»Was ist mit Lochner?«

»Der bleibt.«

»Danke. Ich stecke mitten in den laufenden Ermittlungen. Es kann sein, dass ich etwas für Sie habe. Das braucht allerdings Zeit. Wenn wir alle Beweise zusammengetragen haben, sind Sie der Erste, der davon erfährt.«

»Danke, Herr Kommissar. Alles Gute weiterhin.«

Ja, *wenn*. Wenn er genug Beweise findet.

Einiges ist ihnen schon gelungen. Dank Leandro, der tapfer ein großes Geheimnis in seiner kleinen Gärtnergehilfentasche bewahrte. Dank eines wackeren tschechischen Puppenspielers, der den Chip rechtzeitig entdeckte. Und daraus die richtigen Schlüsse zog. Der den Zufallsfund nicht einfach im nächsten Papierkorb entsorgte, sondern den Kommissar verständigte.

Das Video beweist zumindest Arnulf Helmstetts und Roald Prankmanns Verstrickung in die rechtsextreme Szene. Die Veröffentlichung wird einen Riesenwirbel auslösen. Der Innenminister und dessen Parteichef werden gehörig ins Trudeln kommen. Selbst wenn sie versuchten, sich rechtzeitig von Helmstett zu lösen, indem sie ihn absetzten.

Für den Angriff auf Carola und Otmar werden sie Roald Prankmann in jedem Fall drankriegen. Aber sie müssen weiterschürfen. Sie müssen ihm auch die Verbindung zu den beiden Frauenmorden nachweisen. Jetzt haben sie seine DNA.

Jetzt können sie die sichergestellten Spuren neu bewerten. Jetzt können sie überprüfen, ob sich Prankmanns DNA zumindest an einem der Tatorte nachweisen lässt. Vielleicht sogar an beiden. Im Theater und in der Wohnung von Sibylle Lercher. Die unermüdlichen Spürhunde aus Meranas Team können erneut losmarschieren und die Fotos zeigen. Das von Prankmann und von anderen Mitarbeitern der Securityfirma. In der Linzergasse. In der Umgebung von Lucys Wohnung. Im Areal rund um das Theater. Das wird eine weitere Knochenarbeit, keine Frage. Aber das sind sie gewohnt. Seit vielen Jahren.

Die Nachforschungen ziehen sich schleppend hin. Zwei Tage lang keine neue Spur, kein brauchbarer Hinweis. Nichts. Es finden sich keine Zeugen, die Roald Prankmann oder eine der Personen aus dessen Umgebung gesehen hätten.

Vom Nachfragen anhand Fotos hat sich Merana einiges erhofft. Begegnungen mit Passanten kann man nicht immer steuern. Es gibt keine Garantie, dass sich nicht einer der Vorübergehenden zufällig an ein bestimmtes Gesicht erinnert. Die Vermeidung von DNA-Spuren lässt sich schon eher bewerkstelligen. Roald Prankmann und die Mitarbeiter der

Securityfirma sind zweifellos Profis, die wissen, wie man sich in einer Umgebung verhält, die man selbst bald zum Tatort macht. Während die meisten Mitarbeiter des Teams unterwegs sind, um mögliche Zeugen aufzutreiben, während Thomas Brunners Truppe die Fülle der sichergestellten Spuren ein weiteres Mal sichtet, versucht Merana, Antworten zu finden.

Wer hat den Auftrag erteilt, Olaf Salmira zu jagen? Wann ist die Identität des verdeckten Ermittlers aufgeflogen? Wer wusste davon? Gab es von Anfang an den Auftrag, auch die Schwester umzubringen? Handelt Roald Prankmann auf eigene Faust? Oder gibt es jemanden, der im Verborgenen agiert? Wer könnte das sein? Ein hoher Beamter des Ministeriums? Minister Keppl selbst? Der Vizekanzler? Wer beschloss, auch gleich die lästige Zeugin zu beseitigen? Was wusste Sibylle Lercher? Warum zögerte die Puppenspielerin, mit ihm darüber zu reden?

Wie eine schrille Lichterkette kurven die Sätze durch Meranas Kopf. Jede blinkende Glühbirne eine Frage. Aber weit und breit kein Scheinwerfer, der ihm eine Antwort erhellt.

Er telefoniert jeden Morgen mit der Großmutter und jeden Abend mit Jennifer. An den Tagesrändern schafft er es eher, das blitzende Karussell in seiner Gedankenwelt für kurze Zeit wegzublenden. Tagsüber ist das schwieriger. Da wird sein Kopf zu sehr von der immer wiederkehrenden Frage bedrängt: Ist Roald Prankmann allein für das Geschehen verantwortlich oder zieht jemand im Hintergrund an den Drähten? Dirigiert jemand die Puppen? Nein, er redet nicht vom Marionettenspiel in der Schwarzstraße, er denkt an die obskuren Vorfälle rund um die schon halbwegs ans Licht gezerrte Verschwörung. Aber im Grunde dominieren dieselben Mechanismen, im politischen Treiben wie im

Theater. Es geht um die Frage: Welches Spiel sehen wir im Vordergrund, und was passiert dahinter?

Es ist die Tatortgruppe. Es sind die emsig bemühten Spezialisten aus Thomas Brunners Truppe, die am dritten Tag endlich einen wichtigen Hinweis liefern. Das tagelange Durchforsten von endlos scheinendem Videomaterial hat sich ausgezahlt. Am Ostermontag, am Tag der Ermordung, hat eine Videokamera in der Nähe von Lucys Wohnung eine bestimmte Person erfasst. Es ist nicht Roald Prankmann, aber ein Mitarbeiter aus der Securityfirma.

»Ja!«, triumphiert Thomas Brunner, als er den anderen die Nachricht überbringt.

Sie haben sich in Meranas Büro versammelt. Auf dem Bildschirm des Tablets ist das Gesicht des Mannes zu sehen. Bjarne Keiffel. Laut Hinweis auf der Firmenhomepage ist er für Datenschutz und High Risk Operation zuständig.

Brunner ruft auch Roald Prankmanns Foto auf, stellt es daneben. Keiffel dürfte rund zehn Jahre älter sein. Im Vergleich zum glatzköpfigen Prankmann und dessen stechendem Blick wirkt Keiffel eher blass, fast schüchtern.

»Ja!«, wiederholt Brunner und droht mit erhobenem Zeigefinger in Richtung der Gesichter. »Wir werden euch drankriegen, dafür, dass ihr zwei unschuldige Frauen umgebracht habt!« Emotionale Ausbrüche dieser Art sind beim Chef der Tatortgruppe selten.

»Was haben wir?«, fragt Carola Salman.

Thomas Brunner konzentriert sich auf das Tablet.

»Bjarne Keiffel wurde am Ostermontag um 14.53 Uhr von der Überwachungskamera erfasst, etwa 200 Meter von Lucys Wohnung entfernt. Die Kamera ist sehr klein, angebracht in der Auslage einer Apotheke. Sie ist getarnt mit Schraubenkopfoptik, selbst für einen Profi schwer zu erkennen. Vermutlich hat Keiffel sie deswegen übersehen. Auf den Videos aller anderen Kameras in der Umgebung wurde der Security-Mann nicht erfasst. Wir wissen durch die Aussage der Lehrerin, dass Olaf Salmira gegen 15 Uhr in der Wohnung seiner Schwester ankam. Das passt zeitlich. Vermutlich hat Keiffel den verdeckten Ermittler beschattet. Wir wissen auch, dass Lucy um halb sieben bei Nico Mayer zum Abendessen war.«

»Sie muss also spätestens gegen 18.15 Uhr die Wohnung verlassen haben«, übernimmt Merana. »Wir können wohl davon ausgehen, dass Keiffel nicht alleine war.

Vermutlich waren mindestens drei Personen an der Operation beteiligt. Person A hängt sich an Olaf dran, als er die Wohnung seiner Schwester verlässt. Person B beschattet Lucy, die unterwegs zu Nico Mayer ist …«

»Und Person C durchsucht Lucys Wohnung«, ergänzt Thomas Brunner. »Ich habe euch von meinem eigenartigen Gefühl erzählt. Als wir Lucys Wohnung auf Spuren untersuchten, hatte ich den Eindruck, jemand sei schon vor uns dagewesen. Ein Profi.«

»Aber der Chip, den ihr der Bruder überlassen hatte, war nicht in der Wohnung, den hatte Lucy bei sich«, ergänzt der Kommissar.

»Olafs Spur verliert sich für uns«, beteiligt sich jetzt auch der Abteilungsinspektor an der Analyse. »Wir wissen nicht einmal, wann er die Wohnung seiner Schwester verließ. Aber von Lucy wissen wir, dass sie bis neun Uhr bei ihrem Freund Nico blieb und bald darauf das Theater aufsuchte.«

»Person C, die Lucys Wohnung durchsucht, hat inzwischen wohl gemeldet, dass sich die gesuchte Speicherkarte dort nicht finden lässt«, setzt Merana fort. »Also folgt Überwacher B der Puppenspielerin ins Theater. Er bedroht sie, verlangt den Chip. Lucy weigert sich, versucht zu fliehen. Er holt sie auf der Treppe ein, schlägt mit der Rohrzange zu.

Das Mädchen stürzt, bricht sich das Genick. Vielleicht war Mord gar nicht geplant, aber jetzt sieht sich der Täter mit einer Leiche konfrontiert. Er muss etwas unternehmen. Er wickelt der Toten die Theaterkordel um den Hals, wirft sie über die Brüstung der Spielbrücke. Durch diese inszenierte dramatische Situation wollte er vielleicht den Verdacht auf Lucys Mitspieler lenken.«

Alles viel zu theatralisch! Das war Meranas erster Eindruck gewesen, als er die Tatortbilder sah und sich später selbst einen Eindruck vom Schauplatz verschaffte.

»Wie ist er hereingekommen?« Die Frage kommt von der Chefinspektorin.

»Wir wissen immer noch nicht, ob Lucy tatsächlich absperrte«, antwortet Brunner. »Doch das spielt im Grunde keine Rolle. Für einen Profi einer Securityfirma kann es kein Problem sein, das Türschloss zu öffnen, ohne Spuren zu hinterlassen.«

»Wir müssen weiter schürfen, noch mehr an brauchbaren Hinweisen sammeln«, ergänzt Merana. »Bis jetzt haben wir nur Indizien. Und die sind sehr vage.«

»Was ist, wenn wir letztendlich nicht genug Beweise finden?« Die Chefinspektorin blickt mit ernster Miene auf ihre Kollegen. »Was ist, wenn wir Prankmann und Kumpanen zwar für den Überfall auf Otmar und mich drankriegen, sie aber mangels eindeutiger Beweise für den Mord an den beiden Frauen ungeschoren davonkommen? Was machen wir dann?«

»Dann müssen wir zuschauen, wie sie sich lachend die Hände reiben«, erwidert der Kommissar. »Wir bekämen sie nur für lebenslänglich hinter Gittern, wenn wir tatsächlich das machten, was uns die rechtsextreme Szene ohnehin dauernd vorwirft: Tatsachen verdrehen, Beweise fälschen.« Die Blicke richten sich auf den Chef der Tatortgruppe. Der lächelt spöttisch.

»Ja, es könnte der Fall eintreten, dass wir nach langer Suche, nach der Auswertung unzähliger Spuren plötzlich draufkommen, dass sich in Lerchers Wohnung und im Bühnenbereich des Theaters doch DNA-Material gefunden hat, das eindeutig von Roald Prankmann stammt. Die Darstellung würden wir schon so hinkriegen, dass sie als Beweis vor jedem Gericht dieser Welt standhält. Und dann wandern die Herrn unweigerlich ins Gefängnis.«

Für einen Moment ist es still in Meranas Büro. Carola hat die Augen gesenkt.

Würden wir so weit gehen?, fragt sich Merana. Er stellt sich Roald Prankmann vor. Wie er den Verhörraum verlässt, im Wissen, dass die Beweise für eine Anklage nicht ausreichen. Wie er an Merana und Carola vorbeistolziert. Ein höhnisches Grinsen im Gesicht. Pech gehabt, du Schlampe, du dreckige Fotze.

Würden sie tatsächlich ein wenig nachhelfen und an Beweisen drehen, damit das nicht passiert?

Nein!

Er schaut auf seine Mitarbeiter. Weggefährten, denen er seit Jahren blind vertraut. Er ist überzeugt, dass sie dasselbe denken wie er.

Nein, so weit würden sie nicht gehen.

Andererseits. Soll man die Täter davonkommen lassen, wenn man weiß, dass sie hinter den Morden stecken, und es nur nicht eindeutig beweisen kann?

MONTAG, 6. MAI

Sie haben Roald Prankmann am Wochenende mehrmals verhört. Die Anwältin hat sich mächtig ins Zeug gelegt. Aber sie schaffte es bisher nicht, das Ergebnis der DNA-Analyse anzufechten. Das im Zuge des Überfalls an Carolas Schuh gesicherte Blut und Gewebematerial stammt von ihrem Mandanten. Nun verlangt Pamela Strichberg eine Überprüfung der Analyse durch unabhängige Experten.

»Alles nur großes Brimborium«, beruhigt Staatsanwältin Taubner. »Welche Experten sollten denn unabhängiger sein als die beeideten, vorurteilslosen Vertreter des Gerichts? Selbst wenn der Richter darauf eingeht, hat die Anwältin keine Chance. Das Ergebnis der Untersuchung unserer Gerichtsmedizinerin Eleonore Plankowitz ist unanfechtbar.«

Das ist Merana klar. Doch er kennt die Methoden mancher Anwälte. Je größer die Geschütze sind, die man auffahren lässt. Je lauter es knallt und je dichter der Pulverdampf, umso mehr gelingt es, zumindest groben Sand ins Räderwerk der Ermittlungen zu streuen.

Am Nachmittag erreicht ihn ein Anruf vom Empfang.

»Herr Kommissar, bei mir ist ein Mann, der gerne den Ermittlungsleiter sprechen möchte. Er habe eine Aussage zum Mordfall Sibylle Lercher zu machen.«

»Danke, ich komme.«

Merana begibt sich ins Erdgeschoss, hält auf den Eingang zu. Der Mann, der ihn erwartet, ist jung. Mitte 20, schätzt der Kommissar. Attraktive Erscheinung. Breite Schultern, schmale Hüften. Er trägt enge schwarze Jeans und eine stylishe, helle Lederjacke. Sein Lächeln erinnert an den jungen Orlando Bloom.

»Guten Tag, ich bin Kommissar Merana. Wie heißen Sie?«

Der Händedruck des Schönlings ist kräftig. »Nennen Sie mich einfach Pierre!«

Pierre? Mehr nicht? Merana gibt sich vorerst damit zufrieden. Er will erfahren, was der Mann zu sagen hat. Er nimmt ihn mit in sein Büro.

»Kaffee?«

»Gerne. Schwarz und ohne Zucker.«

Die Espressomaschine ist eingeschaltet. Merana bereitet den Kaffee zu, reicht dem anderen die Tasse.

»Danke.«

Er nimmt am Schreibtisch Platz.

»Sie sagten unserer Kollegin am Eingang, Sie hätten etwas im Mordfall Sibylle Lercher beizutragen?«

Pierre nimmt einen Schluck vom Kaffee.

»Ja. Zunächst muss ich erklären, warum ich erst heute zu Ihnen komme. Ich war verreist. Ich bin erst gestern Abend von einer Mittelmeerkreuzfahrt zurückgekommen. Auf dieser Reise war ich mit anderen Dingen beschäftigt. Von den Ereignissen in Salzburg bekam ich nichts mit. Erst als ich heute Morgen den Stapel an Zeitungen durchblätterte und die entsprechenden Meldungen im Internet las, stieß ich auf die furchtbaren Vorfälle.«

»Sie haben Frau Lercher gekannt?«

Die Jugendausgabe von Orlando Bloom zögert. »Ja ... ein wenig. Es hat mich schockiert, was ich in der Onlineausgabe einer Boulevardzeitung zu lesen bekam. Das Schmierblatt hat den Verdacht geäußert, Sibylle könnte Selbstmord begangen haben. Aus Reue. Im Bericht wurde angedeutet, sie könne etwas mit dem Mord an ihrer Theaterkollegin zu tun haben. Das kann nicht sein!«

»Warum nicht?«

»Stimmt es, dass die andere Puppenspielerin, eine gewisse Lucy, wenn ich mich recht entsinne, am Abend des Ostermontags ermordet wurde?«

»Ja.«

»Dann kann es Sibylle auf keinen Fall gewesen sein.«

»Wie kommen Sie zu der Annahme?«

»Weil Sibylle mit mir zusammen war, von 20 Uhr bis kurz vor Mitternacht.«

»Wo?«

»Im Hotel ›Liliane‹.«

»Waren Sie der Liebhaber von Frau Lercher?«

»Ja, in gewisser Weise schon.« Ein trauriger Ausdruck schleicht sich in seine dunklen Augen. »Aber nur für vier Stunden.«

Merana blickt ihn fragend an. Pierre stellt die leere Tasse weg.

»Mein Job ist es, Frauen glücklich zu machen. Für eine Nacht, für wenige Stunden oder für eine mehrtätige Reise auf einem Luxusschiff quer durchs Mittelmeer.«

»Man kann Sie … mieten? Für Sex?«

»Ja, und für manches mehr. Alles, wonach Frauen sich sehnen. Auf meiner Homepage stehen Sätze wie ›Pierre ist ein Frauenversteher. Ein Charmeur. Ein Verführer. Er kennt alle lustvollen Spielarten der Erotik. Er ist romantisch. Ein Begleiter mit Humor und Esprit …‹«

»Und Sibylle Lercher hat Sie engagiert? Am Ostermontag für ein paar lustvolle Stunden im Hotel ›Liliane‹?«

»Ja.«

»Warum nicht bei sich zu Hause, in ihrer Wohnung?«

»Das wollen Frauen nur in den allerseltensten Fällen. Sie wollen sich nicht in ihrem vertrauten Ambiente mit mir treffen, nicht in den eigenen vier Wänden. Sie suchen das prickelnde Abenteuer, den Reiz des Außergewöhnlichen. Und für Sibylle kam eine Begegnung mit einem Escort-Lover in ihrer gewohnten Umgebung schon gar nicht in Frage. Das war mir von der ersten Sekunde an klar.«

»Wie hat sich das geäußert?«

»Ich kann mir gut vorstellen, Herr Kommissar, welches Bild Sie von mir haben. Für Sie bin ich vermutlich nur ein Typ, der den Schwanz auspackt, Frauen niederrammelt und dafür Kohle bekommt. Doch das wäre viel zu wenig, um in meinem Job erfolgreich zu sein. Ich versuche ernsthaft, auf die Gefühle und Bedürfnisse der jeweiligen Partnerinnen einzugehen. Manche wollen tatsächlich oft nur Romantik, feuchte Küsse im Mondlicht, ein wenig Herz ausschütten, sanfte Erotik. Manche wollen harten Sex, ungezügeltes Abenteuer. Es ist wie ein Kurzausflug aus dem trägen Alltag. Die meisten Frauen melden sich auch nicht unter ihrem echten Namen. Auch Frau Lercher kontaktierte mich nicht als Sibylle, sondern als Susanna. Wie sie mit richtigem Namen hieß, begriff ich erst heute, als ich ihr Bild in der Zeitung entdeckte. Sie war sehr schüchtern, wirkte verlegen. Ich bin felsenfest davon überzeugt, dass sie sich das erste Mal auf ein Abenteuer dieser Art einließ.«

»Wann hat Frau Lercher Sie kontaktiert?«

»Etwa drei Wochen vorher. Da haben wir Ort und Datum festgelegt. Sie hat mir am Abend auch gestanden, dass sie um ein Haar nicht gekommen wäre. Sie schäme sich ein wenig dafür, sich bezahlten Sex zu verschaffen. Es dürfe auch niemand aus ihrer Umgebung davon erfahren.«

»Hat sie Ihnen verraten, wie diese Umgebung beschaffen ist, was sie beruflich macht?«

Zum ersten Mal schleicht sich das bubenhafte Lächeln des Charmeurs ins Gesicht des Mannes.

»Sie hat zumindest eine Andeutung fallen lassen. Sie sagte: Im Grunde mache ich etwas Ähnliches wie du, Pierre. Auch ich versuche, andere Menschen glücklich zu machen. Wenigstens für kurze Zeit. Auch ich arbeite mit Illusionen, erwecke eine Scheinwelt. Ich dachte, sie hätte vielleicht etwas mit Mode zu tun oder mit der Make-up-Industrie. Erst durch die Zeitungsberichte bin ich draufgekommen, dass sie Puppenspielerin war.«

»Abgesehen davon, dass Frau Lercher verunsichert wirkte, was hatten Sie sonst für einen Eindruck von ihr?«

»Intelligent, lebensfroh, humorvoll. Und neugierig genug, dass sie sich mit mir auf eine lustvolle Entdeckungsreise einließ. So, wie ich Sibylle in den paar Stunden kennenlernte, erlebte ich sie als wunderbare Frau. Deshalb will ich auch nicht, dass man über sie Lügen und hinterhältige Anschuldigungen in den Medien verbreitet. Darum bin ich zu Ihnen gekommen, Herr Kommissar. Und ich wünsche sehr, dass Sie Sibylles Mörder fassen.«

Ja, das wünscht Merana auch.

»Ich danke Ihnen, Pierre. Wir müssen Ihre Aussage noch schriftlich festhalten. Und dazu brauchen wir die korrekten Angaben zu Ihrer Person. Name, Adresse.«

Der junge Mann nickt. »Das ist mir schon klar, Herr Kommissar. Mit meinem echten Namen hätte ich, auch bei attraktivsten Bewerbungsbildern, wenig Chancen in der Damenwelt.«

»Jetzt bin ich neugierig.«

»Ich heiße Tattelhammer, Herr Kommissar, mit Vornamen Pankraz. Den habe ich von meinem Großvater.«

»Ich schließe mich Ihrer Meinung an, lieber Pankraz Tattelhammer. Pierre klingt da doch … vielsprechender.«

Ein Detail aus den Tatortfotos fällt ihm ein. »Noch eine Frage, Pierre. Wir haben an den Handgelenken von Frau Lercher feine Linien entdeckt, möglicherweise Spuren von Fesselungen.«

Erneut zeigt sich das charmante, spitzbübische Lächeln.

»Ja, Herr Kommissar, wir haben uns ein wenig an Fifty Shades of Grey orientiert. Sibylle wollte das.«

Merana drückt die Kurzwahl von Tamara Kelinic, bittet sie, in sein Büro zu kommen, um eine Zeugenaussage zu dokumentieren. Die junge Beamtin erscheint. Sie bleibt verdutzt in der Türe stehen. Ein rätselhafter Glanz leuchtet plötzlich in ihren Augen.

Sie hat keinen Blick für den Kommissar, nur für den jungen Mann, der ihr gegenübersteht.

Soll ich ihr jetzt sagen, dass er Tattelhammer heißt, überlegt der Kommissar.

Nein, das wird sie früh genug erfahren. Lassen wir ihr das Vergnügen, dass sie bis dahin vom jugendlich verführerischen Orlando Bloom mit einem sexy Lächeln auf den Lippen zur Zeugenaussage begleitet wird.

Er öffnet Google Maps, sucht die Position des Hotels »Liliane«. Das Haus liegt im Norden, im Stadtteil Sam. Laut Pierres Angaben dauerte das Liebesabenteuer bis kurz vor Mitternacht. Er öffnet den Ordner mit den Zeugenaussagen. Die Nachbarin gab an, Sibylle Lercher sei gegen halb eins heimgekommen. Er überprüft die Strecke auf der Karte. Das passt zu den Aussagen. Aber auf dem Weg vom Hotel zu ihrer Wohnung in der Linzergasse war Sibylle Lercher garantiert nicht am Marionettentheater vorbeigekommen. Das liegt weitab davon. Warum hätte sie, erfüllt von einem prickelnden erotischen Erlebnis, später ihre Wohnung verlassen sollen, um das Theater aufzusuchen? Sie wusste ja nicht einmal, dass Lucy dort war.

Aber wenn Sibylle in dieser Nacht sich gar nicht in der Nähe befand, dann konnte sie weder beobachten, dass Lucys Mörder ins Theater schlich noch dass er es später wieder verließ. Er öffnet die Fotodateien, holt sich das Porträt der Puppenspielerin auf den Schirm. Sibylle Lercher, was ist passiert?, fragt er laut. Du hast dich geziert, mir etwas zu erzählen. War der Grund für dein sonderbares Verhalten gar nicht die Unsicherheit, dass du etwas beobachtet hast, aber nicht wusstest, wie du es einordnen sollst? Hast du nur mit dem Entschluss gekämpft, deine Skrupel zu überwinden und uns über die kleine Lüge aufzuklären? Dass du bei der ersten Einvernahme aus einem Gefühl der Verschämtheit aussagtest, du wärst zu Hause gewesen, während du in Wahrheit dich mit einem gemieteten Lustknaben in einem Hotelzimmer bei Sexfesselspielen austobtest?

Wieder schaut er auf den Stadtplan. Hotel »Liliane«. Linzergasse. Marionettentheater.

Ihm wird warm. Die nächste Frage drängt sich auf. Er spürt sie mehr aus der Hitze des Kopfes aufsteigen, bevor sie sich in seinen Gedanken kristallisiert. Wenn Sibylle Lercher in der Mordnacht gar keine Beobachtung machen konnte, warum wurde sie dann umgebracht?

Steht das Verbrechen an Sibylle Lercher gar nicht im Zusammenhang mit Lucys Ermordung? Alles in ihm sträubt sich, diese Möglichkeit auch nur ins Auge zu fassen.

Tod einer Puppenspielerin. Weil sie etwas besaß, hinter dem die Feinde ihres Bruders her waren. Und drei Tage darauf die nächste tote Puppenspielerin.

Warum?

Seine Hände beginnen zu schwitzen. Er schnellt vom

Stuhl hoch, als säße er auf Kohlen. Er beginnt, im Büro auf und ab zu marschieren. Immer wieder klatscht er die Handflächen gegen die Brust, belebt seinen Kreislauf. Er reißt das Bürofenster auf. Er braucht Frischluft, damit sein Hirn auf Hochbetrieb kommt.

Was haben sie übersehen?

Er nimmt wieder am Schreibtisch Platz. Er öffnet alle Unterlagen, die sie zu diesem ausufernden Fall gesammelt haben. Er ackert alles durch. Die Tatortfotos, die forensischen Berichte. Die Angaben aller am Theater Beschäftigten. Die Gesprächsprotokolle, die er sich nach den Begegnungen mit den Leuten aus dem Innenministerium angelegt hatte. Die Fotos mit dem Van. Die Drohbilder, die man ihm aufs Handy schickte. Die vorliegenden Ergebnisse zur Untersuchung des Überfalls auf Otmar und Carola. Sämtliche Aussagen, die vom Beginn der Untersuchung am Dienstag nach Ostern bis heute gemacht wurden.

Und dann, wie das Zirpen einer Sternschnuppe in einer Winternacht, hat er die Antwort. Sie ist klein, unscheinbar, verspielt. Für die meisten wohl eine Nebensächlichkeit, aber für den achtsamen Beobachter nicht zu übersehen.

Wie konnte dir das nur passieren, Merana?

Er lehnt sich nach hinten, lässt sich in die Lehne des Bürostuhls sacken.

Er weiß immer noch nicht, warum Sibylle Lercher sterben musste. Aber er weiß, wer Lucy Salmira umbrachte.

Er greift zum Telefon, ruft Otmar und Carola an, bittet sie, ins Büro zu kommen.

Die beiden erscheinen. Er erklärt es ihnen. Das Erstaunen ist groß.

Sie fahren hin, alle drei. Er ist von ihrem Auftauchen sichtlich überrascht. Er bestreitet den Vorwurf, wie schon öfter in den vergangenen Tagen. Sie zeigen ihm die Zeugenaussage. Dann spielen sie ihm die Aufnahme vor. Das Entsetzen in seinem Gesicht schwillt an, während er seiner eigenen Stimme zuhört. Er erkennt seinen Fehler. Die Angst wächst. Ihm wird bewusst, dass er nicht mehr rauskommt. Sie nehmen ihn mit. Sie verhören ihn die ganze Nacht. Er leugnet heftig. Sie setzen ihm zu. Er hält lange durch. Doch mit den verrinnenden Stunden schwindet auch seine Widerstandskraft. Schließlich bricht er ein, ein zweites Mal. Auch Merana und die Chefinspektorin sind erschöpft. Sie vermerken die Uhrzeit. Um exakt 6.40 Uhr gesteht Nico Mayer, dass er nicht nur Lucy Salmira, sondern auch Sibylle Lercher getötet hat.

DIENSTAG, 7. MAI

Merana schickt Carola nach Hause und verständigt die Staatsanwältin und den Chef. Günther Kerner kommt um 7.45 Uhr ins Präsidium. Er lässt sich kurz berichten, gratuliert seinem Kommissar zum Ermittlungserfolg. Sie sind gestern Abend übereingekommen, dass Otmar sich nicht am Verhör beteiligt, sondern nach Hause fährt. Er ist immer noch beeinträchtigt von den schmerzhaften Folgen der Schlägerattacke. Er braucht Schonung. Es reicht, wenn Merana und Carola sich die Nacht um die Ohren schlagen. Der Kommissar rechnet nach. Er ist seit fast 30 Stunden auf den Beinen. Er braucht dringend Schlaf. Zuvor will er sich noch mit dem Abteilungsinspektor besprechen. Braunberger kommt um 9 Uhr zum Dienst. Es gibt genug zu erledigen. Sie müssen noch Antworten auf viele andere offene Fragen finden. Merana schafft es, die Großmutter anzurufen und mit Jennifer zu reden, ehe er um 10.30 Uhr ins Bett fällt. Es dauert keine Minute, dann schläft er.

Als Merana acht Stunden später in der Bundespolizeidirektion auftaucht, empfängt ihn Otmar Braunberger mit einer guten Nachricht.

»Ich habe den Keiffel weichgekocht.«

Der Kommissar lässt sich berichten.

»Ich habe mir zu Mittag den guten Bjarne ins Präsidium bringen lassen. Thomas und ich haben ihm die Aufnahme der versteckten Überwachungskamera aus der Apothekenauslage vorgespielt. Wir haben ihn in die Mangel genommen. Wir haben ihm nicht gesagt, dass wir Lucy Salmiras Mörder seit gestern Abend kennen. Wir haben ihm gedroht. Der Kerl gehört nicht zu den Hartgesottenen, lässt sich schnell einschüchtern. Er war ganz sicher nicht Teil der Schlägertruppe, die uns überfallen hat. In der Firma ist Bjarne Keiffel für softere Aufgaben zuständig. Für IT-Überwachung und operative Strategien. Mit Mord wollte er nicht in Verbindung gebracht werden. Er hat letztendlich zugegeben, dass er die Wohnung durchsuchte. Sie waren hinter dem Datenträger her, den sie bei Olaf Salmira vermuteten. Aber mit der Ermordung der Schwester will er nichts zu tun haben.«

»Wer hat ihn beauftragt?«

»Seine Chefs, der alte und der junge Prankmann.«

»Wir sollten mit Gudrun Taubner reden. Vielleicht kann ihm die Staatsanwaltschaft einen Deal anbieten. Es gibt genug offene Fragen. Wenn Bjarne Keiffel bei Mord ohnehin kalte Füße bekommt, wird er vielleicht mehr ausplaudern, wenn wir ihm auch im Fall des toten Olaf Salmira eine Beteiligung unterstellen.«

»Ist längst erledigt, Martin. Ich habe vor zwei Stunden mit Gudrun telefoniert und ihr genau dasselbe vorgeschlagen.«

»Na, dann kann ich mich ja wieder beruhigt niederlegen, wenn ohne mein Zutun alles bestens läuft«, feixt Merana und gibt seinem Abteilungsinspektor einen freundschaftlichen Klaps auf die Schulter.

»Ja, kannst du.«

»Ich schlage vor, du fährst heim und ruhst dich aus. Wir arbeiten morgen weiter.«

»Und was machst du?«
»Ich habe ein Rendez-vous!«
»Mit einer Frau?«
»Mit einer Puppe.«

»Herr Kommissar, wir freuen uns sehr, Sie zu sehen.«

Es gibt heute Abend keine Vorstellung. Als Merana vor drei Stunden aus einem tiefen, traumlosen Schlaf erwachte, rief er im Theater an. Charlotta Sonnenthal teilte ihm mit, sie und Marek würden ohnehin bis spät am Abend im Haus sein. Sie hätten einiges für die Neuproduktion von »Le Nozze di Figaro« zu besprechen.

Die Theaterchefin empfängt ihn an der Tür, geleitet Merana in ihr Arbeitszimmer. Auf einem der Stühle sitzt Slavik. Der Tscheche erhebt sich, gibt dem Polizisten die Hand. Merana nimmt wie gewohnt auf der Chaiselongue Platz.

»Kaffee oder Wein?«

Merana entscheidet sich für ein Glas Rotwein.

»Sie deuteten am Telefon an, Sie hätten eine gute Nachricht für uns.«

»Ja, Frau Charlotta, die habe ich. Der Spuk ist vorüber, zumindest für Sie und das Theater. Wir wissen endlich, wer für den Tod Ihrer beiden Kolleginnen verantwortlich ist.«

»Wer?«

Er sagt es ihnen.

»Nico?« Ungläubiges Staunen steht im Gesicht der Theaterchefin.

»Mir ist der Kerl immer schon suspekt gewesen«, knurrt Marek Slavik. »Schon in der Zeit, als er mit Sibylle beisammen war. Ein absoluter Kontrollfreak.«

»Aber warum … ich meine, weshalb hat er nur … wenn ich mir das vorstelle, die arme Lucy …« Charlotta Sonnenthal kämpft mit den Tränen.

»Im Grunde ist es ein uraltes, klassisches Motiv«, erklärt Merana. »Eifersucht. Angst vor dem drohenden Verlust eines Menschen, den man zu besitzen glaubt. Nico Mayer hat alles gestanden. Lucy wollte ihn tatsächlich verlassen. Sie hat es ihm am Ostermontag beim Abendessen mitgeteilt. Dann fuhr sie ins Theater. Er ist ihr später gefolgt.«

»Aber wie kam er ins Haus?«, will die Theaterchefin wissen.

»Er besitzt einen Schlüssel. Er ließ sich vor einem Monat anhand von Lucys Exemplar ein Duplikat anfertigen. Seit Wochen sagte sie ihm, dass sie abends keine Zeit für ihn hätte, weil sie im Theater wäre, um zu üben. Auch wenn keine Vorstellung war. Er glaubte ihr nicht. Er war überzeugt davon, dass sie ihn mit Aaron oder jemand anderem betrog.«

»Ich sagte ja, ein Kontrollfreak.« Marek Slavik schüttelt verächtlich den Kopf. »Er lässt sich einen Schlüssel nachmachen, um zu überprüfen, ob Lucy tatsächlich im Theater ist oder ihn nur anlügt. So etwas kann sich nur ein krankes Hirn ausdenken.«

»Nico Mayer versucht es so hinzudrehen, dass Lucys Tod ein bedauerlicher Unfall war«, erklärt Merana. »Er wollte sie zur Rede stellen, ihr aber nichts antun.«

»Das arme Mädel!« Die Stimme des tschechischen Puppenspielers schwillt an. »Lucy hat sich Nicos bedrohliches Hinterherspionieren sicher nicht gefallen lassen und wollte über die Stiege abhauen. Und wie rechtfertigt sich der Kerl, dass er die Rohrzange nahm und sie Lucy an den Hinterkopf donnerte?«

»Eine Handlung im Affekt, betont er. Dafür, dass Lucy unglücklich zu Boden stürzte und sich das Genick brach, dafür könne er nichts.«

»Aber warum hat er nicht die Rettung gerufen?« Die Prinzipalin ringt die Hände. »Warum hat er dem armen Mädchen noch den Strick um den Hals gewickelt und sie über die Brüstung geworfen?«

»Warum wohl, Charlotta?« Marek tätschelt seiner Chefin den Arm. »Damit das Verbrechen möglichst theatralisch aussieht! Damit der Verdacht auf einen von uns fällt. Denn beim Dramatischen, da denkt ja wohl jeder eher an unser Metier als an die unspektakuläre Welt der Speditionsbranche.«

Im Gesichtsausdruck der Prinzipalin spiegelt sich Fassungslosigkeit.

»Aber warum auch noch Sibylle?«

»Was glauben Sie?«, wendet sich Merana direkt an die beiden. »War Sibylle immer noch verliebt in Nico? Hat sie nach wie vor darunter gelitten, dass er sie gegen Lucy austauschte?«

Marek schüttelt den Kopf. »Nein, ich denke, sie hat ihm längst verziehen. Sibylle war eine Seele von Mensch. Jegliche Arglist lag ihr fern. Sie sah immer nur das Gute im anderen. Sie glaubte, im Grunde seien alle Menschen so wie sie selbst. Was ist passiert, Herr Kommissar?«

»Frau Lercher rief Nico Mayer am Donnerstag an, drei Tage nach Lucys Tod. Sie fand beim Aufräumen ein Tuch, das sie gedankenlos im Theater eingesteckt hatte und dann vergaß. Der feine Geruch am Stoff erinnerte sie an Nico Mayers Parfum. Sie rief ihn an und fragte, ob das Tuch ihm gehöre. Das brachte ihn in eine Zwangslage. Wenn er es abstritt, riskierte er, dass Sibylle den Fund an die Polizei übergab. Also erklärte er ihr, er wisse es nicht genau, aber er käme gerne vorbei, um sich das Tuch anzuschauen.«

»Und die arglose Sibylle hat natürlich keinen Verdacht geschöpft. Daraufhin hat das Schwein sie einfach erdrosselt. Ja, so war sie, unsere Sibylle. Immer etwas verschlossen, immer ein wenig unbedarft und gehemmt.«

Merana dachte an das Gespräch mit Pierre. Hatte Sibylle im Bett mit dem käuflichen Lover ihre Hemmungen abgelegt? Konnte sie da wenigstens für ein paar Stunden das Beisammensein voll genießen? Er wünscht es ihr.

»Mit ist einfach nur schlecht.« Der Puppenspieler schüttelt den Kopf. »Ich habe großes Verlangen, in die Werkstatt zu gehen und eine neue Flasche Borovička aus meinen Beständen zu holen.«

»Vielleicht nehmen wir den hier.« Merana öffnet die mitgebrachte Tasche. Er greift hinein und zieht eine dickbauchige Flasche hervor. »Das ist einer meiner Lieblingsschnäpse. Ein Schlehenbrand aus der Guglhofbrennerei in Hallein. Der ist für Sie, Marek. Ohne Ihre Hilfe hätte ich den Fall nie gelöst.«

»Meine Hilfe?«

»Ja, und die des kleinen Kerls.« Merana bat bei seinem Anruf am Morgen, dass auch die Puppe bei ihrem Gespräch anwesend wäre. Er freute sich, als er bei seiner Ankunft Leandro auf einem Stuhl neben dem Tschechen entdeckte.

»Hat das mit dem Chip zu tun?«, fragt Marek. »Da gebührt die Ehre Leandro ganz allein. Er hat ihn die ganze Zeit über für Sie aufbewahrt, Herr Kommissar. Ich habe ihn nur zufällig entdeckt.«

»Ja, die Speicherkarte ist von großer Bedeutung. Für die schrecklichen Szenen, die sie dokumentiert, werden bestimmte Personen noch zur Rechenschaft gezogen. Daran besteht kein Zweifel. Doch für die tatsächliche Lösung der beiden Mordfälle hat die Karte nichts beigetragen. Dass ich schlussendlich die Wahrheit entdeckte, habe ich nur Ihnen zu verdanken.«

»Mir?«

»Ja, und Ihrer Hilfsbereitschaft, Lucys manchmal ausgefallene Wünsche zu erfüllen.«

»Das verstehe ich nicht.«

»Erinnern Sie sich an den Ostermontag? Worum bat Lucy Sie nach der Matineevorstellung?«

»Sie meinte, dass Leandro noch etwas brauche, damit wir seine Leichtigkeit im Auftreten, seine spielerische Neugierde herausstreichen.«

»Und daraufhin begaben Sie sich in Ihre Werkstatt und dachten über Lucys Wunsch nach.«

»So war es. Ich bin einige mögliche Varianten durchgegangen. Schließlich kam mir die Idee mit dem Schmetterling.«

»Dann platzierten Sie den gelben Falter auf Leandros Schulter und brachten die Puppe zurück ins Depot.«

»Ja, und ich war neugierig, was Lucy zu meiner Idee sagt, wenn sie Leandro das nächste Mal in die Hand nimmt. Aber das konnte sie mir leider nicht mehr mitteilen.«

Merana steht auf, stellt sich hinter den Stuhl mit der Marionettenfigur.

»Lucy kommt also am Abend ins Theater und greift nach ihrer Lieblingspuppe, um damit zu üben. Sie sieht zum ersten Mal den Schmetterling. Ich bin sicher, Herr Slavik, sie hat sich darüber gefreut.«

»Das hoffe ich sehr.« Die Augen des böhmischen Puppenspielers bekommen einen feuchten Glanz.

»Und jetzt spiele ich Ihnen etwas vor.« Merana zieht sein Handy aus der Tasche, öffnet eine der Audiodateien, aktiviert die Play-Funktion. Nico Mayers Stimme ist zu hören.

»… können Sie sich vorstellen, welche Vorwürfe ich mir mache? Hätte ich sie nicht mit dem Marionettentheater bekannt gemacht, würde sie noch leben. Sie würde an der Uni studieren und nicht im Leichenschauhaus liegen. Aber sie hatte so eine Freude mit den Puppen. Ich habe ihr ein paar Mal bei der Arbeit zugeschaut. Besonders der putzige Kerl mit dem Schmetterling auf der Schulter hatte es ihr angetan …« Merana stoppt die Aufnahme.

Die Augen der Theaterchefin weiten sich mit großem Erstaunen.

»Schmetterling auf der Schulter … das … das konnte er doch gar nicht wissen … wenn Marek erst nach der Matinee …«

»Ganz recht, Frau Charlotta. Dass die Marionette ab jetzt mit einem Schmetterling ausgestattet ist, das wusste nur Herr Slavik. Der hatte den gelben Falter am Nachmittag an der Schulter der Puppe fixiert. Die Frage war also: Woher wusste Nico Mayer davon?«

»Weil er am Abend im Theater war!« Charlotta Sonnenthals Stimme wird schrill. »Er hat Lucy umgebracht. Er hat sie über die Brüstung geworfen. Und dabei sah er auch die Puppe …«

Für einen Moment ist es still im Zimmer. Merana gibt den beiden Zeit, das Geschilderte zu verarbeiten. Schließlich beugt Marek sich zur Seite, streichelt der Marionette über den Kopf.

»Und du, mein kleiner Freund, musstest alles mitansehen. Du konntest Lucy nicht beschützen, so sehr du es auch wolltest. Aber sie hat dir den Chip anvertraut. Es war gut, dass du bei ihr warst.«

Der Puppenspieler löst die Hand von Leandros Kopf, richtet sich wieder auf.

»Da hat der eingebildete Fatzke in seiner scheinheiligen Rolle als schmerzzerrissener Liebhaber wohl die entscheidende Spur zu dick aufgetragen. Er wollte gewiss hervorheben, wie sehr er Lucy geliebt hatte. So sehr, dass er sogar wichtige Details aus ihrer Arbeit weiß. Er kennt ihre Liebe zu den Marionetten, besonders zu der einen besonderen Puppe …«

»Es ist gespenstisch«, schließt die Theaterchefin an. Sie wirkt immer noch fassungslos. »Hätte Nico bei der Einvernahme nicht zufällig den Schmetterling erwähnt …«

»… dann wären wir wohl nie dahintergekommen«, vollendet Merana den Gedankengang.

»Na dann«, erwidert Marek und entkorkt den Schlehenbrand. »Auf Lucy und Sibylle!«

Charlotta Sonnenthal stellt Gläser auf den Tisch. Er schenkt ein.

»Und auf Leandro!«, fügt Merana hinzu und hebt sein Glas.

Er steht auf dem Balkon, hat die Hände auf das Geländer gestützt. Es ist gerade erst zwei Wochen her, da stand er in Hamburg auf einem Hotelbalkon, neben sich eine aufgeweckte Möwe. Es kommt ihm vor, als wäre das in einem anderen Jahrhundert gewesen. Damals erreichten ihn durch die Nebelschleier Eindrücke vom Hafen. Er erinnert sich an das riesige Containerschiff, das sich wie ein urzeitlicher Koloss über das Wasser der Elbe schob. Jetzt starrt er hinaus in die Nacht. Weder Schiffsungetüme noch Wälder aus Kranarmen sind zu sehen. Dafür ist in der Ferne der Umriss des Untersberges auszumachen. Der Himmel über ihm ist sternenhell. Eine solche Klarheit hat ihm in den vergangenen Tagen bisweilen gefehlt. Ja, sie haben den Mörder der beiden Frauen schlussendlich erwischt. Weniger durch intensive Ermittlungsarbeit, eher durch die Hilfe des Zufalls. Hätte Marek nicht von Lucys Wunsch erzählt, an der Puppe etwas Neues hinzuzufügen, wäre Nico Mayer nicht der Lapsus mit dem Schmetterling passiert, hätten sie den wahren Mörder vielleicht nie entdeckt. Und auch Pierre entpuppte sich als patenter Kerl, der nicht zulassen wollte, dass man Sibylle in ein schlechtes Licht rückte, sie im Boulevardsumpf gar des Mordes verdächtige. Dabei war der Lover mit Sibylle nur vier Stunden zusammen gewesen. Dennoch sah er es als seine Pflicht an, bei der Polizei zu erscheinen. Erst der Hinweis, dass Sibylle in der Mordnacht nicht in der Nähe des Theaters sein konnte, hatte Meranas Denkapparat endlich in die richtigen Bahnen gelenkt. Wind kommt auf, eine feine Brise zieht durch den Garten, kühlt Meranas Haut. Er spürt eine Spur von Scham in sich aufsteigen. Er hat versucht zu ermitteln, so gut er konnte. Wie immer. Aber er hat sich verrannt. Er war so überzeugt, dass die Dunkelmänner, die Olaf Salmira in den Tod trieben, auch dessen Schwester umbrachten. Das passte gut in das Bild, das er sich rasch zusammengezimmert hatte. Es passte auch alles zu gut. Eine Verschwörung rund um den BVT-Skandal. Eine Intrige innerhalb rechtsextremistischer Kreise, die Beweise für ihre Verstrickungen verschwinden lassen wollen. Bei dieser skandalösen Aktion wird ein verdeckter Ermittler beseitigt. Mosaikstein fügte sich zu Mosaikstein. Ja, die Empörung über den Skandal ist nach wie vor berechtigt. Die Vorgänge im Innenministerium sind mehr als fragwürdig. Die Verbindung von Helmstett und dessen rechtsextremem Umfeld hin zur Parteispitze der Freien Patrioten, zu Vizekanzler Horst Konrad Blachy und Innenminister Johann Keppl, ist ungeheuerlich. Vermutlich haben jene Leute, die das Video verschwinden lassen wollten, auch Olaf Salmira getötet. Das wird man noch herausfinden. Aber diese Leute waren nicht verantwortlich für die Morde an den Puppenspielerinnen. Merana fühlt sich auch deswegen beschämt, weil er in eine riesige Falle getappt war. Sein Verhalten war bisweilen von genau jener Art, die er den Rechtsextremen vorwirft. Dinge nicht bis ins Allerletzte hinterfragen, sondern die ersten Anzeichen sehr schnell als wahr anzunehmen. Das ist auch praktisch, es passt zu den eigenen Anschauungen. Sie sind im Zuge der Ermittlung ihrer vorgefassten Meinung hinterhergerannt, wie Windhunde hinter dem Köder. Merana war nicht alleine mit dieser Haltung. Sie waren alle davon überzeugt gewesen, dass die Leute aus der Securityfirma, die Olaf Salmira verfolgten, auch hinter den Morden an den beiden Frauen steckten. Es passte, fügte sich alles gut zusammen. Sie waren sogar so weit gegangen, sich für eine Sekunde zu fragen: Was ist, wenn wir ihnen den Mord an Lucy und Sibylle schlussendlich nicht nachweisen können? Lassen wir sie dann entkommen? Oder spielen wir Gerechtigkeit und machen genau das, was die Gegenseite so perfekt beherrscht: Die Wahrheit verdrehen, Fakten so lange verbiegen, bis sie ins Bild passen. Warum nicht? Wenn es dem Guten zum Sieg verhilft?

Aber es wäre nicht das Gute gewesen, sondern das absolut Falsche. Roald Prankmann und seine Schlägertruppe sind üble Täter, vermutlich verantwortlich für eine Reihe von Verbrechen. Aber eines sind sie nicht: die Mörder von Lucy und Sibylle.

Hätten wir es getan? Hätten wir die Beweise manipuliert, um sie nicht davonkommen zu lassen?

Nein! Merana ist felsenfest davon überzeugt, dass sie sich niemals dazu hinreißen hätten lassen.

Aber dass sie den Gedanken für einen Moment auch nur in Erwägung gezogen haben, ist übel genug.

Ihn fröstelt. Er nimmt die Hände von der Brüstung, schließt die Balkontür. Er schenkt sich einen wärmenden Whiskey ein und setzt sich auf die Couch.

FREITAG, 10. MAI

Sie versammeln sich im Büro des Polizeipräsidenten. Merana hat gebeten, auch Freimuth Tschernitz hinzuzuziehen. Sie haben einiges erreicht in den letzten zwei Tagen. Bjarne Keiffel ist auf den Deal der Staatsanwaltschaft eingegangen. Gudrun Taubner hat sich mit Meinrad Vernath ins Einvernehmen gesetzt. »Der Bullterrier war sanft wie ein Affenpinscherbaby«, berichtet sie. Sie hoffen, mit Bjarne Keiffels Aussagen die Hintergründe zum Tod von Olaf Salmira erhellen zu können, um die Schuldigen vor Gericht zu stellen. »Vielleicht gelingt es uns, noch den einen oder anderen aus der Phalanx der Securityfirma herauszubrechen. Wir wissen aus Erfahrung: Fängt einer zu reden an, folgen ihm bald andere. Schließlich gilt es, die eigene Haut zu retten, bevor es zu spät ist.«

Sie kennen inzwischen auch die Namen der beiden anderen Schläger des Überfalls. Dazu konnte Keiffel detaillierte Angaben machen. Die Kerle werden ebenso vor Gericht stehen wie Roald Prankmann. Die Anklage ist klar: schwere Körperverletzung, Behinderung der Justizarbeit, tätlicher Angriff auf Polizeibeamte. Vielleicht kommt im Zuge der Untersuchungen einiges dazu, wenn sich die Anzeichen verdichten, wer für den Tod des verdeckten Ermittlers verantwortlich zeichnet.

»Was machen wir damit?« Merana legt die sichergestellte Speicherkarte auf den Tisch. Alle kennen die Szenen, die darauf festgehalten sind.

Er schaut fragend zum Journalisten.

»Es ist sicher gut, das Video zu veröffentlichen«, beginnt Tschernitz. »Die Szenen sind ein weiterer Beweis dafür, dass es in der Nähe zur Spitze der österreichischen Partei der Freien Patrioten zwielichtige Personen gibt, die eindeutig dem rechtsextremen Milieu zuzurechnen sind. Es wird dieses Mal schwieriger für die Verantwortlichen sein, das Geschehen einmal mehr als bedauernswürdige Einzelfälle abzutun, wie man es von dieser Partei gewohnt ist. Die Einzelfälle summieren sich, reißen nicht ab. Die Liederbuchaffäre, Verhöhnung von KZ-Opfern und NS-Widerstandskämpfern, Gemeinderäte, die als NS-Wiederbetätiger auffliegen, Abgeordnete, die sich eindeutig rassistisch äußern. Die Liste ist lang.«

»Was wird passieren?« Die Frage kommt von Otmar Braunberger. »Wird der Innenminister fallen? Muss der Vizekanzler und Parteivorsitzende seinen Hut nehmen?«

Der Journalist wiegt langsam den Kopf hin und her. »Das könnte passieren, ja. Aber so, wie ich die Begebenheiten in diesem Land kenne, fürchte ich, es kommt anders.«

»Aber warum?«, erbost sich die Chefinspektorin. »Arnulf Helmstett wurde von Vizekanzler Blachy und Innenminister Keppl höchstpersönlich gefördert und auf den Posten eines Sektionschefs im Innenministerium gehievt. Man kannte Helmstetts Vergangenheit, die ist ja nicht neu. Er hat sich früher schon mit dubiosen Gestalten aus der Neonaziszene umgeben. Seine Mitgliedschaft in der höchst fragwürdigen Burschenschaft der ›Teutonia Adolfina‹ war augenscheinlich. Und jetzt gibt es zum Beweis für Helmstetts Gesinnung auch noch ein Video. Das zeigt, wie er antisemitische

Lieder grölt, auf Puppen ballert, die einen Juden, einen Muslim und eine österreichische Politikerin darstellen, und wie er einem holländischen Neonaziführer zujubelt. Das muss doch der Parteispitze das Genick brechen.«

»Das kann sein, muss es aber nicht«, erwidert der Journalist betont ruhig. »Blachy und Keppl haben ja bereits reagiert. Sie haben Helmstett sofort seines Postens enthoben.

Natürlich nur wegen dringend notwendiger Strukturverbesserungen innerhalb des Ministeriums. Sollten sie je mit der Anschuldigung wegen Helmstetts Umtriebe konfrontiert sein, dann werden sie blauäugig antworten: Sie wussten nichts von den rechtsextremen Grausligkeiten, von denen sie sich als überzeugte Demokraten mit aller gebotenen Deutlichkeit distanzieren!«

»Was ist mit der Regierungspartei?«, wirft der Abteilungsinspektor ein. »Was ist mit den Konservativen?«

»Die werden öffentlich empört sein, keine Frage. Der Liebling der Nation in Gestalt des jugendlichen Bundeskanzlers wird sich hinstellen und treuherzig versichern, dass in diesem Land kein Platz ist für Antisemitismus und Rechtsextremismus. Das sehe nicht nur er so, sondern auch der Koalitionspartner. Der Herr Vizekanzler und der Herr Innenminister hätten sich davon ja eindeutig distanziert. Das genüge ihm vollauf.«

»Wie oft will er dieses Spiel noch treiben?«, zischt Carola Salman. »Das sagt er doch jedes Mal.«

»Oh, das hält er schon noch einige Male durch«, kontert Tschernitz. »Im Wegschauen und Schönreden ist er großer Meister. Sein Verhalten ist ein Lehrbeispiel für politischen Pragmatismus. Er braucht die Rechtspopulisten, um an der Macht zu bleiben. Ich möchte eines klarstellen. Ich halte den Bundeskanzler durchaus für einen Demokraten. Die ständigen braunen Pannen seines Regierungspartners stoßen ihm gewiss gehörig auf. Aber er weiß andererseits auch, dass die Leute schnell vergessen. Und wenn es ärger wird mit den ungustiösen Vorfällen beim Koalitionspartner, dann starten wir halt ein Ablenkungsmanöver. Dann sperren wir als aufrechte Heimatbeschützer irgendwelche neuen Flüchtlingsrouten, initiieren als Verfechter einer liberalen Haltung eine weitere Diskussion um Kopftuchverbote …«

Die Chefinspektorin gibt sich immer noch nicht zufrieden. Ihr Tonfall wird energisch. »Das Video mit diesen eindeutigen Szenen muss doch ein gefundenes Fressen für einen Aufdeckerjournalisten Ihres Formats sein, Herr Tschernitz. Sie schreiben ständig gegen rechtsextremistische Vorfälle an. Aber wenn ich Ihnen jetzt so zuhöre, habe ich fast den Verdacht, Sie streben gar keine Veröffentlichung an, weil es nichts bringt. Sollen wir das Video unter den Tisch fallen lassen?«

»Nein, das wäre das Verkehrte.« Der Journalist lächelt. »Was passiert, wenn wir es veröffentlichen? Es kommt zu einem Skandal. Davon können wir unzweifelhaft ausgehen. Mit welchen Auswirkungen? Das ist schon schwerer einzuschätzen. Es kann der Parteispitze den Kopf kosten, muss aber nicht sein. Unangenehm wäre die Veröffentlichung der widerlichen Szenen in jedem Fall. Stellen wir uns die Frage anders. Was passiert, wenn das Video nicht veröffentlicht wird?«

»Gar nichts!«, poltert Otmar Braunberger. »Die verantwortlichen Rechtspolitiker werden sich die Hände reiben, dass sie ungeschoren davongekommen sind.«

Der Journalist blickt in die Runde. »Ist das alles, was passiert? Sonst gibt es keine Auswirkungen?«

»Doch«, sagt Merana. »Die Auswirkungen sind weiterhin enorm. Wir vernichten das Video ja nicht, wir halten es weiterhin in Händen.«

Tschernitz wendet sich direkt an Otmar Braunberger.

»Nehmen wir einmal an, Herr Abteilungsinspektor, Sie wären der Vorsitzende der rechtspopulistischen Partei.«

»Eine grauslige Vorstellung, Herr Tschernitz«, poltert Braunberger. »Wollen Sie mir Albträume verschaffen? Aber spielen wir es einmal durch …«

»Danke!« Der Journalist quittiert die Bereitschaft des anderen mit einem Lächeln.

»Sie wissen als Parteivorsitzender ganz genau, dass ein belastendes Video existiert. Darauf ist einer Ihrer Vertrauten zu sehen, den Sie förderten, den Sie sogar auf einen wichtigen Posten hievten. Die Szenen zeigen Ihren Vertrauten beim Singen antisemitischer Lieder, bei verachtungswürdigen Schießübungen, im Umfeld eines bekannten Neonazis. Wie würden Sie sich fühlen?«

»Mir würde der Arsch auf Grundeis gehen«, knurrt Braunberger. »Wahrscheinlich hätte ich tatsächlich üble Träume. Ich kann schwer einschätzen, ob ich mich wieder wie gewohnt einfach abputzen kann. Am Ende kostet es mich dieses Mal doch den Kopf.«

»Und wann wird das Video veröffentlicht?«

»Das weiß ich ja nicht!«

»Genau. Aber es könnte jede Sekunde passieren.«

»Grauenvoll …« Der Abteilungsleiter rauft sich betont theatralisch die Haare.

»Ich finde, Sie bekommen das gut hin, Herr Braunberger«, lacht Tschernitz. »An Ihnen ist ein Schauspieler verloren gegangen.«

»Was sollen wir also mit den Aufnahmen machen?«, fragt die Chefinspektorin.

Der Journalist nimmt den Chip auf, verschließt ihn in der Hand.

»Ich finde, man muss die Speicherkarte nicht einmal herzeigen. Es genügt, dass alle wissen, dass sie existiert.«

Er beugt sich vor, nimmt die Hand von Hofrat Kerner, legt die Karte hinein. Dann verschließt er dessen Finger zur Faust. »Ich denke, was Sie hier halten, Herr Präsident, ist ein höchst brauchbares, nicht einmal direkt auszusprechendes, Argument für Verhandlungen. Zum Beispiel, wenn es darum geht, eine bestimmte hohe Führungsposition um fünf weitere Jahre zu verlängern. Ich kann mir auch vorstellen, dass der Innenminister gerne die Anregung aufnimmt, endlich gehörig Druck zu machen, dass die Aufklärung rund um die dubiose Vergewaltigung mit möglicher Beteiligung von Flüchtlingen endlich zu einem klaren Ergebnis kommt. Eine öffentliche Stellungnahme seitens des Herrn Ministers, dass die skandalöse Hetzjagd gewisser Kreise gegen einen verdienstvollen und immer pflichtbewussten Polizeioffizier aufs Schärfste zu verdammen sei, würde gewiss auch nicht schaden. Bei entsprechender Darlegung wird der Herr Minister auch gerne bereit sein, sich öffentlich mit dem Herrn Polizeipräsidenten ablichten zu lassen. Möglicherweise auch an der Seite des Flüchtlings Esat Aziz, sollte sich vielleicht sogar dessen Unschuld herausstellen. Und ich bin sicher, Ihnen werden genug andere Anregungen einfallen, mit denen Sie Ihre ministeriellen Vorgesetzten konfrontieren.«

Er lässt Kerners Hand los, lehnt sich zurück.

Für ein paar Sekunden ist es still im Raum. Die Chefinspektorin ist die Erste, die zu klatschen beginnt. Die anderen stimmen mit ein. Auch der Polizeipräsident legt die Karte zurück auf den Tisch und applaudiert.

Der Journalist bedankt sich für die Anerkennung mit einem Lächeln.

VIER WOCHEN SPÄTER

Das Salzburger Marionettentheater ist bis auf den letzten Platz gefüllt. Zwei Fernsehteams haben ihre Kameras im Saal postiert.

Auf der Bühne ist eben die Gräfin im Garten erschienen, hat ihren Schleier gelüftet.

Große Verblüffung herrscht unter den Hochzeitsgästen. Am tiefsten überrascht ist Graf Almaviva. Er hat in den vergangenen zwei Stunden versucht, seine Frau zu hintergehen, hinter ihrem Rücken ihre Dienerin zu besteigen. Sexuelle Nötigung würde man das heute nennen. Dieser Adelige ist ein verachtenswerter Schwerenöter, der seine Frau schon seit Jahren betrügt. Doch all sein falsches Spiel, seine schmutzigen Ränke haben ihm dieses Mal nichts genützt. Sie werden mit einer einzigen Geste enttarnt. Großartig, wie die Puppe den Kopf aufrichtet, wie die Gräfin bei all ihrer Verletzlichkeit würdevolle Größe ausstrahlt.

Dem Grafen bleibt nichts anderes übrig, als tiefbeschämt auf die Knie zu sinken.

Contessa perdono! Perdono, perdono!

Dieses Mal kommt Merana nicht um seine Lieblingspassage aus der Oper. Bei der Probe, die der Kommissar erlebte, brach der eingebildete Regisseur genau an dieser Stelle ab. Der gockelhafte Jungstar hat in diesem Haus nichts mehr zu sagen, wie Merana weiß. Die Theaterchefin selbst hat, unterstützt von allen anderen, die Inszenierung übernommen.

Più docile io sono, e dico di sì.

Die Gräfin zeigt sich großherzig. Sie gibt nach. Sie sagt Ja zur Bitte ihres Mannes um Nachsicht. Es ist vor allem Mozarts Musik, die diese Szene so empfindsam macht. Da steht eine tief verletzte Frau, die immer noch etwas für ihren Mann empfindet. Er hat sie gekränkt, betrogen, hintergangen. Und dennoch verzeiht sie. Man spürt die Vergebung in der Musik. Der Ton dieser Frau, der direkt aus ihrem Herzen strömt, greift über auf alle anderen, erfasst deren Herzen. Es ist brillant, wie Mozart die Stimmen führt. Wie sich die Linien ineinanderfügen, wie Melodiefarben und Herztöne und Worte und die verschiedenen Seelenklänge ineinander verschmelzen.

Ja, wenn es einen Gott gibt, denkt Merana, dann ist seine Größe, seine Liebe aus dieser Musik zu hören, auf der Bühne zusammengehalten durch das Herz einer vergebenden Frau.

Und dann wechselt die Musik. Für einen Moment wurde das Leben angehalten.

Für einen Augenblick strömte etwas durch die Herzen dieser Menschen, das weich ist, gut, vergebend, harmonisch, menschlich.

Dann eine Bewegung in den Streichern, aufsteigend, abgleitend. Drei Mal wiederholt. Es wirkt, als streife man einen unsichtbaren Vorhang von einem Bild.

Und schon entsteht ein neuer Charakter. Jubel, Fröhlichkeit, ausgelassenes Treiben!

Sposi, amici, al ballo, al gioco!

Brautleute, Freunde, zum Tanz, zum Spiel! Und schon biegt der Trubel ins beschwingte Finale. Alle eilen zum Fest.

Schluss! Aus!

Der Jubel ist groß. Die Besucher erheben sich von den Sitzen. Standing Ovations.

Merana versucht, die Großmutter zu stützen, aber die immer noch rüstige alte Dame ist von alleine aufgesprungen. Sie beugt sich zu Jennifer, flüstert ihr etwas ins Ohr. Daraufhin unterbricht Jennifer kurz ihr Klatschen, umarmt die weißhaarige Frau an ihrer Seite.

Die kleinen Darsteller auf der Bühne haben sich zur Schlussaufstellung versammelt. In der Mitte zwischen den Paaren verbeugt sich der fürwitzige Gärtnergehilfe. Er bekommt einen Sonderapplaus, auch von den Puppenkollegen. Dann schleudert Leandro die Arme nach oben, als würde er etwas in die Luft werfen. Schon fallen Blüten aus dem Theaterhimmel, legen sich auf Haare und Kleidung der kleinen Figuren. Eine wunderbare Schlussimpression. Ein bezaubernder Einfall der Regie.

Das schwarze Tuch wird nach oben gezogen. Die Spieler auf der Brücke zeigen sich. Der Jubel schwillt nochmals an.

Die Karten für die Premiere waren in Windeseile vergeben. Man hätte die Vorstellung gut fünf Mal gefüllt. Zum Glück gibt es viele weitere Aufführungen bis zum Herbst.

Die Prinzipalin hat es sich nicht nehmen lassen, Merana samt Familie und Kollegen als Ehrengäste einzuladen. Thomas Brunner und Otmar sind hier. Carola durfte Hedwig mitbringen. Der Polizeipräsident hat darauf bestanden, nur seine Karte als Einladung anzunehmen. Die Tickets für Gattin und Enkelkinder wollte er unbedingt aus eigener Tasche bezahlen.

Es dauert lange, bis sich der Saal allmählich leert. Die Theaterchefin und einige der Puppenspieler werden zum Interview gebeten. Merana und seine zahlreichen Begleiter sind auch zur anschließenden Premierenfeier geladen. Sie findet im angrenzenden Pausenfoyer statt. Charlotta Sonnenthal hält eine kurze Ansprache.

Sie haben diese Premiere auch ihren beiden Kolleginnen gewidmet, die auf tragische Weise aus ihrer Mitte gerissen wurden.

»Lucy und Sibylle sind auch in diesem Augenblick bei uns. Sie werden immer in unserem Herzen sein. Wir werden sie immer spüren, wenn wir mit dem Spiel unserer kleinen Darsteller unser Publikum erfreuen. Wir werden uns immer an ihr fröhliches Wesen erinnern.« Sie hebt das Glas. Die anderen folgen ihrem Beispiel und wenden sich zur Stirnseite des Saales. Sie schauen auf die lachenden Gesichter. Lucy Salmira und Sibylle Lercher blicken ihnen entgegen. Die Fotos der beiden Puppenspielerinnen stehen auf einer brusthohen breiten Säule, umrahmt von weißen Rosen.

Merana spürt ein Ziehen an seiner Hose. Er wendet sich um.

»Oh, welche Überraschung.« Er nimmt Jennifer und die Großmutter bei den Händen.

»Meine Lieben, darf ich euch Leandro vorstellen. Er ist nicht nur ein faszinierender Gärtnergehilfe, wie wir heute erlebt haben. Er ist auch ein guter Freund.«

Er geht in die Hocke, reicht der Puppe die Hand. Dann tänzelt der kleine Kerl auf die Großmutter zu. Aaron Benetto, der das Führungskreuz in Händen hält, lässt Leandro eine tiefe Verbeugung machen. Die Großmutter überreicht Jennifer ihr Champagnerglas. Dann nimmt sie mit den Fingern den Rock und vollführt einen eleganten Hofknicks.

Merana blickt sich um. Die Person, die er sucht, war eben

noch in der Nähe. Er entdeckt sie am oberen Ende des Saales, neben der Säule mit den Bildern. Er geht auf sie zu.

»Danke nochmals, Herr Kommissar, dass Sie mir eine Einladung zukommen ließen.« Dagmar Salmira dreht ihr leeres Glas in den Händen. »Es war eine wunderbare Aufführung.«

Merana hat sie vor drei Wochen besucht. Er konnte nicht alle ihre Fragen beantworten. Er brachte ihr behutsam bei, dass Olaf sich für einen gefährlichen Beruf entschieden hatte, über den er nicht mit seiner Mutter reden durfte, um sie nicht in Bedrängnis zu bringen. Er erklärte ihr, was ein verdeckter Ermittler im Dienst des Verfassungsschutzes und der Terroristenbekämpfung zu tun hatte.

»Wer ist schuld an seinem Tod?« Er kann ihr diese Frage auch heute nicht klar beantworten. Die Verdachtsmomente gegen Vater und Sohn Prankmann haben sich durch die Aussagen von Bjarne Keiffel und zwei weitere Securitymitarbeiter verdichtet. Es reicht für eine Anklage, die Firmenchefs sitzen in Untersuchungshaft.

Was bei der Gerichtsverhandlung herauskommt, wird man erst in ein paar Wochen wissen.

Dagmar Salmira hat die Augen auf die Bilder gerichtet. Dann wendet sie sich Merana zu. »Sie sind ein guter Mensch, Herr Kommissar. Ihnen sind die Toten nicht egal. Sie fühlen sich für sie verantwortlich.«

Etwas Ähnliches hatte auch vor einem halben Jahr jemand zu ihm gesagt. Bei einem Abschied auf einem Flughafen. Seine Augen suchen Jennifer. Er findet sie. Sie schickt ihm aus der Entfernung einen Kuss zu.

»Was werden Sie jetzt machen, Frau Salmira?«

»Ich weiß es nicht. Ich habe meine Kinder verloren. Es wird schwerfallen, wieder einen Sinn in meinem Leben zu finden.«

»Sie könnten Lucy besuchen.« Sie drehen sich beide in die Richtung, aus der die Stimme kommt. Charlotta Sonnenthal steht hinter ihnen. Ihr Arm vollführt einen weiten Bogen. »Lucy war hier glücklich. Sie wird immer ein lebendiger Teil unseres Theaters bleiben. Hier wird man sie immer spüren. Bei jeder Probe, bei jeder Aufführung. Unsere Türen stehen für Sie immer offen, Frau Salmira. Wir werden Sie jederzeit herzlich aufnehmen. Kommen Sie einfach.«

Lucys Mutter blickt lange auf das Foto ihrer Tochter.

»Vielleicht mache ich das.« Dann reicht sie der Theaterleiterin und dem Kommissar die Hand und geht. Die beiden blicken ihr nach.

Dagmar Salmira verschwindet in der Menge. Kurz darauf taucht sie am anderen Ende des Saales wieder auf. Sie geht Richtung Ausgang.

Merana bemerkt die Großmutter. Auch sie hat Lucys Mutter nachgeblickt.

Sie gibt sich einen Ruck und folgt der Frau nach draußen.

*

Ich bin glücklich.

Die Leute haben gejubelt. Bei den Proben habe ich zweimal die Schalmei nicht aus meiner Tasche gebracht. Aber heute hat alles bestens funktioniert.

Ich habe auch meinen Auftritt mit den Bauernmädchen nicht verpasst. Und beim Tanz sind meine Fäden straff geblieben. Ich habe mich nicht an Cherubino verhakt wie bei der Generalprobe.

Und alle rings um mich haben wunderbar gespielt. Figaro, Susanna, die Gräfin … Wir sind ein fabelhaftes Team.

Am Schluss habe ich die Arme nach oben gerissen und Blumen regnen lassen.

Ich freue mich schon auf die nächste Aufführung.

Der Mann, dem ich das Geheimnis aus meiner Tasche anvertraute, war auch wieder da. Ich habe ihn schon von der Bühne aus in der ersten Reihe gesehen.

Und dann nochmals. Im Foyer. Neben ihm war eine hübsche Frau. Sie kann den Kopf so würdevoll zur Seite neigen wie unsere allseits verehrte Gräfin.

Und dann wurde ich einer weißhaarigen Dame vorgestellt. Die hat mich angeblickt, als könnte sie ganz tief in mein Inneres blicken, bis ins Herz. Ich habe mich vor ihr verbeugt.

Und sie hat mit einem eleganten Knicks geantwortet.

Ja, ich bin glücklich. Über unser Spiel.

Und auch darüber, dass mein Geheimnis am Ende doch noch entdeckt wurde.

Das Geheimnis, das mir das Mädchen anvertraut hat.

Das Mädchen, dessen Augen mir immer mit Frühlingsleuchten entgegenstrahlten.

Das Mädchen, das nie wieder kommen wird.

Ich weiß es. Das macht mich auch traurig.

Jetzt bin ich wehmütig.

Und glücklich.

Traurig und glücklich zugleich.

Kann man das überhaupt sein?

ENDE

DANKE

Ich durfte tief eintauchen ins magische Reich der Marionetten und in die fantasiebereichernde Welt der Schauplätze, Bühnen, Puppenkammern, Werkstätten ... Herzlichen Dank dafür ans Team des Salzburger Marionettentheaters, insbesondere an Barbara Heuberger, Eva Wiener und Heide Hölzl.

Während ich an diesem Buch arbeitete, beschäftigte die österreichische Innenpolitik und die mediale Öffentlichkeit die sogenannte ›BVT Affäre‹, die mit einer unter fragwürdigen Umständen durchgeführten Hausdurchsuchung Anfang 2018 begann.

Inzwischen sind die dubiosen Vorgänge rund um das Bundesamt für Verfassungsschutz und Terrorismusbekämpfung Gegenstand eines parlamentarischen Untersuchungsausschusses, der zum Zeitpunkt des Abschlusses meiner Arbeit am Roman noch immer tätig ist. Ich habe diese BVT Affäre als Schablone benützt, um ähnliche Vorgänge in meiner fiktiven Romanhandlung zu skizzieren.

Bei meinen aufwändigen Hintergrundrecherchen dafür haben mich unterstützt:

Dr. Florian Klenk, Chefredakteur der österreichischen Wochenzeitung ›Falter‹, und

Dr. Franz Ruf, Landespolizeidirektor von Salzburg. Ich danke beiden Herren für die grundlegenden Einblicke, die ich dadurch gewinnen konnte.

Manfred Baumann, April 2019

Martin Merana ermittelt:

1. Fall: Jedermanntod
ISBN 978-3-8392-1089-5

2. Fall: Wasserspiele
ISBN 978-3-8392-1200-4

3. Fall: Zauberflötenrache
ISBN 978-3-8392-1302-5

4. Fall: Drachenjungfrau
ISBN 978-3-8392-1587-6

5. Fall: Mozartkugelkomplott
ISBN 978-3-8392-1773-3

6. Fall: Todesfontäne
ISBN 978-3-8392-2345-1

7. Fall: Marionettenverschwörung
ISBN 978-3-8392-2458-8

8. Fall: Jedermannfluch
ISBN 978-3-8392-2722-0

9. Fall: Salzburgsünde
ISBN 978-3-8392-0075-9

10. Fall: Salzburgrache
ISBN 978-3-8392-0298-2

11. Fall: Mörderwalzer
ISBN 978-3-8392-0298-2

Geschenkausgabe:
1. Fall: Jedermanntod
ISBN 978-3-8392-2723-7

Weitere:
Salbei, Dill und Totengrün
ISBN 978-3-8392-1927-0

Blutkraut, Wermut, Teufelskralle
ISBN 978-3-8392-2099-3

Majoran, Mord und Meisterwurz
ISBN 978-3-8392-0171-8

Maroni, Mord und Hallelujah
ISBN 978-3-8392-1588-3

Glühwein, Mord und Gloria
ISBN 978-3-8392-1950-8

Das Stille Nacht Geheimnis
ISBN 978-3-8392-2339-0

Englein, Mord und Christbaumkugel
ISBN 978-3-8392-2711-4